U0932518

地坑人家

董陆明 艾驰翔◎著

DI KENG REN JIA

中国法制出版社
CHINA LEGAL PUBLISHING HOUSE

图书在版编目 (CIP) 数据

地坑人家 / 董陆明，艾驰翔著 .—北京：中国法制出版社，2017.9

ISBN 978-7-5093-8636-1

Ⅰ.①地…　Ⅱ.①董…　②艾…　Ⅲ.①长篇小说－中国－当代

Ⅳ.①I247.5

中国版本图书馆 CIP 数据核字（2017）第 137185 号

责任编辑：杨智　吕静云（lvjingyun0328@sina.com）　　封面设计：李　宁

地坑人家

DIKENG RENJIA

著者 / 董陆明　艾驰翔

经销 / 新华书店

印刷 / 三河市紫恒印装有限公司

开本 / 710 毫米 ×1000 毫米　16 开　　印张 / 19.75　字数 / 329 千

版次 / 2017 年 9 月第 1 版　　2017 年 9 月第 1 次印刷

中国法制出版社出版

书号 ISBN 978-7-5093-8636-1　　定价：45.00 元

北京西单横二条 2 号　邮政编码 100031　　值班电话：010-66026508

传真：010-66031119

网址：http://www.zgfzs.com　　**编辑部电话：010-66054911**

市场营销部电话：010-66033393　　**邮购部电话：010-66033288**

（如有印装质量问题，请与本社编务印务管理部联系调换。电话：010-66032926）

一

冬夜的天空犹如结冰的海。一弯冷月如刀。偶有流星划过，像不知从哪里射出的子弹。丝丝寒风掠过还在燃烧的土地，无边黑暗中点点微火明灭闪烁，似从天空跌落的星。

鏖战终日的双方入夜后又恶战了几个回合，好像都疲惫了，睡着了。异样的寂静中仿佛听到许多的心跳和呼吸。

“轰——轰——”

“叭叭叭——”

“杀啊——”

火山爆发般——枪炮声、喊杀声又起。

……

月光、刀光、火光里，满身血污的八路军某部老虎连一排排长杨天赐一腿前一腿后俯身双手紧握水连珠（一种俄式步枪），枪托顶在杨天赐肚子上，前边的刺刀几乎全扎进日本兵肥厚的身体里。杨天赐全力以赴向前方，脖子伸出老长，好像要把脑袋当成炮弹投到前边把敌人都炸死；又像一头三足怪兽要扑过去将敌人都吃到肚里；又像三根柱子的黑铁塔已向敌人那面倾斜，决心倒过去把凶恶的敌人都压死。

杨天赐看起来像很有张力的人体雕塑，其实他是在用最后的力量硬撑着不让自己倒下——在此之前，杨天赐已刺死三个日本兵；在此之前，杨天赐已中弹，负伤的后腿软得像棉花，使不上一点儿力气。他那造型主要是靠前腿和刺刀支撑。如果地下的日本兵不是那么肥厚，如果刺刀扎得不是那么深，他说不定就倒下了。杨天赐还有一个要害地方也中了弹，那地方冒出一股很大的力量要把杨天赐推倒。敌人还没有被打退，杨天赐必须让自己巍然屹立。杨天赐使出他全部的洪荒之力不让自己倒下。

杨天赐前边，他的战友们正顶着日本兵拼刺刀。杨天赐旁边，指导员郝向光背靠一棵小松树立在一个坟堆后，眯着眼睛，嘴唇紧闭，两把德国造二十响交叉在胸前，两个枪口交替射出带着火光尾巴的子弹——流星般的火弹所到之处，有的鬼子失去重心向前一扑不见了，黑暗地面只高出一点点；有的鬼子脸朝上四仰八叉向后倒下，手里的刺刀又扎住了后边往前猛冲的鬼子。郝向光下半身有坟堆掩护，上半身向后压进松树里，就像一棵会射击的树。敌人带着火光尾巴的子弹像蝗虫一样飞过来，就是打不着他。偶尔有子弹打在他两把二十响上，擦出耀眼的火花又飞走了。

前面的敌人倒下了，后面的敌人又冲上来。

老炊事班长带着几个炊事员也上阵了。他们拿了长扁担，还拿了铁火捅。一个鬼子正全神贯注盯着对面的八路军准备进攻，老班长弯着腰从侧面一扁担戳到大腿上，他身子一晃，对面的刺刀就刺进了他的心口；一个鬼子跟我方一个战士进进退退拼了几个回合不分胜负，都累得龇牙咧嘴，气喘吁吁，一根扁担从灌木丛猛地伸出，一下把他戳个四仰八叉——老班长他们不是把敌人戳倒，就是把敌人戳得东倒西歪，我方的战士趁机上前一刀刺死敌人。没刺死的，老班长们就用铁火捅捅死他，不用战士们再补刀。在这片长着密集灌木和小树的坟地里，三个炊事员都跟着老班长那么干，比他们端着刺刀和敌人拼刺更有效果。

打退这股悄悄摸上来的敌人，让敌人以为我们的主力还在他们的包围圈里并将从这里突围，让敌人把兵力都集中到这边，老虎连接下来的突围才更有胜算。如果让敌人占领这片坟地，不仅老虎连突不出去，已经跳出包围圈的宋司令和分区机关也很危险。可是，杨天赐却不能继续战斗了。他只能咬牙撑着不让自己倒下。杨天赐希望自己这样能吸引敌人。自己吸引了敌人，别的同志就有可能趁敌人分心的那一刹那一下刺死敌人；自己吸引了敌人，别的同志就有时间装上子弹击毙敌人。杨天赐用最后全部的力气喊道："同志们！把敌人压——下——去——"杨天赐希望敌人也听见他的喊声，把刺刀都刺向巍然屹立的他，把子弹都射向巍然屹立的他。可是敌人却像瞎了眼睛、聋了耳朵，敌人的刺刀不来刺他，敌人的子弹也不打他——看着大家和敌人缠打在一起，看到敌人越来越多，杨天赐快急死了。

"哒哒哒——哒哒哒——"

连长丁大奎带着二排三排赶过来了。

丁大奎抱着机枪跳上坟头对着一片闪着寒光的钢盔猛扫。丁大奎扫一梭子跳下来，再跳上另一个坟头。机关枪吐出长长的火舌。火舌所到之处，敌人纷纷倒下。

"一连向左，二连向右——"

丁大奎虚张声势欺骗敌人。

战士们一个接一个越过杨天赐冲向前。

“鬼子退了，不要追，趴下瞄准打狗日的——”

是丁大奎的声音。

杨天赐这才感到伤处一阵剧疼，心里同时也又疼又苦——去球的，狗日的老鬼子，这个伤负得太窝囊！还不如一下死球了！

杨天赐这样想着的时候身子一软就倒下了。

背着小药箱的小黑娃跳过燃烧的树枝跌跌撞撞跑到杨天赐跟前喊道：“天赐哥，你伤着哪儿啦？”

杨天赐闭着眼睛说：“别管我，让我死球了！”

“娘呀！咋打中你这地方了——娘呀！一个蛋子没有了——娘呀！大腿上还有一个洞。消炎药只剩一点点，上哪儿？”

丁大奎吼道：“这还用问？都弄他命根儿上！”

杨天赐睁开眼咬着牙说：“别管我，老子不活了。给我一个手榴弹，我跟鬼子拼球了！”

小黑娃说：“我没有手榴弹。敌人都退球啦，你拼不成啦。娘呀！你手腕儿咋也负伤啦！”

杨天赐这才注意到他右手腕处不知啥时候被敌人的刺刀划了一下——立马右手也软了。

郝向光蹲下身子看着杨天赐的伤处说：“天赐同志，你可是共产党员啊，你说这话，还像一个共产党员吗？少了一个蛋子——哦，少了一个睾丸就不想活，没有这样的共产党员。我们共产党员在任何时候都要沉着、坚定、乐观。小黑娃，把镊子给我——”

女卫生员前些天牺牲了，新的卫生员还没有派过来，在药店当过学徒的小黑娃就背上了小药箱。小黑娃太小了，指导员郝向光总是和小黑娃一起救护伤员。

丁大奎走过来吸着冷气说：“鬼子咋打这么准。完了，完了。杨天赐，你完球了！你家到你这儿也断球了。”

杨天赐说：“连长、指导员，我这伤肯定好不了，半路上死了还得丢下。给我子弹、手榴弹，我多顶敌人一会儿，掩护你们撤。”

丁大奎大眼珠一翻又嘿嘿笑了：“杨天赐，你小子死不了。独头蒜更辣，伤一好，就让你小子回家当人种。”

前些天，一个民兵牺牲后，他爹扑到他身上边哭边骂：“老子就你一个种，你小子还没有留一个种就走了，你让你先人们坟前连个烧纸钱的人也没有。你小子真不是个东西，你小子真不是东西啊！”看老汉那样子，杨天赐想到了自己的父亲。杨天赐正低头难过，丁大奎拍拍他肩膀小声说：“你小子不要难过，你那两个女人肯定给你生娃了。”可到了晚上，丁大奎又跟杨天赐说：“你说你跑出来当兵前儿给你两个女人肚里都种上了娃子，我看不一定。你那时候还是个熊孩子，只怕种子还不管用哩。你小子想回家探亲，就提出来，我准你假。我让你回家当人种，让你给你爹种出两个烧纸钱的小子再回来。”杨天赐家在千里之外，杨天赐是共产党员、战斗英雄，还是排长，杨天赐发过誓：打不退日本鬼子不回家——丁大奎情知杨天赐不可能提出回家探亲才故意那么说。

丁大奎这人有时候真不像个连长！杨天赐把脸扭到一边不理丁大奎。

丁大奎掏出怀表看看说：“嘿，这表黑地也看得见——宋司令他们已经跳出去一个小时四十二分半。老郝，你给他们弄好伤口，抬上他们赶紧从那边钻出去。这股敌人被我们消灭得不多，肯定还会再摸上来。我带二排、三排再狠狠打他们一下。杨天赐，别哭鼻子啦，我说独头蒜更辣是真的，你若不信，你伤好后我让你回家试试。”

丁大奎对着杨天赐嘿嘿笑，又跑到前边了。

郝向光一边摸索着给杨天赐清理伤口一边说：“你看连长多乐观。你这地方上了消炎药，一定会好起来。天赐同志，你今天表现得很好。宋司令白天还夸你说：‘这个同志机智勇敢讲战术——’宋司令轻易不夸奖人。哦，宋司令还问你是不是党员？我说，是党员。为了他的入党问题我们开了三次支委会。宋司令问，为何开三次呢？我说因为他家是地主，他有个媳妇，还有个相好——”

郝指导员这人真好，就是太絮叨。

杨天赐说：“连长烧包蛋，生怕人家不知道他有个表。一会儿掏出来看看，一会儿掏出来看看。一说时间就说到分钟，这次又加上半分钟。”

郝向光一边轻轻包扎一边说：“打仗，分分秒秒决定胜败。连长他们再晚来几分钟，我们就让敌人报销了。天赐同志，外边至少有两千多敌人吧，包围圈里只剩下我们一个连，可你看丁连长一点儿也不慌，还这么乐观。我们共产党八路军不管到啥时候都不能悲观。”

小黑娃也说："天赐哥，现在老百姓很悲观，说咱们在冀中站不住了。你可不能悲观。你一悲观，咱们就完蛋啦！"

杨天赐说："小黑娃——"

听小黑娃也说这种教训他的话，杨天赐感到很可笑，但他不忍心对呛小黑娃。

杨天赐对郝向光说："指导员，宋司令他们抬着伤员一个小时四十分钟走不远。这股新来的敌人不好打，我还能战斗，让我留下来，跟二排、三排再打他们一下。我们多坚持一会儿，让宋司令他们走得再远一点儿。"

郝向光一边用力绑着绷带一边说："有孙天豹在前边接应，宋司令他们这个时候应该安全了。二排、三排刚才从几个方向向外猛打，咱们再在这儿狠狠打敌人一下。敌人肯定以为我们大部队还在包围圈里，夜里就不会进攻了。我们要赶紧钻出包围圈，那边的口子是特务连侦察班化装成鬼子在守着，时间长了会露馅儿。"

郝向光将杨天赐放到担架上，又和小黑娃去处理别的伤员。

杨天赐看着深蓝的天空和弯弯的月亮，忽然有点儿想哭。他想，丁大奎说得对，虽然自己和两个女人都"那个"了，但未必就种上了。即便种上了，也未必就能生出娃子。即便两个女人生下了娃子，兵荒马乱的，父母年龄大了，母亲还是瞎子。这些年家里一群老小是怎么过来的？父母和两个女人这些年会有多想自己啊。他想，快过年了，父母和两个女人还有儿子和女儿——杨天赐无端地感到两个女人一个生了儿子，一个生了女儿——肯定也在看着天上的月亮想着自己。

"床前明月光，疑是地上霜。举头望明月，低头思故乡。"

这是父亲的声音——夏天的夜晚，正跟小伙儿们一起练武艺的杨天赐被父亲从外边找回来，被逼着在温泉水里洗了澡，又被逼着躺在地坑院的新竹床上，看着四方形天空上的一轮圆月。瞎子老娘坐在竹椅上，摸摸他的额头，摸摸他的鼻子，又摸摸他的心口。父亲坐在竹床另一边，教训他一通后，又扇着扇子，用唱歌一样的声音教他背诗词。杨天赐却在心里温习着刚刚学会的几个招式，一句也没有记住，现在却回响在他耳边，把他的心带回过去，带到家里。

出来已经六年了，家中没有一个壮年男人，老家那一带经常过兵，南山还有刀客，一家人是死是活也说不定——自己当年一跺脚跑出来真是太不应该了——丁大奎骂自己是个熊孩子也骂得对。

也不能这么想吧？不跑出来怎么参加八路军？怎么知道共产党、共产主义和这么多的革命道理？杨天赐，你是共产党员啊，你今天是怎么啦？杨天赐心想，自己以前不曾这样的。自己以前也负过伤，以前负伤后可没有这样悲观（其实是伤感——杨天赐当时的语言里还没有伤感这个词）。杨天赐想起来，前些天看过那个老汉哭儿子以后，自己心里就发生了一些不好的变化。自己现在确实太悲观了，战斗还没有结束，自己就这样总想着家里很不好，郝指导员批评自己批评得对。自己是共产党员，不管在任何时候都要乐观、勇敢，都要想着消灭敌人打胜仗！现在，全连还在敌人的包围圈里。连长带着二排、三排从那边阵地转到了这里。如果那边的敌人也往里边摸就危险了。如果这股新来的敌人不再向这里进攻，也转到那边——不，这股敌人肯定还会向这里进攻，日本人报复心最强，他们刚才在这里吃了亏，一定还要再来打一回。这一次再把他们打回去，他们才会转到别处。和日本人打仗，非得把他们打败两回他们才服气。

……

"同志们——"

是丁大奎的声音。

丁大奎压着嗓子喊道："敌人又上来了，把手榴弹全拧开，趴下装死别抬头，放他们到近处，消灭了这股敌人我们才能安全转移。老郝，你带伤员快撤啊！"

……

二

郝向光和同志们抬起伤员跑出不远，后边就响起猛烈的枪声和手榴弹爆炸声。

跑着跑着，小黑娃跑不动了。

小黑娃说："我跑不动了，我也没有消炎药了，给我一个手榴弹，我也和敌人拼球了。"

郝向光二话不说，抱起小黑娃放到杨天赐的担架上。

郝向光说："天赐同志，你抱紧小黑娃。小黑娃把消炎药都上到你那地方了，只要剩下的这个睾丸不感染，你好了就还能和媳妇儿睡觉生孩子。你不要太难过。”

杨天赐说：“指导员，刚才我错了。你说得对，我是共产党员，就是两个睾丸都没了，我也还要打鬼子，也还要干革命。最后那点消炎药都应该上到腿上，保住腿我才能继续打鬼子、干革命。小黑娃，你个憨子娃把药上错地方啦！”

小黑娃说：“连长叫都弄你那命根儿上。你也不想想，你命都没了，你那腿咋跑？

杨天赐说：“小黑娃，谁跟你说那东西是命根儿？我们八路军的腿最要紧。没了腿，咋行军打仗？”

小黑娃说：“天赐哥，你大腿根儿那伤晒晒太阳就好了。可是，你那伤口紧挨着你的命根儿——你去的堡垒户有大闺女小媳妇儿没有？有大闺女小媳妇儿你咋晒太阳哩？”

有人说：“小黑娃，你应该替杨排长负伤。你大腿根儿还没有长毛毛，你那地方亮出来晒太阳，人家还要摸摸呢。”

小黑娃说：“下个月二十二我吃了鸡蛋就十三岁了，吃了鸡蛋，我的命根儿就长大了。一尿尿老高，谁敢摸我我尿她。”

“小黑娃，你命根儿长大就为尿人家啊。小黑娃，你不能长大，你长大了，再来个女卫生员，你就不能跟人家通腿睡了。”

“你是个大坏蛋。你才想跟人家通腿睡！”

那年冬天特别冷，晚上大家都穿着衣服铺一个被子盖一个被子通腿睡。小黑娃被安排跟女卫生员通腿睡。

“我日他日本人打死小玉姐姐，小玉姐姐还没有吃上生日鸡蛋哩。小玉姐姐活着，我下个月过生日，我不吃鸡蛋，让小玉姐姐吃鸡蛋。老乡给小玉姐姐的花生、红枣儿，小玉姐姐都让我吃了。我不吃鸡蛋，我叫小玉姐姐吃鸡蛋。”

“哈，你们没有听出来吗？小黑娃这是想吃鸡蛋了，今天谁过生日领鸡蛋了？”

杨天赐恍然大悟说：“小黑娃，你还想着我的那个鸡蛋吧？我都忘了，我给你，我给你——你压着我胳膊呢，你自己掏吧。在我棉袄里边的口袋里。”

小黑娃咽着口水说：“天赐哥，你都负伤了，我才不吃你的鸡蛋哩。我下个月二十二过生日发的鸡蛋也给你吃。”

杨天赐费力掏出一个挤扁的煮鸡蛋塞到小黑娃手里说：“你捧着连皮吃，把鸡蛋皮咬碎，别扎着喉咙。”

小黑娃说：“我只吃一小口，剩下的还叫你吃。哦，这个鸡蛋不好吃。一点儿也不好吃。”

小黑娃咬了一小口，又把煮鸡蛋往杨天赐手里塞。

杨天赐说：“我才不吃你的下巴水。”

小黑娃说：“我嘴也不脏，你也不是没有吃过我的饭。”

连里偶尔改善生活，比如吃红烧肉，吃蒸肉，吃有肉的杂烩菜等，老班长给小黑娃也是一大碗。小黑娃端起碗就躲开人群，看见一些人往他跟前凑就跑，跑到杨天赐跟前，就把肉块往杨天赐碗里扒拉。

小黑娃把鸡蛋往杨天赐嘴里塞，杨天赐说：“小黑娃，我现在一点儿也不饿，刚才休息时我吃了面豆。你快把这鸡蛋吃了，再冻一会儿就成凉疙瘩了。”

小黑娃说：“那我就吃了。下个月我过生日，我的鸡蛋叫你吃。”

郝向光说：“小黑娃真是长大了。小黑娃，等革命胜利了，天天叫你吃鸡蛋。”

小黑娃一边吃着鸡蛋一边说：“早上吃煮鸡蛋，晌午吃煎鸡蛋，黑地饭——”

“黑地饭吃你的蛋——”从后边追上来的丁大奎将两件鬼子的军上衣盖到杨天赐、小黑娃身上，又在小黑娃头上拍一下对郝向光说：“敌人大半被消灭了，子弹、手榴弹带回来了，坏枪换了好枪，剩下的全烧了。血不多的衣服也穿咱们身上了。这股鬼子是新换的军装，又厚又软和。就是没有缴获一件大衣。你看宋司令的大衣破成啥了？”

跟着丁大奎追上来的每个同志都背着一个大背包。有人腰间挂着好几个子弹盒。脚上都换上了日本人的棉皮鞋。

丁大奎接着就骂杨天赐：“你叫唤个球，少一个蛋子你就不想活，看你那个熊样儿？你活着就是为了弄那事儿？伤好了让你小子回老家天天弄那事儿！我们打鬼子，让你天天弄那事儿。老郝，你管政治管是个球！这种党员赶快开除了！”

有人小声笑。

郝向光没有笑，他很严肃地说：“刚才我已批评他了，天赐同志已认识到那样想是极其错误的。天赐同志，你看丁连长多乐观。你负了伤，但你不要悲观。当前形势很严峻，敌人造谣说我们要放弃冀中进太行山，有些老百姓也认为我们坚持不下去了——”

丁大奎打断郝向光又骂人："有些人以前跟着我们屁股后头喊万岁，现在不让我们进他家门儿。你小子到了堡垒户家一定要乐观。你若悲观，他们也会悲观。他们悲观了，会把你交给日本人换金票。"

郝向光说："丁连长说得对，越是这种困难的时候，我们革命者越要乐观，怎样才能乐观呢？首先要有战胜敌人的坚定信心。这方面，我们都要向丁连长学习。不过，有信心还要有耐心，不能急躁，不能总想跟鬼子拼。老丁，你说是不是？"

丁大奎："老郝，你这个笑面虎总是好话后头带扫把，你这不是说我急躁嘛！我急躁了吗？我急躁了吗？"

有人说："丁连长不急躁，丁连长从来不急躁。急躁的是杨排长，杨排长剩一个蛋子急球了。"

人们都小声笑。

丁大奎说："同志们，指导员批评我批评得对，我是有些急躁，我以后他娘的不急躁了，天塌下来也不急躁！同志们，这个鬼子的皮棉鞋就是暖和，伤员躺在担架上脚最冷，给他们都换上皮棉鞋。老郝，你们也换上。这股日本兵是从北边过来，皮鞋里边还有羊毛，穿上热乎乎的。"

大家都换上皮棉鞋，小黑娃穿上一双最小的还嫌大。

郝向光说："鬼子这鞋暖和但太沉，怪不得日本人追不上我们。我们的布棉鞋都带好，冲锋时候，赶远路，不太冷的时候，还要穿我们的鞋。"

丁大奎说："同志们，脚不冷了，我们快走。一定要在天亮前安顿好伤员。"

大家担上伤员又急忙上路了。

丁大奎说："老郝，今天的仗打得不错，这股新来的日军有很强的战斗力，但战术不行，我问了一个俘虏，他是个东北人，他们一共三个中队，一个中队一百二十多人，其中一半都是中国人。咱们要想法儿跟他打几回夜仗，把他们的装备弄过来。"

郝向光说："我同意，那样夜战确实可行。那么多人，也不用炮火准备就以密集队形冲过去。瞧准机会就打他。"

小黑娃说："连长，人家说咱们八路军白天不见夜里欢，是老鼠——"

丁大奎说："你连老鼠也不如——小黑娃，你没有药了，也跑不动，认个干娘给人家当儿子得了。我给你找个人家，那家养了一群鸡，你去了天天吃鸡蛋——"

小黑娃说："让我下来，我能跑动！"

丁大奎按住小黑娃对郝向光说："老郝，干脆把他俩都放到堡垒户——"

小黑娃大声说："特务连卫生员小马，还有分区那个黑长脸军医也没有消炎药了。我知道从哪儿能弄来消炎药，西王庄那个算卦的李老仙家有消炎药——娘呀——"

"小黑娃，小黑娃——停下、停下！小黑娃！小黑娃——小黑娃中弹了！"

小黑娃背后棉袄上有一个弹孔，掀起棉袄，一股鲜血正从后心一个圆圆的弹孔里慢慢流出来。再看前边却无弹孔。如果不是小黑娃挡着，这颗子弹一定打进杨天赐腰间。

一个同志打开小黑娃的药箱，将里边最后一小卷绷带绑到他伤口上。

丁大奎说："小黑娃，你把这卷绷带用了，下一个同志负伤了用啥？你是卫生员，你却让别人给你包伤口。你这时候负伤就是耍赖皮。"

有人说："不怨小黑娃，怨我刚才说小黑娃应该替杨排长负伤，我这嘴又准又臭，又臭又准。以后再不敢胡说了。"

丁大奎说："你恁能耐，你咋不把日本人都说死？是颗流弹，劲儿不大，钻不深。小黑娃，你忍着，到了老乡家我给你把子弹挤出来。"

小黑娃嘴唇动着："有点儿热，不疼——我，我想吃煎鸡蛋——"

郝向光说："小黑娃，过了这一阵儿，我就让老班长给你煎鸡蛋吃。你是全连的小黑娃，以后不管哪个同志过生日，都要让老班长也给你一个煮鸡蛋。你不要看连长的黑熊脸。这个事儿，我说了算！"

丁大奎故意绷着的脸也松开了。

丁大奎摸着小黑娃头顶说："小黑娃，你听清没有？你不要看我的黑熊脸。这个事儿，我也同意。只要你不死，以后不管哪个同志过生日，给他发鸡蛋的时候，也给你发一个。后天我过生日，给我发一个鸡蛋，也给你发一个鸡蛋。吃了鸡蛋要长心眼儿，不能再说憨子话，不要再说你亲娘叫日本人抓走——"

小黑娃说："我亲娘就是叫日本人抓走的。两个日本人把门关上打我亲娘半天，把我亲娘抬到汽车上拉走了。我爹是软蛋吓得趴在地上不敢抬头。我奶奶活着的时候，说日本人关住门没有打我亲娘，是让我亲娘给他们煎鸡蛋吃，可我真听见我亲娘被他们打哭了。我奶奶说，日本人抓走我亲娘，是让我亲娘去给他们做好吃的，我亲娘不光会煎鸡蛋，还会做好多好吃的。我奶奶死了以后，我后妈——”

“小黑娃——”丁大奎托着小黑娃的手把鸡蛋往小黑娃嘴里塞。“小黑娃，你快点儿吃吧。到了前边的堡垒户，我就让高大娘给你煎鸡蛋吃。”丁大奎俯下高大的身躯，用胡子扎小黑娃的额头。

“连长，你又扎我。我一说我亲娘、我后娘你就不让我说，人家说你亲娘也让坏人抓走了——”

“不要说了，再说我打你——”丁大奎扯着嗓子吼叫道。

小黑娃吓得不敢吭声了，小黑娃呆呆地看着丁大奎。

丁大奎说：“小黑娃，你说，哪个狗日的跟你说的这话？”

“他不让我跟你说，他今儿死了，我跟你说吧——是马满山，是他跟我说的。马满山还说你长大后把害你亲娘的那一家人全杀光了。他说，以后我们打到日本，找到那两个抓走我亲娘的日本人，也杀他全家——”

“马满山，你小子——我日他日本人，兄弟们都听着，以后逮到日本炮兵就砍了他。”

“连长，你哭了，你也想你亲娘了，你也想起你后娘了，你想起你亲娘给你做的好吃的了——后娘都是狼变的，高大娘说日本人也是狼变的。我后娘叫日本人扎死不亏！娘呀——”

小黑娃张开的大嘴突然不动了。

杨天赐拍着小黑娃的脸：“小黑娃，小黑娃！小黑娃你咋啦？”

“让我看看——小黑娃，小黑娃——”

小黑娃头一歪，慢慢闭上了眼睛。

郝向光把手指放在小黑娃鼻子下：“没气了，真死了。刚才还好好的，咋一下就死了？肯定是受了内伤。”

杨天赐双手举起小黑娃说：“小黑娃，你咋死了？谁让你死啊，我死了才好——放我下来，你们快走，再抬我还要死人——”

“你号个球，枪里有子弹咋不开枪？你小子——”

“老丁，你——”郝向光打断丁大奎的话头，从杨天赐手里接过小黑娃抱到怀里：“小黑娃，你刚才还好好的，你咋——我日你日本人，你抢走人家娘，又打死人家娃！”

可怜的小黑娃经受了太多苦难。小黑娃把队伍上的每个人都当亲人。小黑娃有些憨话叫人发笑，有些憨话让人听着心疼得受不了。大家平常疼爱小黑娃就像疼爱自己的亲娃子。谁也没有想到小黑娃一眨眼就这么死了。人们有的骂，有的哭，有人不骂不哭但把牙咬得咯吱吱直响。

后边又响起枪声。

丁大奎说："老郝，你抱着小黑娃上担架，我把你也抬上。但你必须把小黑娃给我抱活过来！"

郝向光说："同志们，化悲痛，不，化仇恨为力量吧！我们赶紧走！"

郝向光这样说着，可他把小黑娃轻轻放到路边麦地里后却没有立即起身，还对着小黑娃咕咕哝哝。杨天赐从担架上爬起来还想再看看小黑娃。丁大奎拉起郝向光，按下杨天赐吼道："别老娘们儿了，快走！现在是三点五十三分半，天亮前伤员到不了堡垒村，我们都得死！"

"走，快走！"郝向光说，"同志们，附近村庄条件都不行，我们一定要把伤员抬到前边村里，安置到堡垒户——"

大家又抬起包括杨天赐在内的九个伤员一声不吭地向前跑。

三

这是1941年冬天冀中八路军某部与日军作战的情形。

那片坟地有十多亩吧？老虎连以它为依托抗击了敌人一整天。入夜后，他们又从这里向敌人发起了几次反冲锋。宋司令带领特务连和分区机关跳出包围圈后，丁大奎带领二排、三排悄悄去接替了特务连原来的阵地，指导员郝向光和杨天赐带一排坚守这片坟地，为了掩护宋司令和分区机关，他们又向几个方向发起攻击，让敌人相信我们的主力还在他们的包围圈里。敌人可能相信了，好一会儿没有再向他们攻击。老虎连也不再出击，大家利用这宝贵的时间休息，恢复体力。大家太累太困了，许多人一坐下就睡着了。杨天赐用细草棍撑住上下眼皮，也迷糊着了，幸亏有月亮照得敌人的钢盔寒光闪闪。敌人钢盔的寒光照进杨天赐的眼睛，杨天赐一激灵醒了。杨天赐大叫一声“鬼子摸上来了——”，同时扔出一颗手榴弹，装上刺刀就冲向敌人。同志们都一跃而起跟着杨天赐冲向了敌人。

这是一股新投入战场的日本兵，军装钢盔皮鞋都是新的。白天和老虎连对打的日本兵天黑以后就不敢再向这片坟地进攻。这股新来的日本兵竟然摸到老虎连的阵地。夜战是我们的强项，晚上都是我们进攻打敌人，这股敌人竟然来摸我们还差点儿得手——杨天赐晚醒来一分钟，全排就完了，不仅全排完了，而且——太可怕了！狗日的，难道你们不知道我们八路军最擅长夜战？狗日的差点摸到老子鼻子上，老子们是老虎连，想占老虎连的便宜，想得怪美，今天就让你们知道知道老虎连的厉害。

杨天赐恼羞成怒，恨死了这股敌人，只恨变不成老虎，将这些日本兵都吞吃了。

“砰砰当当——杀啊——”杨天赐把一个日本兵刺了一个透心凉。

“砰砰当当——杀啊——”杨天赐猛地从日本兵肚子上抽出刺刀又扎透一个想偷袭他的日本兵。

水连珠枪身比三八大盖长一些，前边的四棱刺刀扎进肉里不吸刀很方便拔出来。老虎连清一色的水连珠，最喜欢和日本人拼刺刀。别的部队和日本兵打白刃战，我方两三个人才能换一个日本兵。全分区只有老虎连和日本兵拼刺刀能占便宜，而且是占大便宜。杨天赐是全连的拼刺老三，老大是连长丁大奎，老二是马满山。马满山白天让炮弹炸没了，一个炮弹直直朝马满山落下，轰的一声后，满天一团烟尘，地上一个坑。大家找了半天，也没找出一点儿可以确定是马满山的东西。

刺死两个日本兵后，杨天赐发现这股日本兵也蛮能拼，刺倒他们一个也很不容易。杨天赐心里一阵发紧：这股日本兵肯定是专门调来对付老虎连的，光自己这个排怕是顶不住这股敌人。说是一个排，其实只有半个排了。

一个鬼子正和我方一个战士对刺。我方战士几次发力没扎中他。我方的人都有些累了，新上来的这股日本兵浑身是劲儿。这家伙进进退退还想再消耗我方的体力。杨天赐大叫一声：“老子来了——杀啊——”日本兵一愣，下意识抬起脖子向杨天赐看，就在他抬头转眼一瞬间，刺刀扎进他胸膛。这是个新兵蛋子，虽然技术还可以，但却没有经验。老兵拼刺时只盯着对手的眼，天崩地裂也不动神。

一个日本兵转到杨天赐身后，杨天赐突然转身踢他一脸土，紧接着一刺刀就扎进他胸膛。杨天赐的刺刀穿过日本兵身体后又扎进小柏树，杨天赐用很大力气才拔出刺刀。刺刀没有弯。水连珠的四棱刺刀就是好，换成三八刺刀肯定不是弯就是扭。

杨天赐抽刺刀的时候，他前边一个战士正和一个老鬼子对峙。杨天赐注意到那个战士的小腿已负伤。杨天赐拔出刺刀时，负伤的战士已被逼得背靠一棵小树，这是一个很有经验的战士，他怒视着老鬼子一动不动，刺刀水平方向直指老鬼子，摆出一副与其同归于尽的架势。老鬼子往左边蹦一下，往右边跳一下，他却只将刺刀尖微微移动。他没有力气进攻了，他只能以这样的姿势等敌人刺过来时和敌人同归于尽。杨天赐从小树后闪出，大喊一声："老鬼子，老子来了——"只见杨天赐一个跳跃，端着滴血的刺刀扑向老鬼子。老鬼子被吓了一跳，腾的一下往后蹦老远。杨天赐把滴血的刺刀晃晃，引诱老鬼子向他先刺。和这种老鬼子对刺，杨天赐总是后发制人。那老鬼子也把滴血的刺刀晃晃想引杨天赐向前冲。这真是一个老兵油子！杨天赐想一枪打死他，又想那样太便宜他兔孙了。老鬼子的刺刀滴着血，他肯定刺中了我们的人。对这种凶恶毒辣的敌人要以血还血。杨天赐眼角的余光扫到脚边有根冒火苗的小树枝，他想把小树枝踢向老鬼子。他刚悄悄伸出脚，老鬼子突然开枪了。杨天赐身子一晃，老鬼子狞笑着冲过来。杨天赐只向后晃了一下却并没有倒下，杨天赐一个鲤鱼打挺绷直身子，将滴血的刺刀对着老鬼子就猛扑过去。中弹后的杨天赐已没有力量拨开敌人的刺刀。他现在只能这样——在敌人刺刀扎进他身体的同时，争取把自己的刺刀也扎进敌人的身体，和敌人同归于尽。"扑哧——"杨天赐感到他的刺刀扎进了敌人的肉里，可是敌人的刺刀呢？睁开眼的杨天赐看到他的刺刀扎进了老鬼子后背，老鬼子脸朝下趴在地上，带血的刺刀差一点儿就挨着杨天赐前边的脚了。杨天赐正诧异，郝向光飞快看他一眼。杨天赐立马意识到这是郝向光一枪打中了老鬼子的心口。

郝向光射出的那颗子弹如果不是打在老鬼子心口，比如打在老鬼子的脑瓜儿上，即便打碎了老鬼子的脑瓜儿，老鬼子也只会往后倒，那样，老鬼子的刺刀照样扎进杨天赐身体而且还要向上挑把他给开了膛。千钧一发之际，只有一枪打中老鬼子心口才有可能保住杨天赐——人只有被子弹打中前边心口才会往前一扑狗吃屎似的立刻死。

打倒了杨天赐面前的敌人，郝向光的两支二十响继续吐出火弹。杨天赐眼看着几个凶恶的鬼子倒在郝向光的枪口下。丁大奎带着二排、三排冲过来以后，郝向光又跳上坟头对着敌人射击，他还是一枪一弹，不打连发。敌人退了以后，郝向光才跑过去给杨天赐弄伤口——鬼子那颗十分阴险的子弹打穿了杨天赐的大腿后，又打碎了他一个睾丸。

……

郝向光背着长枪挎着两支二十响还抬着杨天赐。丁大奎带着尖刀班在前边开路，其他同志都护卫在伤员两边，他们穿村过店，蹚河翻沟，还打退了几小股出来拦挡的敌人。天快亮时，杨天赐等九个伤员被抬到一个堡垒村边。

堡垒村就是堡垒户比较多的那些村庄。堡垒户，是指那些铁了心跟共产党八路军好，不管到啥时候都不变心的人家。人民跟人民也很不一样。日本人打进根据地后，首先对跟共产党八路军最好的人家和村庄实行杀光、抢光、烧光的三光政策，吓得一些原来对共产党八路军也不赖的人家不敢再给共产党八路军开门。疾风知劲草，烈火见真金。堡垒户就是劲草和真金。堡垒户家的大门永远对共产党八路军敞开着，堡垒户宁可全家被杀也不会交出共产党八路军，共产党八路军的伤员进了这种人家就像进了堡垒。

丁大奎说："敌人扫荡前，为了便于我们活动，这个村的人把狗全都杀了。但是，现在情况太严峻，谁也不敢保证没汉奸。给大家一人两个手榴弹。宁可自己死，也要保护堡垒户。"

郝向光叮嘱负伤的同志："同志们住下后，要注意保守秘密，还一定要乐观，要让老乡相信我们一定能把敌人从根据地打出去！"

杨天赐接过两个手榴弹，丁大奎又悄悄往他怀里塞了一把短枪。

丁大奎小声说："你去的高大娘家，是堡垒户中的堡垒户。万一有情况，你要多顶一会儿。"

杨天赐点点头说："你放心。万一有情况，肯定我死他们活。"

那天，老虎连最后受伤的九个同志都被安排到了那个堡垒村的堡垒户。

丁大奎、郝向光亲自把杨天赐送到高大娘家。刚进到高家大院还没有进屋，村外又响起枪声。

丁大奎侧耳听着外边的枪声说："老郝，敌人又追上来了，我们不能待在这个村子。必须把敌人引开。"

"必须引开敌人——听枪声，这伙敌人不多，他们是为大部队找目标的。争取消灭他们，不然，他们还会咬住咱们不放。"

老虎连原计划白天都藏在这个村里，看来不行了。

"老郝，你带几个人把他们往村边引，我带二排绕到他们后边，消灭了他们，我们再转到那个最安全的地方。”

郝向光说：“只有这么办了。让大家换上日军服装。高大娘，你们快下地道。”

连长、指导员把杨天赐安排到地道里，交给高大娘一些钱和粮票，就带着同志们旋风般冲了出去。

外边响起一阵阵激烈的枪声和手榴弹爆炸声。

枪声越来越稀，后来就没有了。杨天赐心想，这股讨厌的敌人终于被消灭了。消灭了这股敌人，连长和指导员就带着同志们化装成日本兵大摇大摆地走向杨天豹的炮楼。杨天豹是分区的独立团长，前些天杨天豹带着他的独立团假装投降了日本人。

敌人被引走了。高大娘和女儿小荣为杨天赐洗过头脸，换过衣服，又忙着为他弄吃弄喝。杨天赐躺在地道里忍着疼痛和饥饿，反复回想自己在那场恶战中的表现。

这是杨天赐的习惯，每次战斗后他都这样。

那天吃早饭的时候，老炊事班长刚把一个煮鸡蛋装进杨天赐口袋，又来两个同志来要生日鸡蛋。

老班长说：“都有，都有，午饭时候给你们。”

正说着，枪声响了。

一场恶战从早上一直打到半夜。本来以为要结束了，因为那股偷偷摸上来的敌人，又恶狠狠打了一回合。

杨天赐感到他自己在那一整天的恶战中表现得还可以，就是最后的负伤太不应该——太不应该了！

前些时候，连长丁大奎就已经跟大家讲过，鬼子们以前瞧不起我们，拼刺刀之前子弹全退完。现在看我们拼刺技术上来了，鬼子们退子弹不退完，以后和敌人拼刺刀的时候，枪里有子弹一定要先开枪。

杨天赐枪膛里还压着两颗子弹呢！他以为老鬼子枪里没有子弹才没有开枪——老鬼子肯定以为能拼过那个同志才不开枪；老鬼子肯定感到拼不过自己才开枪。

郝向光半路上小声跟杨天赐说：“天赐同志，你这次负伤责任在我。我已注意到那个老鬼子，猜到他枪里可能还有子弹，我打他打晚了——”

郝指导员总是这样，把不是自己的责任也往自己身上揽。自己这回负伤跟指导员没有一点儿关系，都怨自己没有听进连长的话。杨天赐，你是个共产党员，应该在各个方面都起模范带头作用。你起的这是啥模范带头作用？人家吼你，你不亏！

杨天赐感到十分惭愧和内疚。

四

杨天赐正在地道里惭愧内疚，高大娘端着一碗白面鸡蛋汤下来了。

高大娘的女儿小荣低着头跟在高大娘身后，像是在笑着，又像没有笑。

高大娘说："小同志，大娘做饭慢，让你饿坏了吧。伤处还疼不疼？"

杨天赐看着高大娘微笑着说："大娘，谢谢您，伤处不太疼了；我也不太饿，干粮袋里还有面豆呢。大娘，白面汤就很好了，您咋还往面汤里打了鸡蛋？"

请注意，杨天赐说的是"您"，不是"你"。这是杨天赐跟郝向光学来的。郝向光说，对于自己尊敬的人要说"您"，不能说"你"。"您"字下边有个心，说"您"说明你真心尊敬人家，你真心跟人家好。

高大娘说："小同志，你负了伤，流了血，就要吃好的补一补。小同志，你今年多大了？"

杨天赐说："大娘，今天——哦，是昨天了，昨天是我二十二岁生日。"

高大娘说："二十二岁？昨儿是你的生日——那可真是巧了。小同志，你在家的时候过生日你娘都给你做啥好吃食？你说说，大娘也给你做补上。"

杨天赐说："小时候过生日，娘给做面叶吃，面叶里窝——现在大了，过生日吃啥都中。大娘，我昨儿——"

高大娘："你这小同志啊！是面叶里窝荷包蛋吧？我也会做长寿面，大娘擀的长寿面又细又长。当年你大伯在那个汉奸地主家当长工，大娘给你大伯送长寿面让地主看到了，以后他年年过生日都叫我去给他擀长寿面。好人吃了长寿面才能长寿，坏人吃再多长寿面他也活不长。好人生日这天吃一碗长寿面至少多活一年。小同志，你喝了这汤我就给你擀长寿面。你们昨儿打了一天仗，就是不打仗，队伍上也不像家里——小同志，大娘今儿给你补上。"

杨天赐说："谢谢您，大娘，我昨儿早上没打仗的时候已经吃了长寿面，还吃了煮鸡蛋（其实只有煮鸡蛋没有长寿面，杨天赐说的不全是实话）。"

高大娘："小同志，你哄谁哩？大娘家住过的同志多了去了，没听说谁在队伍上过生日还能吃上长寿面，还能吃上煮鸡蛋。你不要外气，在大娘家住的人，大娘都要问出他生日。赶上了，那天都给他们做长寿面、窝荷包蛋。"

杨天赐说："大娘，您对我们八路军太好了。我跟您说吧，我们八路军也不是都能吃上长寿面和煮鸡蛋。有的能吃上，有的吃不上。我们连以前就吃不上。郝指导员来了以后才吃上。郝指导员来了以后，不管是谁，过生日那天都能吃上一碗长寿面、一个煮鸡蛋。当天吃不上，后几天也会补上。郝指导员说了，我们革命军队也是个大家庭，要让每个同志都能感受到家的温暖。"

杨天赐说这话的时候想到了小黑娃。

杨天赐早已不是见了死人吃不下饭，见同志死在跟前好多天痛苦难受走不出来的新兵蛋子。长年的战争生活让人的心都变硬了。一场大战自己能不死活下来，首先是为自己庆幸，接下来才是为牺牲的同志难过。如果打了胜仗，接下来还要总结评功开祝捷大会。那时候也会想起牺牲的同志，但都是想一下就过去了——昨天牺牲了不少同志，想起其他牺牲的同志，杨天赐也是难过一下就过去了。可是一想到小黑娃，杨天赐的难受劲儿就过不去。小黑娃太可怜了，日本人打下卢沟桥那年，一伙日本兵冲进小黑娃家把小黑娃亲娘抓走了。小黑娃的亲娘对小黑娃很亲很亲，小黑娃的后娘对小黑娃很不好。小黑娃说，后来后娘又让他爹把他送到汉奸掌柜的药店当学徒，挨那货打。小黑娃可能被打得太多，确实有点儿憨。小黑娃第一个月的两块钱津贴全部买了煮鸡蛋。小黑娃吃着鸡蛋说着亲娘的好、骂着后娘的孬，吃着、说着、哭着、骂着，后来就掀起衣服让大家看身上的伤。前些日子小黑娃的后娘被日本人打死了。小黑娃听说后一点儿也不难过，还说了憨子话，让指导员开导了半天。小黑娃还没有长大，还没有真正懂事就这么死了，还是为杨天赐挡子弹死的。杨天赐后悔没有早点儿掏出那个鸡蛋让小黑娃吃了。

高大娘说："我看得出来，这队伍跟家一样。家，要有个男人顶天立地，撑起窝子。但窝里人的冷暖饥饱，还是要有个女人来用心操持。大兰娘死了以后，大兰爹是个粗拉人，根本想不起来给大兰过生日。我年年给她煮红鸡蛋，给她擀长寿面。郝指导员是个细发儿人，可你们队伍上的长寿面肯定没有大娘擀的又细又长。"

听着高大娘的话，杨天赐又想到那两个跟老炊事班长要鸡蛋的同志，那两个同志在昨天的战斗中也牺牲了。他在心里说，杨天赐，你是共产党员呀。共产党员

要吃苦在前，享受在后，你这个共产党员当时咋就没有把鸡蛋掏出来给那两个同志呢？换成连长、指导员肯定给他们两个了。你这个共产党员比起别的共产党员差远了！

杨天赐说："大娘，谢谢您。这一大碗鸡蛋汤就算给我过生日了，您可别再费事儿了。"

高大娘说："看你这同志说的，擀一碗长寿面有啥费事儿的？大兰说你立了大功，是宋司令让把你安排到我家的。小同志，到大娘这儿，你就当到了家。汤不烫了，来，大娘扶你起来，叫小荣喂你。喝完这汤，大娘再给你擀又长又细的长寿面吃。你今儿吃了大娘的长寿面，明年还想吃——就跟大兰一样样的。"

大兰是这个村的地下妇救会主任胡大兰。

那一带原是根据地中心区，敌人扫荡前，各种抗日组织都是公开的，如武委会、民兵队、青抗先、妇救会、儿童团等。敌人扫荡后，公开组织的头头儿要么牺牲（原来的妇救会主任就牺牲了），要么奉命转移到外地，还有的向敌人投降不干了。原来各种公开的抗日组织自然也没有了。重建的抗日组织和村里的抗日工作都是秘密的，地下是秘密的形象说法。

来的路上，连长丁大奎对着杨天赐耳朵说："高大娘家就母女俩。你小子是个共产党员，还是个二茬儿光棍。你做梦都想媳妇儿，这事儿人家可都跟我说了。但你必须牢记三大纪律八项注意第七条，可别像那货给我们老虎连丢人。"郝向光也小声跟杨天赐说："杨天赐同志，分区党委已作出决定，这时候违反群众纪律就是叛党，要处极刑的。我们强调'共产党员要慎独'。'慎独'的意思我也给你讲过了。你离开了组织，也要自己严格要求自己，时时刻刻以共产党员的标准对照自己。希望你早日养好伤，为革命担起更重的担子。"

喝了一大碗白面鸡蛋汤，杨天赐不饿不冷了，感到心里暖洋洋的，伤口也不太疼了。

杨天赐这时候把首长们叮嘱他的话都想起来了。

杨天赐说："高大娘，我跟您说个事儿——给我一个小箩筐，里边放些烧过的柴火灰，我解手解那里边。再给我找一个尿壶，我这伤不算重，大小手我都能自己解决。"

高大娘说："小同志，你伤得可不轻，看你喝碗面汤都累得满头大汗。你不要难为情。大娘给同志们接屎接尿多了去了。”

杨天赐说：“大娘，谢谢您！请您找来那两个物样，让我试试吧。”

高大娘说：“不用试。小同志，到了大娘这儿，你就到家了。你把大娘当成亲娘，亲娘能给你做的，大娘都能给你做。”

杨天赐说：“大娘，您就让我试试吧。”

高大娘说：“小同志，大娘看出来了，你是个知道体谅人的好孩子。大娘听你的，让你试试。不成，你就安心让大娘帮你做。你是为了让大娘这种老百姓过上好日子才流血牺牲的，伺候你，大娘心甘情愿。你就当大娘是你亲娘，当小荣是你亲妹妹。”

杨天赐听高大娘这么说，忍不住看小荣——他那眼神快得像闪电，只一闪就收回来了。

小荣低着头似笑非笑，好像根本没有感受到来自杨天赐的那道闪电。

杨天赐来到高大娘家，看到小荣第一眼心里就一激灵。小荣那年才十七岁多一点，柳眉杏眼，唇红齿白，新鲜水灵儿，就像带着露珠、含苞待放的花骨朵儿。不过，杨天赐当年看到小荣那么一激灵，还真不是一般意义的惊艳。杨天赐那么一激灵是因为小荣和他媳妇长得太像了。

杨天赐感到别人都没注意到他心里的那一激灵，只有小荣注意到了。

小荣当时就皱皱眉头，低下头。

杨天赐以前听人说起过高大娘这家堡垒户，还听说有人因为小荣出过事——不能这么说，出那事根本不怨小荣，出那事都怨那人他自己——那人参加八路前当过土匪，是杨天豹原来的护兵。那货打仗的时候是疯子，不打仗的时候是闯祸精。那货伤快好的时候在高大娘家表现很不好，被两个同志接回去受处分。他小子走的时候还给高大娘磕了头，头上磕出两个血疙瘩，还对小荣发誓说一定要多杀日本人多立功，等他当了团长再回来娶小荣，求小荣不要嫁别人。因为都是战友同志，回来的路上也没有绑他。半路上遇到日本人，那货夺过一个同志的枪，一枪把一个日本军官从马上打下来。那天，整整一个中队的日本鬼子带着一个大队的伪军要去偷袭我们正在看戏的军民，半路上让这货一枪打死了指挥官。那货打仗真冲，他打一枪换一个地方，又让那两个同志跑到敌人两边开枪、扔手榴弹。附近村里的民兵也赶过来，一边打日本人，一边在铁桶里放鞭炮，竟然把那么多的敌人搞蒙了。他们正蒙着呢，我们正在看《白毛女》的部队赶来了。同志们把对黄世仁的仇恨都集中到这伙儿敌人身上。只有少数几个敌人在战斗结束后活着跑回去。在战斗中，那个闯祸精和押送他的两个同志都牺牲了。那货的尸体是杨天豹翻弄半天才认出的。杨天豹说："就是这小子，只有这小子是三个蛋子。这小子急着立功当官儿娶老婆。"杨天豹很伤心地说："我投八路时，他非要跟我也来投八路。我说你干不了八路，八路纪律严。他说，你投谁我投谁。我这辈子跟你跟定了。宋司令，你们这八路就这点不好，娶个媳妇儿还要恁多条件。"宋司令说："这是我们共产党八路军的规矩。你受不了可以带着你的人马走——"

杨天赐为自己那一激灵很后悔。他想，小荣肯定把他想成那货一样的人。那货是个骚胡蛋，肯定见小荣也是一激灵，而且肯定是一个大激灵。他心里一激灵，脸上肯定也是一激灵，说不定两眼放光把人家吓一跳。

这个死货死了还害人！不过，不能全怨那个死货，也有些怨自己哩，自己这一阵子也太想媳妇儿了！自己这一阵子想家、想媳妇儿都赖丁大奎。丁大奎想娶媳妇儿成家，缠着自己问这问那，勾得自己也想家、想媳妇儿。可丁大奎他反过来又笑话自己，算什么东西？丁大奎和指导员相比，真是相差太远了！

杨天赐为了让小荣感觉他不是那种人，小荣喂他喝汤的时候，他使劲儿憋着只看汤碗不看小荣。

杨天赐真是没有往小荣身上看，可他也搞不明白，咋就把小荣上上下下高高低低寸寸地方都看遍了。这姑娘长得咋这么好看！小荣太像秀女了。秀女也有这样白白细细的手指头；秀女身上也有这种说不出，却让人闻了还想闻的味道；秀女也总是这样低着头，像是在笑着，又好像没有笑，没有笑却总有隐隐约约的笑影——秀女是杨天赐的媳妇儿。

杨天赐微笑着说："大娘，谢谢您和小荣同志。我才到您家一会儿，我就感到您对我们八路军真是比对亲人还要亲。"

高大娘说："你这小同志，年纪不大，可真会说话哩！"

高大娘说着看看小荣。

小荣好像没有听见杨天赐感谢她，也没有听见高大娘夸杨天赐。还是那么低着头，好像在笑着，又好像没有笑。

杨天赐心想，她在想什么呢？刚才她喂自己喝汤的时候只看着自己嘴，也不往自己其他地方看一眼，也不问伤处疼不疼。她肯定还在想自己那一激灵，她肯定把自己想成那货那种人了。

杨天赐不知道小荣虽然没有仔细观看他，但也已经发现他这个同志很年轻、很英俊，脸不黑，眼很亮也很贼，很会说，不像有些同志说话光带把儿。小荣感到他这个同志虽然激灵一下之后就不再看自己，可他那黑亮黑亮的眼睛里，已伸出无形的细绳，细绳前边有无形的小钩钩在自己身上。还有，他那些话表面是说给娘听，其实都是说给自己听的。

高大娘家早就是堡垒户，在高大娘家住过的同志多了去了。同志跟同志也很不一样。小荣虽然年龄不大，但已阅人无数。别看小荣表面腼腆稚气，人前说话还脸红，其实可机灵、可细腻、可有心眼呢。

小荣想起来了——以前听人说起过这个杨天赐。对，说的就是他！说的就是他的故事。小荣心里想，这个人能打仗立功，嘴巴说得怪美还不带把儿，可他也不是个老实人！

高大娘看杨天赐又出神，小荣也不抬头。高大娘微微笑了一下说："小同志，你又在想啥呢。我跟你说，你没有来过我家，可我和小荣都听过你的故事呢。"

小荣说："娘，你不要说道了。我上去绣花了。"

高大娘说："你去给他们绣吧，那种人家嫁闺女，差不多就行了。"

小荣低着头上去了，高大娘问杨天赐："小同志，你们那个小黑娃哩？这回你们来咋没有看见他？"

"高大娘，连长、指导员给小黑娃认了个干娘，小黑娃在他干娘家，在哪个村我也不知道，那是秘密。"

"你们连长、指导员也真是的，咋不让小黑娃认我当干娘呢？丁连长在我家养伤的时候，小黑娃跟着在我家，我和小荣可待见小黑娃呢。小黑娃才多大一点儿，就受了恁大的苦楚。我真想认他当干儿子，当亲儿子一样好好亲亲他，可他一听吓坏了，他是真把队伍当家了，把你们当亲人啦。小同志，你咋这么难过？你跟大娘说实话，是不是小黑娃牺牲了？"

"不是，不是。我也是想到小黑娃受的苦楚。我原来想着等队伍打到我们家那儿，让小黑娃去到我家，认我爹我娘当干爹干娘。小黑娃太小了，让他在我家好好待几年，长大了再来队伍上。我爹我娘就我一个，我没有兄弟姐妹，我爹我娘会拿他当亲儿子待，可是连长、指导员偷偷把小黑娃送到别人家了。"

“小同志，你别难过了。连长、指导员给小黑娃寻的人家那也不会差。小同志，我看出来，你可不像别人说的那样。你是个好同志，说话好，行为好，心肠也好着呢。你说，你没有兄弟姐妹，你让小黑娃去你家认你爹你娘当干爹干娘，小黑娃认了你爹你娘当干爹干娘，那小黑娃就是你的干兄弟了。你想没想过也让你爹你娘认一个干闺女，你爹你娘认了干闺女你就也有干妹妹了。哦——你想瞌睡了吧，打了一天仗，跑了一夜路，你好好睡一觉，等你醒了，好吃大娘给你擀的——”

“砰砰砰——”

是枪声。

高大娘咽下嘴边的话，看一眼杨天赐，示意他不要动，就赶紧上去了。

五

那天响枪是日本人开枪打猪。

高大娘说，日本人来要白面、猪肉，还要鸡。村里人给他们弄了一些白面说，猪、鸡都没有了。正说着呢，一头大憨猪跑出来，日本人打了猪，看那猪挺肥，也不说要鸡了，拉上死猪就走了。

高大娘的鸡都圈在院子里。怕鸡飞出去，高大娘把鸡的翅膀都剪了。

杨天赐在高大娘家住下后，高大娘不光让杨天赐喝白面鸡蛋汤，吃白面叶，还熬了鸡汤让小荣喂杨天赐喝。杨天赐以前也在其他堡垒户家养过伤，他感到高大娘对自己真是太好了。

不过，这个小荣同志——

杨天赐刚到高大娘家那几天，小荣跟杨天赐不多说话，也不管他解手，只喂他吃喝。因为杨天赐伤的不是地方，小荣头几天也不给他洗伤口换绷带。

杨天赐没有因此对小荣有意见，不仅没有一点意见，还觉得这小姑娘做事有分寸。虽说八路军是人民的子弟兵，军民一家亲，但毕竟跟真正的一家人还是不一样的。小荣若是自己的亲妹妹，宁可自己给伤员做这些事情，也不乐意让她做。

杨天赐连高大娘也不愿麻烦，大小手他总是忍着疼自己解决。高大娘好几次问他："小同志，你真能成？你真不疼？"杨天赐说："大娘，我真能成，我真不疼。"高大娘说："小同志，你肯定疼。你说你年纪也不大，咋这么知道体谅人？"杨天赐还对高大娘、小荣说，他好吃玉米面、高粱面；又说鸡汤好喝有营养，但喝一回就中了，不能为了他一个人把鸡都杀了。鸡都杀了，你们以后就不能拿鸡蛋换盐了。以后有同志来你家养伤也喝不上鸡汤了。高大娘说："小同志，你这好孩子咋这么知道体谅人？你越这样，大娘越对你好！"又说："好孩子，你吃吧，不要心疼，你不吃，指不定就进鬼子们肚里了。"

从那以后，高大娘就叫杨天赐"好孩子"，不叫"小同志"了。

这天，高大娘又端着一碗鸡汤下到地道里。

小荣低着头跟在高大娘身后，还是那表情：像是在笑着，又像没有笑。

杨天赐很诚恳地说："大娘，我都跟您说过不要给我熬鸡汤了，您咋又给我熬鸡汤？"

高大娘说："好孩子，大娘就是这样的人，你越不让大娘给你熬鸡汤，大娘越要给你熬。唉，这同志跟同志也不一样，有的人——"

小荣抬起头抢着说："杨排长，你太客气了。你打日本鬼子负了伤，就应该让你吃点儿好的。可是我们家条件不好，还请你多担待啊！"

杨天赐不由得看看小荣，这才感到小荣这两天待他跟他刚来时有些不一样了。

小荣笑嘻嘻看着杨天赐又补充道："杨排长，我们家条件不好，有啥不周到，你只管说出来。"

杨天赐说："你们待我太好了。我说的是心里话。"

高大娘说："好孩子，你小荣妹妹说的也是心里话。"

高大娘看看杨天赐，看看小荣；再看看杨天赐，再看看小荣，笑得合不拢嘴。

小荣说："娘，你笑啥？有啥好笑的。杨排长人家是文化人，是首长，你可不要跟人家高攀。"

高大娘说："他小排长算个啥首长？分区宋司令还在咱家住过哩。宋司令还叫你小妹妹哩。"

小荣说："那是首长跟咱客气——"

杨天赐立马说："小荣同志，宋司令可实在，你可不能这么说——"

小荣说："看看，看看。人家就只愿叫同志——娘，你以后再也不要高攀人家。

人家是首长、是文化人，咱们上去吧，别影响人家看书学文化。影响了人家咱可担待不起！”

“好孩子，你好好看书学习吧。在我家住过的首长都好看书学习。”

……

杨天赐这才发现他不知啥时候把《论持久战》拿在了手上。

杨天赐背包里卷了两本书，一本是毛主席的《论持久战》，还有一本是没有头尾的《杨家将》。杨天赐怕费灯油总是挪到地道口看书。你不问，他也不说书上写的啥。你问了，他一五一十、仔仔细细讲给你。问他队伍上的事儿，他也不像有的人总是吹自己多勇敢、多能打能杀，而是说自己也说别人。杨天赐从不主动跟小荣说话，不像有的同志眼珠子总是跟着小荣转，有事没事总想跟小荣搭讪。小荣喂他喝汤吃饭，他显得十分不好意思，脖子使劲儿往前伸，身子尽力往后闪躲。喝完吃好了，自己伸出舌头舔舔厚嘴唇，说，谢谢！麻烦您了！说了就转过脸闭目养神。

杨天赐有一个带着布套的洋瓷茶缸，里边有牙膏牙刷。杨天赐早上晚上都刷牙，每次刷牙往牙刷上挤一点点牙膏，刺啦刺啦刷半天，刷得嘴里没有一点点异味儿，不像有的伤员张开嘴哈出的气味能呛死人。

杨天赐的干粮袋里装有一些炒熟的面豆，还有不少野果草根。

这天，杨天赐让高大娘将他干粮袋里的东西都倒出来。杨天赐跟高大娘说那是面豆。

杨天赐说，面豆是白面发好后搓成条切成黄豆大小放到锅里冒烟的白土中炒熟的。在山里生火做饭会被敌人发现，有了面豆，三五天不生火做饭，吃面豆喝山泉水照样跑路打仗。又说，这面豆是他老家的特产，这儿没有。他刚教会炊事班学会炒面豆。分区宋司令吃了面豆，给连长、指导员说，这种干粮好，让炊事班的人也教会老百姓炒面豆，以后情况紧急时部队干粮袋里都装面豆。

高大娘说：“好孩子，连宋司令都这样说，那我照你说的试着做做。”

杨天赐说：“大娘，您肯定一做就成。”

杨天赐讲了面豆，又讲那些野果和草根，说它们其实都是中药材，又一一讲出各自的药性。

高大娘说：“好孩子，你这个孩子懂得真不少。”

杨天赐低下头说：“我爹是有名的大夫，我跟着我爹上山采药听我爹说的。”

高大娘问杨天赐老家在哪儿。

杨天赐说："河南最西边的陕州，挨着陕西和山西。往西过了潼关是陕西，往北过了黄河就是山西平陆县。到了冬天，在黄河这边儿，能把小石子儿从陕州扔到黄河那边的平陆县。"

高大娘问杨天赐家里还有什么人，哪年出来当兵。

杨天赐说："十六岁那年跑出来的。家里有爹、有娘，还有媳妇儿，出来前成的亲。"

高大娘说："媳妇儿长得不好看吧？要不你咋会刚娶了新媳妇儿就跑出来当兵哩？"

杨天赐说，他在家的时候可孬不听话，娶了媳妇儿还总惹大人生气。有一回爹气极了，打他下了重手，他赌气跑了出来。现在想起来心里可后悔不得劲儿。

杨天赐说着低下头，看上去心里真是不好受，让人不好意思再往下问。

杨天赐的一些情况，高大娘、小荣曾听人说起过。杨天赐来到高大娘家以后，高大娘母女俩感到这个杨天赐跟别人嘴里说得根本不一样，母女俩不约而同对杨天赐上了心。高大娘把胡大兰叫到家里问三问四，胡大兰看着粗粗拉拉，其实是外粗内细，胡大兰立马明白了高大娘母女俩的心思。胡大兰心想，这可太好了，这么一来，堡垒户就更堡垒了。胡大兰哒哒哒、哒哒哒像放机关枪似的说了许多话，说得高大娘眉开眼笑，说得小荣红着脸，低下头。

胡大兰走后，高大娘跟小荣说："大兰说得不差，村里的人都配不上你。在咱家住过的同志能配上你的也没几个。过了这村儿没这店儿，你可别犯憨。"

小荣说："我看他也没多好。他跑出来以前才多大？有媳妇儿，还有相好。他爹把他打出来不亏！"

高大娘说："耳听是虚，眼见为实。不管他以前多孬，你只说他现在好不好？你也听大兰说了，他和他媳妇儿是父母包办、是封建。他和那个相好是胡闹。有人因他那事不同意他入党，郝指导员、丁连长都说那是他当八路以前的事儿，说他认字，会打仗，叫他入了党。他出来六年多了，没和家里通过音讯，他家里的媳妇儿只怕早就改嫁了。他和相好出了那种事儿，他那相好肯定也早死了。"

小荣说："娘，你听我说，他是八路军伤员，咱是堡垒户，咱好好待他就是了。我不想想恁多。"

高大娘说："你咋又说这话？你听娘的。娘看中的人不会差。过了这村儿没这店儿，你可别犯憨。"

小荣说："我就犯憨！我不嫁人，一辈子跟着你！"

高大娘说："我可管不了你一辈子。我跟你说，你可不能犯憨，有些好人错过了，就再也碰不上了，叫你后悔一辈子。"

小荣说："我就憨，我就憨！我跟你说，这个事儿你可别跟他挑明，你挑明了，我就不理他。"

高大娘说："我不跟他挑明，我知道我闺女比我有心眼儿。我闺女心里已打定主意了！"

小荣："娘，你别胡说！我打定啥主意了！我啥主意也没有打定！"

小荣嘴上这么说，可她对杨天赐却是越来越好，越来越好。先是称呼的变化，从杨排长、杨同志、杨大哥最后变成了天赐哥。小荣不仅给杨天赐喂汤喂水、为杨天赐洗伤口，还给杨天赐倒屎倒尿。再后来，小荣一有空就让杨天赐给她讲书，还跟杨天赐念书认字。小荣上过两年初小，后来又上过识字班，认识不少字。书上的字，小荣有的认识，有的不认识。小荣开始看书读不成句，经杨天赐一教，也能读成句，读出意思了。认了字，念了书，俩人又说那些字，说读过的书上的意思。主要是小荣问，杨天赐解答。小荣问，"爱（愛）"字为啥中间要有个心？杨天赐说，那是说爱一个人要用心去爱，不能光用嘴说。小荣问，"党（黨）"字下边为啥有个黑。杨天赐说，那是说国民党黑暗。造这个"党（黨）"字的时候，还没有咱们共产党。咱们现在先用着。以后咱们共产党肯定不用这个字。小荣问，"好"字为啥是女子不是男子？杨天赐说，"好"字是说女人先生个女娃再生个男娃最好。不是说女子好，男人不好。小荣问，毛主席在延安咋啥都知道？杨天赐说，毛主席好看书。书上啥都有，啥都说了。小荣问，《杨家将》里男的咋都打不过女的？杨天赐说，那是男的让着女的。男的心里早看上那女的了。像那杨宗宝，一见穆桂英就看上她了。他是舍不得打败穆桂英。小荣说，你们杨家的老祖宗都这样啊。你说说，你有了媳妇儿咋还找相好？

……

小荣一天到晚跟杨天赐有说不完的话。杨天赐睡着了，小荣对着杨天赐看了又看才从地道里出来。有几回出来前还摸摸杨天赐的手。有一回还想亲亲杨天赐——花瓣般的小红嘴唇都快挨着杨天赐额头了，杨天赐说梦话把她吓一跳。

六

高大娘家以前租种地主家八亩水地，一年辛辛苦苦打下的粮食交了地租后一家三口半饥半饱也吃不到来年麦熟，春天还要借粮吃野菜。共产党来了以后，让地主们减租减息。地主跟地主也很不一样。有的地主知道减租减息是为了抗日，真心拥护；有的地主不管心里咋想也都减了。租给高家地的那户地主不肯减租减息，带着一家人跑到城里当了汉奸，仗着日本人的势力捎信儿让租户把粮食给他送到城里，谁家不送他就带着日本人、伪军来村里抢。这人后来被八路军逮住毙了，他家的土地也让共产党八路军分给了没地的人家。高大娘家分得十亩好水地，再也不挨饿，吃剩下的粮食卖了钱还能给小荣买回花洋布做成新衣服，还能让小荣进学校念书。高大伯为八路军打炮楼背梯子牺牲后，高大娘和小荣参加变工队。变工队就是由民主政府出面，组织一些人家互相帮助。比如你家帮我家割麦，我家帮你家打场。不过，会打场的男人一般都会割麦，会割麦的女人一般都不会打场。弄这个变工队对军烈属和没有男劳力的人家最有好处。

高大伯在的时候，高大娘一家就铁了心跟共产党八路军好。高大伯牺牲后，高大娘、小荣跟共产党八路军更铁了。这些年在她们家不知道住过多少八路军伤员和共产党的干部。不管情况多么严重，在她们家住的同志都安安全全没有出过一回事。前一年秋天，丁大奎肩膀被鬼子刺伤后就是在高大娘家养好的。

高大娘和小荣喝苞谷渣稀粥，吃高粱面馍，却让杨天赐天天吃白面，三天两头还让他喝鸡汤，鸡肉都煮烂在鸡汤里，让他连汤带肉都喝到肚子里。

杨天赐感到高大娘对他真跟亲娘一样。又想起他结婚以后，娘成天叫媳妇儿给自己熬鸡汤喝——跑出来都六年多了，娘和媳妇儿也不知道怎么样了？又想到高大娘毕竟不是亲娘，而且——

这天，杨天赐把缝在被子里的两块银圆掏出来全部交给高大娘。

杨天赐这样跟高大娘说："大娘，我攒下这钱是打算等打败了日本人，或者打仗转到我家那地方的时候，孝敬我爹我娘的。看这情形，不知道啥时候才能打败日本人，也不知道啥时候才能转到我家那儿。我们成天打仗，我指不定哪天就死了。我拿上这钱也没用，不小心还会掉了，我把这钱给您家算了。”

高大娘说：“好孩子，那可不行，这是你拿命挣的钱。我可不能要，等你伤好了，哪天遇到顺路人把这钱还捎到你爹娘那儿。”

杨天赐说：“大娘，我当八路军可不是为了挣钱。我爹是大夫，我家有好几百亩地。别人家大年初一贴对联，我家大年三十就往地坑院上边大门上贴对联。我爹写的对联年年都一样，上联是杨家没有隔年账，下联是三十当作初一过，横批是家家平安。我家不缺粮食不缺钱，年年免掉借给人家的钱粮。我带钱回家只是为了个心意。”

高大娘说：“好孩子，你真好，你爹也真是好。以前听人说有好地主，我还不相信。今儿听你这么一说，敢情真有这样的好地主哩。”

杨天赐说：“以前有人说我爹那么做是怕欠债户还不起钱，心生恨意勾连南山的土匪来抢我家；还有人说我爹若真心跟佃户好，就把地分给佃户，把钱分给穷人。我那时候就想着长大了，把我家的地，家里的钱都分给穷人家。我参加八路军后，跟郝指导员说起这一段，郝指导员说，我这想法实行起来也有问题。郝指导员把他家三百多亩地卖了一百亩，拿着卖地钱带着妹妹到北京读书，剩下的二百多亩地都分给穷人。前年，我们打仗路过他家乡，那些分了他家地的人家，有的早把分到的地又卖了，有的又买进许多土地成了地主。郝指导员跟我说，把地分给那些懒蛋穷人，还不如让勤快的地主和你爹那样的好地主经管着，等将来革命胜利后建设共产主义的时候，再把地主和小户人家的土地全部集中起来由大伙儿一起种种收收，收下的粮食再分到各家。”

高大娘两手一拍说：“那敢情好，那敢情好。共产主义真是好！那样一来，就不用干部们再费心给我们找变工户了。有些人当着干部面说得可好，背后也给大娘和你小荣妹子丢冷脸子。”

高大娘把装钱的小布包揣到怀里看着杨天赐的眼睛说：“好孩子，你不光知错改错，知道体谅人，还能记住指导员讲的大道理。你年龄不大见识高。大娘听你的，这钱大娘给你们藏下，等你好了，以后还给你们用。你刚才说你家地坑院，啥叫地坑院？你家几间房？”

“地坑院就是平地里打一个四四方方的大坑，大坑下四边都有窑洞。我家九孔大窑，三孔小窑。九孔大窑都用砖砌的。我们那儿的人家都住地坑院，不住房。我家没有一间房。地坑院下边的窑洞住着冬暖夏凉。我们那儿的土质好，窑里住着也不潮。”

“九孔大窑都用砖砌了——好孩子，你都出来六年了，你那媳妇儿肯定已改嫁了。你若再娶个媳妇儿，还是想跟媳妇儿回你家吧？”

“大娘，打不走日本鬼子，我不回家。”

“有骨气。男人就得有骨气！大娘就喜欢你这种有骨气的后生。等打走了死鬼子，大娘再给你说个媳妇儿，你们一起回你的老家，到时候大娘也跟着去住住你家地坑院的大窑洞。”

“好啊。到时候，我爹、我娘、我媳妇儿都欢迎你去我家住。”

“你是说你后娶的媳妇儿吧？你以前的媳妇儿肯定改嫁了。”

“我家里的媳妇儿不会改嫁，她肯定在家等着我。咱们一起去我家，让小荣妹妹也去，让我媳妇儿也伺候伺候您。”

高大娘一口一个“你们”。杨天赐听出了高大娘话的意思，故意装迷糊。

……

高大娘家养了一群鸡，高大娘、小荣跟杨天赐说，她们打算留下三只母鸡一只公鸡，其余都给杨天赐炖了喝汤。

杨天赐听了又感动又着急，压力山大呀。

七

因为上了消炎药，营养又跟得上，十来天后，杨天赐那没有了睾丸的一半阴囊缩成了一个小黑肉疙瘩。小黑肉疙瘩上边也顶个硬痂，只痒不疼。

高大娘说：“好孩子，这是快好了。再痒也要忍着，千万不要挠。挠破了不得了。”

虽然没有上消炎药，杨天赐手腕上的伤口也长住了。只有大腿根儿那个洞还流红黄水。

杨天赐说他自己能端碗吃饭了。

高大娘说："可不能，可不能，你手腕儿上伤口才刚刚长住，不敢使一点儿劲哩。"

小荣也说："天赐哥，你是大功臣。大兰姐说，分区宋司令把你安排到我家，你有一点儿闪失我们也不好向宋司令交代。你是伤员，伤员在堡垒户，要听堡垒户的话。"

没有办法，杨天赐还得顿顿让小荣喂他。

这天中午，小荣一个人端碗鸡汤下到地道里对杨天赐笑嘻嘻地说："我娘又给你熬鸡汤了。我娘真是老憨了，有人喝再多鸡汤也喂不熟的，可她还要喂人家。"

杨天赐也笑着说："啥叫喂不熟？你是骂我是喂不熟的狗吧？"

小荣立马咯咯笑出声。

小荣笑着说："天赐哥，我可没有说你是喂不熟的狗啊。是你自己说自己是喂不熟的狗。天赐哥，你跟我说说，你怎么是喂不熟的狗呢？"

杨天赐笑笑摇摇头，伸出左手端起鸡汤要喝。

小荣说："放下，放下。天赐哥，你说清楚了再喝。我家这鸡汤是让共产党八路军喝的，不是叫喂不熟的狗喝的。"

杨天赐说："小荣同志，您、您和大娘对我太好了。我以前负伤在别的老乡家也住过——"

小荣："天赐哥，打住、打住！你先听我说——你今天只能说那家人对你比我们对你好多了。你敢说那家不如我家对你好，你以后到了下一家，肯定也会再说我家不好的。"

杨天赐说："您又扔一个套给我，我不钻了。我们是人民的子弟兵，不管到了谁家，各家的人民对我们都一样亲。"

小荣立马变脸冷笑道："天赐哥，你这意思是说，别人家对你和我们家对你是一样样的？哼，别人家对你和我们家对你真是一样样的吗？"

杨天赐心想：怎么办，干脆把事情挑明说了吧。就跟她说，家里有媳妇儿——不能，不能。这样太粗暴。何况人家也没有向自己挑明。人家生了气，反过来说自己根本没有那个心，是自己自作多情，自己就丢大人了。

杨天赐说："小荣，在您面前我笨嘴拙舌，总是说错话。我白喝您家的鸡汤了。我不喝了。"

小荣又哼一声说道："有的人只会嘴上说您您您、您您您的。我们不会说您只会说你，我们的你字下边没有心，可我们是真心对人家好。有人是把心放在字下边挂在嘴上，其实他心中对人家根本没有上心。天赐哥，你说我说得对不对？"

杨天赐看着小荣点点头说："您说得真对。有人他就是没心人。有人他从小就是孬家伙，不听大人话，净惹大人生气。"

说完，杨天赐就闭上眼睛不再吭声。

小荣把鸡汤碗端起来，又笑着说："天赐哥，你接着往下说啊。你咋不说又想起你爹你娘了？你咋不说你爹今年也快七十岁了，你娘眼睛看不见——一到这种时候你就来这一套。你这样的共产党八路军真少见！"

杨天赐闭着眼睛说："我就是个大坏蛋，空心萝卜，没心没肺——"

小荣咯咯咯、咯咯咯笑了。

杨天赐睁开眼看着笑得花枝乱颤的小荣，一股热流在他身体里冲撞。

杨天赐说："小荣妹妹，你真好。我跟你说吧，我真是个孬家伙。我以前在家时候可孬了，你可能也听说了，我真不是好人。你看我现在又负了伤，好了也是残废。我为啥把钱都放到你家？我跟你说吧。我这样子，连家也不想回的。我要勇敢战斗，多打死鬼子，牺牲了算了。小荣妹妹，我说的可都是实话。"

小荣小嘴一噘说："叫我同志，别叫我妹妹。我不喜欢男人叫我妹妹。我问你，你咋不说您您您了？你连嘴上的心也没有了？"

杨天赐说："小荣同志，你呀——"

小荣说："我怎么啦？你想说，我家没有别人待你好吧？你说说别的堡垒户是怎样待你的，也让我跟着人家学学啊。"

杨天赐说："我可不是那意思，我是想说，你和大娘待我太好了。可是我，我拿什么报答你们呢。我不能再喝你家的鸡汤了，说不喝就不喝，喝得越多，欠得越多。"

小荣说："晚啦！你若想着要还，你放在我家的那两个大洋肯定不够。你还不出钱，就把你扣到我家。哈，又吓住你了。快喝吧，没人扣你的。我们不是白伺候你，队伍上给我家菜金和粮票了。伤好了你赶紧走，你放心，没人拦着你！"

小荣刚上去，高大娘端着一碗刚炒好的面豆又下到地道里，让杨天赐尝刚出锅还有点烫嘴的面豆。

杨天赐心里很紧张，猜到高大娘要跟他说点儿啥。

果然，说了几句闲话，高大娘就冷不丁说：“好孩子，你出来六年多和家里不通音讯，你和你那家里的媳妇儿也没有个孩子，只怕你那媳妇儿早改嫁了。”

杨天赐小声说：“她不会。”

高大娘：“不会才怪呢。你是男人，只知道二茬光棍难熬，你不知道得了男人好处的女人更难熬。年轻女人都守不住的。即便女人愿守，娘家人心疼闺女也不肯呢。”

杨天赐说：“她娘家没有人了——有同志和媳妇儿七年多不通音讯，前些天才联系上。我们家离这儿太远了。我那媳妇儿不会改嫁，兴许过几天就得音讯了。”

高大娘说：“好孩子，你真是个好孩子。谁家得了你这个女婿真有福。你媳妇儿好看不好看？”

杨天赐说：“好看，她长得可像你家小荣啦。”

咋说她跟小荣长得有点像？杨天赐真想打自己的嘴！

高大娘看着杨天赐笑了一下说：“那你还跑出来？你媳妇儿肯定脾气不好，可厉害可难缠吧？我听大兰说，你跟你媳妇儿是父母包办。你娘刚怀上你，你爹就跟你老丈人给你们定下了婚事。你看不上那女子，你是让人按着头拜的天地。你说是不是？”

杨天赐点点头说：“这一段是真的。”

杨天赐心想：这个丁大奎还连长呢，把啥话都说给胡大兰了！

高大娘说：“咱们解放区讲婚姻自主。你既然不同意，即便你媳妇儿没有改嫁，你也可以和她离婚再找一个称心如意的。”

杨天赐说：“大娘，我这腿只怕是好不了了，好了也是瘸子。再说，我那东西也少了一个，我以后怕连娃子也不会有。大娘，你真好，我又想起我娘。我娘肯定也想死我了。我娘若是知道我负了伤，她能急死。”

杨天赐说着眼圈又红了。

高大娘看杨天赐又这样，叹口气站起来说：“你这孩子看着绵软，心里可有主意哩。可你越是这样，大娘越是喜欢你。大娘就喜欢你这种战场上勇敢，平日里又绵软又聪明又懂事又有主意的好孩子。你成了瘸子，大娘也不嫌你。你那东西少一个也不要紧，过去宫里太监那两个东西都没有了，只留一点渣渣有的还管用哩。大兰问了西王庄的李老先，李老先说，好多独头蒜男人照样生儿生女；一些不管用的独头蒜男人调治调治就又管用了。”

……

八

高大娘和杨天赐说过这话的第二天下午，听见高大娘、小荣下地道，杨天赐赶紧闭上眼，还发出呼噜声。

高大娘、小荣蹑手蹑脚走到杨天赐跟前。

高大娘小声说：“小荣，他真睡着了。”

小荣说：“他吃过饭就看书，我让他给我讲书上的杨家将故事，他讲着讲着就打盹儿。我看他困了，把他从地道口扶到这儿。他躺下闭上眼睛说，叫我瞌睡一会儿醒来再给你讲。”

高大娘拍拍杨天赐肩膀，小声说：“好孩子，你醒醒。”

装睡的人叫不醒。仰脸睡的杨天赐舔舔嘴唇，转过脸，呼噜声停了一下又响起来。

高大娘说：“真是睡着了。”

小荣说：“嗯。他吃过饭跟我讲半天讲累了。”

高大娘和小荣都以为杨天赐睡着了。

高大娘轻轻褪下杨天赐裤子，轻轻握住杨天赐那东西，握握捏捏，捏捏握握。

高大娘小声说：“小荣，你来给他捏握捏握。李老先说了，会硬就还管用。”

小荣说：“我不我不。”

高大娘说：“李老先跟大兰说，只有没挨过男人的黄花大闺女能调治好他这东西。趁他睡着，你赶紧过来给他捏捏握握。”

小荣就过来握住杨天赐那东西，握握捏捏，捏捏握握。

杨天赐使劲儿憋着不让那东西硬。

小荣带着哭腔小声说：“娘，他不会硬了，不管用了。”

高大娘叹口气说：“这些年我见过多少小伙子，在咱家住过的同志也不少。只有他能配上你。他模样好，脾气好，心眼好，遇事还有主意。我看他心里也喜欢你，他一直不吐口肯定就是怕他这东西不管用，没法跟你好。他是个最能体谅人的好孩子！日本鬼子真该死，咋打中他这要紧地方。”

小荣说：“我也觉着他真是好。可是人家——娘，人家这东西就是管用，只怕人家也不一定跟我好。人家有媳妇儿在家里等着呢。”

高大娘说：“我都跟你说过多少回了？他出来都六年多了，家里又没有孩子扯绊，哪个得过男人好处的年轻女人能守六年多活寡？肯定早改嫁了。”

小荣说：“那也不一定，换成我，我就不改嫁，一直等。”

高大娘说：“你黄花大闺女啥也没经过，还是个憨子哩！”

小荣说：“娘，那咱也不能因为伺候了人家就逼人家，强扭的瓜不甜。这个事由我跟天赐哥慢慢说，你就不要管了。”

高大娘说：“你先别跟他说，你把他这东西捏握会硬了再跟他说。”

小荣说：“大兰姐有些话不能信。这种事儿我可做不来。她听人说捏捏握握管用，叫她来试试。”

高大娘说：“憨子，大兰试好了，他不就跟大兰好了？你既然喜欢他，要跟他好，就不要怕羞——”

小荣说：“大兰姐喜欢的是丁连长。我不给他捏握了。这事儿叫人知道了，我非上吊不可。娘，你听我说，他不会硬，我也愿意跟他。我就觉着他真是好。我们将来抱别人个孩子照样过日月。”

高大娘说：“那可不成，我还要抱外孙呢！再说啦，我也舍不得我闺女守活寡。一辈子哩！娘求你了，趁他睡着，你再给他捏握捏握。”

小荣又握住杨天赐那东西，一边轻轻捏握一边小声说：“我不怕守活寡！娘，你听着，我再跟你说一遍，他不会硬，我也愿意跟他。我们将来抱别人个孩子照样过日月。”

高大娘说：“我的心肝啊，你还是个憨子，好多事儿你还不知道。”

小荣说：“知道恁多事儿干啥？我就知道跟天赐哥在一起我心里可美。有话说，我可美。没有话说，我看着他心里也可美。我说的是心里话，天赐哥这东西不管用了，我也愿意跟天赐哥好，好一辈子不变心。”

高大娘说：“听娘的话，你真想跟他好，你就趁他睡着的时候多给他捏捏握握。他这么好的人，你这么好的人，他好了，你俩能生出好多好儿女！你们生的小子肯定像他一样，你们生的女娃肯定像你一样。”

小荣说：“娘，你不是说女娃像爹，男娃才像娘？娘，我不给他捏握了，他这怕是真不行了。娘，我再跟你说一遍：天赐哥这东西不管用了，我也愿意跟天赐哥好，好一辈子不变心。”

高大娘说：“你真是愿意我也不挡你，只怕你将来要后悔！”

小荣说：“我不后悔。我说不后悔就不后悔！只要天赐哥他愿意跟我好。他不会硬，我也跟他好，一辈子跟他好，永远不变心，就像咱们对共产党八路军永远不变心一样——娘，他想硬哩——你看，他硬了！呜呜呜——”

小荣喜极而泣捂着脸跑了。

高大娘吓了一跳，赶紧看杨天赐的脸。

那杨天赐还是闭着眼睛打着呼噜睡得着着的。高大娘心想，这个好孩子吃过早饭就看书，吃过晌午饭又给小荣讲书上的故事，他是太累了才睡恁着。又想，捏握一回就好了！李老先说得真是准哩！

高大娘忍住满心欢喜看着杨天赐那东西小声说：“你可硬起来了——你都快把我难为死了——这个事不能跟人言说，就当你是自己硬的。”

高大娘轻轻给杨天赐穿上裤子，盖上被子。

高大娘双手捂在心口，闭上眼睛仰起脸小声说：“小荣他爹，你放心吧，咱小荣遇上好男人了。他可好，才二十二就当了八路军的排长。大兰给我说，现在敌情严峻，队伍上有了新规定，叫同志们在村里认干爹干娘，叫同志们和村里的姑娘秘密定亲。大兰说，八路军要精兵简政，年龄大的可以从队伍上下来当老百姓。他年龄不大，他伤好后，咱不要求他立马从队伍上下来——当然啦，他若愿意，咱也乐意。他一只腿瘸了咱也不嫌，他瘸了才好呢，瘸了就不能干革命了。”

高大娘睁开眼睛心满意足地长长出口气。

那杨天赐还睡得着着的。

他睡得真香啊，高大娘听着他那细细的呼噜声，就像听天上的仙乐。

高大娘忍不住在杨天赐额头上轻轻亲一下，又轻轻亲一下。

“轰——轰——”

杨天赐猛地坐起来。

“是手榴弹——我们的同志叫敌人发现了——”

“你不要动，我上去看看——”

……

九

有家住伤员的堡垒户，家里只有父亲和一个出门住娘家的姑娘。姑娘的女婿是汉奸，姑娘要和女婿离婚。女婿不同意，总来缠磨，他这次来还带来两个汉奸。任他再缠磨，父女俩还是一句话，你当了汉奸杀了人，说啥也不跟你回去。那人恼羞成怒，打倒了老汉，架上姑娘就要走。这时候伤员举着手榴弹从地道里出来了。两个汉奸一见伤员举着手榴弹拉着拉火环，丢下姑娘就往外跑，被炸死在大门外。那个汉奸女婿对着伤员就是一枪，丢下姑娘也要跑，姑娘紧紧拉住他，喊叫道：“炸死他，他打死过区小队长。”一边叫喊一边压那汉奸的枪。伤员手里还有个手榴弹，手榴弹拉火环也套在指头上。可他怕炸着姑娘不敢拉。就扑上来也夺汉奸的枪。三个人缠斗在一起的时候手榴弹响了，姑娘、伤员和姑娘的汉奸男人都炸死了。姑娘断气前跟他爹说，她要和伤员埋在一起，绝不能让婆家人把她拉回去和汉奸埋在一起。

这情形是高大娘一个人下到地道里跟杨天赐说的。高大娘说：“他俩死了也好，伤员叫日本人逮到炮楼里也活着出不来，闺女叫日本人逮住——日本人都是畜生。姑娘死前说那话，肯定恨自己以前瞎了眼。多好的姑娘竟然跟了个汉奸。她让她爹把她跟伤员埋一起，她八成和伤员相好了。好孩子，你认识那个伤员吗？大兰说，他姓李，是班长。”

“是李得成——”杨天赐低下头说，“他是我们排的，我们一直打仗，晚上睡觉我们总挨着——”

“好孩子，你别难过，这样死了也好。”高大娘长长叹口气说：“养姑娘最操心找女婿——那家姑娘多好啊，可惜跟错了人。那人形势好的时候当区文书，开会时在主席台上走来走去，日本人一得势，他就当了汉奸。他一当汉奸，姑娘就回了娘家再也不回去了。姑娘的娘是在前年日本人扫荡的时候叫日本人逮住受了大辱自己上吊死了。姑娘恨死了日本人。她跟小荣要好。”高大娘看着杨天赐的脸说，“你吃过晌午饭睡恁着，手榴弹一响还能一下醒来？”

杨天赐：“当兵时间长了，都是这样。睡得再着，枪炮声一响，立马醒来。”

高大娘叹口气说：“小荣、大兰都和喜芳要好——（原来那个姑娘叫喜芳）——喜芳死了，小荣心里可难受，后晌、晚上都不能下来给你喂饭、陪你说话了。”

“大娘，饭送下来就行了，我慢慢能吃。你让小荣也不要太难过。我们要变悲伤为力量，将来消灭敌人为喜芳和同志们报仇！”

第二天早上，小荣也没有下来。

第二天中午，高大娘端一碗鸡汤下来的时候，小荣低着头跟在高大娘身后。

看着小荣用小木勺一口一口喂杨天赐喝完鸡汤，高大娘笑眯眯地问杨天赐：“孩子，大娘熬的鸡汤好喝不？”

杨天赐说：“大娘，真好喝。可是您再熬我可真不喝了。”

杨天赐表情语气和从前一模一样。

小荣心想：看来他是真睡着了。

高大娘说：“好孩子，我明天还给你熬，让小荣一口一口喂你喝。多喝鸡汤伤好得快。”

杨天赐说：“高大娘，您待我真好。我娘就我一个娃子，见我也可亲可亲，可我娘生下来是瞎子，有许多事儿做不成。”

小荣说：“天赐哥，你不要难过了。打败了日本人，把你娘接过来叫我伺候。”

杨天赐低着头说：“小荣，你真懂事。我小时候不知为啥咋恁不听话恁不懂事？我跑出来六年多了，家里不得我一点音讯，不知道我是死是活。他们肯定也天天想我，夜夜想我。我爹我娘今年都快七十岁了，我娘生下来眼就看不见——”

杨天赐说着眼圈又红了。

高大娘说：“好孩子，你真是个好孩子。自己都这样了，还想着爹娘。大娘命也不好，大娘生了三个女娃只养活小荣一个，大娘没见过儿子，总想有个儿子。大娘想认你当干儿子。”

杨天赐愣了一下说："高大娘，这事我做不了主，要经连长、指导员批准。"

听杨天赐这么说，小荣白里透红的脸颊上又升起一层红晕。

小荣低下头小声说："天赐哥，只要你同意，我让大兰姐跟丁连长说。"

胡大兰来看杨天赐说过一些话，杨天赐清楚她心里是啥意思。小荣让胡大兰帮忙，只怕胡大兰比小荣还热心。胡大兰跟丁大奎说了，那丁大奎肯定也同意——这可不是杨天赐愿意看到的。

杨天赐装聋作哑不吭声，好像没有听见小荣的话。

小荣轻轻捏捏杨天赐手指头，身体往他跟前靠靠，抬起头不好意思又确实含情脉脉地说："天赐哥，你先说你同意不？"

杨天赐头有点晕，心有点慌——已经有了被人家测试的那种经历，又刚喝了人家一口一口喂下的鸡汤，看着人家未语脸先红鼓朵着小嘴生怕他说不同意，杨天赐情知说了同意以后会更麻烦，但他怎么能说不同意呢？

听杨天赐说"中"，小荣的表情立马由阴转晴，高兴地说："天赐哥，你同意了。大兰姐跟丁连长说一说，丁连长肯定也同意。丁连长他们神出鬼没，指不定哪天就来看你了。"

看着小荣阳光灿烂桃花绽放般的笑脸，杨天赐舔舔厚厚的嘴唇说："还有指导员哩。这种事最后要听郝指导员的。"

小荣紧握住杨天赐的手，大眼睛扑闪扑闪看着他说："天赐哥，那咱俩一起跟郝指导员说说？"

高大娘眉开眼笑接过话头说："好孩子，还有我，还有大娘我呢。这事由我说，明儿咱们队伍过来了，我跟丁连长、郝指导员说，大娘就相中你这个好孩子了！"

杨天赐看着待自己像亲人一样的高大娘和小荣再也无话可说。他舔着厚嘴唇点点头，心里那是又甜又苦，又苦又甜，不是个滋味很纠结。

杨天赐心想：高大娘是个直爽人，已把事情挑明了。这认干娘的主意肯定是小荣出的。认了大娘当干娘，自己和她就成了干哥哥干妹妹。她长得真像孟秀女，内里却比孟秀女狡猾多了！

杨天赐巴望着伤口快点好了好回到队伍上，高大娘和小荣这边却一点也不着急。高大娘跟杨天赐说："好孩子，你不用着急，等到好时自然就好了。越急越不好。再说，你这腿好了只怕也是瘸子，成了瘸子也好。瘸腿不能当八路军了，你就在这儿好好过日月。咱们一起当共产党八路军的堡垒户。”

听高大娘这么说，杨天赐不知道怎么回答才好。他低下头，舔着厚嘴唇不言语。

高大娘却以为杨天赐动心了。

高大娘说：“大娘最瞧不起那种墙头草随风倒的人家。八路军势力大的时候，他得了八路一点好处，就蹦着高喊共产党万岁！八路军万岁！日本人一进来，他又跟人说，八路军打硬仗打不过日本人。八路军说来就来，说走就走，咱房子、地都在这儿，一家老小往哪儿跑？这种人连狗都不如！”

以前小荣给杨天赐洗伤口换绷带的时候，高大娘总说：“你把他腿上的伤洗洗就好，那个地方让我洗。”杨天赐答应认干娘以后，高大娘就说：“小荣，天赐是你哥了，不要怕羞，你给他那俩伤处都好好洗洗。哦，那地方结痂了，你可要小心呐。结了痂的伤口再破了要人命哩。”

小荣给杨天赐洗伤口的时候，杨天赐闭着眼睛，又感动又苦恼。他想，不能再等了，一定要把家里的情况和自己的心思跟高大娘和小荣好好说说。现在自己装着不知道人家测试自己的事情，若是等人家把那事说出来，自己再说不能跟人家成，就更不好说出口了！

十

杨天赐急着叫伤口好，求小荣搀着他从地道里出来晒太阳，让人趴在房顶上看见了。那人是小荣家的邻居，闻见鸡汤香味起了疑心。

敌人来到村里逮杨天赐。日本人很狡猾，他们没有一下冲到高大娘家，而是装模作样先搜查别的人家。

胡大兰从高大娘后院墙外的地道口进到地道里的时候，杨天赐握着王八盒子正催高大娘和小荣从地道里撤走。

高大娘说：“敌人像是过路的。三友家也有伤员，敌人搜了一下掂了两只鸡就出来了。你放心，咱家这地道口比三友家地道口难找多了。敌人找不到的。”

胡大兰说："敌人不是过路的，是东王庄据点的。他们就是想在村里捞一把。你还是排长呢，咋这么沉不住气？高大娘家住过多少同志都没出过事儿，老丁在高大娘家养伤的时候，敌人来了都没搜着。你快把枪给我。"胡大兰手比嘴快，她冷不防一下抢过杨天赐的枪。"这枪我先拿上，省得你沉不住气闹出事来。高大娘，敌人就是来捞一把，你上去应付他们。小荣不要上去。我走了。"

胡大兰生怕杨天赐夺枪，拿上枪转身就跑向外边地道口，边跑边说。

这个胡大兰仗着丁大奎越来越不像话。

"天赐哥，你不要生气，大兰姐就这脾气——"

"什么熊脾气？还不是因为——我伤好了，我给丁连长再介绍一个好姑娘——"

杨天赐让胡大兰夺了枪气得不行，脱口说道。

"天赐哥，你咋能这样呢？你忘了是大兰姐把你领到我家的——你听，敌人进院了——"

有点不对头——敌人没有逮鸡，敌人把屋里搜遍了还不走。敌人逼着高大娘交出八路的伤员，还逼问你家姑娘去哪儿啦？敌人怎么会知道小荣？不对，不对。敌人来绝不是为了捞东西。敌人是冲着自己来的。杨天赐推小荣让她从地道逃走。

小荣紧紧抱住杨天赐说："你沉住气，敌人一会儿就走了！"

听见日本兵打骂高大娘，杨天赐要冲出去，却被小荣紧紧压住。杨天赐用力推开小荣，这时外边响起机关枪。连长、指导员带领全连赶过来了。

日本兵逃跑的时候用刺刀扎死了高大娘。

……

分区来的黑长脸军医看了杨天赐的伤口说："阴囊上的伤没事儿了，剩下的那个睾丸也没事儿。"接着就问，"这些天硬过没有？"

杨天赐说："没有，没有。"

小荣脸红着看一眼杨天赐又看看胡大兰，不好意思地低下头，低下头又猛地抬起头直直盯住胡大兰。

胡大兰冲着军医大声说："硬过、硬过，他硬过。他不老实！"

黑长脸军医哼了一声说："大腿根儿感染了，必须马上截肢！快弄一个门板——再弄一根结实绳子来。"

杨天赐说："我不截肢！我不截肢！"

黑长脸军医说："不截肢你就是死。你死了，你那东西硬了也是白硬！"

杨天赐说："没有腿怎么跑路打仗？我不截肢，我宁死也不截肢！"

黑长脸军医对连长、指导员说："没有麻药了，快把他绑到门板上。"

杨天赐宁死也不肯截肢。练过拳脚的杨天赐，伤了一只腿，还相当厉害。杨天赐坐在地上打退上来绑他的熊能蛋等人后哭喊着说，截了他的腿，他就一只腿蹦到日本人据点跟鬼子拼命！又叫唤着要回老家找他爹治伤，说他爹肯定能治好他的伤，他伤好一定回来！

黑长脸军医说："你爹是神仙也治不好你。不截肢不出几天你就死了！"

丁大奎说："别吓人。这话你也对别人说过，人家不是也没死吗？别忘了自己以前是干啥的！"

黑长脸军医原来是一支国民党骑兵部队的兽医，跟着队伍转到八路军后，跟了白求恩大夫一些日子，不知道被白大夫骂了多少回才学会锯胳膊锯腿。

黑长脸军医一听有人揭他的老底儿，气吼吼地对连长、指导员说："你听听你们同志说的是啥话？你们也不制止。你们说吧，还给他截不截。你们说截，就赶紧把他绑到门板上。你们说不截，我就回去了！"

丁大奎："走吧走吧，你快走吧——"

黑长脸军医却又拧着脖子说："我是宋司令派来给他治伤的，我不能走，快把他绑到门板上。"

熊能蛋也说："连长、指导员，再叫两个人，我不信把他绑不到门板上。"

丁大奎说："熊能蛋，你快滚蛋！"

郝向光跟黑长脸军医说："我派人送你回分区，这个事儿我以后跟宋司令说。"

黑长脸军医和熊能蛋走后，丁大奎和郝向光转过身嘀咕几句就批准了杨天赐的要求。

郝向光说："杨天赐同志，希望你——"

丁大奎哼了一声，打断郝向光话头，大眼珠一翻一翻地说道："你希望他咋着？他家那情况——他小子能活着到家就出不来了！"

杨天赐说："连长，我啥时候说话不算话？我伤好后一定回来！"

郝向光盯着杨天赐眼睛说："天赐同志，上级打算等你伤好后提拔你到分区当特务连连长。不过，根据你家那个情况，你伤好后如果有什么原因实在回不来，也可以留——”

郝向光的话没有说完，就被杨天赐打断。

杨天赐流着眼泪发誓：“连长、指导员，你们不用激将我。我是共产党员，伤好后，我一定还要回到咱部队消灭鬼子给高大娘报仇。”

丁大奎嘴脸一变，十分严肃地说：“不是大娘，是干娘。不，也不是干娘——你小子听着，你能回来才算你小子真有种！”

胡大兰立马跟上说：“对，你不回来就不是男人！就当日本人把你那俩个种都打没有了。”

杨天赐没想到胡大兰会对他说出这种话。看在丁大奎的面子上，杨天赐压着火气没有理胡大兰。

丁大奎用高大娘家枣树上两根丫形树枝给杨天赐做成双拐。丁大奎将拐棍递给杨天赐的时候小声说：“你小子是不是早就后悔跑出来了？我不信你还会回来？”

杨天赐接过拐棍哼一声，没有接丁大奎的话。

丁大奎又嘴对着杨天赐耳朵说：“你小子那东西让人家给你捏握得会硬了，我不信人家给你捏握的时候你小子不知道。”

杨天赐大声说：“连长，你放心，我是共产党员，我伤好后一定回到咱队伍上。”

丁大奎说：“你小子，人家说你不老实我还不信。我今天才算看出来，你小子可真不老实！”

胡大兰将滚水煮过可作绷带的新白布和十只新鞋包在一个破被卷里，将被卷放到杨天赐脊梁上。

胡大兰说：“是我把你安排到高大娘家。没想到让你把高大娘害死了。高大娘死了，这个堡垒户也没有了。现在敌情还很严峻，再发展一个堡垒户有多难！小荣对你太好了，啥都听你的！你真是个害人精！”

胡大兰说这话就像刀子往杨天赐心里戳。杨天赐心想，你是驴看不见自己脸长说马脸长，你说敌人是来捞一把，你不听我说，你——可是自己也真有错。小荣不同意搀扶自己出地道晒太阳，是自己拉住小荣的手求小荣弄自己上来的。自己一拉住小荣的手，小荣就红着脸低下头小声说：“天赐哥，可是你先拉我的手啊。我们拉了手，我一辈子不会松开的。你也不能松开。”当时自己也说：“不松开，我也一辈子不松开。”小荣把胳膊搭在他肩膀上，一只胳膊缠到他腰上把他弄到地道上边。小荣的胸紧贴在他身上，他感到小荣的心在咚咚地跳，他自己的心也在咚咚地跳。那天晚上，小荣喂杨天赐吃饭的时候又笑着说：“天赐哥，可是你先拉我的手啊。我们拉了手，我一辈子不会松开的。你也不能松开。”当时他心慌了，他说：“我不会松开，我一辈子也不会松开。”小荣说：“天赐哥，你说的可是心里话——”就在那时候胡大兰下到地道里了。

杨天赐低着头咬着牙一声不吭在心里骂着胡大兰，也骂着自己。

小荣将自家舀水的葫芦瓢挂到杨天赐胸前，含着眼泪说：“天赐哥，我等着你，你伤好了可一定要回来啊！”

杨天赐说：“我伤好了肯定回来，只怕我好不了。人家说我非死不可哩。”

胡大兰立马接上说：“杨排长，杨大哥，你死了就不说了，你不死可一定要回来。不是你急着出来晒太阳，高大娘也不会死。高大娘为你死了，小荣对你的心思你也不是不知道。我跟你说吧，小荣不光长得好看，还心灵手巧，会做细针细线的活儿，在识字班里识字也最多。高大伯、高大娘把小荣当心肝宝贝，不让小荣做粗活，连鞋底都不让小荣纳，只让小荣做鞋帮。可小荣给你纳了鞋底做了恁多鞋，鞋底的那些花儿鸟儿是啥心思你也不是不知道。你可不能不讲良心！”

杨天赐说：“可是，我、我、我家里——”

胡大兰大声说：“可是个屁！你家里那两个女人，一个是父母包办封建的，一个是你们胡来耍流氓，都不能要！”

杨天赐扭脸去看丁大奎。丁大奎仰脸看天不看他。

杨天赐再扭脸看郝向光。

郝向光脸皮紧绷，嘴唇紧闭一言不发。

胡大兰说：“你看啥看？这也是丁连长、郝指导员的意见。跟你说吧，分区宋司令也同意你和小荣秘密结婚。别人当八路五年、满二十八岁、干到团长才能结婚——你这是沾了堡垒户的光、沾了高大娘和小荣的光，老便宜你了！”

当时八路军规定，军龄五年、二十八岁、团级干部才能结婚。三条中有一条不符都不行。杨天赐只有军龄五年这一条符合。

胡大兰继续恨恨地说道：“不是高大娘、小荣不顾死活留下你，不是人家喂你汤喂你水，不是小荣不怕羞——你知道不知道？不是小荣给你捏握，你那东西就废了。你那东西废了，哪个女人还肯要你？你这个人看着老实，其实捣蛋着哩！你装作睡着让人家给你捏握。你别不承认，我不信那时候你能睡着，睡着也会醒。高大娘和小荣才是老实人让你给骗了。人家给你捏握好了，你还装！你也不想想，那种事儿，只有你娘和真心爱你的女人才会替你做，你亲妹妹也不见得会替你做。人家可是黄花大闺女啊。你听着，小荣跟你这样了，你必须回来跟小荣成亲。"

小荣捂着脸哭着说："大兰姐，你别说了，你别说了——求求你别说了——呜呜呜——"

胡大兰："我就要说出来，有人以前当过土匪不要脸，他不让高大娘给他喂饭接尿，非叫小荣给他喂饭接尿。他大笨蛋不会用心眼儿，只会硬拉人家手。有的人可能，他会狗吃麦苗装大绵羊，用心眼儿、使暗钩勾住人家的心，得了人家大好处又装憨装迷糊，这种人不光不要脸还没良心。哼，早知道他是这种没良心的贼，我才不管他——"

杨天赐："你血口喷人，我不是那种人！"

"呸——"胡大兰直对着杨天赐说，"你还敢说你不是那种人，我问你，小荣给你弄那事儿——就是小荣给你捏捏握握的时候你知道不知道？"

杨天赐抬起头大声说："我知道——所以我一定要回来为高大娘报仇！"

胡大兰说："你知道你咋不跟人家说？高大娘至死都以为你睡着不知道哩！你什么东西！你真给共产党八路军丢人！"

小荣扑到胡大兰怀里哭着说："大兰姐，你不要逼天赐哥了。他是我男人，他就是以后再被打断腿，他就是以后那一个东西再被打掉，我也跟他一辈子不变心。他不能跟我成亲，他就是我亲哥哥。娘死了，我就剩下你——还有他。我就剩下你们两个亲人了。你不要再逼他了。"

胡大兰看看丁大奎，丁大奎向胡大兰伸出大拇指，又握成拳头鼓励胡大兰继续刺激杨天赐。

胡大兰："杨天赐，你像个娘们儿低头掉眼泪有屁用。你听着，小荣跟你这样了，你必须回来跟小荣成亲。小荣以后住我家，我们一起等着你。你不回来，你就是叛徒汉奸卖国贼！跟西院那个人一样！"

西院那人到东王庄据点里报信说，高大娘家有八路军伤员。东王庄据点里有我们的人，我们那人赶紧送信给丁连长。丁连长赶紧报告给与他们在一起的宋司令。宋司令赶紧派丁连长、指导员带队伍冲过来，消灭了日本人。丁大奎把西院那人也一刀砍死了。丁大奎指着那人的尸体对围观的人们说："上年秋天为了夺回他家和乡亲们被日本人抢去的十几头牛、马、驴，还有骡子，我们牺牲了两个同志，现在他却为得奖金向敌人告密，引来敌人害了我们的堡垒户。我们共产党八路军也不是好惹的。以后哪个不讲良心当叛徒汉奸卖国贼，就跟他的下场一样！你们看，东王庄那边正冒黑烟。我们消灭了来村里的敌人，宋司令带特务连也打下了东王庄据点，我们八路军一定能把敌人从根据地打出去！"指导员郝向光也讲了话，郝向光说："乡亲们，现在是黎明前的黑暗，熬过去就是光明。日本人虽然占了我们一些地方，但我们的主力部队也打到了敌占区，烧了他们火车站的弹药库，日本人顾头顾不了尾，一些日本鬼子已撤回去救他们的老窝了。老乡们，不光各村有我们的堡垒户，各个据点里也都有我们打进去的人。还有些人投敌是假的，比如杨天豹，他前天打死了据点里的日本人，烧了炮楼。我们希望大家都做堡垒户，不敢当堡垒户我们也可以体谅，对不让我们进屋但隔墙扔东西给我们吃的人家，我们都记在账本上。等反扫荡胜利了，我们要登门感谢他们，还要给他们打收条，这些人家可以凭收条免除公粮。对那些不给我们开门也不隔墙扔给我们红薯和馍馍的人家，我们……我们相信那些人家心里也是向着我们的。有的老乡被迫给敌人办些事儿，只要及时说给我们，我们也不责怪你。乡亲们，我们是人民的子弟兵，咱们是一家人。一家人绝不能出卖一家人。这个人出卖高大娘和我们的同志，他今天被砍死了，我们还要把他写到戏文里，让后人骂他一万年，让他的子子孙孙都为他感到丢人！"

胡大兰竟然把杨天赐跟那人连起来，杨天赐早已对这个女人有点气愤，听了这话不仅气愤，简直有点仇恨这个女人了。情人眼里出西施，仇人眼里出妖怪。胡大兰五大三粗，黑不溜秋。丁大奎咋会看上这个母夜叉！杨天赐气得说不出话，看着胡大兰直出粗气。

胡大兰吼道："看啥看？你哑巴了？"

这个母夜叉，你凭啥气愤我？你肯定想着我这腿好了也是瘸子，你肯定想着我回来当不成八路军，你肯定想着我回来和小荣成了亲只能当你手下的堡垒户。你想得美！我爹肯定能给我治好伤，我死不了，也瘸不了。我伤好了，我回来还当八路军，气死你。我把小荣当亲妹妹，求指导员给小荣介绍一个有文化的团级干部，我从家里带钱来给小荣置办一份好嫁妆——

胡大兰："你真哑巴了？你们看吧，你们八路军里咋还有这种人？以后这种人被打伤了，别往我们这儿送。我们再也不想见这种人了！这种人，日本人咋不一枪打死他——我不是这意思，我不是这意思，我是想说这种人真给八路军丢人！"

杨天赐看胡大兰说了掉底话，立马对胡大兰吼道："你就是那意思，你咒骂我们八路军！你才跟那人一个样！"

丁大奎有点慌神，走过来拍着杨天赐肩膀说："你小子脑瓜儿转得不慢，一眨眼就把大帽子扣到人家头上了。"丁大奎冲着胡大兰说："你拿皮球打人，叫人家弹回来打住你不亏，什么跟那人一样！他小子这一次非要出来晒太阳是犯了错误，但也不能给人家扣那么大的帽子！老郝，你说我说得对不对？"

郝向光脸皮紧绷，嘴唇紧闭，一言不发。

杨天赐看着郝向光说："指导员，我伤好后一定回到我们队伍上！我要不回来，我就不是人生的！"

胡大兰紧逼着说："不光要回到队伍上，回来还要和——你自己发誓，你说一定回来跟小荣成亲，你说，你不回来跟小荣成亲你就是驴生的！你不回来跟小荣成亲你就是——"

"不像话！"郝向光终于张嘴了。

郝向光看看杨天赐又看看胡大兰，意思是说他俩都不像话。

杨天赐已后悔不该发那样的誓，把自己的瞎眼老娘也垫进去。自己确实太不像话了，可这还不是让胡大兰气急了？胡大兰更不像话，这个母夜叉竟然借坡上驴跟着骂自己的娘！指导员，你应该重点批评她！

胡大兰可没有意识到自己不像话，胡大兰不情愿地掉转话头对郝向光说："指导员，你管生活管政治，高大娘、小荣是堡垒户，八路军不能对不起堡垒户！这个事你得做主！"

郝向光说："大兰同志，你怎么能这样讲呢？我们共产党的民主政府主张婚姻自主。宋司令也只说杨天赐同志和小荣同志可以秘密结婚。并没有下命令逼杨天赐同志，我们要相信杨天赐同志的政治觉悟，我们要尊重杨天赐同志人家自己的意见。大兰同志，这个事儿你就不要再说了。"

丁大奎对胡大兰说："你说也白说。他家那情况，他这个人——哼哼！"

丁大奎阴阳怪气瞅一眼杨天赐又仰脸看天。

郝向光对着杨天赐很真诚地说："杨天赐同志，我刚才不是激将你。我是想说如果因为什么原因——请你不要打断我，听我把话说完——如果因为什么原因你实在不能回到队伍上了，那你要想办法和当地的党组织取得联系。如果当地没有我们的党组织，那你自己也可以发展组织。我们每个共产党员就是一粒火种。人民群众就是干柴，你要去点燃人民，星星之火，可以燎原……怎样才能点燃人民呢？要点燃人民，你自己先要成为火种。那怎样才能成为火种呢？你只要永远记住自己入党时举着拳头立下的誓言，守共产党的规矩，用共产党的标准要求自己。不管在啥地方、啥时候都要想着为人民办好事儿，帮人民办难事儿。你就能成为火种，先点起星星之火，然后熊熊大火就起来了。星星之火，可以燎原就是这个意思。这事情就说到这里。至于你和小荣的事情，你自己看着办吧！"

胡大兰还不依不饶地说："郝指导员，你不能让他看着办。小荣是堡垒户——"

郝向光说："大兰同志，这事就这样，你不要再说了。"

胡大兰对小荣说："有人就是喂不熟的狗。跟我走，别送他！"

十一

杨天赐架着两根枣木棍，伤腿吊着，好腿着地，一蹦一蹦上路了。

小荣不顾胡大兰反对，一个人把杨天赐送出老远，走进一段交通壕——为了不让敌人的汽车通过，我们破坏了公路。路边挖了交通壕。

小荣扯着杨天赐哭着说："天赐哥，你不要走，我跟你一起去我舅家住。我让我舅请李老先给你看腿。"

"李老先他治不好我的腿。我这腿只有我爹能治好。我爹在队伍上当过军医，最能治刀枪伤。你放心，我伤好了，肯定回来给大娘报仇。"

"天赐哥，离你家十万八千里，你一只腿咋能蹦到家？"

"一只腿的人谁也不要，我一步一步蹦总能蹦到家。"

"天赐哥，你相信你媳妇儿还在家等着你吗？"

“她，她只要没死，肯定在家等着我——”

“天赐哥，可是，你家里的媳妇儿也会死的。”

“她，小荣，我跟你说，如果我媳妇儿死了，我回来就跟你成亲。”

“天赐哥，我跟你一起去你老家。你媳妇儿死了，我跟你成亲。你媳妇儿活着，我再回来。”

“那可不中。一路上有日本人、有国民党部队、有土匪，还有各种坏人。”

“我到村里换上男人的破衣服。我脸上抹上锅底灰。”

“不中不中不中——你太好看了，抹上锅底灰坏人也能看出你是女的。”

“可是你一个人这样蹦着，我真的不放心——你让我跟你一起走吧。”

小荣抱住杨天赐就哭起来。

“小荣，你听我说。我一个人这样蹦着，我这伤是真伤，也不怕他们揭开看。这些年有人装伤兵叫查出来的多了。你不能跟我一起走，你回去跟胡大兰住一起。我爹给我治好伤，我就回来找你。我说话算话，我媳妇儿若是死了，我肯定回来和你成亲。我媳妇儿活着，我也要回来打鬼子给大娘报仇。从那以后，我就是你的亲哥哥，你就是我的亲妹。我一定给你找个好男人。”

“天赐哥，你真好。你对你家里的媳妇儿真好。天赐哥，我问你。你在家的时候有个媳妇儿还找了相好，你还跟人家进了麦子地。那天，我都跟你说了愿意生米做成熟饭，你咋不肯跟我——”小荣面对着杨天赐的脸，大眼睛直直看着杨天赐。

杨天赐身体内一股火一样的热流要冲出。杨天赐对小荣说：“我也想，可我是八路军，是党员——我发过誓要遵守纪律——”

“你现在不是八路军了，你跟我——反正你已经有一个相好了。我也要当你的相好。”

小荣说着就解扣子。

这之前，杨天赐的双手一直放在拐棍上，此时才也紧紧拥抱住小荣泪流满面。

“小荣，你咋跟小黑娃一样说憨子话？我现在不是八路军了，但我还是共产党员，刚才指导员跟我说的话，你也听见了。小荣，你回去吧。我回家治好伤，一定回来，我们要么结婚成一家，要么就是亲兄妹。反正我们以后就是最亲最亲的人。”

“天赐哥，你，你就要走了，你还怕什么？我不当你的妹妹，我要当你的相好。

万一你不回来了，我就带着你的孩子去找你。我知道你家在陕州杨汴塬杨家营。你爹叫杨汉唐，是给人看病的好郎中，人人都知道。”

“小荣，不能这样，真不能这样。我们这样了，人家会骂共产党，会骂八路军。我们不能往共产党八路军脸上抹黑啊。我们这样做了，也对不住死了的高大伯、高大娘啊。”

“天赐哥，你不这样，你才对不住他们——”

“我，我——小荣——”

杨天赐紧紧地抱住小荣，呼吸急促起来，一股力量不可控制地要从他的身体里冲出来。就在这时，杨天赐看到了交通壕上边胡大兰的脸闪了一下又退了回去。

“小荣，交通壕上边有人——”

小荣扣上扣子说：“那我就当你的亲妹妹，一辈子不嫁人。你走了，我也要参加共产党，我也要当女兵，宋司令答应过我，他说让我当电报兵。”

“小荣，我，我——”

“杨天赐，你真不要脸。你不答应跟人家成亲又亲人家——你跟我回去！你死不了。你就在这儿跟小荣成亲！”

胡大兰从交通壕上边哧溜一下溜下来。

“杨天赐，你回去跟小荣拜堂成亲！”

胡大兰说着就要过来揪杨天赐。

“天赐哥，你快走吧！”

小荣抱住胡大兰扭头对杨天赐喊道。

杨天赐转身架起双拐一只腿“噔噔噔”向前蹦得飞快。

“天赐哥，你伤好后可一定要回来跟我说一声。你那媳妇儿还在，我也不缠你，日后就当你是亲哥哥。可是不管啥情况，你可一定要回来，我就一直等着你，一直等着你！”

杨天赐也大声喊道：“我伤好了，肯定要回到咱队伍上。可是，只怕我的伤好不了，能不能活着也难说，你不要等我！”

杨天赐喊叫的时候没有回头。

小荣继续在杨天赐身后喊道：“天赐哥，你不会死，你的伤肯定会好。你就是剩下一只腿，我也愿意跟你好。就是你那个不管用了，我也情愿跟着你。我说的都是心里话，天赐哥、天赐哥，我等着你，我等着你。你可一定要回来！你可一定要回来！你可一定要回来啊！”

泪水模糊了双眼，但杨天赐的心还硬撑着没有软，也没有回头。

“小荣，你放开我——杨天赐，你小子听着，村里人都知道小荣捏握你那东西了。村里的头茬男人都不会要小荣了。小荣以后住我家，我们等着你。你敢不回来，我去你家把你揪回来！”

听胡大兰这样喊叫，杨天赐才转过身大声喊道：“小荣，你也听着，我跟你说，如果我媳妇儿死了、改嫁了，我一定回来跟你成亲。若我媳妇儿没死没嫁，我也一定回来打鬼子，为你、为干娘报仇！小荣，你跟宋司令好好说说，你说我也求他了，求他让你到队伍上。你不要住在村里了！胡大兰，我也求你了，你去找丁连长，你们带着小荣一起去求宋司令——”

……

杨天赐喊出的也是心里话，杨天赐也真是喜欢小荣，也很想和小荣成亲。可是，可是，可是——杨天赐不光在老家有媳妇儿，而且——想到以前在家做的一些事，杨天赐真后悔，觉得自己以前真是个孬家伙！但胡大兰说得也不对。胡大兰也太霸道了，胡大兰和自己那个相好有点像，自己那个相好也霸道。不过，不是人家霸道拉自己进了麦子地，自己也不会跑出来当兵，自己不跑出来当兵后来也不会参加八路军共产党。杨天赐感到他参加八路军共产党后，明白了许多道理，对过去的人和事都有了新的认识。比如，杨天赐是带着对他爹的仇恨跑出来的，现在他一点儿都不恨他爹了，还成天想他爹，想他爹的好。

杨天赐想到分别时郝向光对自己的要求。他想自己虽然离开队伍了，也一定还要遵守共产党八路军的规矩，也一定还要用共产党员的标准要求自己。又想家里的两个女人如果都为自己生了孩子，都带着孩子在等自己，这事可咋办？咋办，按规矩办。一个是媳妇儿，另一个原本就没有结婚。没有结婚的那个如果她生了孩子也住在杨家，那就让她还住在那儿。自己不承认她是媳妇儿，晚上不去跟她睡觉就是了。

对，就这么办。这也是自己入党时向郝向光、向党承诺的，如今到兑现的时候了。她再闹也不能跟她睡觉，她也许闹几天就搬出去再嫁人了。可是，她若硬不搬出去咋办？她若非要跟自己睡觉咋办？这个女人跟媳妇儿可不一样。媳妇儿一切都随自己的心意。自己说有个相好，媳妇儿虽然心里不高兴，但还是同意自己把相好娶回来。不仅同意自己把相好娶回来，还说要帮助说服老爹老娘同意自己把相好娶回来。可是相好一见面就要把生米做成熟饭，结果闹出了大事。指导员说得对，相好这种脾气的女人当兵打仗好样的，当媳妇儿有点不合适。可是，她若硬不搬出去咋办？她若非要跟自己睡觉咋办？回来之前，应该就这个事问问指导员的。不过，指导员那样子也是想让自己和小荣成的，只怕问也是白问。指导员总是这样，一些想叫人办的事他不肯说出来，他想让人自觉做。指导员，对不起了，在这个事情上我真是不能听你的。我家里的媳妇儿和小荣一样好哩！

连长丁大奎和指导员郝向光都很看得起杨天赐。丁大奎和杨天赐胡说八道打打闹闹最亲近，但杨天赐内心最佩服的却是郝向光。郝向光是大户人家出来的，人家可不是因为穷得吃不上饭娶不上媳妇儿才出来闹革命，人家是为了实现共产主义才出来闹革命——郝指导员最后那些话讲得多好。不过，好是好，有些话却是多余的，比如那句“如果因为什么原因你实在不能回到队伍上了”。有什么原因能让自己不再回到队伍上？不管遇到什么原因也一定要回到队伍上！指导员和连长一样明明在用激将法，却说不是。我杨天赐一定要回来让你看看！杨天赐又想，郝向光说上级打算提拔自己到分区当特务连连长，这上级肯定就是宋司令。从排长跳过副连长一下提升到连长，而且还是跟着保卫分区司令部的特务连连长，这事只有宋司令才能提出来，只有宋司令才能决定。郝指导员为自己包扎伤口的时候曾说宋司令夸自己“机智勇敢讲战术”。那天晚上自己又首先发现那股摸上来的敌人，带一排冲上去挡住敌人，一连刺死三个敌人。后面这情况，连长、指导员肯定又向宋司令汇报了。宋司令、连长、指导员，你们放心吧，我爹肯定能治好我的腿，伤好了我就回到咱们队伍上，跟你们打鬼子。打败了日本鬼子，还要打败国民党解放全中国、全世界，实现共产主义。

……

进入敌占区后的杨天赐蓬头垢面，包在伤口外边看不出颜色的破布沾满脓血。他还将自己的大便弄到破被卷和衣服上。经过小集镇的饭铺门口，他一立住，不等他张嘴，人家就往他胸前的葫芦瓢里扔吃的，捏鼻摆手叫他快走开。到了村里，他倒在人家门外，大口出气，小口吸气。主人闻着臭味出来，也赶紧拿吃的给他，吼他起来，生怕他死在自家门口。日本兵、国民党兵和劫路的强人叫他“站住！”他站住了，人家又叫他“开路！”“滚蛋！”

杨天赐走的路总是离流动的河溪不远。没人处，他解开破布，用流动的清水清洗伤口，把包在里边的白布洗净；洗好伤口和白布，他躺在河边，让阳光照射伤口，等白布被太阳晒干。一块白布用得不能再用了才换新的。杨天赐一只脚蹦着走路很费鞋，鞋破得实在不能穿了，他才舍得换新鞋。换新鞋的时候，杨天赐就想到了小荣和高大娘。

杨天赐架着两根枣树枝，从冬蹦到春，从春蹦到夏，从夏蹦到秋，从秋又蹦到冬。1942 年腊月的时候，杨天赐蹦到结了冰的黄河边。黄河北岸关卡的日本兵看杨天赐架着双拐在冰面上爬起来摔倒、爬起来摔倒都哈哈大笑。其实每摔倒一次，杨天赐都向前滑一大段。

过了黄河，就是杨天赐的家乡——河南西部的陕州地面。杨天赐情不自禁挥舞起一根枣木棍，发现伤腿已能触地行走。再试试，慢走可以，走快还疼。

家近情更怯。看着提着各种年货行色匆匆的路人和村边奔跑欢叫的娃子们，杨天赐心里火烧火燎又五味杂陈——从家里跑出来都六年多了，年迈的父母是否还在？还有那两个女人。媳妇儿生出娃子是喜事，那个和自己相好的女人呢？指导员水平再高他也不是神仙。万一她——有的大闺女出了那事儿没脸见人，自己就去跳了崖——她不会自己跳崖，当时她提起裤子还骂人家，后来才一溜烟跑了。她跑到了她舅家，让她姥姥给藏了起来。她爹跟她舅、她姥姥吵着要人，蹦着跳着说要打死她。她爹后来把她逮回来没有？她是死是活？她肚子里的娃子生出来没有？说到底都怨自己。自己那时候真是个孬家伙！

杨天赐时常想，郝向光和同志们跟自己讲的话，他爹以前好像也说过。当时咋就听不进去呢？是爹讲得不好，还是自己没到听进人话的时候？

眼看就要到家了，有人处，杨天赐忍着心里的煎熬，还是慢腾腾一蹦一哼哼。没人处，杨天赐两根棍子一条腿配合默契，蹦得飞快。有时也忍痛伤腿着地，两条肉腿加两根木棍一起用力往家奔。

十二

九曲黄河冲出晋陕大峡谷后掉头向东，滚滚东去的黄河南岸边，当年那个古城是陕州（就是现在三门峡市陕州区的前身）。陕州当时是河南省政府陕州行政专员公署所在地，管辖的地盘比现在三门峡市管辖的地盘还要大。陕州历史很悠久——这方面的许多内容在百度上都有，这里只说百度上没有讲到的两点。第一，北宋某个时期，宋军曾在此与辽军隔黄河对峙。第二，抗日战争期间，中国军队也曾在此隔黄河与日军对峙好几年，后来日本兵打过黄河，再后来日本投降，陕州的日本兵又逃过黄河，在河那边的运城集中后回了老家。

杨天赐从冀中蹦到陕州地界的时候，中国军队和日本兵正在此隔河对峙。许多地方都见国军士兵和老百姓挖战壕修工事。有士兵斜眼盯瞅杨天赐，好像怀疑他装瘸子。

这天中午，杨天赐走到离家还有二十里地的人马寨。两个士兵跑下山坡拦住杨天赐，不嫌脏臭盘问他。杨天赐称自己是新八军的，在河北让日本人打伤了腿。两个士兵让他解开绷带验伤口。杨天赐前一天见路边坟地里有野狗吃死娃，他赶走野狗，在大腿绑了一块死娃肉（那时候幼儿死亡率高，冬春季节，常有死去的幼儿被丢进老坟地）。两个士兵看他伤得真不轻，挥挥手让他快走。

杨天赐刚包好伤处，来了一个骑马的军官。军官鼻子下边有个小肉猴，浓眉大眼，表情很凶，身后跟着挑着担子送饭的炊事兵。

军官停住问了情况，目光炯炯盯住杨天赐看了半天恶狠狠地说："你不是新八军，你是共产党的八路军。"

杨天赐说："我不是八路军，我是新八军。我们军长是高树勋，高军长让我们活埋了石友三。"

军官鼻子里哼一声说："活埋石友三时你在场？你说你们把石友三埋在哪儿？"

"埋在黄河边。"

"哪儿的黄河边？"

“就是河北那儿的黄河边——”

“河北地方大了去，你说在河北哪片儿？”

“就是那片儿，叫啥地方真是记不清了——哦，想起来了，叫柳庄，西边是河南的濮阳，东边是山东，那个柳庄好像是河南地盘。半夜三更，是我把石友三一脚踢到沙坑里的。”

军官又哼了一声说道：“新八军和八路军合伙打过日本人，你见过八路军没有？”

杨天赐说：“我在军部警卫连，我没有和八路军一起打过日本人。但我见过来军部的八路军长官。”

军官说：“那你觉得他们怎么样？”

杨天赐说：“他们的长官说话怪和气。跟长官一起来的兄弟们吃饭的时候吃得可快，一个人吃好几个白面馒头，跟饿狼一样。”

军官愣了一下，好像没有想到杨天赐这么回答。军官愣了一下就“哈哈哈”笑起来。笑过了，军官让炊事兵给杨天赐两个热腾腾的白面馒头，就骑着马昂首挺胸嘚嘚过去了。

这一带的许多村庄里都有杨天赐认识的人。有好几次，杨天赐想拐到亲戚和熟人家清理一下自己，看到村里来来往往的士兵，都忍住了。有些国民党军队和八路军合作打日本人，也有些国民党军队专和八路军作对。那个军官的态度让杨天赐不敢有一点儿麻痹大意。

大年三十黄昏时分，杨天赐终于蹦到他家地坑院门洞上边的大门跟前，看到了他家门框上年年一样的对联：杨家没有隔年账，三十当作初一过——家家平安。

爹还活着！至少爹还活着！

杨天赐心中翻江倒海，他扶住门框，头顶在门板上。

“汪汪汪——”

哈！大黄也还活着！

十三

杨天赐家在陕州杨汴塬上的杨家营。

沟壑与沟壑之间的台地，当地人称为塬。陕州城北挨黄河，南依崤山。城与山之间的三块长条状台地由东向西依次为：杨汴塬、张汴塬、李汴塬。三道塬上的村庄名字多带营，如杨家营、焦家营、孟家营、雷家营、小营、后营、前营、丁官营，等等。这儿的人们都说他们先人是当年大宋囤垦戍边的将士。

杨天赐是被他爹杨汉唐打跑出去的。

杨汴塬上杨姓人家并不多，杨家营多数人家也不姓杨。杨汉唐总说，杨家祖宗虽说为国立了大功，但毕竟杀生太多，这才报应到后嗣不旺。六代单传的杨汉唐从小就被送到名医焦先生门下学医术。焦先生夫妇和两个儿子死于兵灾后，杨家收养了焦家的瞎子女儿焦兰亭，后来杨汉唐又和焦兰亭成了婚。焦兰亭婚后多年未育，杨汉唐也不曾娶小。杨汉唐四十二岁时，三十六岁的焦兰亭生下杨天赐。杨天赐七岁那年，杨汉唐被一支路过的队伍强行带走当医官。两年后，一路讨饭回来的杨汉唐从他那又脏又臭的长布袋里不仅掏出了他带走的号脉石、压舌板、细长针，还摸出了听诊器、温度计、手术刀、麻醉药等西药。陕州城有人愿出房子请杨汉唐去办医院，杨汉唐却不肯。杨汉唐不把家搬到陕州是因为南山半腰那股温泉水。用那泉水泡制过的中草药和没有经过泉水泡制的草药，药效大不一样，当天取回来的温泉水还能当消毒的酒精用。杨汉唐在那水中加上草药，许多人遍寻名医治不好的病症，喝了杨汉唐的汤药，再在那药汤中泡泡就好了。

杨天赐从小顽劣异常，上学以后也不好好念书，还经常带着娃子们来家里偷吃当药引的大红枣和野山楂、甜干草那类中草药。小树不削不成材，小子不打不成器。这道理杨汉唐很懂，可是却难以实行。杨天赐之后，焦兰亭再无生产。杨家到杨天赐已是七代单传。杨汉唐嘴上怎么教训杨天赐都成，但他若想动手脚，那瞎眼的焦兰亭就变成了母老虎。杨汉唐埋怨焦兰亭溺爱害子，焦兰亭却说树大自然直，多少孬小子长大娶了媳妇儿就学好了。

杨天赐的未婚妻孟秀女长杨天赐两岁。孟秀女的父亲孟竹韵十五岁就成为大清最后一茬秀才，孟先生最恨慈禧，自以为不废科举，他铁定是状元第一。孟先生常说一个媳妇管三代，于国于家都一样。孟先生把调教女儿当头等大事，毕生都在写两本书，之一是《好皇后传》，之二是《好媳妇传》。孟先生在陕州地面只与杨汉唐来往，俩人真格是情同手足，更在手足之上。

杨天赐是十六岁那年成婚的。

杨天赐当时上初中二年级。学校有几个老师经常向学生们宣传共产主义、抗日。星期六、星期天还带着学生们到村里唱歌、演讲。杨天赐有天回来竟然说要到延安，又说他长大了要把家里的地都分给穷人。

为了让杨天赐收心，也为了让他赶紧为杨家造人，杨汉唐找孟先生商量后赶紧给他成了婚。

杨天赐不愿和孟秀女结婚，洞房夜想逃走，被守在门外的焦兰亭紧紧抱住。焦兰亭说，天赐，你今黑地不让我听见你往秀女肚里种娃的动静，我就吊死在你屋门口。又说，秀女，进了洞房你就不要怕羞，你大他两岁哩。杨天赐就在秀女的引导下闹出了那种动静。事后，杨天赐说，我不跑了。叫我上学吧。焦兰亭、杨汉唐却还是看他紧紧的。直到孟秀女肚里有了，才让他又去上学。杨天赐一放学就回来，在屋里和秀女有说有笑，周末也不到村里唱歌演讲了。孟秀女跟杨汉唐、焦兰亭说，杨天赐不想出去闹革命了，还想叫她也去学校读书哩。焦兰亭跟杨汉唐说，你看看，孬小子取个媳妇就好了吧。杨汉唐说，那是咱家娶着了好媳妇。

秀女肚里有了，杨天赐婚后收心了，杨汉唐的心也踏实了。杨汉唐的心刚踏实下来没几天，杨家又出了大事。啥事？光天化日之下，杨天赐、韩木兰被人发现在麦地里办那种事儿！

韩木兰是韩家营韩大柱的女儿。韩大柱是个孤儿，十多岁就来到杨家做活。韩大柱婚后好些年也住在杨家。韩木兰就出生在杨家地坑院，只比杨天赐小三天。杨汉唐被队伍带走那两年多，杨家里里外外都由韩大柱夫妇照料。杨汉唐回来后给了韩大柱三十亩好地，韩大柱一家才回到韩家营。

听说出了那事，杨汉唐叫来近门侄子杨永贵，两人联手狠狠教训了杨天赐一顿。挨了打的杨天赐爬起来跑到陕州当了兵。等杨汉唐得信赶到陕州时，杨天赐已随队伍坐火车往东开拔了。杨汉唐只打听到那支队伍的长官叫高树勋。

韩木兰肚子大起来后被韩大柱绑着送到杨家。韩大柱对杨汉唐说：“我是个粗人，没有教好闺女，我原本要打死她的。可她说肚里还怀着你杨家的种。我得了你家的大济，我可打死自家人，咋着也不能害你家的人。老东家，你要你杨家的种不要？你说要，我把她留在这儿，她活是你杨家人，死是你杨家鬼。你说不要，我就把她拉到东沟沿推下崖摔死。”

杨汉唐羞愧满面，一边说自己家教不严，一边说：“要要要！”

孟秀女生下杨天赐命中六男中的头男杨承仁（小名狗孬）后二十八天，韩木兰生下了杨承义（小名二孬）。

乱世人心最难测。杨天赐从家里跑了以后，杨汉唐辞了长工，将土地全部租给别人种。杨家还悄悄购进长枪、短枪。杨汉唐和孟秀女、韩木兰枪不离身，就连瞎眼的焦兰亭枕头下也压着小手枪。

中国人过年的内涵是合家团圆，共同分享。这里有两个点，一是全家团圆，二是要有可共同分享的好东西。两点都达标，这年才算过得好。人心不足蛇吞象，各人心中的标准不一样。每年一到腊月，总有人急得像过不去河的狗。人一着急，就会做出一些奇奇怪怪的事情。

那年腊月二十三半夜，一群蒙面人来到杨家营。他们抬着木头，撞开杨天赐家地坑院上边的大门下到杨家地坑院，叫杨家人把大洋扔出来，否则就撞开门进去杀个鸡犬不留。听口音都是南山里人。

杨汉唐把藏在猪圈下边的大洋说给他们，那些人挖出大洋往上搬的时候，有一个人脸上的面罩掉下来了。原来是杨家营的杨四喜。

杨四喜按辈分管杨汉唐叫大伯，在杨家当长工时最奸猾。就是这个杨四喜带人跟踪发现杨天赐和韩木兰在麦子地办那事儿的。

木兰恨从心头起，对着那货就是一枪。木兰没打中杨四喜。杨四喜叫嚣道：“杨汉唐，你听着，今天你家人看见我了。我要斩草除根。”

杨汉唐对着门外喊道：“南山的好汉们，几十年来，我也没少给南山的乡亲看病。有钱我看病给药，没钱我也看病给药。你们杀了我，以后再得病谁给你们看？再说啦，你们那么多人，你们灭了我一家，一时没人知道，以后肯定要露出来。我杨汉唐救过高树勋军长的命，他若知道有人害了我一家，定然饶不了害我家的人。”

杨汉唐这话起了作用，那伙人不打枪了。这时，只听响起“咚咚咚”的鼓声。

门洞里一声枪响。

一个人喊叫道："杨老先生，今年山里收成不好，大半粮食都交了军粮，大伙也是过不了年才听了杨四喜的。怨我们一时糊涂，杨四喜已让我们打死。对不起，我们走了。"

那伙强人下杨家地坑院的时候，杨家的老黄狗从大门下边的狗洞里跑了出去。大黄狗小时候是杨天赐从韩家抱回来的。大黄狗跑到韩家营对着韩大柱汪汪汪一叫掉头就又往回跑，韩大柱知道杨家出了事儿。带着韩家营的人拿着火把掂着家伙就赶过来了。那些人一跑，杨家营的人也冲出来了，其他村的人也赶过来。那些人跑进了南山，韩大柱带人还往山上追，那些人急眼了，返身对打，韩大柱心口中弹当时就死了。

不包括杨四喜，塬上还死了三个，伤了三个。杨汉唐张罗死者的后事，安排伤者家的生活。杨永贵、李栓牛、任宗兴等也跟着帮忙。杨永贵不仅是杨汉唐同宗近门的侄子，还是保长。任宗兴和李栓牛家的地坑院和杨家紧挨着。杨家有辆厢式马车，任宗兴喂着杨家的马。杨汉唐出门行诊的时候，一般是杨家唯一的佣人憨子赶车，有时候任宗兴也赶车。李栓牛比杨天赐小一岁，杨天赐在家的时候，他俩是好玩伴。他们都不好意思地说，强人们在院上边趴了枪手，他们实在冲不出来。

杨天赐蹦到他家门口时，他家人正在吃年夜饭。大人们吃在嘴里的饭菜没滋没味，也没有话说。只有狗孬、二孬边吃边叽叽喳喳。

这时候，忽听大黄狗在院里叫了两声，接着就来拱门，还呜呜噜噜十分兴奋。

焦兰亭一激灵，大叫："快去开门，天赐回来了。"

木兰触电般立起，扑过去打开门跟着大黄狗飞一样跑过田井，跑进门洞，狗孬、二孬紧跟在后。杨汉唐、孟秀女搀扶焦兰亭也来到院里。见憨子天佑听见响动也跑出来，杨汉唐说："天佑，回去吧，你干娘又发癔症了。"

杨汉唐话音未落，门洞里传来木兰直着嗓子喊出来的声音："你是谁？你到底是谁？真是你啊。你可死回来了——呜呜呜——呜呜呜——"

十四

杨天赐回来那天晚上，杨家人通宵没有睡，一家人忙着整理杨天赐，问东问西。看到杨天赐的伤口已长住，一家人都很欣慰。到天快亮时，杨天赐已焕然一新，成了少东家模样。

杨天赐仔细听了走后家里的情形，谈到自己只说一直当兵，早些年胡乱打一气，后来就跟日本人打。

看到两个女人都为他生了儿子，木兰也已成杨家一员，杨天赐一路上悬着的心落到心窝里踏实了。想到木兰爹为救杨家被土匪打死——由韩岳父又想到孟岳父。杨天赐走后，孟先生气得心口疼，一年之后死了。秀女的娘前几年也死了。杨天赐在心里对自己说："以前自己真是孬，太孬了，若不是跑出去参加共产党八路军真不知道现在会孬成啥样！以后一定要好好对俩女人好。不然，死了以后咋有脸见两位岳父和秀女娘？"这时候杨天赐一激灵，内心有个声音对自己说：还有高大娘和小荣呢！高大娘也是为你而死的。小荣对你那么好，小荣还在等着你哩。接着心里又有个声音说道：凡事都要讲规矩。你家里两个女人都活得好好的，还给你生了娃子。你伤好后回到队伍上把这情况报告给连长、指导员，就说以后只能把小荣当亲妹子——只能这样。回来时自己跟小荣也是这么说的。可是小荣对自己恁痴情。小荣听了不会疯了吧？木兰当初听说自己和秀女结婚都差点儿疯了呢！

见杨天赐出神，韩木兰打他一巴掌说："你想啥哩？是不是在外边有相好了？人家说当兵三年老母猪变貂蝉。你在家的时候就不老实。你说，是不是在外边又有相好了？"

焦兰亭满心欢喜地说："天赐，你是不是在外边有女人、娃子了？你谁也不用怕，有了就赶紧接回来。咱家不嫌人多。"

杨天赐说："没有。"

韩木兰说："杨天赐，你听着没有？赶紧把你外边的媳妇儿、娃子接回来吧。"

杨天赐说："我没有，真没有！"

焦兰亭说："二孬妈，你去帮狗孬妈做早饭，我还有话要问天赐。"

韩木兰噔噔噔来到厨房对孟秀女说："瞎老婆子巴望着他儿在外边给她娶媳妇儿生孙子。把我赶出来追问他儿子呢。还说在外边有了媳妇儿、娃子赶紧接回来，咱家不嫌人多。哼！你看着吧，说不定明天就又有媳妇儿、娃子来咱家了。六年多了，能生出好几个娃子呢。狗孬妈，你说他剩下一个蛋蛋还管用不？"

孟秀女吓了一跳，连忙转身四下看看说："咱爹咱娘不是说了吗，他少一个那东西这个事儿千万不能让外人知道了。你这么大声音让两个娃子听见了说出去咋弄哩？"又说，"你问谁？你黑地里试试不就知道了。"

韩木兰："我不试，让瞎老婆子试。"

孟秀女又吓一跳，孟秀女说："二孬妈，你再不敢说这话了，传出去了外人笑话不说。让天赐听见了，他也跟你翻脸。"

韩木兰打着自己嘴巴说："该打该打，我也是让老婆子气蒙了。你看老婆子霸住他，好像咱俩都是木头。我跟你说啊，老婆子年轻的时候就毒着哩，自己坐不住胎，可一听说男人要娶二房就上吊。咱公公真是好人，宁可绝后也不娶二房。你说他万一少一个那东西不管用咋弄哩？"

孟秀女说："昨儿夜里，咱公爹不是说了，独头蒜更辣。"

韩木兰说："辣不辣？今黑地你就知道了。我跟你说，咱俩这两块地都一样。你六年多没见一点雨，我也一样。咱们说好，头半夜是你的，后半夜是我的。干脆前半夜我也去你窑里算了。"

孟秀女又让韩木兰吓一跳，孟秀女说："你说那算啥话？那可不中。你听我给你说，我身上来着呢，今儿黑地他都归你，你好好试试他。"

韩木兰叹口气："这事儿你说了不算。老婆子不会答应。她在心里一直向着你，恨着我。黑地肯定让他去你窑里。"

孟秀女说："你放心，今黑地我真是身上不得劲儿，我跟咱娘说，让他去你窑里。"

韩木兰说："秀女姐，你对我是真好。可是，昨儿黑地，我给他擦身子，他躲躲闪闪。你跟家里人说着话，心却像在别处。说不定他在外边真有了媳妇儿、娃子呢。"

孟秀女说："我也觉着他跟出去的时候不一样了。可是——你今黑地好好审审他。他出去以前就跟我说，他有点儿怕你。他若是真在外边有了媳妇儿、娃子，你一审他，准能把他审出来。”

……

三十晚上，焦兰亭把杨天赐全身各处摸了个遍，摸到杨天赐少了一个睾丸，焦兰亭也并没有大惊小怪。焦兰亭生长在医家，知道那东西少一个还管用，只是感到伤心和气愤。焦兰亭摸着杨天赐的脸说：“你是娘囫囫囵囵生出来的，这日本人真可恶，跑到中国打坏你一个。以眼还眼，以牙还牙。让狗孬、二孬长大了也去打日本人给你报仇。”

当时狗孬、二孬都睡了，憨子在外边。杨汉唐要求全家人谁都不能把杨天赐只剩一个睾丸这个事儿说出来。还特意叮嘱韩木兰跟娘家人也不要说。

十五

回到家的第二天是大年初一，最先来杨家拜年的人出了杨家门见人就说，天赐回来了，天赐回来了。

每年大年初一，杨家营各家都要来给杨汉唐拜年。听说杨天赐回来了，来拜年的人更是踊跃。杨家人说，杨天赐是在高树勋的新八军，上年高将军回陕西探亲返回部队路过陕州生了病，杨汉唐给高树勋看病时跟高将军说了话，高将军回到队伍上就让杨天赐回来了。杨家一整天人来人往，喜气洋洋。自然也有不识趣者，看了杨天赐又对着韩木兰看，看了还对身边人嘀嘀咕咕。木兰抓一把炒花生塞到那人手里说，吃吧，吃吧。吃饱了再说我。

直到傍晚时分，杨家才清静下来。

初一一整天，杨天赐都在爹娘窑里。刚吃过晚饭，二孬就来叫杨天赐。

焦兰亭说：“二孬，跟你娘说，今儿晚上你爹住你大娘屋。”

二孬回去学给木兰，让木兰打得哇哇大哭又跑回来。

这时候孟秀女进来跟焦兰亭说她身上来那个了，就让他爹去木兰屋吧。

杨天赐站起来说：“我去下茅房。”

杨天赐从茅房出来慢慢走向秀女住窑。经过韩木兰门口时，韩木兰就像猛虎一下冲出来，抱起杨天赐进了她窑里噼里咣当关上门。

韩木兰练过武，从小就能打过杨天赐。杨天赐这时伤还没有完全好，就那么被掳走了。

韩木兰曾说过逮住杨天赐非咬他一口，韩木兰说到做到，把杨天赐放到床上就咬。杨天赐进行了反抗，但他的反抗失败了。

韩木兰得逞之后忽地坐起来说："杨天赐，我跟你娘不一样。我不吃独食。两块地都一样，六年多了不见一点雨。我把狗孬领过来。你去秀女窑里。"

杨天赐原本决定只认秀女当媳妇儿，要和韩木兰了断的。韩木兰这一下子把他弄蒙了。

杨天赐说："你别管恁多。"

看杨天赐躺着不动，韩木兰说："杨天赐，你老实说，你是不是在外边真有相好了？看你刚才那熊样儿，肯定是在外边有了。不行。你跟我起来过去！"

韩木兰抓起杨天赐搭在肩膀上来到秀女窑门口，啪啪啪拍着门叫开秀女门。秀女以为出了啥事儿，披着衣服来开门。韩木兰咚咚咚闯进去，把杨天赐扔到炕上说："他那东西还管用。腿上伤也没事儿了。可他的心只怕是跑到别人身上了。你好好使使他，使了他再审审他。咱们在家守活寡，他敢在外边拈花惹草跟野女人胡混，我就把他剩下的那个东西也挤了喂大黄狗！"

韩木兰把迷迷糊糊的狗孬抱到自己屋里炕上，狗孬倒下又睡着了，韩木兰气愤得半天躺不下。

韩木兰气愤得睡不着的时候，杨汉唐、焦兰亭两位老人家也没有睡着——两位老人家是兴奋得睡不着。

杨汉唐说："老婆子，你都听见了，天赐还管用。孟老先算着他命里六男二女不会错。"

焦兰亭说："没有想到二孬妈能这样。这都是这些年我数落她的结果。"

杨汉唐说："老婆子，木兰脾气孬心眼不孬。你以后再不要说她了。"

焦兰亭说："可她还说我吃独食哩，我为啥吃独食？我是个瞎子啊。你再娶个明眼的到家，我还有活路吗？哼，天赐若是今儿黑地能给俩肚里都种上娃子，我以后也不数落木兰了。木兰虽说当年跟天赐闹了那一出，可她生了二孬，她若再生出两个娃子，也算给咱家出力了。你说孟老先算得准，我看他有些事儿算得准，有些事儿算得也不准。我总觉着天赐命里不止六个儿。孟老先他是说天赐和秀女俩人命里六男一女，加上木兰生的，我看咱有八九十个孙子呢。不信咱们走着瞧！”

焦兰亭这话说到了杨汉唐心坎里。

杨汉唐搂着老伴儿说：“我也想着天赐能生七狼八虎。不过，这种话可不要跟外人说。存住气不少打粮食。麦子打下来才是麦子，娃子生下来才是娃子。”

焦兰亭说：“那是哩。老头子，我也在心里想，木兰真像你说的，脾气孬心眼不孬。她爹也是为咱杨家送的命，以后我不总是数落她了，咱还要多管管她娘家。你听，秀女的门咋又开了？你听，秀女咋又把天赐往木兰窑里送？”

焦兰亭说这话时鸡都叫三遍了，两位老人听到动静又起来。

那天晚上，杨天赐被韩木兰强迫之后又被韩木兰扔到孟秀女炕上，当孟秀女抽泣着抱住杨天赐时，杨天赐抱住孟秀女也哭了。俩人哭过之后的事情就不用说了。那不用说的事情之后，杨天赐抱着头坐了好半天。孟秀女问他咋了？杨天赐说：“我在想，我以前在家的时候咋恁不懂事儿，咋恁孬哩。我跟木兰做了那样的事儿，把你爹都气死了，你还在我家为我生儿子，我真是对不起你，对不起你爹。你爹为了给我娘治病还摔断一条腿。”

杨天赐说的是心里话，但只是他心里话其中的一部分。他心里还想了别的，而且在别的方面想了很多很多。他想的那些不能跟孟秀女说，只能憋在心里。杨天赐当时的心情真是窝憋透了。

杨天赐最生韩木兰的气，木兰从小到大没把杨天赐当过主人。这不仅是因为木兰的个性，也还有其他的原因。焦兰亭生下杨天赐后奶水不够杨天赐吃，木兰娘奶水好得俩娃小时候都吃不完。杨天赐和韩木兰小时候总是一起拱在木兰娘怀里吃奶。稍大些，俩孩子就像亲姐弟一样玩儿在一起吃在一起。木兰爹小时候在熊耳山空厢寺当过几年小和尚，会些功夫，闲时在院里练把式，两个孩子也跟上比划，后来都迷上练武术。再后来——韩家从杨家回到韩家营有着外人不知道的原因！

想起往事，杨天赐感到木兰爹娘有点像高大娘，心中早就想让他和木兰成夫妻。木兰爹娘那可真是对自己好，就跟高大娘真是对自己好一样。高大娘为了保护他死了，木兰爹也是为保护他一家死的。木兰虽然不像小荣，但木兰也是真心对自己好，真心爱着自己。自己怎么能对这么爱自己的人有意见呢？说到底都是自己不好。这样想着，杨天赐窝憋得直想死。

孟秀女看杨天赐难受成那样，又把杨天赐搂到怀里轻轻拍着他脊梁说："你也别难过了，过去的事情都过去了，我早就不生你的气了。这些年，我只盼着你平平安安回来。这些年不知梦见过你多少次回来了，醒来后大睁两眼到天明。如今你终于平安回来了，万幸只少那一个东西。你看你还能硬，这有多好。爹爹说了，你能这样，咱们就还能生儿育女。你不要难过了。人都是从小到大，从不懂事儿到懂事儿的。我跟你说，木兰虽然脾气大些，心眼儿可是真好。她除了做家务，还教两个娃子打拳练武，俩娃子再大点儿，她还要教两个娃子打枪。二十三晚上，不是木兰顶着跟强人们对打，只怕强人们都冲进窑里了。那人露了脸，要斩草除根呢。木兰爹为救咱家也没了，你前半夜咋惹木兰生气了，这可是你的不对。这些年，木兰跟我一样，也是日日夜夜想你盼你，她把你盼回来了，想回来了，你咋能一回来就惹她生气呢？你是不是想着因为你俩当年那事你才挨爹打，跑出去？你若是这样想，可真是你的不对。我跟你说吧，木兰这些年在家比我更不容易，咱娘待我跟亲闺女似的，从不说我一个不字，对木兰可是有点儿过了。咱娘一想你，就夹枪带棒数落木兰。狗孬他爹，你听我说，你回来第一天晚上你咋能惹木兰生气呢，你让木兰生气，我心里也可难受，我心里真是可难受可难受。我把狗孬抱过来，你还去木兰窑里吧。木兰这会儿肯定还在生气呢？木兰把你送过来，我也得把你送过去。"

那天晚上，孟秀女硬是把杨天赐又送到了木兰窑里。

杨天赐再次回到木兰窑里的情况也被人偵听去了。又从院里回到自己床上的焦兰亭跟杨汉唐说："你可都听见了——比较起来还是秀女更懂事儿。不过，她对木兰好得过分了，她对天赐心疼得还不够。木兰还是霸道，还是贪——"

十六

那年正月，杨家的人情还是秀女、木兰带着狗孬、二孬行的。初二那天木兰很想让杨天赐跟她一起回娘家行人情。两位老人家说，不能去。去了，别人家也得去。初三，木兰娘忍不住，带着木兰的妹妹二兰来到杨家看杨天赐。木兰娘拉着杨天赐的手哭了半天。木兰的堂叔韩二叔也来了。韩二叔说："天赐，你可回来了。我们韩家人也都放心了。年前，为了你一家，我们韩家死了三口人。你可要好好待木兰啊！”

杨天赐嘴上应承着，耳边又响起郝向光的那些话，心里一阵阵泛苦水。

焦兰亭有个本家侄子焦国臣在陕州警察局当副局长。焦国臣夫妇带着三个儿子和老娘来杨家行人情，顺便问起杨天赐在哪部分国军当兵？是不是逃回来的？杨天赐说在新八军，和日本人打仗负了伤，长官叫回来养伤的。问可有长官的文书，杨天赐说，长官给的文书怕日本人搜出来，路上撕碎扔了。

焦国臣说："小表弟，你以后不要再跟人说起八路军。"

杨天赐说："谁跟你说我跟人说八路军了？"

焦国臣说："别管谁跟我说，你先说你跟人说过八路军没有？"

"我们新八军和八路军一起打过老日，哦，我以后再不说了。"

焦国臣说："上边对共产党、八路军很恼火，他们拿着蒋委员长的饷，不听蒋委员长指挥。游而不击，发展自己。现在不管是谁，只要发现他有共产党嫌疑，我们就抓。抓了就上大刑审，审出来是共产党，秘密枪毙，审不出来的，统统按共产党嫌疑送到劳动营。劳动营那地方，进去的人多，出来的人少。"

杨汉唐给焦国臣的三个儿子一人包了一个十元的红包，又给了焦国臣一个大红包。杨汉唐说："你拿上，礼多人不怪，多到上司家走走。我听说那个从开封来的局长好贪哩。"

"哼，屁本事没有——开封来个啥人都能当局长。活是我们干的，功是人家立的、钱是人家拿的——天天逼着我们逮汉奸、逮共产党，哪有那些汉奸、共产党？都是为了要人家的钱！"

开封当时是河南省省会，地方上的官好多都是从开封来的。

焦国臣夫妇吃过饭带着三个儿子回去了。第二天，焦国臣的娘又来到杨家。焦国臣的娘是在家生了气。焦国臣的娘是焦国臣他爹的大房，焦国臣的爹还有二房、三房。杨家也愿意焦国臣娘来杨家住。焦国臣的娘每年都要来杨家住上一些时间。

焦国臣的娘想来杨家住还有个原因：老太太想来住杨家地坑院冬暖夏凉的窑洞。焦国臣家在杨汴塬最北边，地势低又挨着黄河，不能挖地坑院。那几个村的人家都住房子。

……

杨永贵当年和杨汉唐一起打跑了杨天赐，虽然天赐和杨家不怨他，他却感到愧对天赐和杨家。杨永贵也来给杨汉唐拜年，拜了年又跟杨家父子商量成立护庄队，说想让杨天赐当队长。

杨汉唐说："永贵，你是保长，护庄队长还是由你来当，天赐伤好了给你当个帮手。"

杨天赐说："这事我怕是干不了。我伤好后还要回队伍上的。我在高军长跟前当卫兵，我跟高军长说过要回去的。"

杨永贵说："天赐兄弟，你要回部队打日本人，我还真不好意思拦你。以国为重是咱老祖宗留下来的家风。可是，你以后再也不要跟人说八路军共产党在河北打日本人的事儿，村里有人说你在外边干的是共产党的八路军呢。"

杨天赐说："现在国共合作，我们新八军和八路军好几次合起伙儿打日本人。有一回我们叫日本人包围住，还是八路军打过来替我们解的围。连蒋委员长都表扬八路军能打仗。我咋不能说？"

杨汉唐说："天赐，听你永贵哥的。言多有失，祸从口出。八路军、新八军都有一个八字，要么你说错，要么人家听错。不过，你在高军长身边做事，有人敢诬你是共产党，只怕高军长也不会答应！"

杨永贵走后，杨汉唐跟杨天赐说："你说伤好后还要回队伍上可是真的？"

杨天赐低下头一会儿又抬起头，终于说出他一直想说又没有勇气说出的话。

杨天赐跟杨汉唐说：他参加八路军入了共产党。伤好后还要回队伍上打日本人。又说，他回去后要到分区当特务连连长，跟在宋司令身边。

杨汉唐早已力不从心，腊月里一场大劫过后，杨汉唐更深感自己支撑不起这个家了。杨天赐意外归来，杨汉唐如释重负，满心希望回到家的杨天赐能接替自己顶门立户，万万没想到杨天赐会跟他说出这样的话。

杨汉唐心里吓一跳，表面却不动声色，慢条斯理地说道："你还要回队伍啊，我不反对，我们杨家啊总要以国为重。你能在队伍上干出名堂，当个大将，将来狗孬、二孬也好跟着你到队伍上，重振我们杨家将威风。"又说："这国共两党又合作又互咬，你对人别说共产党八路军的事儿，不管对谁都说你干的是新八军。你也听说了吧，以前教过你的小尤老师被人说是共产党抓到陕州大牢里，花了几百块大洋才保出来。”

杨天赐说：“听说了。爹，你当初挺烦小尤老师的，你咋还搭救他？你救了他，肯定知道是谁说他是共产党。”

杨汉唐说：“你呀，你这个毛病咋还没有改？你问人时，一句一句问中不中？”

杨天赐说：“爹，你批评得对。在队伍上指导员也这样批评过我。可我一着急还这样儿。”

杨汉唐说：“以后要更沉稳些。你听我跟你说啊，是专员兼县长盛忠孝说他是共产党。他在里边死不承认是共产党，但他出来后跟我说，他确实是共产党。”

杨天赐说：“小尤老师也跟你说他是共产党了？”

杨汉唐又哼一声说道：“小尤老师出来以后跟我说，他们共产党里出了叛徒，叛徒把共产党员名单交给了盛忠孝。”

杨天赐说：“共产党里的叛徒是谁？”

杨汉唐说：“你看你？又着急了吧？你跟我说实话，你在家时参加共产党没有？”

杨天赐说：“我提出想参加，小尤老师说我不够格。还有个人说我够格了，要介绍我参加共产党。我没有理他。叛徒肯定就是他。”

杨汉唐点点头说：“你小子不理他对了。就是那人拿着共产党的名单去找的盛忠孝，要给盛忠孝换一个县长，说渑池、洛宁那种穷县的县长也成。盛忠孝假意答应，得了名单就让人把他打死了。盛忠孝打死了他，又贴出布告，说是共产党除奸杀了他。盛忠孝还让焦国臣给他家送了一百块大洋。”

杨天赐说：“爹，他死了不亏。就是这个人跟我说，你最虚伪、最会骗人——他还跟我要过钱，说是做盘缠去延安，小尤老师说，他是去陕州和陕州报社的一个女记者看戏吃饭了。那个女记者是国民党女特务。”

杨汉唐说：“这共产党跟共产党也很不一样。那人死了以后，那个女记者当了一阵盛忠孝的秘书，再后来就去了重庆。焦国臣说那女的是什么中统、军统。我跟你说，小尤老师进去后受大刑几次昏死过去，可他真有种，醒过来还是不承认参加了共产党。他娘来求我。我去找焦国臣，焦国臣不当家，我又去找盛忠孝，费了好大劲儿才把他救出来。”

杨天赐说："爹，你说小尤老师出来找过你，你知道他后来去哪儿了吗？是不是去延安了？"

杨汉唐说："你看你又急了吧？你听我一句一句说——他出来以后来咱家说是他鼓动你跑出去的。还给我说了许多事儿。其中有一条很重要。他说，延安的中央命令这里的共产党全部撤到延安，撤不走的也一律停止活动。后来他就跑了。焦国臣跟我说，他们把暗地叛变的共产党放出来专门钓那些找上门的共产党。我再给你说一个事，那盛忠孝跟张汴塬的王大正不对劲儿。王大正这人原来在保定当专员，因为私下放走共产党被革了职。王大正常跟人说将来天下是共产党的，盛忠孝让人冒充共产党到王家，求王大正留他住几天。王大正就把那人藏到他家大窑的拐窑里，盛忠孝派焦国臣把那人搜出来。这个事儿最后还是高树勋军长出面才摆平。你听我说，共产党八路军大路人马开过来，你要再回到八路军队伍上我也不反对，你现在可别瞎胡找。焦国臣今天跟你说那话有跟咱要钱的意思，可他那话是对的。"

杨天赐原想通过小尤老师找到这儿的地下党，根本没有想到是这个情况。他想：既然这里的情况这么复杂，还是不找地下党为好，若中了敌人的圈套就回不到队伍上了。

杨天赐没有想到杨汉唐这样开通。杨天赐看家里老的老，小的小，到家以后一直不敢说他伤好利落还要回队伍上。今天是硬着头皮说出这一切的。

杨天赐让杨汉唐感动了。杨天赐还想给杨汉唐说说共产党八路军的规矩，说明他不能有两个媳妇，话到嘴边又咽了下去。他心想，伤好利落就走了。等革命胜利了，再回来解决这个问题——回到部队，还要和小荣好好说说。杨天赐一想到小荣，心就像被无形的手紧紧揪住。他自己清楚地知道，他现在最爱的是小荣。他的心里曾冒出过很不好的念头：如果家里这两个女人是七仙女那样的仙女，那你们就赶快飞走吧。你们飞走了，我就找小荣。

十七

杨天赐跟杨汉唐说过那话几天以后，杨汉唐悄悄跟杨天赐说："咱爷儿俩要互相体谅。我同意你回队伍上，你也要答应我一个事儿。”

杨天赐说：“爹，是啥事儿啊？”

杨汉唐说：“天赐啊，昨儿夜里我试着跟你娘说，你伤好了可能还要回队伍上，你娘一听就急了。你娘说，她要一天到晚拉着你，连你去茅房也要拉着你，她说从此以后她就这么拉着你一直不松手，以后你跟狗孬娘、二孬娘睡觉的时候她也要拉着你一只脚——”

杨天赐：“这咋办呢？我回来的时候向首长发过誓。我伤好后一定回到队伍上，有的人说我回来就走不了，我一定要回去让他们看看。”

“你听我跟你说嘛——我后来跟你娘说，我逗你呢。天赐回来不走了。人家八路军长官听说他是独子，才让他回来的。你娘信我了。”

“哦——”

“天赐，我让你回队伍上，可你也得答应我一个事儿。你得等两个女人肚子大起来再走。”

“爹，这个让我想想——爹，怀上孩子多长时间能看出来？”

“一个来月。”

“好吧，我答应！不过，我也还有个事儿——”

“还有啥事儿？你痛快说出来——咱爷儿俩今天都来痛快的。”

杨天赐先向杨汉唐介绍了共产党八路军的规矩，说他决定以后晚上只去秀女窑里睡觉，最后还说他要对韩木兰把话挑明。以后两人不再是夫妻关系。韩木兰可以继续住在杨家，也可以再嫁别人。说完了，问杨汉唐对此啥意见。

杨天赐说的是真心话，态度也是坚决的。他觉着杨汉唐没有理由反对他的决定。

杨汉唐看着杨天赐哼哼两声说道：“天赐，你参加八路军共产党以后真是长大懂事知道守规矩了。这个共产党八路军能把你这个孬小子调教成这个样真有本事。看来我当年打你打对了，不打你你也不会跑出去到八路军队伍上。”

杨天赐说：“爹，那这事儿就这么定了。你帮我跟木兰好好说说。”

杨汉唐又哼哼两声说道：“你认为这事儿这么着就能定了？”

杨天赐低下头说：“爹，那时候我真是不懂事儿。这两年我在外边想起以前惹你生气，我也可后悔不得劲儿。”

杨汉唐说：“你是比以前懂事了，可是，你离真懂事还差得远哩。你在有些方面其实还是个愣头青。比如说吧，你现在这么着决定木兰这个事儿，就说明你还没真正懂事儿。你这么办了，你以后会更后悔。”

杨天赐说：“爹，那你的意思是啥？”

杨汉唐说：“我的意思是，守规矩也不能死搬硬套。你小子听着，有些错犯了能改正，有些错了只能将错就错，你硬要改正，那结果就是更大的错。你也不想想，你竟敢跟木兰挑明说那话？木兰那脾气，你说跟她了断，她敢一枪打死你。我跟你说，木兰已经怀疑你在外边有了女人。天赐啊，这些年你不在家，两个女人在咱家都不容易。还有木兰她爹年前又为救咱一家让刀客们打死了。你听我跟你说，你现在想跟木兰断？你连这个念头都不能动！我不信你们八路军共产党只讲规矩不讲良心！”

杨天赐竟然叫杨汉唐说得无言以对。

杨汉唐继续慢慢说道：“天赐，你若是拿着共产党八路军的规矩要跟木兰强掰开，闹出祸事，不光丢你的人，丢咱杨家的人，也丢你们共产党八路军的人。人家会说，你看那杨天赐参加了共产党八路军回来一点儿良心都不讲。”

“这我真还没想到——”

“你还有没想到的！你想过没有？你若敢说不要韩木兰，韩家营的人也会找你算账。韩家营的人来闹，咱杨家营的人也不会不管。你想想，那是啥局面？天赐，如果你非要这样，还不如你狠狠心，丢下这一大家走吧。这个世道，多少人说死就死了，多少人家说没就没了。我和你娘活到这个岁数还怕啥？可是，那两个女人，还有娃子们，他们叫人家灭了，我咋有脸去见列祖列宗？咋有脸去见孟老先和木兰爹，我这不中用的老东西，我活着还有啥用？我还不如死了算了！”

杨汉唐说着已老泪横流，眼看立站不稳要倒下。

杨天赐赶紧上前搀扶住杨汉唐，他万万没有想到事情会弄到这一步，一时间不知道说啥好，后来他想了半天也还是感到他没有办法不听他老爹的话。

杨天赐心情很复杂，和两个女人轮流睡觉这个错误太大了。可是为了能够回到队伍上，又必须这样做。

“今儿，咱们把这个事儿也说到底了。你安心养伤，往女人肚里种娃。你伤好利落了，俩女人肚子也起来了。到那时候你再走。不然，你就是偷着走了，我也会搀着你的瞎子老娘一步一步追你到河北！”

十八

杨家两位老人不让杨天赐行人情，主要是为了让杨天赐养精蓄锐赶快往两个女人肚里种娃子。

焦兰亭安排并监督杨天赐轮着到两个女人窑里睡觉。一轮两晚上，一个晚上休息说话，一个晚上做活。焦兰亭自觉一碗水端得很平。孟秀女对杨天赐也是来之收之，百依百顺，你称心我便如意。那韩木兰却自恃当初与杨天赐轰轰烈烈，以为杨天赐以前爱自己远远胜过爱孟秀女，现在爱自己还应该远远胜过爱孟秀女。看杨天赐不分彼此，心中不悦。韩木兰有两天逼孟秀女说身上不得劲儿，让杨天赐连着和自己同宿。杨天赐得知真相后，又连着和孟秀女同宿，将少睡的，一晚不少补了回来。杨天赐还教训韩木兰要守规矩，下不为例。韩木兰开始还委屈生气哭闹，后来竟然让杨天赐说得没了脾气。

杨天赐训韩木兰说的那些话被人全听去了——杨汉唐听到耳里，喜在心里。再看从那以后，木兰确实有所变化，好像从心里害怕杨天赐了。对焦兰亭也比以前孝顺了。有一天，韩木兰还向杨汉唐说起八路军长官给当兵的发生日鸡蛋。又说八路军规矩极严，“八路军跟村里女人出了那种事儿，女人不同意的，不管官再高，功再大，一律枪毙。女人同意的，不管官再高，功再大，一律判刑住大牢。爹爹，天赐说他能遇到这么好的军队，都是爹爹你一辈子积德行善。爹，我以前好多不好。我以后都要改。我有啥不对，你和娘只管说”。说过那话当天晚上，韩木兰就主动打来热水为焦兰亭洗脚。

这天，杨汉唐把杨天赐叫到跟前说：“天赐啊，我跟你娘都看得出来，你和以前真是大不一样了。八路军共产党能把这个孬小子调理成人，这八路军共产党可不得了。我以前听小尤老师说八路军共产党好，还不大相信。如今我真信了。”

……

杨家三个主要人物各怀心思。焦兰亭只关心一件事，就让杨天赐往两个女人肚里种娃。杨天赐只盼着伤快点儿好利落就回队伍上。杨汉唐则绞尽脑汁考虑着怎么才能让杨天赐伤好利落后也走不了。不仅走不了，而且还要让他自己感到不能走——要把事情弄到这一步：杨汉唐吵着叫杨天赐走，杨天赐也不肯走。

杨汉唐还没有向焦兰亭说起杨天赐要回队伍上。焦兰亭是他手里对付杨天赐的重型武器，怎么使用，他还没想好。

有杨汉唐妙手回春的调治，有焦兰亭谆谆教导下两个女人的好生伺候，杨天赐的伤很快就好利落了。不仅伤好利落了，两个女人的肚子里也都有货了。杨汉唐给两个诊脉后说："都怀上，只是不知道男女，孟老先活着就好了，他一号就知道是男是女。"

杨汉唐跟杨天赐说："天赐，我又再三想了，你回队伍上这个事儿是个大事儿，这个事儿啊，你还是应该给你娘和你的两个女人说说。不然的话，你走了以后，她们都要埋怨我。不过，你不要提前跟她们说，到了你走那天，你再给她们说。你就跟他们讲讲日本人在河北杀人放火三光政策那些事儿，让她们知道你不回到队伍上打日本，日本人就会打到咱这儿。你说，我也帮你说。我从我们杨家忠君爱国、穆桂英挂帅、十二寡妇征西那几段说起，我相信你娘和你那两个女人肯定也会让你走的。女人嘛，哭哭啼啼难免。你到时候不要心软。男子汉心硬、心瓷实才能顶天立地成就大事业。"

杨天赐说："爹，真是难为你了。其实我也真不想走，可是我是共产党员，我发过誓——"

"天赐，国难当头，我们杨家人就应该挺身而出——这个事儿就这样。"

杨汉唐跟杨天赐说这番话时，老先生已胸有成竹。

这期间，杨家营成立了以杨永贵为队长的护庄队。杨家营一些人家原来就有枪，杨汉唐出钱由杨永贵从国军手里又买回一批枪弹，杨天赐教护庄队员打枪投弹，求大家以后多多关照自家。杨永贵跟杨天赐说，天赐兄弟，因为当初听你家大伯话打你那几棍我这些年后悔死了。我跟你说啊，年前腊月二十七那天晚上，我也出来跟强人对打了。他们人太多，我冲不过去。咱村人心也不齐。这一次，咱村有了护庄队，我每天晚上派人站岗巡逻，保证家家户户都平安。你只管放心走。杨天赐说，嗯。就怕我爹不同意。杨永贵又跟杨汉唐说，大伯，你就让天赐走吧，尽忠报国是咱杨家的老传统。杨汉唐点点头说，有你当护庄队长，我心里踏实多了，我不拉他后腿。

护庄队副队长是李栓牛。李栓牛也跟杨天赐说，你放心出去闯荡，以前我那破枪总卡壳，只有三发子弹，遇到事不敢拿出来。如今我有了快枪，又有不少子弹。有我在，你家老小和两个嫂子都不会出事的。

十九

杨天赐自觉已将家中事务安排妥当，便跟杨汉唐说，他要回到队伍上。

杨汉唐说："好，我同意，你跟她们说吧。女人们嘛，哭哭啼啼难免。你心不要发软就是了。"

这天吃罢早饭，杨天赐慎惦着跟焦兰亭说出那意思。

焦兰亭说："天赐，娘耳笨了，你往娘跟前再来些，对娘耳朵大声说。"

娘耳朵不笨啊。杨天赐心里想了一下但没有多想，他毫不防备地走向焦兰亭。

焦兰亭不动声色等杨天赐到了她跟前，她才扑上来就像大狗熊抱小狗熊张开两臂一下抱住杨天赐连哭带骂："天赐啊，你个孬小子，你要走你把你瞎子娘也带上啊。我的儿啊，你往人家肚里种了娃子，你起来走了，我跟你爹今黑地脱鞋，明儿还不知道穿不穿啊。我跟你爹死了，你让秀女、木兰带着一群娃子咋过啊。她们没有法就得带着你的娃子嫁人啊。你的娃子到别人家就是带肚子娃，带肚子娃会受啥罪你也不是不知道。你舅家门前那个带肚子娃被人丢到井里淹死多可怜啊。啊呀呀，我吃几百几千苦药汤咋就生下这么一个铁石心肠的儿啊？杨汉唐、孟老先，你们不该上山下崖去采药，孟老先啊，是我杨家对不住你啊，你调教出这么好的闺女不该嫁到我家啊！木兰爹，你不该来救我一家把命送了啊！你让强人把我一家都灭了多好啊——啊——啊！"

焦兰亭把人们都弄哭了。从不大笑大哭的秀女抱着狗孬也放声大哭起来。

韩木兰怒气冲冲没有哭，二孬愣愣看着他娘也没有哭。

杨汉唐说："老婆子，秀女，别哭了。我们杨家向来以国为重，叫他走吧。"

杨汉唐话是对焦兰亭说的，眼睛却是直盯着秀女和木兰。

孟秀女掩面痛哭没有看见杨汉唐的目光。

韩木兰把二孬往孟秀女跟前一推说："杨天赐，你想去打日本当英雄，姑奶奶我也去。杨家自古女的就比男的强。杨天赐，走，咱俩一起走！"

木兰又冲孟秀女骂道："没出息，光会哭。我跟他去打日本，家里老的小的都交给你了！"

孟秀女一听哭得更欢了。狗孬、二孬也一起大哭。

杨汉唐说："你们咋这样啊？你们这弄啥哩。天赐，要不然这样吧，咱俩换一换。你看看，这一大家女人娃子，没个大男人，不用日本人来，来两个刀客就把全家收拾了。我在家也不顶用。不如你在家，让我替你到你们队伍上。我到你们队伍上不能拿枪打仗，好歹还会看病拾药，还能治枪伤刀伤。还有个事儿，我一直没有跟你说，有半年多了吧，我时常心口疼，在家也活不长了。死到战场上也不可惜。"

杨天赐心一软低下头。

见杨天赐低了头，杨汉唐又说："当年大宋和辽国打了几十年，我看这日本人十年八年也打不走。当年狗孬外爷孟老先算过，你命中有六男二女哩。你跟二孬妈、狗孬妈再生几个娃子，娃子们长大了，你带着娃子们一起上战场打日本人。"

焦兰亭死死抱住杨天赐说："天赐啊，你个孬小子，你气死了孟老先。你不在家，二孬外爷又为咱一家送了命。你若在家，南山的刀客敢来咱家吗？这回你要走，我就碰死你身上！"

杨汉唐说："瞎老婆子，儿大不由娘，他要出去打仗立功当大将，我看啦，别说你碰死他身上挡不住他，一家老小都死到跟前，他也不会放心上。瞎老婆子，你放开让他走吧。我就当没有他这个儿子，你也就当你没有十月怀胎怀过他，没有生他、养他。"

杨汉唐抱着脑袋竟然吭哧吭哧也哭起来。

杨天赐这时已看出来是杨汉唐不让他走。

杨天赐说："我不走了。我要在家打地道！"

杨汉唐立马说："只要不走，你想咋地就咋地！你说的可是实话？"

杨天赐说："爹，娘，我真不走了！"

杨汉唐说："你说的可是心里话，你不会再偷着跑了吧？"

焦兰亭说："我一天到晚抱着他。他敢跑我就碰死他身上！"

韩木兰说："他前脚走，我后脚跟着也走。"又骂孟秀女："没出息，就会哭哭哭！"

那孟秀女哭得更猛了。

"天赐啊——"杨汉唐看着杨天赐老泪横流说道，"咱家不用你种地，你就好好挖地道吧。有你在家，我这心才能安稳。这些年，家里老的老，小的小，还有两个年轻女人。我这心啊天天都提在嗓子眼儿。我原已想好了，你若是走了，我跟你娘一人喝一碗砒霜死了算啦。我们死之前，把你俩媳妇儿、俩娃都送到韩家营，把这一摊家产都交给木兰她兄弟、二孬他舅舅。韩家人多势众，能护住他们——我跟你瞎子老娘不能连累人家，我们走了算了。"

杨天赐又感动又愧疚，杨天赐红着眼睛说："爹，这些年我不在家，你护着一家老小不容易——"

杨汉唐说："你才知道你爹不容易？你走后，咱家就辞了长工，把地全部租给别人种。家里就一个憨子天佑。天佑是山里一户人家的孩子，原来不叫天佑就叫憨子。他只知道吃吃睡睡，一顿饭能顶三个人。他爹求我带回来做些院里的活儿，只管吃喝，不要工钱。来到咱家后，我给他取名叫天佑，你以后就当他是兄弟。天佑这些年让我教的只吃咱家饭，只听咱家人话，别人说啥都不听，他爹来给他白馍他也不接。说句难听话，就跟咱家的大黄狗一样。不过，他打枪还准，那天晚上强人们从门洞里一露头，他和木兰的枪子就打到强人们前边。我曾想给他说个女人，可他见女人就跟见男人一样。他这样，我既觉着他可怜，又觉着放心。唉，你不在家，我要替你护着你的两个女人啊。可是爹真是老了，不中用了。天赐——"杨汉唐把眼泪一擦脸色一变严肃地说："自古孤男不当兵。像咱家这种情况，你们共产党八路军长官知道了也会劝你留在家里的。咱杨家多少代都是这规矩，我不信你们共产党八路军不要这规矩——"

杨天赐说："咋不要？我回来的时候郝指导员就跟我说过——他说我打鬼子立过功，也算为国家尽了忠。他说我伤好后可以在家照顾你们二老。"

杨汉唐立马说："你看看，你们八路军的长官真是讲道理，有情有义。天赐啊，我和你娘活到这岁数，啥也不怕。我成天提心吊胆是为了你的女人和娃子啊！"

杨天赐说："回到家后，看着一家老小，我也，我也想过——爹，娘，我不走了，我不走了。我把地道挖好，不管是南山的土匪来了，还是北边日本人来了，咱都不怕。”

杨汉唐说：“天赐啊，这日本人就在黄河那边，指不定哪天就过黄河打到咱这儿。你也说过，日本人一过来，你们共产党八路军就跟着过来了。你想想啊，铁打的营盘流水的兵，你现在去哪儿找你的队伍。你就在咱这儿等日本人来，等你们的队伍来吧。找人不如等人，你这时候去找，指不定走岔路呢。”

杨天赐点点头，心想，还真是这个理儿。

杨汉唐说：“天赐啊，你要出去建功立业，有可能成为大将大帅。可你自己想一想，你这一走——我咋浑身发软没有一点劲儿——”杨汉唐身体晃动一下要倒下。

杨天赐冲上前抱住杨汉唐：“爹，爹，你咋啦？”

秀女、木兰也一起上前扶住杨汉唐。他们把杨汉唐轻轻放到大炕上。

焦兰亭从床上爬着扑过来：“老头子，你说，天赐要走，你就死到他跟前。天赐他说不走啦，你咋又这样？老头子，你这是咋啦？你可不敢死了啊——”

杨汉唐慢慢睁开眼睛说：“我咋浑身软得没有一点劲儿？”

老爹可能是真没劲儿了，也可能在装。

杨天赐叹口气说：“爹，你心里提劲儿太大啦。我不走了。你放下心，好好歇几天。”

杨天赐心里知道，他，走不成了。

二十

“天赐哥，你不会死，你的伤肯定会好。你就是剩下一只腿，我也愿意跟你好。就是你那个东西不管用了，我也情愿跟着你。我说的都是心里话，天赐哥、天赐哥，我等着你，我等着你。你可一定要回来！你可一定要回来！你可一定要回来啊！”

杨天赐决定留在家里后最初那几天，他耳边冷不丁就响起和小荣分手时小荣哭着说的那些话，他当时咬着牙没有说回去了一定和小荣成亲，但是他一次次发誓都是说要回去。小荣当时那么痛苦悲伤，可能小荣当时已意识到他也许回不去了。指导员也怕是断定他回不去了才跟自己说那么多。自己当时怎么就没有想到可能回不去呢？自己当时想的是一定要回去。认为自己一定要回去就一定能回去。所以才觉得指导员的有些话是多余的。

杨天赐没有想到事情会弄到这一步。他想到自己回来时向人家发过的誓，十分羞愧和内疚。

小荣，对不起，我回不去了。你不要等我了。

杨天赐在心里对小荣说了些话，和小荣的事情，他认为就算过去了。

“我们每个共产党员就是一粒火种。人民群众就是干柴，你要去点燃人民，星星之火，可以燎原……可是怎样点燃人民呢？那就首先时时处处要守共产党的规矩，用共产党的标准要求自己，永远记住自己入党时举着拳头立下的誓言，不管在啥地方、啥时候都要想着为人民办好事儿，帮人民办难事儿。你为人民办了好事儿，帮人民办了难事儿，人民听你的。你才能成为火种，才能点起大火。”

杨天赐决定留在家里不走以后，指导员郝向光的话也总在他耳边响起。不管他在弄啥，有时候他正吃着饭和家里说着话，郝向光这话冷不丁就在他耳边响起来。

老爹安排这些表演是有一些夸张的成分，可其中的真实、真诚和不可反驳的合理性，就是连长、指导员在跟前也不会同意自己离家归队。家里人也是人民，家里的人民也需要人保护，家里的人民只有家里人在跟前保护着才最放心。解放区也不动员孤子当兵。指导员说万一有什么原因回不到队伍上，就是想到自己回到家就走不了啦。指导员真是站得高、看得远。

杨天赐分别把那天郝向光跟他说的那一大段话在心里重复了一遍又一遍，把其中的意思总结成以下几条：第一，守共产党规矩，用共产党员的标准要求自己。第二，为人民办好事，帮人民办难事。第三，找组织、建立组织。

守共产党员的规矩，用共产党员的标准要求自己？这第一条自己回来以后就没有做到。在这个事情上他杨天赐打了大败仗！

杨天赐反思回家以后的思想和行动，耳边就响起郝向光跟自己说过的那些话。杨天赐在这时才真正理解“慎独”是啥意思，这才体会到郝向光为什么让自己严格要求自己。杨天赐想到他在高大娘家，和小荣在一起的时候，也有过很不好的一些念头。可是那时自己对自己要求多严格啊，自己多能忍、多能憋啊。可一离开组织回到家，自己就变了。原来一个人脱离组织后，可会给自己不好的念头找理由哩。

人啊人，最会给自己找理由。应该做的事，因为有难处做不了，就给自己找理由。不应该做的事，自己做过了，也会想着给自己找理由。有第一回，就会有第二回、第三回。

杨天赐想到他回来后和两个女人过的第一夜，感到自己真是恶心。自己就是因为那天晚上没有忍住、憋住，才一步一步滑到坑里。那天晚上自己表面上是让木兰强迫了，是让孟秀女说动了，其实自己内心也想那么着。自己做了不该做的事情，还在心里给自己找理由辩护。

如果还这样继续为自己找理由，如果还这样继续和两个女人一直睡下去。哪天自己的队伍打过来了，你怎么向组织交代？

那就偷偷离开家回部队上吧？

自己敢偷偷离开家，娘说要追到队伍上不一定，那木兰肯定是追着自己去的。木兰路上遇到危险咋办？再说，自己和木兰都走了，家里这一群老小咋办？自己家这种情况，回到队伍向郝指导员汇报了。郝指导员也会批评自己，再说服自己回来的。有一次行军中，队伍遇到一个讨饭的老太太是连里一个同志的母亲。郝指导员和连长商量后，就让那个同志留下枪跟着他娘走了。

不能偷偷离开家，那就只能好好想想在家里边怎样才能做自己想做的事，那就只有好好想想怎样才能不做那些自己不该做的事。

前些天，国民党在陕州城外黄河边枪毙了三个人，说他们是从河北边过来的共产党。焦国臣送他娘来杨家小住，谈到这个事情时说，那三个人确实是从黄河北边过来的，他们找到陕州一个共产党开的杂货店，一个人进去问三问四，两个人在外边转来转去。那个杂货店老板暗中已投了国民党。他和进去的那个人对暗号，那个人可能看出不大对劲儿，对了一半就走了。杂货店老板让店里的伙计悄悄跟着他们，又让另一个伙计到警察局报告，局长亲自带人去抓了那三个人，抓回来各种大刑都上了也没问出来眉目。盛专员说，三个外地人，给他们弄一个共产党的口供，杀了，报上去。杀人布告是盛专员亲自写的。布告上说，那三个共产党从河北过来给日本人当探子。八路军盼着日本人打过黄河，把国军打走，他们好跟着日本人过来。日本人占城里，他们占乡下，不让国军再打回来。

杨天赐心想，幸亏自己听了爹爹的话没有贸然去找组织，不然非出大事不可。

看老家当下这情况，还是先别找组织了。不仅不能找组织，就是组织找上门，也不能贸然相信。在这种情况下，还是想着怎样为人民办好事，帮人民办难事吧。人民不是因为你是共产党才支持你，而是你这个共产党为人民办了好事，帮人民办了难事，人民才支持你。共产党即便不叫共产党，八路军即便不叫八路军，只要为人民办好事，帮人民办难事，人民照样也拥护。

杨天赐这时候就想到了杨天豹。

那杨天豹当叫花子的头头时，要来的馍饭他总是先让别人吃。偶尔要来一块白馍他从不吃，总是让给老叫花子、小叫花子吃。大灾年他打进县城杀了财税局长把那货贪污的钱粮都分给了老百姓。日本人来了，他又带着人马投了八路军跟日本人打。骚胡蛋死了以后，他假装和宋司令闹翻又投降日本人，日本人让他当了治安军团长。他把八路军的伤员接到自己的地盘上，让八路军伤员穿上治安军的衣服，让日本小护士给八路军伤员发药吃，让日本大夫给八路军伤员打针。他还让宋司令进到他的炮楼里。他带着日本人到各村转着找八路军，找到了暗中投了日本人的人，他把八路军服放到那些人家粮屯里、地道里，再让日本人搜出来，当场打死那些人。他们把那些人家的粮食东西都抢回来，把那些人家的鸡鸭猪狗杀了煮成咸肉带回来。他和日本人在一个大炮楼里大吃大喝，宋司令和八路军在另一个小炮楼里小吃小喝。他得了日本人一批枪弹后烧了炮楼又带着兄弟们当八路，把日本人的中村队长气得吐血死了。

一个叫花子头头都能拉起队伍，自己可是个共产党员呐。杨天豹能办成的事，自己一定能办成；杨天豹办不成的事，自己也能办成。那群叫花子就是杨天豹的人民。村里、塬上的老百姓就是我杨天赐的人民。打地道是个好事，打成能藏、能打、能防水、防毒，让敌人发现了也进不来，进来了也出不去的那种高级地道也是很难的事，全冀中那样的地道也不多，也就高家庄、赵庄几个村。自己在这儿也带领乡亲们打那种高级地道。带领谁家打成那种高级地道，就发展他入党——不能立马发展他入党，先把他当自己人，让他再去发展别人。一个人变成两个人，两个人变成四个人，四人人变成八个人，八个人——星星之火就是这么燎原的。

日本人打过来，连长、指导员也会带着同志们过来，自己就能率几百人去入伙，到那时，丁大奎肯定会说："我还以为你在家一天到晚跟你那媳妇儿弄那事儿，没想到你小子——"丁大奎怕是已当上营长、团长了吧？还有郝指导员，郝指导员肯定会这么说："杨天赐同志，我们共产党——"郝指导员怕是已当营教导员、团政委了吧？

找党组织不行，现在就拉队伍也不行。看来，只有打地道了。打地道现在看着跟革命没关系，等到日本人打过来，等到八路军跟着日本人打过来，地道的作用就大了。杨汴塬这地方人们都住地坑院，这地坑院一打通再弄些机关就是很高级的地道。冀中的地道是从地面上往下挖，地道离地面都不太深。日本人从上边下劲挖也能挖到地道。哼哼，狗日的日本人，你们来挖挖我们这儿地坑院下边的地道试试。地坑院几十米深，地坑院的地道都在离地面几十米的地下。你们挖吧，累死你们也挖不到！

既然拿定主意打地道，而且老爹也同意了。那就集中精力先把地道打好。

除了打地道，还有没有能为老百姓办的好事、难事？杨天赐皱着眉头想啊想，脑子想得生疼。这时候狗孬在外边喊：下雨了，下雨了。杨天赐脑瓜儿里灵光一闪，又想到一个能为人民办的好事、难事。

杨天赐跟杨汉唐说：地坑院的渗坑遇到大猛雨不中。他要从自家地坑院往东沟崖下打一个排水洞。杨天赐说："爹，咱家打通了这个排水洞，咱让村里其他人家把他们的地坑院和咱家地坑院也打通。全村的地坑院都连通了，就是再遇上光绪三年那样大的猛雨，各家各户也不用怕了。你说中不中？"

这就是杨天赐脑瓜儿里灵光一闪所想到的要为人民办的大好事、大难事。

地坑院下的窑洞冬暖夏凉，住着挺舒心。地坑院不怕火烧且易守难攻，生逢乱世，住地坑院比较安全。但是地坑院也有一个缺点，就是怕下大猛雨。塬上各家地坑院下边都有渗井。渗井是为了储蓄雨水以防水灌进窑洞。光绪三年，这一带连着下了三天三夜大猛雨，许多家地坑院渗坑水满外溢灌进窑洞，有些人家还淹死了人。

渗坑毕竟蓄水有限，能把地坑院的水自流排出去，地坑院就不怕大猛雨了。

杨汉唐听杨天赐要干这个事，连声说："中！中！中！这是个好事儿。这个事我以前也想过。可是你不在家，咱院里没有一个大男人。我不想请别人打这个排水洞，也不想和别人家院子打通。现在你回来了。不考虑那些个了。你干吧，我支持你干，你和憨子两个不行，你再雇俩人。这是个大好事儿，反正咱家的地都租出去了，你也不用种地。种娃子那种事儿也不能急，慢慢来。你就一心做好这个事儿，做好了这个事儿，乡亲们才会心里服你。叫人家嘴上服你容易，叫人家心服可不容易！还有个问题，你想过没有。有一些人，不管你做什么事情，他都不会服气的。你想在这地方上树立威信，别人也想在地方上树立威信。在这杨汴塬上眼下还没有人会出来跟我明里较劲儿。但对于你，可就不好说了。有些人不想让你也成为你爹这样有威信有好名声在外的人。你小时候不听话胡闹腾时，就有人说你的风凉话，人家说，富不过三，杨天赐家旺了四五代，到杨天赐这代就该败家了。你这次回来，替咱家高兴的人不少，但你敢说，这杨家营、这杨汴塬人家都替咱高兴？你听我说，挖排水沟你只说为咱自家，不要提别人，更不要早早说叫人家把人家院里的渗坑与咱家的挖通。别人提出来，也不要一下答应。你不要以为你心里想着给别人办好事儿，别人立马把当你恩人。娃子，人心复杂着呢！”

杨天赐头脑正发热，杨汉唐这话就像一股清凉风。老爹这话句句在理。杨天赐看着杨汉唐，心里涌出说不出的敬仰之情。自己有这么一个了不起的爹爹，当年怎么就听不进爹爹的话。在杨天赐心目中，杨汉唐现在就是和郝向光、宋司令同一个水平的人。

在杨汉唐的支持下，杨天赐雇了两个人，加上他和憨子就干了起来。

二十一

杨家又添了个新成员——吴师母。

杨天赐回来之前，杨家就憨子天佑一个外人。天佑天天赶着骡子从南山驼回温泉水倒缸里；从大门外将买的柴火担回家里，去杨永贵家开的油坊用粮食换些菜籽油、芝麻油；去杨永贵家开的杂货店买些日常用品；把茅粪担到地坑院上边的土堆上。那土堆是种杨家地的人拉来的，倒上大粪拉到地里就是上好的肥料。憨子能吃能干，一点儿也不会偷懒。除了做这些活儿，还做一切叫他做的活儿。木兰负责做饭喂猪。秀女主要帮杨汉唐从事医务药务兼做些针线活儿。杨家人在家都穿粗布衣，但已很少纺花织布，粗布也是到集市上买的。狗孬、二孬两个小家伙儿的文化传承由杨汉唐来做。狗孬已能将三字经从头背到尾，二孬也能将三字经背到“屁股腰”（焦兰亭语）。杨天赐回来之前，杨汉唐已开始教两个小家伙儿背“锄禾日当午——”“床前明月光——”“春眠不觉晓——”之类的诗句，教两个小家伙儿对字，如白对黑、远对近、老对少、朝对晚等。早上开讲，晚上验收。

杨天赐回来前，杨汉唐不敢让精到的男人、女人来家里。杨天赐回来了，杨家人决定找一个女帮工。可是直到杨天赐决定留下时仍然没有淘到一个合适的。不仅没有淘到，连淘到的希望也没有看到一点点。

焦兰亭跟秀女、木兰说："你俩都坐上胎了，实在找不到识文断字的，先找一个能做活儿的。"

孟秀女说："娘，我注意点儿，家务活儿的都能做，咱家找人还是要找个识文断字的。"

杨天赐也说："家务活儿我多做，我在队伍上的时候在炊事班干过。我们的老炊事班长跟着一个国民党师长好多年，那人投降日本人后，他才跑到我们队伍上。我跟着他学会了不少。没有文化很可怕，咱家找人还真得找个有点儿文化的。"

杨汉唐说："秀女、天赐说得在理。找人的事儿不能急，请神容易送神难。"

木兰说："送神也不难，你先叫个神进来，不中的话我叫神走。有人不急着找人，做起活儿来却慢得急死人。有人说以后多做活儿，哼，只怕也是靠不上。他人在家心还在外，一天到晚愣愣怔怔净想着外边的，指不定哪天就又偷跑了。"

杨天赐说："木兰后边的话是胡说八道，前边说的也在理。爹，有我在家了，有些事你不要总像以前那样恁小心。那就先找个能做活儿的吧！"

杨天赐心想，这韩木兰真有点儿像那个胡大兰！

焦兰亭说："天赐，我眼瞎看不见，可也感到你的心还让外边的啥牵着。你若是外边有媳妇儿有娃你尽管接回来。如果你不死心还想回到队伍上，我就让憨子牵着我到陕州敲着铜锣骂你们共产党八路军不讲人性不通人情！好事不出门，坏事传千里。传到你们共产党八路军长官耳朵里，他们也会把你赶回来。"

杨汉唐说："老婆子你咋一听天赐要走就发神经？天赐明明从人家队伍上回来比以前懂事不少。你可不能这样说。你也不想想，天赐若不是到了人家队伍上，他会变成个啥样儿？"

杨天赐心想：老爹你可真会装，娘那些话只有你能想得到。又想，老爹如此用心也真不容易。自己在家既能照顾家人，又能干革命。自己就安心在家干革命吧！

这天，张汴塬的王大正从陕州回来路过杨汴塬，顺路来拜访杨汉唐。王大正到杨家时，杨天赐和木兰正巧带着狗孬、二孬一起去韩家营行人情了。杨汉唐让憨子去韩家营叫杨天赐回来拜见王大正。

杨天赐回到家时，那王大正向杨汉唐侃侃而谈："我的文章发表在北平报纸上，被宋哲元将军看到，他派人请我做他的秘书长，其实也就是身边幕僚的。我跟他说，我反对共产主义、反对共产党打土豪分田地，但我拥护共产党停止内战共同抗日的主张。有人说，共产党是借着抗日发展自己。我说那好啊，他能利用抗日发展壮大，我们也能啊。我们肯定比他们发展壮大得快。看来，我错了。这个共产党能做到的，当下的中国，哪个也做不到。共产党从延安到华北的部队只有三个师十二个团，不到三万人，前年他们就搞起百团大战，一百个团把日本人铁路线公路线大小据点打得稀里哗啦。日本人从前方调回部队去扫荡人家，这也扫荡几年了，共产党八路军还在华北跟日本人对着打，由此可见也没把人家扫荡走。高树勋跟我说，他仔细研究了共产党的做法，他们把分地主土地给穷人改成了减租减息。富人家遭了匪，八路军追回来的财物一分不少还给被抢的人家。高树勋跟我说，蒋介石对嫡系部队按月发饷，对他的部队总是一拖再拖，他的部队也要吃虚饷，不然没有办法维持。冒领虚饷一半归官，一半归兵。就这样他的军官才有意见。人家八路呢，从朱德总司令到普通士兵一律每人两元，去年朱德才涨到每月四元，副司令彭德怀每个月涨到三元。国民党军，一个排长的饷银是多少，各部队都不一样，最少是五十块大洋，在老蒋最信任的部队，一个排长每月的饷银是二百元。国民党和国民军的军队从根上就与共产党和共产党的军队不一样，人家能做的事儿，我们做不来。就官兵平等这一条，我们就做不到。人家共产党员参加共产党不是为了升官发财，许多人是拿着自己家的财产，连人带财产都入了共产党。当兵参军时可能也是为了吃粮，但参加一段时间后，人就变了。他当兵不再是为了自己，而是为了建设没有人压迫人、人剥削人的社会，让人人都饿不着、冻不着。他的士兵不再是为金钱打仗，是为了那个念想打仗。那个念想的力量是十分强大的。"

杨天赐一直站着听王大正说话。王大正说完这一大板子，喝茶水的时候，杨天赐向王大正深深鞠了一躬。

杨汉唐说："犬子回来以后，我就打算让他去拜见你，但是怕给你惹麻烦。他是在高军长新八军干的，这个事儿你也知道。可有人总说他在外干的是八路军。这也怨他，他们新八军和八路军一起打过日本人。他跟人说过一些八路军的事儿。"

王大正说："哈哈哈，有人是盛忠孝吧。盛忠孝，他是只孝不忠啊。他当专员这几年，他家盛老爷又买进多少土地？我估计盛老爷怕是又看上了你我的田产。他说我是共产党，我说蒋委员长也是共产党，蒋委员下令嘉奖八路军。这罪行可比我说几句共产党八路军的好话大多了。你去抓蒋委员啊！哼，你说我王大正是共产党，你说说可以，你把我抓起来试试。你这个陕州只不过是个三等行政区，我的保定专员可是一等行政区。七七事变后，我将保定本级及下属各县公存财务一分不少分给抗日军队。多少军长、师长握着我的手称兄道弟表示感谢。我让盛忠孝看汤恩伯给我写的收据，盛忠孝的小脸唰的一下就白了。他知道汤恩伯的分量比高军长重得多。杨老先生，以后谁再说世弟是共产党八路军，你就拿我刚才那话回敬他，你就说是我教你那么说的。"

杨汉唐说："好好好！不过，王专员，你称天赐'世弟'有些不妥吧。"

王大正说："很妥、很妥。世弟（王大正对杨天赐）别怕他们，谁再说你是共产党，你就把蒋委员长抬出来。谁敢来抓你，王大哥出来找他们理论。不过，人家说我通共也不完全是冤枉我。七七事变前，保定监狱里还秘密关着一些共产党和共产党嫌疑人。卢沟桥的枪炮声一响，我亲自到监狱命令打开监狱大门，把那些人全放出去了。有一个姑娘被人搀扶着走不成路，原来是在里边打起了'摆子'，我赶紧让人给她找身军装穿上送她到军队医院就说她是专区保安团的电报员。可惜她还是死了。她的母亲感谢我，来到我家教我的三个女儿读书，后来又跟着我来到这里，一转眼五年多了，我的三个孩子都到外边念书了。她没有事情做，向我提出回保定——对了，我听说你家要找一个看护孩子的人——"

……

第二天，吴师母就来到了杨家。

吴师母进了杨家，杨家上下都又惊又喜。这不正是要找的人吗？吴师母原来是小学语文老师，也会日文。日本人来了以后，让吴师母教中国孩子学日语，吴师母就到王大正家当了家庭老师。后来跟着王大正从河北来到河南陕州。

杨天赐听说吴师母的女儿、女婿都是共产党，很想跟吴师母说说话。看吴师母一句闲话也不愿说，只好作罢。杨天赐心想：吴师母这样的人如果不是跟王大正来这里，在冀中肯定也跟高大娘一样，是共产党八路军的堡垒户。日本人肯定要过来的，把排水洞打好，把地道打好，日本人来了，自己领导一支队伍跟日本人打，到时候再来跟吴师母说话，吴师母肯定跟他说。

二十二

这天，杨永贵过来看了看杨天赐正在打的排水洞。杨永贵小眼睛眨巴半天，把杨天赐叫到一边说：“兄弟，你这是给全村人办好事儿。雨雪天做不成活儿，我派人帮你干。”

杨天赐说：“不用，不用。我也没想着给全村人办好事儿，我这只是为了不让自己家窑里进水。”

杨永贵眨着小眼说：“你这意思是说，你这排水打成了，不让别人家渗坑跟你家渗坑连起来？”

杨天赐说：“我也不是这个意思啊。我跟人家说，我这排水洞打到了东沟沿，谁想把自家的渗坑和我这个连起来都中，谁都中。不过，这个事儿我不当家，我说了不算，先得给我爹说一声。”

杨永贵说：“兄弟，我看出来了，大伯这是想让你在地方上树立威信。你好好干，如今这保长我真不想干，你有了威信，我把保长让给你。”

杨天赐说：“永贵哥，你看看我这块料能干得了大保长吗？我跟你说吧。我现在啥也不想干。我就想着跟两个女人生娃子，你大伯、你大娘也是这心思。你瞧，你大娘又来给我送鸡汤喝了。俩女人肚里的娃子离生出来还早哩，你大娘就又给我补身子，说以后宁叫人累着，不能让窑空着。你别走，你也喝些鸡汤，晚上跟嫂子用劲儿装一窑，咱们一起给咱杨家多生娃子，人多势壮啊。”

杨永贵说：“中，那我就跟你一起喝些鸡汤，咱们一起鼓着劲儿多给咱杨家生娃子。”杨永贵把话一转说：“天赐兄弟，我听说你去看那个小尤老师的老娘了。还给老太太送了盐和白面。”

杨天赐说：“去啦。你大伯叫我去的。你大伯说，一日为师，终身为父。我说小尤老师心眼儿不赖，可听说他是共产党。你大伯说，那是有人看中了他家那十二亩水地，给他安上了个共产党的名。我想想，他教我们的时候，说过一些八路军打日本人的事儿，也听他说过国共合作共同抗日的道理。我跟你大伯说，他可能真是共产党。你大伯说，你不管人家是啥党，你就记住人家当过你老师。老师出远门不在家，你去看看你老师的娘是应该的。我就去了。带了三十斤白面和三斤盐。”

杨永贵又眨巴着小眼说：“那你听说那三个被枪毙的共产党没有？”

杨天赐说：“咋没听说？听说了。听说那三个共产党是从河北过来的。还听说日本人一打过来，共产党八路军就跟过来了。”

杨永贵小眼眨得飞快：“天赐兄弟，听说河北那边遍地都是共产党、八路军，你在河北那么多年，你听他们不少事儿吧。盛专员说，共产党八路军拿着蒋委员长国民党的饷，不听蒋委员长的话，三分游击，七分发展自己。你说是不是？”

杨天赐说：“这话我真没有听说过，我只知道高军长跟我们说，蒋委员长表扬八路军能打日本人。让我们向八路军学习。永贵哥，你不是不让我多说共产党八路军吗？”

杨永贵说：“对对对，咱不说他们，不说他们。我这不也是关心咱们国家吗？你说共产党你都拿了人家饷了，你咋能不听人家话呢？共产党八路军是不是有点儿没有良心啊？”

杨天赐说：“永贵哥，你是保长，这话你可以说，我可不能说。我跟你说，这国民党里可也有共产党，共产党很狡猾，我们新八军有个团长就是共产党，政训处长暗中调查他，结果你猜咋着？”

“咋着，这个团长叫逮住崩了吧？”

“恰恰相反。团长先给政训处长安上个共产党的罪名把政训处长崩了。把政训处长崩了半年多，他才带着他那个团投奔了共产党。”

“还有这事儿？”

“千真万确。”

“这共产党真是能啊——天赐兄弟你提醒得对。这年头儿，真是哪一方都不能得罪。”

……

开始打排水沟以后，焦兰亭怕累着杨天赐，成天守在现场，不让杨天赐挖土推车。还天天逼着杨天赐喝鸡汤。

两个媳妇儿肚子没货的时候，焦兰亭盼着媳妇儿窑洞里天天晚上有动静，两个媳妇儿肚里有货以后，焦兰亭最怕杨天赐晚上再和媳妇儿们闹出动静。以前，焦兰亭今天晚上搂狗孬，明天晚上搂二孬。两个媳妇儿肚里有货以后，焦兰亭提出她不搂狗孬、二孬了。“他俩大了，黑地睡得像小死猪，黑地我拉他们起来尿尿还有些拉不动哩。”

孟秀女说：“娘，你老了，老人家晚上睡觉本来就不好，以后就不要搂他们了。”

木兰也说：“是哩，是哩。我也这么想，可我不敢说出来，说出来还怕咱娘以为我不想让咱娘搂二孬哩。咱娘不是说过，黑地不摸着小鸡鸡睡不着吗？现在能睡着了可好。”

焦兰亭这一招原本就是对韩木兰。孟秀女那边根本不用她操心，绝对不会让肚子出问题。让焦兰亭心里不踏实的其实就是一个韩木兰。

焦兰亭心想：瞧你说得怪美，我还得把你看紧紧的。

杨天赐一门心思打地道，晚上回到家吃了饭倒头就睡。在秀女窑里，孟秀女不言不语端来热水，先给杨天赐洗头洗脸，洗了头脸又给杨天赐洗脚，头脸手脚都洗过了，再慢慢给杨天赐宽衣解带。后来孟秀女早早弄一大缸热水，杨天赐到家后，先帮杨天赐脱衣洗澡。孟秀女这样做了，韩木兰也跟着学。两个女人这前半截都一样。她们的不同表现在后半截。在孟秀女炕上，为了让杨天赐睡好，孟秀女和狗孬一个被窝，一晚上不惊动杨天赐，总是让杨天赐睡到自然醒。在木兰那边，木兰总是在二孬睡着后，让二孬自个儿睡，她钻进杨天赐被窝，适时弄醒杨天赐，让杨天赐摸她肚子，说她这次怀上后吃得特别多，又想吃酸，又想吃咸。吴师母说她怕是怀上了龙凤胎。杨天赐一来确实是累，二来这种时候耳边总是回响起郝向光那些话，两下加到一块便对韩木兰有点儿烦。韩木兰早就因为杨天赐回来后对她没有以前那么热情有气憋在肚里，这天，木兰把杨天赐弄醒后，看杨天赐勉勉强强心里就冒出火。

韩木兰恨恨地说：“杨天赐，你这个熊样肯定又在想河北那个大闺女了！”

杨天赐吓了一跳，一下坐起来说：“你咋知道？”

“你说我咋知道？你黑地做梦跟人家睡觉了，你做梦跟人家说话了。你不是在我这儿做那梦的，是在秀女床上做那梦的。你说，小黑娃，你看着黑，身上摸着怪光溜哩。你到我家，我爹我娘、我两个媳妇都会对你可好。秀女说，你在外边跟人好上了，那个女人年龄不大，长得有点儿黑。你开始一定要走，就是要回去和那个女人成亲。后来爹娘，还有我们，还有娃子们一闹，你心软了——可你心软留在家里了又觉着对不起人家。天赐，你跟我说，她有多黑？小黑娃，你叫得多亲，你也叫我，你叫我小黑娃我也高兴。你说，小黑娃叫啥？”

原来是这么一回事！

杨天赐说：“小黑娃他是男的，是队伍上的卫生员。他叫马二娃，因为年龄小，个子小，脸也黑，大家都叫他小黑娃。女卫生员没有牺牲的时候，他跟女卫生员睡一起做伴。女卫生员牺牲以后，他接着当卫生员，黑地总跟着我睡。冬天就睡一个被窝。我跟你说，小黑娃很小的时候亲娘就叫日本人抓走了。小黑娃的后娘打他、拧他，还用纳鞋底的针扎他——他是为我挡子弹才死的。小黑娃死的时候，大家都哭了，我们一个首长——就是长官，从来不骂人，他跟咱爹有点儿像，总是和和气气，当时也骂了日本人——有时候我看着狗孬、二孬，我就想起小黑娃——小黑娃死的时候还不到十三岁。我跟连长指导员说过，等队伍打到我们这儿，让小黑娃来咱家吃上几年饱饭，长长个子再回到队伍上，连长同意了，小黑娃也愿意来咱家，可是小黑娃让日本人打死了——”

“天赐，你哭了。原来是这样啊！我也可难受，你再摸摸我肚子——日本人太可恶了。我们多生娃子，娃子们长大了，跟你一起打日本人！”

二十三

自从决定暂时不返回队伍上后，杨天赐总是情不自禁想起在队伍上的许多事。

连长丁大奎没有挨过女人，喜欢上胡大兰后，悄悄向杨天赐打听和女人在一起的好处。杨天赐把自己和孟秀女在床上、和韩木兰在麦地里的那种体验都仔细说了。丁大奎大眼珠一翻一翻地说，奶奶的，老子是穷得没有饭吃，娶不上媳妇才当兵，你小子——接着就说那是以前当老百姓时候的落后思想，现在自己是连长、共产党员，一心想打败日本人，将来还要打败国民党，解放全中国、全人类，建成共产主义，想娶媳妇是为了生儿子，以后带着儿子一起干革命。丁大奎说到做到，打仗总是冲在最前边。如果那天不是丁大奎带着骑兵班先冲进村把敌人吸引出去，敌人就会翻到地道口把杨天赐打死。丁大奎把敌人引出村，指导员又带领全连截住敌人打，才把敌人消灭掉。

丁大奎打仗没得说，对同志们也没得说，对自己更没得说，只有一点儿最可恨，就是“长舌头”。自己入党交代的事情，他说是熊能蛋说出来的，其实他也没少说。自己跟他说了和女人在一起的好处后，夜里做梦喊叫秀女和木兰，熊能蛋说给他，他也花哨自己——他最不该把自己的一些事儿说给胡大兰！

杨天赐接着就想到了高大娘和小荣。

杨天赐从地道出来晒太阳的那天晚上——也是日本人来搜查的前一天晚上，胡大兰走了以后，高大娘又下来了。杨天赐鼓起勇气硬着头皮跟高大娘和小荣说了他老家的情况，说他愿意认高大娘当干娘，认小荣当干妹子，但他真不能答应和小荣结婚，因为他不能对不住家里的媳妇儿。杨天赐说：“我媳妇儿的爹为给我娘治病，上山采药摔断了腿。我离家的时候我媳妇儿可能都怀上娃子了，我不能不讲良心。”高大娘却还是坚持说：“八路军有政策，跟家里的媳妇儿三年没有联系就能再结婚——我不信你家里的媳妇儿能比我家小荣还好？”小荣说：“娘，你不要逼人家好不好？人家是有主意的人。咱上去吧。”

小荣拉着高大娘上去一会儿，小荣又自个儿下来了。小荣坐在杨天赐跟前说：“天赐哥，你睡着的时候，我亲你，我不信你一次也不知道。”杨天赐说：“有两次知道。”小荣说：“大兰姐说，你这腿好了也是瘸子，你瘸了就回不了你老家了，你可以留在我们家，首长也会同意咱俩成亲，他还让我和你生米煮成熟饭。我把这话说给你，做不做？主意你自己拿。不管你拿啥主意，我都听你的。以后首长问起来，我再说主意是我拿的，我心甘情愿。要处分就处分我。”小荣说着，脸红得像着了火。杨天赐心里也像着了火。杨天赐眼前浮现出孟秀女和韩木兰，孟秀女和韩木兰像在云雾里，时隐时现，杨天赐心里的火苗忽高忽低。杨天赐事后想，当时如果小荣抱住他，他肯定就——小荣没有抱杨天赐，而是哭着站起来跑了。看着小荣哭着跑了，杨天赐竟然感到十分轻松，他倒下就睡着了。第二天敌人进了村，高大娘和小荣下到地道看到他还睡得着着的。高大娘拨拉醒杨天赐，不满地说：“你还能睡着，你小荣妹子哭了一夜。我现在都不知道你是好孩子还是坏孩子了！”

日本人在上边搜查时，小荣紧紧抱住杨天赐；日本人打高大娘时，小荣嘴对他耳朵说，你不能出去，你出去会死，我也会被日本人糟蹋死。

想起这一切，杨天赐感到小荣就像秀女、木兰一样也是他的亲人。杨天赐想，自己走后，小荣肯定找到宋司令到了队伍上。队伍上的人不在乎小荣捏握过自己那东西。队伍上的人听了只会更加觉得小荣真好。小荣那么好看，只怕部队上的首长们也会来找小荣当媳妇儿的。八路军里没有结婚的团级干部多了。军分区就有好几个。反正现在自己是回不去了。以后小荣就是自己的干妹妹，自己就是小荣的干哥哥——是比亲妹妹还要亲的那种干妹妹，比亲哥哥还要亲的那种干哥哥。这个事以后要跟爹娘好好说说，让爹娘也认小荣当干闺女。等知道了小荣的消息，不管小荣跟谁结婚，自己家都要给她出一份好嫁妆。这个事暂时不跟两个女人说。

杨天赐后来又想，高大娘牺牲跟他们家地道太浅太简单也有关系。高大娘家的地道下边只有两个拐窑，再往前就到了院墙外的出口。那种地道只能做逃跑的通道。如果把地道挖成自己想要挖的那种高级地道，高大娘也可以藏在地道里，敌人翻到地道口也不怕。高大娘、小荣没有力气，胡大兰五大三粗恁有劲儿，她咋不帮高大娘、小荣把地道好好打打？一想到胡大兰气势汹汹逼自己，杨天赐心里就来气。自己这回一定要把家里的地道弄好。等地道弄好的时候，说不定日本人也打过来了，日本人一打过来，八路军就也跟过来了。那胡大兰指不定也会跟着过来当地方干部。到时候让她看了自己弄的地道，再把刚才想到的话说给她。

看着满足后甜蜜入梦的韩木兰，杨天赐想，这个女人真像胡大兰。又想，胡大兰当初跟自己那样也是对小荣亲。胡大兰、韩木兰这种人脾气不好，但心眼儿都挺好。木兰这些年在家里做这做那，还会武术能打枪，也算得上是杨家的保护神。木兰这是在替他杨天赐尽孝啊！接着又想，秀女、木兰这俩人的事儿，革命胜利后也有点儿不好办。不过到那时候还有首长们呢，这事就推给郝指导员，你说只能留一个女人当媳妇儿。我水平低，定不下来，你水平高，你帮我留一个，你说留哪个我就留哪个。郝指导员恐怕也不好办。算了，算了，革命胜利后要解决的问题，等革命胜利后再说。眼下最要紧的是挖排水洞，挖完排水洞，还要挖高级地道，争取早日把为人民办的这个大好事、大难事办成。自己又不是日本人的参谋长，日本人什么时候打过来真说不准，也许明天早上就打过来了。日本人一来，八路军就紧跟着来了。

二十四

大喜大喜！韩木兰怀上了双胞胎。杨汉唐听出了两个胎音，又从陕州福音医院请来美国大鼻子大夫来听，美国大鼻子大夫听了以后伸出两个指头说："Two，two."

焦兰亭说："胡说，是人娃咋是兔娃？"

杨汉唐说："他说是土、土，就是说两个娃娃。"

焦兰亭问是两个男娃吧。

美国大鼻子大夫说："Maybe，or not."

美国大鼻子大夫的意思是：不能断定是两个男孩，但也不能断定不是两个男孩。

焦兰亭两手一拍说："他说真是两个小孬蛋啊，木兰，你可真能干，你可给咱杨家立了大功了。吴师母你说得可准，木兰肚子没起来你就说她怀俩，可你也没有全说准，你说是龙凤胎。你也听见了吧，不是龙凤胎，是两个长把儿的孬蛋！不管咋说，你来我家之前，杨家几辈没有一花结俩果，你一到我杨家，我杨家就一花结俩果。老头子说你脸若银盘、慈眉善目，浑身上下都是富贵气。我虽然看不见，也感到你的好心肠，你的富贵气了。我家这是跟上你沾光了。你就永远在我家吧，有你在我家，秀女下回也怀双胎，木兰下回能怀三个四个呢。吴师母，天赐以后也是你儿子，这一群娃们以后都是你亲孙子。你可真为我们杨家立了大功，立了大功啊！"

吴师母说："我算啥功臣啊，功臣是孩子的爹娘。男孩好，男孩长大了当兵打日本人。听说你家祖上是杨家将。我来你家才是我的福。现在打仗凭武功，还要有文化。我现在教承仁、承义，以后——"

焦兰亭说："以后还有承诚、承智、承——"

杨汉唐说："老婆子，不说道了——你喊秀女也过来，我怕我没有美国大夫听得准。"

杨汉唐心里也乱起来，希望美国大夫听出秀女怀的也是双胞胎。

美国大鼻子大夫在秀女肚子上听了又听直起腰说："One，one."

杨汉唐说："碗，就是一个。怀上几个孩子这事主要在男人。秀女，你不要不得劲儿。怀一个、怀两个都好。怀上了就好。"

杨汉唐为自己的一时心乱不好意思。

焦兰亭说："怀一个咋跟怀两个一样。真是老糊涂了。秀女，以后吃饭大口大口吃，胃口好了，撑大了肚子才能多怀上娃子。成天吃饭像猫舔食，啥时候也怀不了俩。孟老先把你调教得也太过了。"

杨天赐立在窑门口，听着从窑洞里传出的那些话语，他心里迷迷糊糊感到像是在做梦。这是好事，他应该高兴，他确实也有些高兴。但他的心里总还是有点儿不得劲儿。杨天赐这时候的心情是纠结、迷茫、惆怅。他的耳边回响起丁大奎骂他的话："我们在这儿打日本鬼子，你回去干那个事儿！"

真让人家骂中了！

焦兰亭成天跟吴师母做这做那，不让两个媳妇儿干一点儿活，后来又逼着杨天赐去请木兰娘来杨家帮忙。

木兰娘说："天赐啊，你可来叫我了，我早就想过去相帮相帮，可是咱两家门不当、户不对。咱两家虽说是亲家，我也不敢造次。"

杨天赐说："娘，我爹跟我说，我回来前，我爹我娘就跟您老说了，以后咱两家就是一家。今天我从家起身的时候，我爹我娘还说，韩家营你娘若肯来，让她把木兰妹妹也带过来。"

木兰娘来的时候就把木兰的妹妹——二兰，也带来了。木兰的兄弟前几年娶了个媳妇儿是个难缠的主儿，三天两头跟木兰娘斗嘴生气。木兰娘来到杨家，看着木兰高高的肚子，满眼放光，浑身是劲儿，一天到晚干这干那不停歇。二兰做事和木兰一样干净利索。焦兰亭像所有盲人一样，耳朵可尖可尖，焦兰亭听在耳里，喜在心里。人心不足蛇吞象。一天黑地，焦兰亭竟然跟杨汉唐说："老头子，我是个瞎子都能听出来，这个二兰可真是个好闺女，若是能把她——"杨汉唐捂住焦兰亭的嘴说："闭上你的嘴！我求你了，老婆子！"

……

杨天赐家地坑院通向东沟崖下的排水地道挖通了。经杨家同意，李栓牛、任宗兴从他们家的地坑院向杨家地坑院挖了一个过水的小地道。还有些人家也想从自家地坑院向他们三家挖过水地道。李栓牛和任宗兴都说，这个事得和杨家说。杨天赐说，这事我同意，但你们也得同意我一个请求，你家也要打地道。这些人家人都说说，打打打，你说咋打就咋打，日本人不来，打好地道还能防土匪呢。杨天赐从这些人家中挑出最可靠，而且地理位置也比较适合的七户人家，计划将来将这七家的地道和自己家的地道连在一起。

这天晚上，杨天赐将这七家的当家人叫到一起商量怎样打地道。杨天赐的意见是：要打就要打成能藏、能打、能防水防烟，让敌人进得来出不去的地道。打成后，我们八家要连在一起。杨天赐将秀女描出的地道地图给各家一家一份，让各家照着挖。各家人一听都很高兴，立马就干起来。

说定了这个事，杨天赐很高兴。如果这几家的地道都打成，连接起来，就算日本人来再多也没问题。如果自己的队伍过来了，两个连也能轻松装下。通过一起打地道，把各家人团结到一起。各家人还有亲戚和关系好的人家。有了这，到时候自己振臂一呼，还愁拉不起一支队伍？杨天赐心想，自己教人家打地道，首先要把自己家的地道打好。

杨天赐将自家地坑院的窑洞都打通，又从窑洞后边往里打。挖出的土大部分由憨子天佑用小车通过排水的地道推到东沟沟下，被青龙河水冲走了，小部分由憨子天佑担到地坑院窑脑顶，混合了生石灰煤渣摊开，雇人用牛拉石滚压，一层又一层形成里高外低的平台，不仅能防雨水下渗，而且一般的炮弹也炸不坏。

后来，杨天赐又将通往东沟崖下的排水地道砌上青砖。有了这条排水地道，即便再下大猛雨，全村各家地坑院的水也都能从这条地道排出去。杨家放出话，各家地坑院的水都可以从我家地坑院走。凡是从我家地坑院走水的人家，也得让别人家地坑院的水从他家地坑院走。

人们都说，杨汉唐当年知恩图报才得了天赐。如今，杨家又给全村人办大好事，所以老天爷才让韩木兰怀了双胎。杨家总是这样为大家办好事，杨天赐俩媳妇以后不生十个八个娃子才怪呢。

光阴似箭，一眨眼又到了腊月。

二十五

两年前，杨天赐还在天寒地冻的战场上和日本人打仗；一年前的这时候，杨天赐跨过黄河踏上陕州地面。回到家这一年，杨天赐就做了两件事：一件是给两个女人肚里种娃，这个事成了，木兰肚里还是个双黄蛋；另一件是打地道——自己心目中的高级地道也基本打成了。

腊八那天早上，一家人喝了腊八粥，杨汉唐就让杨天赐带着狗孬、二孬给杨家营各家都送了腊八粥。杨家也接受了全村各家送的腊八粥。腊八这天早上，村里各家互送腊八粥是老例。从各家的腊八粥里，你也能看到各家的光景好歹。杨家那年的腊八粥还和往年一样，一枣七谷八豆熬了一大锅，绝大部分都盛在车上的大木盆里，憨子推着车，杨天赐和狗孬、二孬送到午饭后才送完回家。杨天赐看到自己家那口大锅里的腊八粥又满了。这腊八粥，杨家人晚上一人一碗，狗孬、二孬也得喝。剩下的就喂猪了。

杨家地坑院南崖下的猪圈窑里养了三头大肥猪，吃完了腊八粥，最肥的一头被宰了过年吃。另两头留着，一头留给木兰肚里的娃子过满月时用，另一头要留到秀女肚子里的娃子过满月时用。

人人忙着准备过年，只有杨天赐还在忙着弄地道的扫尾工作。腊月十三晚饭后，杨天赐对杨汉唐说："爹，咱家的地道成了，你进去看看吧。"

杨汉唐进去半天才出来，说："中，咱一大家在里边十天八天饿不着。坏人想进去不容易，进去了他也出不来。"

木兰说："日本人在黄河那边杀人放火抢女人，日本人这时候可不敢来，他们来了，我和秀女就得钻到地道里生娃子。可是生了娃子以后咋弄哩？他们占了咱家院子住进咱家窑洞，咱就出不来了。咱总不能在地道里不出来吧。"

这时候木兰肚子已隆起老高老高。

秀女的肚子也隆起来了，秀女肚里只有一个娃，自然没有木兰肚子隆得高。

听木兰说这话，杨天赐没有言语。杨天赐弄的地道不止这两个进出口。里边还有许多机关设置，他想，要带着两个女人进去好好熟悉一番。

这天，看过年的事情准备差不多了，杨天赐请示杨汉唐，带着全家老小进到地道里参观了大半天。

杨家人从地道里出来，从心里都不怕日本人来了。

杨汉唐以“咱家有的，木兰家也要有”为标准，让杨天赐为韩木兰家准备了一份丰厚的年礼，在腊月二十二那天早上将木兰娘、二兰和那份年礼一起送到了韩家营木兰家的地坑院。

木兰娘当着木兰兄弟媳妇儿的面跟杨天赐说：“回去跟你娘说，我过了十五就过去了。”

腊月二十九，是杨汉唐给自己，也给乡亲们写对联的日子，一大早就有人来请杨汉唐写对联。有人来的时候带几个枣馍，有人带一些炒花生，有人带一些油炸的果子，有人带一些面豆，有人啥也不带。自己不带，还吃别人带给杨家的东西。杨汉唐一天站到晚给大家写对联，写了一副又一副，给别人家写了，又给自己家写。

杨汉唐写对联时，让杨天赐站在一边研墨。杨汉唐给别人家写的对联，内容基本一致，不外乎欢庆祝福之意。红纸是杨天赐从杨永贵家的杂货店买的。有些人家让杨汉唐给自己写了，又让给自己的亲戚家写，那时候，杨汉唐就说：“好，让我坐下喝口水再写。”杨汉唐歇歇，喝了水，站起来再给那些人写。

木兰说：“爹，你别写了。你写累了，晚上胳膊疼，人家也不知道。”

杨天赐感到这时候的韩木兰相当可爱。

外人拿上写的对子都走了。

杨汉唐说：“该给咱自家写了，你们都过来——天赐你抻纸，秀女、木兰，你们来看着，吴师母，您坐着，叫娃们念给你听。”

杨汉唐凝神聚气，一笔一画都像用了浑身的心力，写完一幅后大声叫道：“承仁、承义，念出来给爷爷听——”

狗孬、二孬一起张大嘴，挺起肚子念道：“来之天入于地，得之汝还于尔。如水人家。”

众人一惊。

杨天赐说：“爹，今年咱家三十咋不贴以前那副对联了？”

杨汉唐仰天长叹道：“以后再不贴那种对联了。该免的还要免，一个一个免，该免多少免多少。天赐，人心不足蛇吞象，这么着肯定有人对爹不满，有你在家，爹不在乎他们。”

木兰恨恨地说：“有些穷人也可气蛋，他不交租子，腊月还来咱家借钱借粮，咱爹借给他了，他骂骂咧咧说借给他的少。最气蛋就是雷家营那个雷三德。他连着几年都这个样。前一年的腊月，我听见他在院里骂，就掂着枪撵到院里，逼着他退了咱家的地。”

秀女说：“这几年，爹年纪大了，全靠木兰顶门立户——”

木兰说：“人都知道我们韩家营人心齐。气蛋们是怕我娘家人。”

杨天赐心想，自己不在家，家里没有一个大男人，老爹和两个女人护着娃子们过得也真不容易。

那年三十，杨家没有贴对联。有几家来还钱粮，杨汉唐也没有推辞，一一收下，拱手相送人家到大门口。

不管对谁，杨天赐都是礼貌中带着威严。

杨天赐、韩木兰带着狗孬、二孬在院里耍棍打拳，村民们看他们那眼神，就像现今一些国家看中国有了辽宁舰。

二十六

杨汉唐写了一串名单，春节里，杨天赐带着狗孬、二孬把名单上的人家都一一拜到了。

杨天赐回来以后，杨汉唐又把来家里拜年的佃户和没有来拜年的佃户情况一一讲给杨天赐。杨汉唐说：“今年咱家没有免外面的欠债，有人说是你的主意。你不要承认，你说，只要我爹一天在，我爹说啥我听啥。”

……

这天，杨永贵来到杨家求杨汉唐再承担一些军粮。

杨汉唐说：“我家的地租虽有定数，但年年都是由租户主动所交，交多收多，交少收少，不交也不催收。你叫我家再多交军粮，只有向租户去要。这个事儿，我同意将剩下的一半地租再拿出一成交军粮，我写字据，你去向租户们要。”

趁杨汉唐给杨永贵写字据，杨天赐让杨永贵跟各家说说也要打打地道，并说他可以指导各家打那种敌人进去出不来的地道。

杨永贵说：“村里好多人家不都跟着你打了地道？你咋还说这话？”

杨天赐说：“我家打了地道，金宝家也打了地道，别人家有没有打地道我不知道。”

杨永贵说：“金宝就是你的传声筒。金宝还到各家检查地道哩。天赐好兄弟啊，你放心，南山的土匪来了，有护庄队，日本人来了有国军。你们打的地道用不着。”

杨天赐确实让李金宝去检查过各家的地道，李金宝回来说，多数人家的地道都很简单，打成高级地道的还是最早愿意打地道的那几家。

杨天赐：“谁说金宝听我的？金宝才不听我的呢。他装着听话是为了从我家走水。他从我家走水，别人家从他家走水。他从我家走水，我家不收他一点儿好处。别人家从他家走水，他可是收人家好处。这事儿他还不承认呢，哼！”

杨汉唐给杨永贵写了字据后，又问他日本人会不会打到咱这儿？

杨永贵说：“这几年地里的收成大半都交了军粮，咱河南驻了几十万国军，光咱陕州就驻了不少。日本人打不到咱这儿的！哦，我听说高树勋的新八军也从河北撤到了河南。就驻在咱陕州东边的渑池一带。”

杨汉唐说：“高军长的队伍也过来了。那可好。以后再也不怕人家说天赐在外边干的是八路军了。”

杨天赐说：“永贵哥，高军长和八路军那方面很熟，你不是总想了解共产党八路军吗？等他带队伍过来了。咱们一起去看看高军长。”

杨永贵说：“我才不想了解共产党八路军呢？咱这小保长，不管哪个党，哪路队伍来，咱都给人家跑腿办事儿，派粮派款。别看咱这芝麻大的保长，不管他啥党、啥队伍来，都离不了咱。”

杨天赐说：“那是，那是。你是土地爷嘛。”

杨天赐知道杨永贵家也打了地道，他家的地道跟谁家也不连。也知道杨永贵自己真以为凭他的保长地位和他的能耐能保他一家平安。

杨永贵一走，杨汉唐就对杨天赐说：“你听他那话音了吧。他把保长的位置看得重着呢。他心里只怕你抢了他的保长位置呢。听人说，地方给军队收的军粮，保长、乡长、区长都有提成。收一百斤军粮当兵的能吃上八十斤就不错了。一些当兵的吃不饱，偷偷拿子弹给老百姓换吃的。还有的干脆连枪也卖了，拿上钱就跑了。当官儿的为了吃空饷，点校官来点校兵员时，让村里的老百姓穿上军装充数，站队、报数，一回落一个大洋哩。”

杨天赐说：“河北的国民党军队就是这样。高树勋的新八军也这样呢。你看着吧，国民党军队这个熊样儿，日本人肯定能打过来，我们共产党八路军肯定也要过来建立根据地。”

杨汉唐说：“天赐，你回来以后，给我说了不少八路军队伍上的事儿。你跟我说说，共产党他怎么就和国民党不一样呢？”

杨天赐说：“咱就从村里的事儿说起吧。共产党在村里实行人民当家做主。啥叫人民当家做主？第一条就是村长由村里人选——共产党根据地没有保长，一个村选一个村长。村长是全村人民选出来的。不是像咱这地方的保长，是给上边送钱送出来的。我听说永贵为了当保长花了不少钱。”

杨汉唐说：“他是花了些钱。不过，他花钱不算多。国臣他爹这些年一直当区长。永贵借着咱家跟国臣爷儿俩走得很近。国臣他爹，你那个大表哥贪财，他收了永贵钱，还说是看了我的面子。我听出他是啥意思。年年也给他家一些钱。国臣经常来看我和你娘。他从来不空手，我也没有让他空手走过。国臣比他爹强，遇到事儿还是挺给我面子。当初小尤老师不是他下大劲儿，花了钱也难出来。你接着往下说。”

“选村长不是一下选出来的。是选出来几个人，然后再从这几个人中选。咋选的？想当村长的人身后放一个碗，村里只要满十八岁的男女都去。共产党的干部在场看着。一人发一个黑豆。人人从想当村长的人背后走过，谁同意那个人当村长，谁就往那个人身后的碗里丢黑豆。不同意你就走过去——”

“慢着——那有人从家里拿了几个黑豆，他一下都放进碗里呢？”

“共产党的干部眼瞪多大看着你，谁敢那么干，立马抓起来审。我就抓过破坏民主的人。一个保长他还想当村长，悄悄给几个人送了钱，那几个人每人都从家里偷偷带了一把黑豆，想给那个保长多投豆。头一个人就让我们看见逮住了。我们三个人看着，一个工作队员，两个八路军，那天我们三个人都看见了，小黑娃看见就叫唤，‘他往碗里丢了仨黑豆——’小黑娃是我们队伍上一个卫生兵，可机灵。爹，我把我们根据地的堡垒户、堡垒村也跟你说说。形势再不好，有堡垒户、堡垒村，我们也能立住脚。”

……

说过这话的第二天，杨汉唐就跟杨天赐说：“昨儿黑地，我把你讲共产党八路军的那些事儿咂摸了大半宿，今儿起来还在想这事儿。你们共产党八路军为自己弄这个堡垒户很好。你听我说，趁秀女身子还不太重，让宗兴套上车，你带上秀女到各村租种咱家土地的人家转上一圈，马上到夏天了，你们带上我配制的凉茶。凉茶一家一包，都一样。给各家要说的话，我也替你想好了。给有的人家，你只说咱家人口多了，以后开销也大了，确实不能再免租子和借款。话只能说到这儿。对有些人家，你可以给他说，先交了租子，家里不够吃，只管来咱家借。还有些人家，你跟他说，白天来交了，黑地他再来驮回去。记住：村边就下车，只能走着进村，走着出村。你们跑一圈回来，咱们在一起认定一些可信赖的好人家，咱该免的还要免，但不能像以前那样免。免了也不能让外人知道。这个，咱不树死敌，不结死党，可咱要有远近啊。而且跟咱近的人，跟他说好，咱两边都不让外人知道。”

杨天赐说：“爹，你这意思是说咱家也要有自己的堡垒户？”

杨汉唐说：“正是这个意思。你爹我以往是有些不分远近，所以你回来之前出那个事儿，只有木兰爹率韩家营的人赶来，事后我先是气人们得了咱家好，却不肯在遇难时挺身相救。可再一想，那些人未免也在想，得杨老先好的人多了去了，挨不到咱去。所以啊，我今年大年三十才不贴那老对联了。天赐啊，那时候你不在家，一家弱小，我是谁也不敢得罪。如今有你在家里，我也有胆了。以后咱以善示人不变，但也要分清远近。对真心亲近咱的人，咱要一帮到底。以后再有强人到咱家，咱一敲锣，那些人家就会赶来救咱。如果有一天，你也不得不拉队伍，你振臂一呼，那些人家也会跟你一起干！”

“爹，你说得对！我把打地道的事儿也跟可靠的人家说说，让他们也打地道，对打地道的人家，咱适当减他一些租子。”

……

二十七

在杨汴塬大小二十八个村子里，只有焦家营及其周边几个村里没有人家租种杨天赐家的地。剩下的村里都有人家租种杨天赐家的地。最多的二十二亩，最少的也三亩多。杨天赐转了一圈回来向杨汉唐报告说：“爹，你想得真对。咱家早就不该免有些人家的地租了。像马家营马老三家租种的地，他交给别人种，他自已跑到熊耳山一带做生意。他说，他年年都想着要交租子的，但都是因为在外边做生意一直做到大年三十才回来。三十回来他想来交租子，又怕别的人家说闲话，再说咱家是诚心免，对子贴出去后肯定也不会收。他还说，他利用这几年咱家免他的租子做本钱挣了些钱。以后的租子保证一两不欠，在腊八前交齐。他对打地道很上心，许多人家对打地道也上心。我跟他们说了，地道里放粮食的地方，一定要用火烧焦。”

杨汉唐说：“马家营这个马老三比泥鳅还滑，年年我让憨子给他家送租子清单。他在家也不出来接。这种人家，他打了地道咱也不能把他当堡垒户。”

“爹爹，你说得对。”

“这些年咱家年年免地租、免药钱，我也是事出无奈啊。为了你这独苗苗，爹不得不那么做。你长大成亲后，我想从那年起就不免了，哼，谁想你跑了！你不在家的这些年，咱家的地租，除了杨家营、韩家营等几个近处的村子收粮食外，远处的村子都折合成银两。年年粮食价格不一样，年年要算账。这账都是秀女算的。秀女算过了，我让憨子一村一户给他们送，我从憨子回来说各家人招待憨子吃的饭菜，对各家人就有了大概的了解。但是你一日不回来，我心里一日没有底气啊，家里就我一个老男人，万一我倒下起不来，咱家就得靠两个女人，外边的事儿就得靠国臣，国臣这人是吃人也帮人。而且心还不太黑，手还不算太狠。靠他比靠别人强。前几年，还有的人把咱的地又转租给别人，他收人家的地租，比咱家收他家的高得多。你转这一圈心里有数了，就按咱爷儿俩商量的办。你先在这些人中物色可做堡垒户的人家。我们一定要像你们共产党八路军那样，也拥有一大把自已的堡垒户。”

杨天赐感到，杨汉唐对下边各家租户的情况很是了解，叫他下去转，主要是为了让他也了解情况，认识人。老爹提出在杨汴塬悄悄发展杨家的堡垒户真是个好主意。将来，这些杨家的堡垒户就是共产党八路军的堡垒户。

想象着丁连长、郝指导员、宋司令带着队伍跟着日本人来到杨汴塬，想象着自己向首长们汇报杨汴塬的堡垒户，杨天赐心里有一种很强烈的成就感。

杨天赐和秀女到各村转两圈，他和秀女的感情又深厚了很多。那些日子里，杨天赐跟秀女说的话比他从队伍这几年说的话还要多。在大家庭里，就是他们两个人在自己家屋里，秀女说话也很是小心。秀女跟杨天赐说了许多以前杨天赐不知道的事。比如，杨汉唐、焦兰亭听他们墙根儿的事。也说了木兰跟她说的一些话。

秀女说："木兰说了，你若再偷着跑出去。她也要跑到八路军的队伍上找你。"

杨天赐说："你看我还会跑出去吗？"

秀女说："不知道。男人心大如天。女人永远摸不到边。可是，你跟我一起出来的，你可不能丢下我跑了。"

秀女真还在担心杨天赐跑了，白天黑地都寸步不离杨天赐。

每次下去，他们都要在村里住上两晚。晚上，秀女特灵醒，杨天赐只要一醒来，秀女肯定也醒来。

秀女这样子让杨天赐心里很不得劲儿。

杨天赐抚摸着秀女的大肚子说："秀女，你听我说，我现在真心决定在家里了。你看，我在家里也打了地道。我打地道也是做抗日工作，爹爹说得对，抗日，也不一定都要到战场上。你放心，我不会跑了，我要在这里等着日本人打过来。日本人一打过来，我们八路军也就跟过来了。"

"你是说，八路军一过来，你还要回到队伍上？"

"秀女，那我肯定要回到队伍上。我回来的时候发过誓。"

"你现在不要偷着跑，八路军来了，你回队伍上我不拉你后退。你感到没有，小娃子蹬得多有劲儿，八成又是个男娃。娃子长大了，家里留下一个，别的娃子们都跟着你一起打日本。"

"秀女，你真好——我跟你说，革命胜利以后，我们共产党八路军有规矩——算了，以后的事儿以后再说吧。秀女，我也觉得这是个小子。你看，又蹬呢。"

"哎哟，在肚里就这么不老实，生下来肯定跟你一样。唉，还是木兰能干——"

“你不要这样说，生一个生两个跟女人没有关系，这事儿全因男人。”

“你听谁这样说？咱娘可不这样说啊。”

“我听队伍上的女卫生员说的。人家是大城市来的，上过专门的学校，就是叫人知道怎样生孩子的学校！”

“我不信还有这样的学校？你说怎么教人们生孩子？难道让男人女人弄那个还用人教吗？你又逗我呢。生孩子这种事儿不用上学校，一看那些画儿就会了。哼，你不看就会。木兰说——哦，你刚才说女卫生员，你不是说你们的卫生员叫小黑娃，是个男的吗？咋又跑出来一个女卫生员？”

接下来，杨天赐又给秀女说了半天。

二十八

日本人来了。

杨家正给木兰生下的杨承诚（小名三孬）和杨佑芝（小名芝芝）过满月，火龙灶上一溜铁锅里的热菜刚上桌。一发炮弹打到杨家窑脑顶。做饭和吃饭的人们都跑了，酒菜叫一群溃退下来的国军士兵吃了个干干净净，士兵们走的时候把一箩筐一箩筐的红鸡蛋、大白馍和香喷喷的面豆也拿完了。

杨家人正气恼，又进来两个士兵要吃要喝。

杨天赐带着憨子去送借来的桌子、板凳了。杨汉唐、焦兰亭连劳累带惊吓，被吴师母劝到窑里歇息了。木兰和秀女在窑洞里看护两个刚出生的孩子。

院里只有吴师母、木兰娘和二兰在洗碗洗盘。还有狗孬、二孬拿着客人拿来的小孩子的花布、鞋帽跑着玩儿。两个士兵用大枪指着吴师母说：赶快给我们做饭，再给我们烙一百个白面油馍。吴师母一听这话感到来者不善，不像只为吃喝。吴师母向木兰娘和二兰使眼色，叫她们赶紧带着狗孬、二孬进窑里。

吴师母说：“家里刚过事儿，锅碗都堆在这儿没有洗，做不成饭，求你们到别人家看看。”

这时候，木兰娘和二兰牵着狗孬、二孬走向窑门经过两个士兵，其中一个士兵伸手抓住狗孬说："老大，咱们三个月没有发饷了。部队打乱了，咱把这两个孩子带走，到外边换几个钱当盘缠回老家去球。"

那个说："带走，这是只要钱，不要命的人家。把那个小子也抓住。"

木兰娘抱着狗孬和士兵撕抢，狗孬杀猪一般地大哭。

吴师母说："我们是高军长亲戚。你们不能胡来。"

两个士兵对对眼，其中一个说："哪个高军长？"

吴师母说："新八军的高树勋军长。不信你们到屋里看，屋里墙上还挂有高军长写的字呢。"

"你们是高军长的啥亲戚？有幅字算狗屁，刚才还不是让我们兄弟吃了拿了。老太太，看你家也是有钱人，我们三个月没见饷了，你就赏我们一人十个大洋吧。"

"这么说，你们刚才已经来吃过了，你们就是转回来想要钱——你们平常吃老百姓，喝老百姓。你们打不过日本人还来欺负老百姓，你们不是国军是土匪。"

"你说我们是土匪，老子就当回土匪。进去，给我们拿钱。不给钱，扎死你两个小娃子！"

两个士兵将大枪前边刺刀对着狗孬、二孬，俩孩子吓得哇哇大哭。

这时候，木兰拿着手枪从窑里冲出来对着两个士兵头顶"砰""砰"就是两枪说："丢下枪，转过身滚蛋，不然一枪打死你们。"

两个士兵对对眼，有些不甘心。

木兰"砰"一枪打在一个士兵手里的大枪上，枪掉到地上，那个士兵转身就跑，另一个士兵丢下枪也转身就跑。

木兰、吴师母把两支大枪拿进窑里。

杨汉唐说："木兰打得好，打死在院里晦气。打伤他咱还得管他，打跑他们——"

杨汉唐话没说完，门洞里响起踏踏踏一阵脚步声。

"士兵带人来报复了，大家都进窑里——"

杨家人进到窑里关上门。

不是来报复的士兵。

几个国军抬着一个伤员从门洞里下到院里。一个女看护背着红十字小药箱跟在担架旁边。杨永贵和一个穿中山装戴眼镜的中年男人跟在担架后边。

杨家人赶紧打开大门来到院里。

杨永贵向杨汉唐介绍那个穿中山装的男人：“大伯，这是王秘书，是盛专员派王秘书把负伤的国军长官安排到你家。跟着来的还有十七个国军伤员都要安排到咱村。”

王秘书说：“杨老先生，盛专员让我代他向你问好。日本人打得猛、追得紧，盛专员让我们把国军的这些伤员安排到杨家营。盛专员说了，你们这儿有神泉水能洗伤口，还有你给他们看病给药，过些日子国军就打回来了。盛专员说了，一个国军伤员在百姓家住一天，政府给三斤粮，以后从军粮里扣减。”不等杨汉唐回话，王秘书又对担架上的伤员和担架旁的一个国军军官说：“岳长官、胡团副，这位杨汉唐老先生，是当年杨家将的后人，他当过省府参议员，七七那年就把他家三百八十六亩的地租的一半捐给政府，他的事迹上过开封的河南日报还上过南京的报纸。他还是这一带最有名的医生，中西医、内外科都中。”

“麻烦您了，杨老先生！”

躺在担架上被包着大半截脸的岳长官挣扎着要坐起来。伤员上半截脸和右小腿缠着绷带，鼻子下边有个小肉猴。

女看护俯下身子对着岳长官的脸说：“岳长官，你不能动，你不要动，也不要说话啊。”

杨汉唐上前握住伤员的手说：“长官，你是为国负伤的。你什么也别说，到我家就是到你家。”

胡副官急忙说：“岳长官带着兄弟们在人马寨和日本人打了三天三夜，日本人追得太紧，他不愿连累兄弟们才带头留下。杨老先生，你全家人都听清，岳长官、董看护在你家停的时间也不会长，我们的战线一稳住，我们就来接岳团长和兄弟，那时候你们就是功臣，我们会报请地方政府给你们奖励，但要是出了差错，我们也把丑话说在前边——”

“胡团副，不要说那么多了——”

“岳长官，我必须说，这是师长的命令，你们听着，岳长官若是有个闪失，我们打回来杀你全家。岳长官的大哥是军长，就在陕西那边。”

岳长官生气说：“胡副官，别吓唬人家，记住这个村叫杨家营。记住这个村的保长叫杨永贵，这位老先生叫杨汉唐，他儿子叫杨天赐。记住是盛忠孝专员和王志奇秘书把我们安排在这儿的。记住把这些说给我大哥，你的任务就完成了。”

外边响起密集的枪声，胡副官脸上现出惊慌，但还是鼓起勇气对担架上的伤员说：“团长，我也留下保护你吧。”

岳长官说：“你不要慌。你把我跟你讲的话，再复述一遍。”

胡副官立正说道：“这个村叫杨——”

岳长官说：“不是这段，是我在阵地上跟你讲的那段——”

胡副官说：“是那一段啊，可长呢。叫我想想，想起来了——日军兵力严重不足，他们的战法是保持一个强大的机动作战集团，逐个击溃、消灭我各处防守之军。我军必须改变战法，除在正面阵地阻击敌军之外，应迅速组建若干机动作战集团。正面作战集团不与敌死拼决战，且战且退，以消耗敌人为主要作战目的。以机动作战集团向、向——”

杨天赐就在这时候回来了。

杨天赐一眼就看见岳长官鼻子下边那个小肉猴。

担架上岳长官大声说：“向敌两侧出击。河南战役之败，除了战法不当，蒋鼎文、汤恩伯畏敌如虎，临阵脱逃是重要原因，建议委员长——算了不说这个。接下来，接下来是——此次河南会战中，民众对我军各部态度迥异，第四集团军在其战区深受民众拥护，民众为其抬伤员送粮送子弹。而汤恩伯部所到之处，民众群起而攻之，汤恩伯不思自己治军不严，将一支曾与敌血战之铁军，带成扰民、害民，为民众痛恨之败军，反而诬陷豫民众为汉奸。据吾所感，豫民众性格强悍，民间武器甚多，建议待敌之主力南下后，调胡宗南长官集团之一部入豫，切断敌已打通之平汉铁路，使南下之敌失去后方补给，同时收复失地，助我地方政府恢复对广大乡村之统治，使随敌而来的共产党八路军无立足之地。记住没有？”

“长官，记住一些。怕是记不全。”

“记住多少汇报多少，直接向胡长官汇报。就说这是我岳振鹏的意见，与你无关！”

“长官，我一定向胡长官汇报，我们同宗，他比我官大，我比他辈高。我正想见他呢。岳长官，你多保重，你大哥岳将军肯定会来救你的。我们走了。你们还愣着干啥？快把岳长官抬屋里！”

杨汉唐说：“你们赶紧走吧，我们抬岳长官。”

胡副官和几个国军向担架的伤员敬个礼，像兔子一样跑了。

胡副官带着几个国军兵一跑，王秘书带着他的一个护兵也走了。

杨永贵和杨天赐把岳长官抬到窑里后，杨永贵说："大伯，天赐兄弟，你们赶紧给岳长官弄些饭吃，我得到那些收留国军伤员的人家看看。胡副官一跑，王秘书一走，只怕伤员都撂到院里还没有抬进屋里呢。胡副官把我们的名字都记下了，我们可不能让国军伤员有一点儿闪失。不然的话，国军打回来我们的脑袋就不保了。我听说岳长官大哥是军长哩。岳长官住到你家，你家以后就有两个军长做靠山了。盛专员一定让把岳长官安排到你家，说明盛专员对你真好啊！"

国军撤退时在杨家营留下十八个伤员，被打伤两只眼睛、一条腿的国军团长岳振鹏和女看护董诚被安排到杨天赐家。

就在那天晚上，可能因为惊吓劳累，秀女生下四孬杨承信——较预产期提前了半个月。

二十九

一些日本兵紧追着撤退的国军经过杨家营。后边又有日本兵雄赳赳、气昂昂，大洋马拉着大炮。还有坦克车一辆接一辆，轰隆隆经过杨家营向西开过去。

日本兵在杨家营村中间的关帝庙外墙上写满大字，那字是"中日友善，共建东亚共荣圈"还有"戒淫、戒杀、戒烧、反蒋、反共、爱民"之类的鬼话。

一些日本兵在杨家营吃饭、过夜。保长杨永贵轮流将日本人带到各家，只有他家和杨天赐家没有管过日本人饭，没有住过日本兵。杨永贵跟杨汉唐说，他必须照顾杨汉唐家，村里人再有意见他也要这么做。杨汉唐让杨天赐给杨永贵拿五十块大洋，杨永贵死活没有要。又说，地道起作用了。国军的伤兵都被各家藏进地道没让日本人发现。

日本兵到各家吃饭要求顿顿吃肉，日本人把全村各家住了两遍，把各家的大猪小猪吃完了，把各家的鸡也几乎吃完了——有一些鸡连跑带飞进了麦地，日本人追到麦地，有的鸡让日本人逮住了，有的鸡没有让日本人逮住。日本兵走了，鸡听见主人"咕——咕——咕咕咕——咕咕咕——"叫，才探头探脑走出来。

日本兵吃了各家的鸡、猪但没有吃各家的牛、马、驴、骡，在杨家营过夜的日本兵也没有强奸女人。各家的年轻女人脸上都抹了锅底黑，穿上老太太衣服躲在拐窑或很低级的地道里，日本兵真要搜，一搜就能搜出她们。日本兵没有搜，日本兵自己带有女人。日本兵晚上吃了饭，一个人拿着一个小牌牌，挨着进到窑里和他们带的女人们弄那种事。那孔窑里传出女人的哭声、惨叫声。一些小娃子听见，问他娘说，日本人真恶毒，把外边女人快打死了。日本人为啥打她们？娃他娘搂着娃说，别说话。娃子说，你身上咋乱抖哩。他娘把他抱得更紧些说，好娃子，别说话。

在韩家营过夜的日本人强奸了韩老六的新媳妇儿。韩老六打死了强奸他新媳妇儿的两个日本人，他和他的新媳妇儿一人一杆枪守在窑洞里，韩老六的爹娘也一人一杆枪守在另一孔窑洞里，他们将七个日本人打死在地坑院。后来，日本人拉来大炮，架在地坑院上边对着他们守的窑洞“轰、轰、轰，轰、轰、轰”，打掉了窑前脸，院里的日本兵又往窑洞里扔手榴弹，折腾大半天才把韩老六一家四口打死在里边。日本兵打死韩老六一家后，一个日本军官和一个翻译官一人拿一个铁皮大喇叭，立在韩家营村中间关帝庙的戏台上，日本军官说一句日本话，翻译官译成一句中国话，一个说，一个译，叫唤大半天，大意就是说日本人来中国是为了将中国人民从压迫下解放出来，让中国人民过上幸福的、有尊严的生活；是为了建立大东亚共荣圈，让全东亚人民都过上幸福的、有尊严的生活。又说日本驻华北司令官冈村宁次有令，要戒淫、戒杀、戒烧、反蒋、反共、爱民，若发现有极个别日本兵犯了军纪，要向日本军官报告，不能擅自打杀日本兵，等等。

一部分日本兵在杨家营停下来。日本兵押着被俘的国军士兵，拆了村头的土地庙，又拆了南山坡上的山神庙，用拆庙的石头、砖头、木头，在杨家营村边建据点。

日本人没有拆村中间的关帝庙，日本军官佐藤还带着一群日本兵进去上香磕头。

杨家营全是地坑院，村中心的关帝庙说是敬关公，其实还有很多用处。关帝庙就是对面两座建在高台的大房子。一座里边有关公、刘备、张飞等人的塑像。对面的房子其实是戏台，平常将台口垒上，里边就成了小学生上课的教室。过年的时候拆了台口的墙，就在上面唱大戏。戏台一侧有几间小房子住着一个看庙人和两个老师。

打仗的时候，学校放了假。

日本人到关帝庙上香以后，佐藤对杨永贵说：“你们，上课的，可以。”

佐藤的中国话讲得很好，也没有带翻译官。

佐藤问杨永贵：“你们村里为什么没有杨家的这个庙？”

杨永贵说：“以前有的，后来被土匪烧了。”

“为什么没有重建？”

“这种事儿需要有人出头组织，没有人愿意出头。”

“你的为什么不出头？”

“我的不行。我这回安排皇军到各家吃住，各家已经很有意见呢。”

“你的大大地辛苦。皇军不会忘了你。”

日本人在关帝庙外边和各家地坑院都写了大字标语，内容和韩家营关帝庙内外墙上写的一样。

小学校又开学上课了。小学生上的第一课是佐藤去讲，讲的也是日本军官在韩家营叫唤的那套鬼话。

杨天赐家的狗孬杨承仁、二孬杨承义没有去学校上课，在家里由吴师母按国民小学校的课本教他们。杨家人打算到他们上初中的时候，再送他们去安全地方的学校念书。

吴师母教两个小家伙认字写字算数，也教他们背唐诗宋词，还给他们讲北方的故事。吴师母有时候讲着讲着就停下来看着狗孬、二孬不吭声——杨家人那时候就知道吴师母是想到了她的女儿、女婿。

焦兰亭小声跟杨汉唐说：“唉，她的女儿、女婿若是活着，她的外孙怕也有狗孬、二孬这般大了。”

杨汉唐说：“吴师母她是把狗孬、二孬当亲外孙待啊！吴师母命苦心还善，可不容易哩！”

木兰跟秀女说：“吴师母的女婿是因为要抗日让国民党枪毙的。吴师母的女儿也是要抗日在国民党大牢得病死的。国民党现在也抗日，你说这算咋回事儿哩？”

秀女说：“国民党是官府，官府不想叫老百姓管国家大事。可古人说天下兴亡，匹夫有责哩。”

木兰说：“哼，我知道了，当了国民党才能抗日，就像男女成了亲才能在一起睡觉生娃。不成亲在一起睡觉生娃子就是犯大罪。呸！有一天我当皇帝，非把这破规矩改过来不可！”

三十

杨天赐家的地坑院就在村边，日本人正在建的据点紧挨着杨天赐家的地坑院。岳长官和女看护都住在地道里，杨家人一天三顿往地道里给他们送饭。

来到杨天赐家的当天，岳长官就向杨汉唐自我介绍说，他叫岳振鹏，浙江嘉兴人，是岳飞三子岳霖之后。又说，在这里能与杨家将后人相遇真是幸运。杨汉唐紧握住岳振鹏的双手说："岳长官，你能到我家，这是咱们祖宗的安排啊。你只管放心，我杨家人宁可粉身碎骨，也要保你万无一失。"

杨汉唐看杨天赐对岳振鹏没有表现出应有的热情，有些不悦地说："我知道你对国民党有些意见。但你想想，你是为抗日负的伤，咱家这个国民党也是为抗日负的伤。岳家、杨家的先人都是大宋的忠臣良将，都为国家立了大功。现在我们两家的后人遇到了一起，我们一定要把他们保护好。你们国共两党现在合作打日本，你总说国民党不诚心，想灭了你们共产党。我也觉得盛忠孝那些国民党不地道，可是这国民党跟国民党也不一样。岳长官虽然大半截儿脸看不到。但我感到这人地道，真像岳飞之后。你这个共产党可要真心与这个国民党合作呀。咱杨家人不能对不起岳家人，你这个共产党也不能对这个国民党生二心。"

杨天赐点点头说："爹，你看我是那种人吗？我们共产党能跟他们国民党一样吗？他们不仁，我们不会不义。不过，这个人抗日没说的，但他对共产党八路军仇气很大，思想很反动。你跟他说话要小心些。"

杨汉唐说："我也听出了他话里那种意思。我会注意的。"

杨天赐说："这个人也说，我们共产党八路军很快就要跟过来了——可我觉着他对共产党八路军比对日本人还恨。爹，你说得很对，国民党跟国民党也很不一样。有些国民党真心联合我们抗日，这种国民党，是国民党中的进步派；有些国民党明着联合我们抗日，暗中却联合日本抗我们，这种国民党是国民党中的顽固派。这个姓岳的他就是那种国民党顽固派。这两年国民党顽固派可没少杀我们共产党。南方一万新四军都快让国民党消灭了。河北、山西也有国民党顽固派跟我们共产党八路军搞摩擦。啥叫摩擦，就是今天偷着打我们一下，明天又偷着打我们一下。”

杨汉唐：“国民党在陕州大抓共产党的时候，我就觉得国民党做得不对。现在外人都打到家里了。怎么一家人还打一家人？不过，这个国民党不管他顽固也好，进步也好，他跟日本人打了恶战，他让日本人打成这个样儿总是真的吧。就凭这一点，咱一定要保护好他，哪怕他好了再跟你们打。还有，你以后在家里提起共产党八路军，也不要总是说我们共产党，我们八路军，你说多说顺溜了，跟他说话的时候一不小心溜出来，他若认定你是共产党，指不定还要对你有戒心。你看他身上有枪，那个叫董诚的女看护身上也有枪。”

岳振鹏虽然大半截儿脸被包着，杨天赐还是一眼就认出，就是这个人在人马寨给了自己两个白面热馒头。杨天赐还怕自己认错了，故意跟岳振鹏说了一些话，确定自己没认错。对，就是他。

杨天赐没有跟岳振鹏说起那个事，也没有给家里人说这个人曾有恩于自己。杨天赐心想，这个国民党很反动，自己把他看护好就对得起他那两个热馒头了。

岳振鹏说的是国语，但还是能听出他是南方人。叫董诚的女看护，也是个南方人，说话却是纯正的国语。她说她是岳长官的老乡，原本是学师范的，后来才改学看护。

岳振鹏的两只眼球在战地医院已被摘除，董诚一天给他打一针盘尼西林，他的眼睛和小腿上的伤都没有发炎。小腿上的伤是贯通伤，没有伤着骨头，跟杨天赐大腿上的伤一样。杨天赐负了伤没有盘尼西林，仅有的一点消炎药粉还都上到没有了睾丸的阴囊上。大腿上的伤口发炎感染差点死了。看董诚一天给岳振鹏打一针盘尼西林，杨天赐心想，蒋介石真是偏心眼儿，钱就给他们发得多，好药也都给他们了。

杨汉唐对岳振鹏十分关心，天天让秀女熬中药汤，由杨天赐端进来让岳振鹏喝。岳振鹏不相信中医，但他不明说，他说，谢谢，我过一会儿就喝。背过杨天赐就让董诚倒了。

杨天赐发现后很心疼，很生气，在心里又骂他真不是东西！

杨天赐出来跟杨汉唐说，岳振鹏的伤快好了，不用喝中药了。杨汉唐却坚持让岳振鹏再喝几天。杨天赐只好又端进中药汤让岳振鹏偷偷倒掉。

董诚后来发现杨天赐知道他们偷偷倒药汤，显得不好意思，也出来跟杨汉唐说，岳长官的伤快好了，不用再喝中药了。

杨汉唐亲自进去看了岳振鹏的伤处说：“哦，是好了。西药治表，中药治里，中、西医搭配着伤病好得就是快。骡子拉车就是比马、比驴有劲儿。老子就是骡子！”

董诚问杨天赐：“老乡啊，您父亲说骡子说马说驴是什么意思啊，他为什么生气啊？”

杨天赐说：“你知道马跟马那个以后会生下小马驹吧——”

董诚说：“你说清楚啊，马跟马那个是什么意思啊？”

岳振鹏说：“马跟马那个就是说公马和母马交配。公马和母马交配后生下小马驹。杨家将的后人，是这么一回事儿吧？”

杨天赐说：“岳长官，你这个岳飞的后人能领兵打仗，还知道公马跟母马交配，那你把驴和骡子的事儿也跟董看护讲讲。”

这个国民党话里有话。杨家将的后人？老子生长在杨汴塬。杨汴塬里有个汴，老子的祖先就是从开封来的杨家。老子就是杨家将的后人，你说你是岳家的后人，姓岳的人也不全是岳飞的后人，你指不定才是冒牌货！

岳振鹏说：“知道一点点，老乡，还是请你讲讲吧。请您讲吧。”

讲就讲。你说您了，你也知道我不比你憨。我要讲得恶心，让你的女看护脸红。

杨天赐接下来就把驴、马、骡子之间那些事添上油加上醋讲开了。讲得董诚脸红得像着了火，可她瞪着眼睛一声不吭还可想听。

岳振鹏有点听不下去，说：“老乡，我到北方也好长时间了，也听人说起过这些事儿。可是你说有的母马和公驴交配以后，再也不让公马爬——哦，就是说再也不跟公马交配，这个我从没听人说起过。”

“你没听说过的事情多啦。还有些母驴和公马交配以后，再发情见公马来了也乱咬乱踢呢。可见了公驴，老远就跑过去掉给人家屁股。你还不知道吧，老百姓最待见这种驴马，这种驴马多了，骡子才多。骡子拉车拉犁比马、比驴都有劲儿。跑得也比马快。我们家以前用长工的时候有骡子，长工走了以后，我家只养两匹马。骡子有劲儿就是脾气不好，不好使换，急了咬人、踢人哩。”

杨天赐差点说出我们宋司令骑的就是一头青骡子。

杨天赐接着放慢语速说：“骡子不分公母，不会交配，也不能生娃子。它没有母马贵，也没有母驴贵。乡下人骂一些不会生孩子的男人是骡子。”

董诚说：“是这样啊，好在这样的母马只是一部分吧？如果母马和公驴交配后都不和公马交配，那以后就没有马了。没有马了，也就没有骡子了。可是我还不认识骡子呢。”

杨天赐说：“对，对，董看护，你说得真对。你听我说，骡子有点儿像驴，又有点儿像马。明天你悄悄到外边，我让人把我家骡子牵到院里让你看。”

岳振鹏说：“董诚，请给我倒杯水吧。老乡，你家以前有长工，说明你家土地不少。你家一共有多少土地，为什么要让长工走了？”

这个国民党要探听我了。老子早有准备。

杨天赐将准备好的一套话不紧不慢说给岳振鹏，那话有真有假，真真假假掺和在一起。

过了两天，岳振鹏脸上的绷带取下来了。杨天赐看着岳振鹏空空的眼洞，想到那两颗曾经炯炯闪光的大眼睛，心里情不自禁一阵难过，就像面对自己负伤的同志。但他马上又想到，这家伙是国民党，是国民党里的顽固派，不能太同情他。对这个家伙一定要提高警惕。

杨天赐挖地道是为了让自己的同志利用地道保护自己消灭敌人，现在藏了这么一个反动的国民党官和一个国军女看护。不过，这个军官虽然反动，但抗日也坚决，好像还有些爱国心。郝指导员说，凡是真正有爱国心的人，哪怕他是国民党，最后都会跟着共产党。即便他现在反对我们共产党，最后也会入我们的伙。而且，这个女看护一看就是好人。杨天赐想起郝指导员的话，努力压制对岳振鹏的反感，给他送饭送药，陪他聊天。董诚跟杨天赐说：“你一家人太好了。以后我和岳长官要好好报答你家。等打败了日本人，请你家老爷子到汉口开诊所。”

杨天赐感到那岳振鹏却在怀疑自己。这天，岳振鹏又问新八军和八路军怎么配合打日本人？杨天赐说：“岳长官，你别问了，我跟你说，我真是在新八军吃粮，高树勋军长前年在我家让我爹给他看了病，到了前线才让我回来。我家还有高军长送的锦旗哩。”

三十一

日本人在杨家营的据点正在紧张建设中。

白天，日本兵端着明晃晃的刺刀，看着被俘的国军士兵挖壕沟、盖炮楼、建房子。晚上，日本兵和被俘的国军士兵都住在帐篷里。一天半夜，有两个逃跑的国军士兵被打死在杨天赐家地坑院窑脑顶。

连着下了几天雨。雨大的时候，战俘们不干活儿，一天三顿喝野菜稀面汤不让吃馍；雨小一些，日本兵逼着战俘们干活儿，一顿给一个白馍一个黑馍。

这天，杨永贵带着两个拉肚子的日本兵来找杨汉唐看病。后边还跟着一个戴着红十字袖章的白脸卫生兵。

白脸卫生兵没有带枪。两个背枪的日本兵一大一小。小日本兵看上去还是个孩子，小日本娃子捂着肚子皱着眉头一脸痛苦状。那个留着一字胡的黑胖鬼子根本不像个病人。这家伙见木兰从茅房出来两眼放射出淫光，看那样子想立马扑上去。木兰也恶狠狠地瞪了他一眼，对着身边的老黄狗小声说，老黄，上——老黄狗腾地跳起来就往那货身上扑，木兰又小声叫道：回来！老黄狗掉头就跑进了磨坊窑里。

那货吓了一跳，飞快从肩膀上取下枪，对着磨坊就是一枪。

杨永贵赶紧点头哈腰给那货说好话。

听到枪声，杨汉唐来到院里问咋回事，边说边示意木兰进窑洞。木兰却眼瞪得贼大立着不动，右手挨着裤腰。

这时又有日本人跑着下到杨家地坑院。最后慢慢走下来的是一边挎着手枪一边挎着军刀的佐藤。

杨永贵说：“大伯，这是佐藤太君。”

杨汉唐歪头侧耳装听不见。

佐藤黑着脸向杨汉唐鞠躬行礼，杨汉唐没想到佐藤来这一手，也不卑不亢还他一躬。

佐藤说道："杨先生，我们知道你医术高超，也相信你的医德，所以我同意我的部下到你家求诊。他们为什么开枪？"

杨汉唐说："你们来找我看病，还要开枪打我家的狗，你们知道不知道，在中国打狗要看主人面。我不给你们看病，你们走吧。"

佐藤听杨永贵说了事情经过，又问戴袖章的日本卫生兵。佐藤听那个卫生兵叽里咕噜说了，走到开枪的日本人跟前，"啪啪"就是两个耳光，下了那个日本人的枪交给他身后的日本兵。打完，又转身向着杨汉唐鞠躬。这货虽然鞠躬，却还是黑着脸。

杨汉唐向其还礼说道："医家面前只有病人。我给你们看。不过，你们以后来看病的日本兵进我家院不能带枪。如果带枪，就和你们当官的一起来。不然，我杨家不会开门。永贵，你也记住这话。"

杨永贵说："大伯，我记着了。"

杨永贵说完转脸看佐藤。

佐藤想想，对着杨汉唐点点头，又对着杨永贵点点头，又对着挨打的日本兵和那个还是个娃子的日本兵点点头，让人收了小日本兵的枪，就转身带着后下来那几个日本兵走了。

那个挨了耳光没了枪的日本兵也不吭声，恶狠狠瞪了木兰一眼，跟着杨永贵、杨汉唐进到窑里。

木兰也恶狠狠瞪了他一眼回到窑里。

杨汉唐给两个日本兵望闻问切后开了药，让杨永贵带两个日本兵先回去，说这病不难治，等一会儿让秀女熬好药汤由憨子送上去。

卫生兵说，他就在院里等。说着掏出钱要给杨汉唐。杨汉唐摆摆手说："你回去跟你们长官说，这一次的钱我免了。你们不是说中日亲善吗？我就跟你们亲善一次。"

卫生兵好像听不懂杨汉唐讲什么，但不要他钱的意思他听明白了。他将钱装进药箱，对着杨汉唐鞠了一躬。

憨子掂大半桶熬好的汤药来到院里。卫生兵取下腰间的水壶在桶里灌满一壶背上，才让憨子掂着木桶跟他走。

这时杨汉唐在窑里喊："天佑，你停一下。"

杨汉唐拿个碗走出来，从桶里舀半碗药汤，吹凉了喝下，才让憨子掂起药桶跟卫生兵走。

过了几天，杨永贵又陪着佐藤来到杨天赐家，跟他们一起来的还有那个小日本兵和卫生兵。

杨永贵对杨汉唐说："大伯，太君来感谢你。佐藤太君喝了你的药，就不拉肚子了。"

佐藤说："我代表陕州的丰臣大雄司令官和田中松下宪兵队长向您表示感谢！"

佐藤向杨汉唐鞠躬致谢，要求杨汉唐把那天的药再开一些，由杨家熬好药汤送给他们。

杨汉唐还了礼，请佐藤坐下，让杨永贵给佐藤倒茶。

杨永贵说："天赐兄弟不在家？狗孬娘、二孬娘也不在？"

焦兰亭说："永贵，你这是啥意思，你是说我一家都该下跪迎接你们？"

杨汉唐说焦兰亭："你看你，永贵也就是随口问问。"

杨汉唐开了药，让憨子拿给秀女熬。

佐藤让跟来的小日本兵掏出钱，问杨汉唐要多少钱？

杨汉唐说："我家虽有一些土地，但收不上租子。一大家人全靠我看病卖药养活。上次的药钱，我免了，这一次你们要的多，我真不敢免了。"

佐藤听了杨汉唐这话，转过脸和白脸卫生兵你一句我一句叽里咕噜说半天，杨汉唐听不懂日本话，但他看出来日本卫生兵没有把上次免的药钱交公。

杨汉唐收了钱，开了药。佐藤坐着不吭声等了一会儿，憨子掂着半木桶药汤来到他们跟前。

佐藤对憨子说："你的先喝。"

杨汉唐说："慢着。是药三分毒。我有解药法，这药只能由我来尝。"

杨汉唐让憨子回去拿来一个碗，他自己从桶里舀半碗药汤，吹着喝下两大口。

佐藤点点头，深深地向杨汉唐鞠一躬，说："谢谢！"

两个日本兵也跟着佐藤向杨汉唐鞠躬。

杨汉唐也鞠躬还他们礼，并说："你们这回付钱了，不用谢。"

佐藤看看杨汉唐，转身对小日本兵、卫生兵和杨永贵说："我们走吧。"

小日本兵和卫生兵两人合力抬着药桶跟在佐藤后边走了。

日本人两次来杨家，杨汉唐都没有让杨天赐出面。杨家窑洞的墙壁里边还有暗窑，杨天赐在暗窑里用枪瞄着日本人。日本人走了，杨天赐才出来。

杨永贵第一次带两个日本兵来杨家看病走了以后，木兰就埋怨杨汉唐不该给日本人看病。

木兰说："那个日本兵看我那眼神像饿狼，恨不得一下把我吃了。让他们死了才好，还给他们看病，还给他们熬药喝？"

杨汉唐说："那点儿病让人家死不了。"

杨天赐对木兰说："日本人猴精猴精，你以后少逞能，遇事多听咱爹的。"

第二次佐藤等走了以后，杨天赐也气愤地说："日本人在河北打不过我们，狗日的放毒气，把我们的人眼睛都熏坏了。若是有啥法子让他们得个紧病都死了才好！"

杨汉唐说："这种事只有老天爷能办到。我跟你们说，日本人把炮楼修到了咱家窑脑顶。女人们以后少往院里去，去茅房不要穿女人衣服。"

三十二

杨永贵来跟杨汉唐说，日本人和被俘的国军士兵喝了杨家熬的药汤，都不拉肚子了。又说，如果治不好他们拉肚子，日本人就会让村里人去挖战壕、盖炮楼、盖房子。又说，那个卫生兵被调到前线了，以后杨家营据点的日本兵、治安军有病都来找杨汉唐看。

杨汉唐说："是你领他们来找我看病的。给他们看好病，他们修起炮楼对付我们中国人。人家说我们帮日本人是汉奸，我们可是也没有话来跟人家说啊。"

杨永贵说："日本人在陕州成立了维持会和治安军，陕州维持会那班人还是原来陕州专员公署和原来陕县政府那班人马，治安军大半都是原来警察局和保安团的那些人，日本人成立了宪兵队，以前警察局管的事儿宪兵队都管了。日本人还要在各区各村都成立维持会，专员兼县长盛忠孝从南山捎信给区长和保长，让大家也都跟着转成维持会长。"杨永贵还说，"日本人在三道塬不要区长，各村的维持会长由据点里的日本人直接领导。我也当了维持会长，咱杨家营据点的日本官佐藤直接领导我。以后焦治公不领导我了。他当了杨家营的维持会长，他给日本人送了礼，日本人让他把雷家营、白家营那几个小村也管了。现在他也在焦家营为日本人盖了一个大炮楼。”

杨汉唐说：“这么说来，焦治公的权力小多了，你直接受据点里的日本人管。你的权力比以前大多了。”

杨永贵说：“我以前跑腿，以后还是跑腿。盛专员传下话说，共产党八路军很快就要跟过来了，让大家暂时依附日本人一起打共产党八路军，还说这是曲线救国。”

杨天赐说：“你说，共产党八路军很快就要跟过来。盛忠孝让国民党地方势力合伙打共产党八路军是曲线救国。这是救谁的国？”

杨永贵说：“当然是救国民党的国，是救蒋委员长的国。美国人都快打到日本人家门口了，别看日本人气势汹汹，其实是秋后蚂蚱蹦跶不了几天了。日本人回了老家，国共两家还要开打。天赐兄弟，你以后再也不要替共产党八路军说话了。国民党恨共产党，日本人也恨共产党八路军。那天来你家开枪的那个日本人叫小野一郎，他哥在河北被土八路的地雷炸飞了，他也被土八路逮住弄进地道里。他身后绑一个小娃子，身前抱一个小娃子才从地道里逃了出来。这个日本人问我咱村各家有地道没有。我说，没有，都没有。我看他是怀疑你家有地道。那个国军长官和女看护可不敢让他们出来。”

杨永贵走后，杨汉唐跟杨天赐说：“咱村住国军伤员这个事儿，只怕日本人早晚会知道。我们家就在炮楼下边，日本人让我们交出国军伤员。我们怎么办？”

杨天赐说：“那肯定不给交。我们就说，伤员让人接走了。”

杨汉唐点点头：“嗯，你小子参加共产党八路军后真像变了个人。共产党八路军的规矩真是好，能把当年那个孬货规矩成这样。你放心，等你们共产党八路军来了，我还让你跟上他们干。这些年，一想起把你小子打跑了，我这肠子都悔青了。现在看来，把你打出去打对了。”

杨天赐说：“那是我命大运气好。这些年，我眼看着多少人死在我面前，看到多少人被打断胳膊，打断腿。”

杨汉唐说：“听你这话，你小子对我打你那顿还有意见哩。哼，你还有意见？我早就想骂你了。我是你亲爹，你是我亲儿子，我就你一个亲儿子，我舍得打你吗？！我问你，木兰都知道跑到她舅家，你咋想不到跑到你舅家，你若是跑到焦家营国臣家，我能找不到你吗？这些年，你娘想起来就骂我，木兰时不时给我丢脸色，他们哪里知道我心中的苦，只有秀女知道我心里苦，见我难受时就跟我说，指不定你能遇到一个好长官，就像她先人孟良遇到咱祖宗一样。老天有眼，我杨汉唐多少年积德行善得了善果，以后我们杨家祖祖辈辈都要积德行善。我要把这一段记到家谱上。”

杨天赐跟父亲开玩笑，他没有想到竟然引出父亲这一段话。杨汉唐这一大段话，把杨天赐说得心里沉甸甸的。

杨天赐说：“爹，我们的指导员在北平上过大学，学问可大了。郝指导员说，男人成长过程中都有个叛逆期。叛逆时期，小子们都听不进大人的话，总想跟大人对着干，那个时期光靠说服不行，必要的体罚也是不可少的。你当年早点打我就好了。”

杨汉唐说：“你们指导员说得不差，七岁八岁狗都嫌，三天不打，上房揭瓦。你那些年恁孬，说到底还是我没有及时把你调教好。我也实在是没有办法，你娘——不说了，你现在能有这个样子，我没有想到，我知足，我感谢老天爷，也感谢共产党八路军。”

三十三

杨天赐进到地道里给岳振鹏、董诚送晚饭。吃饭时，岳振鹏对杨天赐问三问四，说了许多话，他问上边日本人的炮楼盖得怎么样了，又问杨天赐对杨汉唐给日本人看病啥看法。

杨天赐说：“啥看法？敢不给狗日们看吗？不给狗日的看，狗日的杀了我家人，谁给你们做饭送饭？以后有人说我爹是汉奸，全靠你出来替我爹说公道话。”

岳振鹏说：“那没有问题。不过，我听说中草药中有一些慢性毒药，你们——”

杨天赐说：“日本人精着呢，他们让人送药到炮楼，到了地方让送药人自己先喝一大碗坐下半天才叫出炮楼。再说，就是日本人不这么着，我爹也不会这么做。当医生永远不能对病人这么着。”

岳振鹏说：“迂腐得可爱。我跟你说，小老乡——”

岳振鹏接着就说他眼瞎了，以后不能带兵打仗了，打算以后写书，写研究中国和日本，共产党和国民党的书。接着就又向杨天赐打听共产党八路军的事情。

杨天赐说：“这么着吧，你不是说共产党八路军要跟着日本人来这儿吗？赶明儿他们来了，我去参加共产党八路军，把他们的情况探听清楚回来跟你说。”

岳振鹏说：“这倒不失为一个好办法，不过，你家是地主，你参加他们，他们不一定信任你。这个事以后再说，我想请你今天晚上陪着董看护去其他人家看看那些负伤的兄弟们，就说我很关心他们。”

董诚说：“岳长官啊，日本人就在这个院子上边建炮楼，你是想让日本人把我逮住拉到炮楼里当慰安妇吗？”

杨天赐也说自己不知道伤兵住在哪些人家。

岳振鹏说：“你可以让那个叫杨永贵的保长带着去。他一定知道的。”

杨天赐说：“杨永贵保长当了日本人的维持会长，指不定哪天就带着日本人来抓你们了。”

岳振鹏笑着说：“你放心。他不会带着日本人来抓我们国军伤员，他只会带着日本人抓共产党八路军的伤员。”

杨天赐：“那我也不去。我家人已经跟杨会长说是被你哥派来的人秘密接走了。我们家有个排水洞通到村外东崖下。说他们是从排水洞来到我家，把你们接走了的。”

董诚先说：“杨大哥，谢谢你啊。你家还有排水洞能通到村外啊。岳长官的哥哥肯定会派人来接我们的。只是不知道他们能不能通过战线。岳长官，还有两支盘尼西林，让我给你打上吧。你腿上的伤口还没有完全好。万一发炎了，在地道里不能晒太阳很难好的。你的伤口好了，你大哥派人来接你的时候，你自己就能跑了。”

岳振鹏骂董诚：“混蛋，咋只剩下两支了？早就不让你打了，你就是不听。打得剩下最后两支，以后你负伤了、有病了怎么办？这个小地方你到哪儿弄盘尼西林。我打了这些天盘尼西林，早就不会发炎了。我说过要保护你，可我现在成了瞎子。你要学会自己保护自己。你要有个三长两短，我一枪就把自己崩了。这两支盘尼西林留着，我不打。”

听听岳振鹏这话头，他心里只有董诚。这董诚也太老实，听了他这话就低下头。

杨天赐在心里说，这国民党的官真是不行！又想，分区那个黑脸军医听说也是从国民党军队过来的。国民党方面的人原来都是这个熊样儿。不，不能这么说，自己原来也是国民党部队的兵。还是郝指导员说得好：国民党部队就是杂烩菜，里边有肉块也有萝卜条。国民党的军队就是泥石流，里边有稀泥汤，也有硬石头蛋和金沙子。不过，董诚真是个好姑娘，她怎么不参加八路军、新四军，不到延安去？她要参加了八路军，指不定会到自己的连里当卫生员。

这样一来，杨天赐就想到了小黑娃。

小黑娃参军前是药店的小学徒。那天，掌柜拿棍子打小黑娃让杨天赐看到了。杨天赐跑上前夺了那人手中的棍子，问他为什么打人？那人说，他是我店里的学徒娃子，不打不长记性。小黑娃拉住杨天赐说，我要当八路。那人说，你当八路，你咋不当九路？想走，拿出三年的饭钱。小黑娃对杨天赐说，八路军叔叔，他背后说八路军坏话。他家有人在东村据点里当汉奸——这时候指导员郝向光也走了过来。郝向光问那人，你是什么人？为什么打人？小黑娃看出郝向光是官，大声叫道，八路军长官，他是坏掌柜，他外甥在据点当汉奸，他们合伙儿往炮楼里卖女人。掌柜吓坏了，慌着说：“你小子不愿干，你就走，我不要你三年的饭钱了。”又说：“八路军同志，我外甥在据点当差，就是个做饭的，他没有做过恶，我也没有。”看郝向光脸绷着不吭声，掌柜接着说，“长官，我让他跟你走，可他今天不能走，我得跟他爹说一声。”这时小黑娃大喊：“我爹早死了，我没有爹！”郝向光看着掌柜：“你带我们到你的药店看看。”

进了药店，郝向光就让那人老实交代往炮楼里卖女人的事情。那人不老实，小黑娃把知道的都说了。正说着，丁大奎也来了。那家伙被丁大奎带到街上，由小黑娃向大家说了他干的坏事后，老百姓涌上来你一拳我一脚，那人不一会儿就七窍流血断了气。原来这家伙专门绑架镇上好看的姑娘往据点里送，那些姑娘又被据点里的日本人送到很远的地方。镇上丢了好几个好看姑娘，人们把账都记到了他头上。那人当场被打死了。他店里的药也全部被带了回来。

杨天赐救下了小黑娃，小黑娃把杨天赐当成了最亲的人。八路军平常吃得很差。部队打了大胜仗，难得改善一回生活。开饭的时候，一人一碗肉菜。有大肚汉不够吃瞄上小黑娃，小黑娃见那种人走过来，端起菜碗就跑。小黑娃只把碗里的肉往女卫生员和杨天赐碗里夹。有人气不忿，下回再改善生活时，跟炊事班老班长提意见说，小黑娃吃不完一大碗，给他半碗就行了。老班长不理他，还是给小黑娃舀一大碗。小黑娃还是追着往女卫生员和杨天赐碗里夹大肉块。

小黑娃叫女卫生员姐姐，叫杨天赐哥哥。因为小黑娃的关系，杨天赐和卫生员的关系也很好。卫生员是南方人，很漂亮。女卫生员不仅给战士们看病，每到一个村，都要给妇女们讲生理卫生。想些土办法治女人们的病。卫生员在村里年轻妇女中威信很高。那些妇女后来对抗日工作都很积极。夏天，老虎连打出根据地开辟新区，郝向光表扬女卫生员做妇女工作立了大功。

女卫生员教会了小黑娃挤弹头，捏夹弹片，清洗伤口，还教会了小黑娃打针。女卫生员还总说等战争结束了，就带着小黑娃去她苏州老家上卫生学校，上完出来就在她家的大医院上班。还说要让小黑娃认她妈妈当干娘。最冷的晚上，女卫生员让小黑娃脱掉棉裤，把小黑娃的腿脚抱在自己怀里。卫生员春天来到连里，秋天牺牲了。女卫生员牺牲后，杨天赐也这样待小黑娃，也跟小黑娃说让小黑娃以后认自己父母当干爹干娘，其实就是向女卫生员学的。女卫生员叫杨柳，走起路来真像风吹的杨柳。全连不少人做她的梦。大家做了都不说，只有熊能蛋胡说八道。丁大奎骂他几回，他才不说。

小黑娃刚学会打针，女卫生员就牺牲了。女卫生员也是被敌人的炮弹炸死的，也是和马满山一样让炸得啥也没有了。

小黑娃还没有给同志们打过一回针呢，也牺牲了。小黑娃没有给同志们打过针，是因为他的药箱里连一支针剂也没有放过。日本人对根据地封锁得越来越严，往根据地带一片西药、一支针剂，被敌人发现了就得死。日本人封锁，国民党也封锁。小黑娃的药箱里平常只有一种在他原来当学徒时的药店缴获的消炎药。那种消炎药还真管用，救活了不少同志，也救了他杨天赐的命根子。

“岳团长，谢谢你！你放心吧，我身体很好，即便我有病了，还有杨老先生呢。你不要再为我操心了。你要安心静养。你流血太多，伤了元气，要心平气和，再也不要为这种事生气。我有什么不对，你轻轻跟我说一下，我就改正了。杨兄弟，你在想什么呢？你说，我该不该把这两支盘尼西林给岳团长打下呢？如果不打，伤口再发炎咋办？”

杨天赐正在想心事，猛一听董诚说话，吓他一激灵。杨天赐这才意识到董诚这半天也在想心事。你听听，董诚想了半天心事，最后竟然这样想。

岳振鹏说："发炎了再打。不会再发炎了。"

"那好吧，我听你的，你不要生气了啊。"

董诚脸上的泪痕还没有干，竟又安慰起岳振鹏。董诚有点像秀女和小荣。秀女和小荣也是一看自己生气就这样安慰劝解自己。

自己是八路军共产党，秀女、小荣安慰劝解自己是应该的，可这个岳振鹏是国民党中的顽固派。这家伙的装腔作势竟然让董诚感动了。岳振鹏太狡猾了，董诚太老实了。

杨天赐为自己这半天忽略了董诚感到不好意思。这个女人虽然不是自己的同志，却也是个好姑娘。她主动留下来伺候这个暴躁的家伙，也没有一点看不起自己的样子，不愧是大城市、大家庭出来的知识分子。自己队伍里一些女知识分子见了首长就笑，见了小兵脸仰多高，还不如人家。

杨天赐冲董诚笑着说道："董看护，看你叫岳团长训得哭鼻子，开始我也可生岳团长气。我想说岳团长几句还没有想好咋说，又想到岳团长那样训你，其实他也真是一心为你好啊！你听岳团长他那话，要是我受了伤，他肯定不会让你给我打那个什么西林。"

董诚擦下眼泪，抬起头认真地说："你不了解岳团长，岳团长肯定让给你打。岳团长他心烦不光是因为他负了伤，还因为战前得到消息说——"

岳振鹏恶狠狠地冲董诚吼道："闭上嘴！"

这国民党的军官是个什么东西！不行，得跟董诚好好说说，争取让她离开这个家伙参加八路军。就让董诚到自己的连里当卫生员。八路军现在特别缺医生、卫生员。小黑娃牺牲了，连里肯定还没有配上卫生员。

杨天赐心里暗暗想。

三十四

日本人在杨家营的据点建成了。据点内建起了两个高高的炮楼、两排房。两个炮楼都住着日本兵，两排房子还空着。据点的围墙不高，围墙外的一圈壕沟很深，差不多都有地坑院深了。壕沟上有吊桥。吊桥平常吊起，有人进出时才放下。

杨家营日本人据点里的那两排房里也住上了人。房里住的不是日本兵，而是由中国人组成的治安军。

治安军中队长是焦国臣。

焦国臣说，老蒋吸取了在河北的教训，要求军退政不退，沦陷区的县长不能离县，要在本县境内组织民众一边抗日，一边对付跟着日本人来的共产党八路军，主要和共产党八路军争占乡下的地盘，绝不能再让共产党八路军在敌后建立根据地。专员兼县长盛忠孝没有逃跑，他带着保安团警察们进了南山。后来，盛专员指使一部分保安团和警察投了日本人。投日本人的保安团的兄弟被编成皇协军调到了河北。警察兄弟们都被日本人编成了治安军管理地方。警察局长当了治安军大队长兼一中队长驻陕州，焦国臣他自己当二中队长驻杨汴塬。又说，日本人和国民党都恨共产党八路军。他们这是曲线救国。是为了配合日本人对付将要跟着日本人来的共产党。说着说着，焦国臣又说起有人向他反映杨天赐在外边干的是八路军，被他压下了。

杨汉唐把一包钱塞到焦国臣手里说："这些年仰仗你关照的事多了，这点钱你拿着打点上司，把官再当大些，你翅膀大了，才能多盖住一些事儿。"

焦国臣说："日本人、中国人都一样，没有不爱钱的。这钱我拿着孝敬日本人。现在日本人就是老天爷。"

焦国臣把钱装进兜里后又对一直不吭声的杨天赐说："小表弟呀，你咋恁憨哩？共产党专跟富人过不去，你咋能跟他们干呢。"

杨天赐说："谁说我干的是共产党的八路军，你叫他来，让我问问他在哪儿见我干八路军了。他说这话，说明他肯定去过八路军的地盘，说不定他才是八路军的探子。给你说过多少遍了，我干的是新八军，你不相信我也没法儿。国民党跑了，你也不用再罩我，让日本人来把我抓去吧。我还想看看他们有啥证据能证明我干的是共产党的八路军呢？”

在岳振鹏、焦国臣这种人面前，杨天赐已习惯装憨。

焦国臣说：“我的小表弟呀，这年头谁还讲证据？凡是跟共产党有关的案子，国民党不会跟你讲证据，日本人更不会跟你讲证据。只要有人说你是共产党，他们就来抓你，你供认了，交上去得功得奖，升官发财。你不供，就押着你，也能让你家出钱——不说恁远了，记住你大表哥一句话，祸从口出，以后不要再跟人胡喷了。”

杨天赐说：“大表哥，你的话，我记住了。不过，我跟你说呀，在河北的时候，我们新八军有个连长带队投了日本人，后来却让日本人给砍了。”

焦国臣说：“小表弟，你只管放心。那货被砍脖是他脑瓜不活泛。哼，凭我这脑瓜——”

杨汉唐说：“国臣，你们都小心点儿。这年头一百个小心，还保不齐出什么事哩。日本人贪财，你以后钱上的事只管找我。日本人不让你爹当区长了，你爹进项少了。再说你爹啥事都听你三娘——”

焦国臣说：“姑父，小表弟，不用你们说，我也知道日本人从根儿上是不相信咱中国人的。我们焦家营的炮楼也盖成了。日本人原说不派兵来，可是盖成以后还是派来十二个日本兵，说是来保护我家，其实是来监视我家。他们逼着我爹到各家起粮食给他们，说不给他们起，就让日本兵自己去各家起。我爹让焦家人少起粮食，外姓人多起粮食，维持了人，也得罪了人。从中赚得一些粮食一些钱，换成金条，又让三房的那小子带走了。这些年，我爹当区长明里暗里弄的钱，大半让那个小戏子暗中弄走了。她那个杂种小子说是在天津做生意，从我们家拿出去的是真金白银，拿回家的却是一叠叠纸，说是能换钱的股票。有的还是日本商行的股票。我看是鬼票还差不多。你们看着，我爹早晚要死在那个小戏子手里，我们家早晚要败在这个小戏子手里。”

杨汉唐说：“国臣，又胡说了！哪有这样说老子的？你那个三娘是从天津大地方来的。行事做派和咱小地方人有些不同也情有可原。我看她对你爹可也是真心的。”

“老头子，你才是胡说！”焦兰亭对呛杨汉唐说，“屁真心，戏子、婊子哪儿有真心？戏子、婊子的真心都是装的。国臣，你娘只有你一个儿子，你好好干，不管跟谁都要好好干，你有个一官半职，你娘在家里才不受大气。”

焦国臣：“姑姑，我也是这么想的。我在外边好歹有个官位，我跟我娘在家才有一些地位。我若是在外边坍塌了，我爹不见得还会认我这个儿子。我娘也会让小戏子、小婊子欺负死！”

杨汉唐说：“国臣，听你这么说，日本人不让你爹当区长也不全是坏事儿。哎，我跟你说，那个股票有时候真正能换钱。还有，你刚才说，你爹叫人家起粮，这日本人不是让治安军拿盐换粮食吗？”

焦国臣说：“我爹说，他派人去陕州拉盐，回来时，拉盐的车翻到青龙河里，盐都让水化了。日本人不再补发盐。我爹只好带着人到各家起粮食。那个宪兵队长田中松下开始还骂我爹说假话把盐贪污，后来得了我爹的钱也不说啥了。他得了我爹钱，又说是看我的面子。这个老鬼子十分狡猾。”

“哦，原来是这样，”杨汉唐说，“那你以后给日本人办事儿可得小心。”

焦国臣说：“姑父，其实我对跟日本人合作内心也感到很不对劲儿。和日本人合作打共产党，他们说这是曲线救国，我咋总觉着像汉奸？汪精卫不是也说他跟日本人合作是为了对付共产党吗？”

焦国臣来杨家说过这话没几天，就有日本兵从西边垂头丧气退下来，轰隆隆过去的一长溜坦克车只回来几辆。人们说日本人在西边打了败仗，可是国军也没有追过来。

这天，焦国臣又来到杨家说，日本人打过了灵宝，眼看就要进潼关，蒋委员长坐飞机到西安，把包围共产党延安的部队调到潼关和日本人对打，美国飞机又来助战，把日本人打退了回来。日本人一退，国军又回去包围共产党的延安了。

焦国臣看着杨天赐说：“这日本人的饭也真不好吃。再说了，我是中国人，我是焦赞的后人，我怎么总跟日本人一伙呢？共产党八路军过来，我也不会拿着我这一百多兄弟跟他们硬打——我听王大正说，现在的共产党跟以前不一样了，人家不共产也不共妻，只要抗日就是一家。共产党陕北延安那儿的地主也有当参议长的。河北共产党八路军地盘上，三个县长中只有一个是共产党，另一个是国民党，还有一个是姑父你这种地方上有名望的人。王大正跟我说，这天下以后肯定是共产党的。天赐小表弟，你说是不是呢？”

杨天赐说："表兄——"

杨汉唐抢着说："国臣，我跟你说，咱家地道里住着一个国军受伤的团长，他大哥是国军军长。他也跟我说起共产党八路军的事儿。他是专门研究共产党的，要不你俩见见。听他说话那意思，共产党可没有你说得那么好。"

焦国臣说："姑父，你藏有国军伤员这个事儿你以后别跟我说，我呢，就当不知道有这事儿。我跟你说啊，我估计你们村藏国军伤员这个事儿日本人很快就会知道的。日本人在各村都发展了秘密情报员，那些人是谁，只有宪兵队的人和各据点的日本官知道。你们杨家营也有秘密情报员，是谁我也不知道，只有佐藤一个人知道。我问永贵了，永贵说他也不知道。"

杨汉唐说："对日本人不满的话，你一句也不要对永贵说。"

焦国臣："永贵不会出卖我。他当维持会长也是曲线救国。不对，不对，永贵近来有些不对头。他来据点送东西，佐藤总要叫他去问话。"

焦国臣走后，杨汉唐跟杨天赐说："焦国臣肯定猜出你在外边干的是共产党八路军才说那话。这人特势力，他连地道里的国军军官都不想见，他这时候还会向着共产党八路军？这种人永远在观望。在你们共产党八路军势力小的时候，他可不会跟着你们走。他能不把事情做绝就不错了。"

杨天赐点点头，对老爹很是佩服。老爹从焦国臣嘴里了解了许多情况。自己这边却是该让他知道的让他知道，不该让他知道的，一点也不让他知道。姜还是老的辣！自己要向老人家好好学习。以后跟岳振鹏说话也要这样。

杨天赐决定把焦国臣有些话学说给地道里的岳振鹏，气气这个国民党反动派。

三十五

岳振鹏总说国军很快就要反攻回来，天天盼着国军反攻回来，听杨天赐跟他学说了焦国臣的话，果然十分生气。岳振鹏骂道："几十万大军包围着人家，打又不敢打——兵是用来打仗的，越那么放着越不能打仗。如果把那几十万精锐之师用来对付日本人。前几年中条山不会丢，这一次河南会战也不会败得这么惨，三十七天丢三十城，真是丢人啊。校长老糊涂了。你看吧，共产党的八路军马上就跟过来了。八路军是越打越能打，越打人越多。将来这天下说不定真是人家共产党的。”

听到岳振鹏说出这样的话，杨天赐心里很高兴也很气愤。

杨天赐说：“岳长官，你在替共产党八路军说好话，地方上的人说这种话可是要被抓去坐牢的。”

岳振鹏说：“你以前都做过什么？我看你不像平常的老百姓。”

杨天赐说：“我当过兵，新八军。在河北跟日本人打过仗。”

岳振鹏说：“新八军，高树勋的部队啊。高树勋活埋了石友三，在河北跟日本人打了两年，终于还是顶不住退到了河南。他们这一次也被打散了。我们几十万大军让七八万日本人打散伙了。我们部队散了也就完了。不像人家共产党的部队打散了还聚拢过来。所以他们敢以小部队分兵游击。他们的武装工作队，十个八个人都敢深入敌后活动。我们的部队根本不行。”

“岳长官，我们的为啥根本不行？”

岳振鹏：“我们的官兵关系不行，我们官兵的牺牲精神不行，我们的军纪更不行。我是研究了他们为什么行了以后，才知道我们为什么不行的。你知道敌后小部队，必须官兵同心。有一个人生二心，就全部完蛋，我们军队的素质不行，人家的打法我们用不了。新八军这几年一直在河北作战，中央让你们过去，一是打日本，二是和共产党在农村抢地盘。你见过八路军没有？”

杨天赐说：“见过。有一次我们叫日本人包围，是八路军打开口子把我们接应出来的。”

岳振鹏说：“你觉得八路军怎么样？他们是不是游而不击？”

杨天赐说：“说八路军游而不击是良心叫狗吃了，说八路军游而不击是放狗屁。”

杨天赐接着就把八路军怎样打日本大讲一通，其中许多话都是郝向光讲给老百姓的原话。

杨天赐讲完了，岳振鹏厉声说道：“你小子是八路军共产党。”

杨天赐吓了一跳，这才感到自己说多了。

杨天赐说：“我是新八军不是八路军，我们新八军和八路军一起和日本人打过仗。人家八路军就是能打。高树勋军长也说他们能打，还请来八路军长官教兄弟们怎么打日本人。”

岳振鹏冷笑道：“共产党八路军现在打日本，将来还要和我们争天下，共产党得了天下要分你家的地，共你家的产，哼哼，那些穷小子还要共你的妻呢。你有两个媳妇儿对不对？共产党得了天下，你连一个媳妇儿也不保不住。”

杨天赐心想：这家伙真是反动至极。对这个国民党一定要提高警惕。还有，一定要争取让董诚离开这个兔孙参加八路军。

这天，杨天赐看岳振鹏吃过饭睡着了，便向董诚招招手。

董诚看看熟睡中的岳振鹏走到杨天赐旁边。

董诚说：“老乡，你有什么事情啊？”

杨天赐说：“也没有什么事情。我就想，你对岳长官真是好。他对你发恁大火，你对他还这么好。你喂他吃喂他喝，还管他解手。以后，他解手的时候你叫我。你还是没结婚的大姑娘呢。”

董诚小声说：“老乡，谢谢你啊！在我们面前，伤员是没有性别的。就是说，我们不怕羞，上学实习的时候我们解剖过尸体，男人身上的东西都见过的。哦，老乡，我跟你说啊，岳长官脾气确实有点儿不好，你不要生他的气啊。”

杨天赐说：“董看护，我不生岳长官气，我当过国军的兵。我怎么会生长官的气？我也看出来了，岳长官眼瞎了不能带兵打仗了，他心里窝着火。可是他那天那样骂你也不对。你不顾危险留下来伺候他，他还骂你。”

董诚说：“岳长官骂我是因为他心里窝火。这一次啊，我们在河南打得太不好了。他对指挥有意见。他心里窝火还有别的原因，他的夫人和孩子在重庆被日本人的飞机炸死了。”

杨天赐说：“原来岳长官的夫人和孩子都被日本飞机炸死了，怪不得他在人马寨和日本人打得恁厉害。”

董诚说：“还有一个坏消息啊。”

杨天赐：“还有个啥坏消息？”

董诚说：“岳长官两个妹妹拿着岳长官的信和钱去了延安。上司怀疑他通共，战前审查他——”

杨天赐：“延安是共产党的老窝，岳长官给他两个妹妹钱，并给他两个妹妹写信介绍去延安。岳长官到底是国民党还是共产党？我看他面上是国民党，里子是共产党。”

董诚说：“老乡，你没有听出来啊。岳长官他是不同意两个妹妹去延安的。他给两个妹妹钱，给她们写信，让她们从重庆到西安看他大哥，可两个妹妹跟他大哥说，他们是三哥派到延安做地下工作。为了这个事儿，岳长官大哥也生了气。岳家大哥是军长。我们以为岳家大哥会派人接我们到西安。这些天了，没有一点儿消息，我们怀疑他大哥也会受他两个妹妹牵连。”

杨天赐说：“那是一定的。连我也怀疑岳长官是那种表面是国民党，里面是共产党的那种人。我们新八军里就查出过这种人。平常总骂共产党，还总说别人是共产党，哼，最后调查出来，他才是共产党。”

董诚：“共产党很狡猾的。我们国民党内部潜伏了不少这样的共产党，岳长官以前在政训处就是调查共产党的。不过，我和他政见不同。我同情共产党。我在武汉会战期间参加过共产党的歌唱团，我见过周恩来、王明，还见过叶挺将军。我们家为新四军捐了钱。叶挺将军请我们一家吃饭。他说他刚从延安回来，延安才是中国的希望，那里没有一点点贪污和腐败。毛泽东、朱德他们就像老百姓一样在街上走着。老百姓的羊群跑过来，他们被围在羊群里，他们一边走着，一边摸着羊的脑袋，一边和放羊的老乡说话。八路军的士兵和司令官拿一样的军饷。官兵都是一个月两块大洋。武汉会战时，我才十五岁，就上战场抢救伤员，我给伤员输血的照片还上过共产党的《新华日报》呢。”

杨天赐：“武汉会战那年你十五岁，我是七七事变前一年跑出去的。那年我十六岁。我今年二十四岁，你今年——”

董诚：“我今年二十一岁，对不起，我以后应该叫你杨大哥。”

杨天赐：“你不能叫我大哥，你叫我大哥，岳长官听了会不高兴。你是他的看护，不敢让他不高兴。我看岳长官脾气暴躁得很哩！”

董诚说：“那是因为岳长官他这一向太倒霉了。你想想啊，他的夫人和孩子都被日本人炸死了，两个妹妹又跑到了延安，他自己又让日本人——都怨该死的日本人！”

“对，都怨该死的日本人，不过，岳长官两个妹妹咋会跑去延安呢？”

“岳长官他们兄妹感情很好，但就是政见不和。他总说，我们是岳飞的后代，我们要忠君爱国。他妹妹说，我们爱国不一定非要忠君。我们的先人岳飞如果不听赵构的话，一举打下开封，自己坐朝廷，我们中国现在肯定很强大，哪个国家也不敢来打。我跟你说，岳长官一家真是岳飞的后人，岳长官兄弟三人都在国军带兵打日本人。他大哥是军长，他二哥是师长，他官最小。他父亲把家里的地租全部捐给了国家直到打败日本人。岳长官说，你们家的地租也捐了一部分给政府做军粮。杨大哥，你们杨、岳两家的祖宗都是伟大的爱国英雄，你们杨、岳两家的后人也真爱国啊！”

杨天赐说：“岳长官好像挺仇恨共产党八路军的，共产党八路军是不是得罪过他家？”

董诚说：“那就不知道了。不过啊，岳长官心里现在最恨的是日本人。他夫人是我的表姐，我也恨死日本人了。日本人炸死了我的表姐和可爱的宝宝，宝宝才三岁多，我每去表姐家，要走的时候，宝宝总要抱住我的腿哭着说：不让姨姨走，不让姨姨走——对不起，我不能再说了。”

董诚眼泪扑簌簌掉下来。

杨天赐低下头：“岳长官太不幸了。幸亏有你在他身边，你看，他夫人不在了，两个妹妹又跑到了延安。我在队伍上也负过伤，那时候最想亲人。他还有父母吗？”

董诚：“他父母都不在了。你说得对，我现在就是唯一听他话的亲人。我已经想好了，以后就跟着他伺候他。”

杨天赐：“董看护，我是个粗心人，什么也看不出的。我爹、我大媳妇儿心可细，看人眼特毒。你们刚来几天，他们就看出来你们是一对。”

董诚：“你的父亲人很好。你的两位夫人脾气性格不同，但都是很好很好的女人。我也很喜欢他们。我跟你说吧。岳长官不知从哪里看出来，说你像共产党。你以后在他跟前尽量不要说到共产党。他骂共产党，你不要反驳他，他说共产党好话时，你更不能顺着说啊！”

睡梦中的岳振鹏叽里咕噜好像在说梦话。

杨天赐想起自己曾经装睡，杨天赐故意小声说：“我恨死共产党了。我当年跑出去就是因为上了一个共产党的当。那个共产党让我长大把我家的地分给穷人。我想我家的钱够多了，要地也没有用，回家就把这意思跟我爹说了。我爹把我痛打一顿，把我赶了出去。我爹把我打出去后，又向政府揭发那个共产党。政府抓了那个共产党，那个共产党受不了刑，把共党的名单都交代了，全陕州的共产党都被逮起来了。

这个事儿，怕共产党报复，我家不敢让人知道。我表哥亲自抓的共产党。他现在奉陕州专员之命投了日本人，他不是当汉奸，他是为了和日本人一起对付要跟着日本人过来的共产党八路军。”

杨天赐话音刚落，岳振鹏“腾”地坐了起来。

三十六

杨家营据点的最高长官是日军中队长佐藤。佐藤的顶头上司是日军驻陕州宪兵队长田中松下。田中松下的顶头上司是丰臣大雄司令官。丰臣大雄是日方在陕州地区的最高长官。

隔着黄河，陕州对面是平陆县城。平陆县城西北几十千米就是运城。运城有大咸湖，日本占领运城后，把英国人开的盐场也抢占了。陕州人一直吃运城产的盐。日军占领陕州后，田中松下的宪兵队垄断了全陕州的食盐经营。日军在城镇开办盐店，卖高价盐。在乡村，以一斤盐换二十斤小麦或三十斤玉米。

各个据点都有食盐换粮食的任务数。这个活儿主要由治安军来干。

垄断食盐经营是田中松下的建议。田中松下特地交代日军各据点的日方指挥官，得罪中国老百姓的事情，日军不要直接出面。

田中松下暗中和原陕州专员兼陕县县长盛忠孝达成防共协议，原有的地方行政组织转变各级维持会。日本人通过各级维持会给人们照相、办良民证，并在城乡发展秘密情报员。

田中松下听佐藤报告说杨汉唐为日本人看了病开了药而且还免费，心中大喜。他想，一定要把这个中日亲善的好典型宣传出去，重点是要让人知道中国这个老头爱皇军，是皇军先爱良民的结果。皇军爱良民这方面应该有自己本人的事迹。田中松下让佐藤先代表他向杨汉唐表示感谢，他忙过这几天就亲自当面向杨汉唐表示感谢并赠送锦旗。

这天，焦国臣带着治安军到村里用食盐换粮食了。田中松下带着食盐、糖果、火柴、纸烟从陕州来到杨家营据点。这些生活必需品是用来表现爱民的。田中松下还带来一汽车慰安妇。日本兵都急不可耐。田中松下却让佐藤把他们集中起来，田中松下这样跟日本兵们说："现在我日本皇军在南洋作战急需粮食。杨汴塬、张汴塬、李汴塬这三道塬土地肥沃，粮食产量高。其中杨汴塬人口最多，土地面积最大。我们杨家营据点和北边焦家营据点的火力控制了杨汴源上的大部分村庄。接下来我们还要在张汴塬、李汴塬建起据点，要把三道塬牢牢控制在我们手里。"田中松下还特别强调："这里民风强悍，把数万国民党军队都缴械了，许多老百姓家中都有枪。我们战线太长，兵力太少，一方面要团结利用治安军，另一方面必须向共产党学习，与民亲善。冈村宁次司令官要求对共产党占领区继续实行三光政策，这种事只做不说，各级一律不得下文字命令。在我们占领区，全体官兵要戒淫、戒杀、戒烧、反蒋、反共、爱民。各级官兵要不折不扣地执行冈村宁次司令官的命令。违者军法处置。"

田中松下讲完话，又让日本兵扛着扫把到村里扫大街。田中松下说，扫了大街就让你们跟慰安妇"新交"。

田中松下和佐藤带着日本兵到杨家营扫街道，一名日本记者也在旁边，弯腰弓背不停拍照。

维持会长杨永贵和几个老百姓给日本兵端来一碗碗清水。日本兵从中国人手里接碗喝水时，那名日本记者赶紧拍照。

表演完，日本兵就回到据点和慰安妇"新交"了。随田中松下来的宪兵收了据点里日本兵的钱，给日本兵一人发一个写着数字的小木牌，让日本兵拿着小木牌排队进慰安妇的房间。日本兵小山一男不肯"新交"，刚出来的曹长小野一郎十分生气，一脚将他踢倒在地，拿着他掉下的小木牌又进去了。

日本兵和慰安妇"新交"的时候，田中松下、佐藤等人，由维持会长杨永贵陪同，来到了杨天赐家。

在他们来之前，杨永贵已跟杨天赐家交代了注意事项。田中松下与佐藤等人一进门，就看到杨天赐和憨子正站在地坑院田井里欢迎他们。田中松下微笑着向杨天赐伸出手，日本记者举着照相机对准他们就要拍照。杨天赐咳嗽一下转过身吐了口痰。

进到杨汉唐看病兼住宿的大窑里，田中松下、佐藤等向杨汉唐鞠躬行礼，杨汉唐还礼时，那个日本记者的镜头，又被杨天赐挡住了。

田中松下展开锦旗让那个日本记者拍照。杨汉唐背过身说："这锦旗我不会收的！"

田中松下说："杨老先生，我们不给你照相，但这面锦旗你还是收下吧。你看，这是我写的汉字——妙手能回春，日中终亲善。"

杨汉唐看着锦旗说："田中松下先生，你锦旗上十个汉字写得很不错，但这落款——日本皇军驻陕州宪兵队敬赠，这几个字写得不好。你们这么做，是要害死我们一家啊。"

田中松下看了杨汉唐一眼，收起了锦旗，又让身后的日本人从皮包里掏出另一面锦旗。这面锦旗上写的也是：妙手能回春，中日终亲善。落款却变为"北海道町边县田中松下敬赠"。

田中松下说："杨老先生，我以个人的名义向你表示感谢，请您收下这面锦旗吧。"

杨汉唐摆摆手："那也不可。我可以给你们的人看病，但绝不能接受你们的锦旗。你就算开枪打死我，我也不会接的。除非——除非你们现在就撤出中国。"

田中松下笑了笑说："杨老先生，我告诉你一个好消息。我们正在跟重庆的国民政府进行和平谈判。我方已经同意废掉汪精卫，请蒋中正先生还都南京。战争就要结束了。"

杨汉唐说："蒋介石他回不回去，跟我接不接受你这个锦旗没有关系。只要有一个日本兵还在我中华大地上，我杨汉唐宁死也不会接受你的锦旗！"

杨永贵说："大伯，你就收下吧。你一大家人都在炮楼下面。老话说，人在屋檐下——"

"永贵，你给我住嘴，"杨汉唐生气道，"你再多说一句，连你也别想再进我家门！"

杨汉唐站起来对田中松下说："我说的话，是我一家人商量好的。你就是把我们一家都打死，我们也不会收回刚才的话。你们都出来吧。"

杨汉唐这个窑洞和旁边的窑洞连通着。话音一落，孟秀女抱着四孬杨承信、牵着狗孬杨承仁，韩木兰抱着三孬杨承诚、女儿杨佑芝、牵着二孬杨承义，从隔壁窑洞里走出来，站在杨汉唐身旁。

瞎眼的焦兰亭说："狗孬、二孬，你们都到奶奶跟前，你们都是杨家将的后代，今天刀架到你们脖子上，你们也不准哭。"焦兰亭又恶狠狠地说，"哪个敢哭，奶奶先打死他。”

焦兰亭说着，从衣口袋里抽出一把小手枪，那枪口好像自动就对准了田中松下。

佐藤吓了一跳，佐藤和几个日本兵都唰地拔出枪。

杨天赐、孟秀女、韩木兰的手，都插在衣服里。

他们没有动，但看出来那枪口也在对着日本人。

杨汉唐低下头笑着说：“你们开枪吧，反正我一家是不想活了，”又抬起头看着田中松下：“难道你们也不想活了吗？”

田中松下哈哈大笑。

田中松下一笑，日本人把枪都收了回去。

田中松下向杨汉唐深深鞠一躬，直起腰说：“杨老先生，谢谢你为大日本皇军看病。我们一定会成为好朋友的。再见！”

从杨天赐家地坑院出来。田中松下、佐藤一行由杨永贵陪着又下到别的几家地坑院，给小娃子发洋糖、给女人们发火柴、给男人们发卷纸烟。田中松下很诚恳地对人们说，中国连年内战，生灵涂炭。天皇可怜中国人民，派我们来中国建设皇道乐土，好让中国人民都过上太平、幸福、有尊严的生活。在田中松下发给老百姓东西的时候，在田中松下与老百姓们亲切交谈的时候，那个日本记者手中的相机，一刻都没有停歇。

又一番表演过后，田中松下、佐藤回到据点，就如何争取杨家合作研究了半天。

田中松下说：“如果他们中国人都像杨汉唐这样，我们是打不进中国的。我在中国三十多年，从满洲到天津、上海再到武汉、北平、山东、河南，我认识的中国人很多很多，但像杨汉唐这样的人极少极少。我对这样的中国人，就我个人而言，是相当敬佩的。”

佐藤点头回应道：“这样的人才是真正的中国人。你读过不少中国书，你看中国商、周、春秋、秦、汉、三国以至唐、宋那时候的中国人，讲求仁、义、礼、智、信。南宋之后，这样的中国人就十分少了。”

田中松下说：“佐藤君，你对中国历史研究得很深啊！可是这些人的存在不符合我们的利益。我们必须消灭他们！不过，我在中国其他地方也遇到一些开始不愿与我们合作的人，那些人最初的态度和杨汉唐一样，但是后来还是和我们合作了。对这类中国人，只要我们多下些功夫，就能争取到他们的合作。”

佐藤说："杨汉唐这个中国人不一样，我相信他是真的不怕死，但他家人的安危是他的软肋。今天他那个表现我是没有料到的。他好像知道我们要用他的家人威胁他，干脆自己主动把一家人都抛了出来。这一家人也真是不要命了。他一家好像都有枪。我们要收了他们的枪吗？"

"现在不能收，"田中松下摇摇头，"现在收枪他们会拼命的。收枪这个事是大事，民间的枪我们一定要想办法收缴到我们手里，但是怎么个收法，我们要好好研究。"

佐藤说："那杨汉唐……"

"我们跟他的较量才刚刚开始。我有情报说，你们这部分从华北过来的皇军中，有参加反战同盟的日奸分子。让小野从炮楼上一枪打死他儿子，然后推给那些日奸分子，再以严肃军纪为由除掉日奸分子。除掉他儿子看他什么反应——但是首先，要把参加反战同盟的日奸分子找出来。"

"丁零零——"田中松下和佐藤正研究着，陕州东边熊耳山下风穴寺据点的日本人打来电话，询问慰安妇们何时才能到。

田中松下对佐藤说："这个事就先这样定。尽快把你这儿的日奸分子找出来。"

三十七

日本人在杨汴塬建了据点，又在张汴塬建起据点。张汴塬的炮楼刚建到一半，就让张汴塬的国民抗日游击队给烧了。监督国军战俘和民工修炮楼的二十几个日本兵，也被游击队消灭了。

张汴塬国民抗日游击队司令是王大正。

杨天赐跟杨汉唐说，他想去投王大正。

杨天赐说："日本人来之前，王大正父亲过七十大寿，你让我代表你去祝寿，王大正那天跟我说了一些话。我感到他好像和共产党有些联系。他这次拉起游击队是不是也跟共产党有联系呢？我想去见见他。"

杨汉唐说："你不要以为谁抗日谁就是共产党。王大正即便真和共产党有联系，他也不敢公开打出共产党的旗号。盛忠孝让陕州的保安团和焦国臣那伙警察都投了日本人，让下边杨永贵这些保长都转身当维持会长，就是为了和日本人合伙对付共产党。盛忠孝也在南山拉起了抗日自卫军。可是他躲在南山里根本不露头，我倒感觉是他利用王大正抗日心切，鼓动王大正起来跟日本人公开干，借日本人之手灭了王大正。跟日本人打，就得像你们八路军那样跟他们打游击战，硬打不行。王大正拉起了队伍就应该进山，但是听那边过来的人说，盛忠孝不让他们进山，叫他们在这儿跟日本人打，所以他们才在塬上安营扎寨。这王大正人品真好，但书生意气太重，少防人之心，少杀伐决断之气。他手下鱼龙混杂，你不要贸然进去。你不是说，日本人到哪儿，你们八路军就跟到哪儿吗？等你们八路军来了，我让你跟着八路军干。虽然我没见过八路军，但就凭你回来这个变化，我服气共产党八路军。你听我说，我派李栓牛悄悄去给王大正送些钱，顺便探听探听那边的情况。”

李栓牛回来说，王大正收了钱表示感谢，王大正手下的大队长霍大发却说送这点儿钱中球用！王大正批评霍大发杀老乡猪不给钱。霍大发抓起那些钱就走了。

杨天赐说：“霍大发这么狂——”

李栓牛说：“王大正把自己家的钱财全部用来买枪、买子弹了，但那些人好像并不怎么听他。听说盛忠孝让王大正把缴获的日本军旗上交给他，王大正不肯，盛忠孝就不给他们番号。没有番号，就没有经费。王大正家的钱眼看就快花完了。”

李栓牛那天从地道里离开杨家后，杨汉唐对杨天赐说：“情况跟我估计得差不多。那霍大发在南山入过杆子，朱武京是个杀猪的，暗中也杀人越货。王大正只怕降不住霍大发、朱武京等人。盛忠孝贵为专员，却器量狭窄，他和王大正原本就有矛盾，他也不会让王大正的人马坐大。我看王大正怕是要吃大亏，我明天再叫李栓牛去见他，替我送他几句话。你不要投王大正，你就老老实实在家等你们的八路军吧。”

杨天赐听罢杨汉唐的话想了半天，老爹说的句句有理。况且指导员也说过，什么时候都不能急躁。于是，杨天赐就天天盼着自己的队伍开过来。他想，自己的队伍肯定正在赶来的路上。兴许明天、后天就会来到杨汴塬，来到杨家营。

大队的日本兵经过杨家营去扫荡张汴塬。打了一阵，先是说日本人吃了亏，后来又说游击队内部打起来了，一部分游击队投了日本人，另一部分游击队被消灭了。接着，张汴塬和李汴塬上的炮楼都立了起来。这天，焦国臣来到杨家，说起这事苦着脸直摇头。原来焦国臣的靠山、陕州专员盛忠孝，在游击队的内讧中被打死了。

焦国臣说："蒋委员长下了死命令，军退政不退，沦陷区的地方官必须留在当地组织民众打游击，一边抗日，一边对付跟着日本人来的共产党。盛专员鼓动王大正拉起队伍抗日，却又说王大正是共产党，不让王大正的人马进南山。霍大发杀了王大正后，他委任霍大发当司令，惹毛了二大队长朱武京。朱武京为了替王大正报仇投了日本人，和日本人合伙又杀了盛忠孝和霍大发。盛忠孝、霍大发手下的人大半被打死了，尸体填满了两口水井。他们把被俘的游击队员押到陕州修飞机场。游击队员家的年轻女人被送到据点，说是给日本人洗衣服，其实是叫日本兵糟蹋她们。"

杨汉唐说："你不是说盛忠孝暗中和日本人也有联系，盛忠孝让你们投的日本人，这日本人咋又和朱武京合伙灭了盛忠孝呢？"

焦国臣说："盛忠孝确实和田中松下见过面。那时候他跟我说，老蒋和日本人在秘密谈判停战言和。后来他又说，国军在美国人支持下要反攻，让我们准备反正。日本人怕是知道了这个事，才先和他联手灭了王大正，又和朱武京联手灭了他和霍大发。"

杨汉唐说："你们利用日本人对付共产党曲线救你们的国，结果让日本人先把你们灭了，可见日本人也在利用你们。国臣啊，你说你们是曲线救国，老百姓可都说你们是汉奸哩。汉奸自古都没有好下场的，即便日本人得了天下，你们也不会好过的。日本人从根儿上是不会相信你们的。"

焦国臣无奈地摇摇头说："姑父，你说得不差，跟日本人也真不中。一来呢，他们从心里不会信任咱；二呢，我听佐藤天天唉声叹气，说在太平洋上，他们叫美国人打得不行不行的。美国正在大后方训练中国军队，有美国帮助中国，日本人他们非败不可。姑父，我可不是真心当汉奸，你在高军长跟前有面子，听说高军长的部队撤到了陕西渭南那一带。将来国军反攻回来，还求你在高军长面前帮我说句话。另外呢，你再问问地道里那个国军团长，他大哥是国军哪个军的军长？他哥若是军长，这些日子咋还不来接他？这边有人通过战线都跑到了西安。"

杨汉唐说："世事难料，你知道留后路，这个很对。将来我肯定会在高军长面前替你说话。我家地道里那个人，他大哥到底是不是军长，我也替你打听打听。倘若真是，让你俩见个面。但你自己也不要把事做绝，不能和人结死仇。我听说这次在张汴塬，你没有让治安军打头阵，挨了日本人的耳光。”

焦国臣说：“我跟日本人说，我的人都是这一片的，和村里人沾亲带故，让他们打头阵，他们会掉转枪口反了的。小野打我两个耳光，还说要枪毙我，若不是佐藤过来抽了小野两个耳光给我道歉，我当时就反了。”

杨天赐说：“你若真反了，你才不愧是焦赞的后代哩。”

焦国臣说：“我说过了，我投日本人是奉盛专员之命，为了对付共产党八路军，这是曲线救国。日本人这回把盛专员也打死了。日本人从根儿上不信咱，咱从根儿上也不信他。你看着吧，我们早晚要反的。”

焦国臣来杨家说过这事没有几天，又传来消息说，投靠日本人的朱武京又反了水，带着他的兄弟杀了据点里的日本兵，放出据点里的女人，烧了炮楼，进了南山。一个来找杨汉唐看病的张汴塬人说，朱武京是和日本人争女人闹翻的。朱武京把最好看的姑娘带去当压寨夫人了。

三十八

这天，焦国臣又来到杨家。

焦国臣黑着脸一屁股坐下只喝茶不说话。

杨天赐说：“焦大队长，是不是日本人又惹你生气了？你消消气，气出毛病还得吃我家的药。”

杨汉唐说：“天赐，给国臣添茶。”

杨天赐这才意识到这时候跟焦国臣开这种玩笑真是不合适。他一边给焦国臣添茶，一边诚心诚意地说：“大表哥，有啥委屈事，你说出来，别气坏了。”

杨汉唐也说：“国臣啊，这个大男人遇到天大事，也不能气昏头，乱方寸。有啥不顺心事？你跟姑父说说。”

焦国臣这才恨恨地说：“男人跟男人打仗，你死我活是常事，日本人把中国女人弄进据点糟蹋太混账！”

杨天赐说："有些日本人根本就不是人。他们在河北——"

杨汉唐说："天赐，你停停，让国臣说。"

焦国臣咬着牙关说："抓到张汴塬据点里的一个姑娘是我手下一个兄弟的亲戚。那姑娘我也认识，我在她家吃过饭。姑娘的爹娘还求我给姑娘找个吃官粮的女婿。我看那姑娘模样性情都不差，想把她说给我姨家的五表弟。还没有来得及说这事儿，日本人就来了。"

杨汉唐说："日本人为啥把姑娘抓进炮楼？是不是她家参加了张汴塬的游击队？"

焦国臣说："是的哩。他哥跟王大正当护兵，让霍大发给打死了。为了救出她，我求了佐藤又求了田中松下，两个日本人还算给我面子，都松了口。说让那家人送去一千斤麦子就把姑娘从炮楼里放出来。麦子还没有送进去，朱武京就杀了炮楼里的日本人，把里边的女人都放了出来。我日他八辈日本人，花骨朵一样的姑娘才进去几天就不成人样了。盛专员指使我投日本人是为了对付跟着日本人来的共产党八路军。共产党八路军再不来，我也瞅机会灭了这群小日本拉队伍进南山。"

杨汉唐"啪"地一拍桌子站起来说："国臣，你要永远记住，你是焦赞的后代。你敢和日本人打，你死了，我给你立碑，你一家老小我来管。再不要说为了对付共产党八路军才投日本人。不管为了啥，投日本人打中国人就是汉奸！你当了汉奸，你死了有何面目见祖宗？"

焦国臣"啪"地一拍桌子站起来："姑父，你看着吧，总有一天我会让全陕州的人都知道我焦国臣是杨家将里那焦赞的后代！"

杨汉唐说："国臣，我等着你这一天！哦，我给你打听清楚了，地道里那人的大哥真是军长，也在陕西。你要不要和他见面。"

焦国臣说："先不见。现在盛忠孝身边的王秘书当了县长，他让我暂时还待在日本人这边等共产党八路军。你们放心，我总有一天要反正的。"

杨汉唐："照你这么说，共产党八路军一定来到咱这一片儿？"

焦国臣说："一定来。重庆有人在延安卧底，那卧底传回来的情报上，朱、毛亲自派了部队从延安来豫西。"

杨天赐说："那他们啥时候能到咱这儿？"

焦国臣说："小表弟，你是不是盼着共产党八路军过来？你在外边是不是干的共产党八路军？我跟你说啊，王县长和我一起研究了共产党，这共产党就是穷人的党，从根儿上就是专门和富人作对的。别看现在他们不打土豪分土地了，等打败了日本人他们肯定还要那么干。咱们这种人家只能跟着国民党干。”

杨天赐说：“我不盼他们，我是有点儿怕他们。你说得对，共产党就是穷人党，他们一来就闹减租减息。”

杨汉唐说：“国臣，你放心，天赐他以后就是普通的老百姓。不管咱这儿是谁家天下，他都是普通的老百姓。你看这一家老小他还能出去干事吗？我们安心当普通的老百姓，你好好干大事，不管谁家天下——咱只说中国人，只要是中国人天下，管他共产党、国民党，你只要当了大官，你的日子都好过。你好过了，我们也能跟上你沾些光。”

焦国臣咬着牙说：“日本人不是东西，我跟日本人长不了。你们看着吧，我现在是听王县长、刘省长的安排暂时跟日本人合作，我早晚要反正的。人们现在骂我是汉奸，将来一定会说我是抗日英雄！”

焦国臣一出门，杨汉唐就说：“这个焦国臣以前也说过共产党一些好话。可你听他今天说这话，他是铁心了跟定国民党要和共产党作对呢。天赐，今天你又存不住气。”

“我知道了，我一听他说毛主席派兵来咱这一片我心里就像着了火。哎，我咋总是这样沉不住气呢？”

……

大队的日本兵又经过杨家营开到张汴塬，不久，张汴塬上的炮楼又立了起来。听焦国臣说，日本人进南山扫荡朱武京，转了一圈没有找到朱武京，抓回来一些山民装上火车拉到日本下井挖煤了。焦国臣说，日本的男人都当兵了，以前那些修炮楼的国民士兵也被弄到日本当苦力了。

三十九

那天，杨天赐猜到岳振鹏可能在装睡，故意说了那番话，岳振鹏当时就“腾”

地坐起来，跟杨天赐说了很多反动的话。杨天赐也跟着他说了一些反动的话。

岳振鹏也说了一些让杨天赐感到很中听的话。

岳振鹏说："为了对付共产党和日本人搞到一起只能失去人心。用这种办法对付共产党，只能让老百姓更瞧不起，用这种办法对付共产党是在帮人家共产党。"

杨天赐说："岳长官，听你这话，你是不同意他们和日本人合伙对付共产党八路军？"

岳振鹏说："不说他们了——小兄弟，你听我说，共产党就是穷人党，我们国民党早晚要消灭共产党的。我介绍你参加国民党吧？"

杨天赐说："我啥党也不参加。我现在正跟着我爹识药看病哩。"

"小兄弟，你不参加国民党反共产党，共产党得了天下，不仅要共你家的产，还要共你的妻。"

"共产我不怕，我跟我爹给人看病也能养活一家人。但我不同意共妻——"

"你不同意共妻，就得参加国民党跟共产党斗争。"

"我不参加国民党，我也不跟共产党斗争。我以后就给人看病，我暗中向着国民党。"

"这样也可以。小兄弟，你向着国民党就是参加国民党。从今以后你就是国民党党员了。我们，我和你，以后就是革命同志了。我们要牢记国父遗嘱，革命尚未成功，同志仍需努力。小日本再猖狂，他们也是秋后的蚂蚱蹦跶不了几天了。小日本完蛋后，我们肯定还要和共产党开战。我这些年研究共产党，感到要战胜他们很不容易。人家共产党内部很团结，人家共产党官员不腐败，人家共产党很会抓人心。我们要战胜共产党，首先要学习共产党……"

杨天赐看把岳振鹏蒙住了，心中有些得意。杨天赐心想，国民党团长的水平才这样一般，他们将来肯定得不了天下。

外边传来的情况，杨天赐不会立马告诉岳振鹏，他自己要对那些情况先仔细研判一番。该让岳振鹏知道的，要考虑在什么时候告诉他合适；不该让岳振鹏知道的，绝不向他提起。

张汴塬游击队打了日本人以后，杨天赐这样跟岳振鹏说：王大正在保定当专员时因为放了监狱里的共产党被撤了职。有人说，他一直通着共产党。他们的队伍里也有共产党。所以盛忠孝暗中联合日本人灭了他。

岳振鹏听着这些话一言不发。

游击队失败以后，杨天赐这样跟岳振鹏说，盛忠孝这个人很腐败，不得人心，他们拉不起队伍，才让霍大发杀了王大正，他自己来当司令，结果——

岳振鹏听了，沉默了好一会儿才慢慢说道："小兄弟，根据你讲的这个情况，张汴塬这个事情的主要责任在这个陕州专员兼陕县县长盛忠孝。张汴塬游击队的失败再次说明，在敌后与日本人作战，必须派出最得力的干部，必须派出最精锐的主力部队。你知道共产党在敌后是怎么发展起来的吗？"

杨天赐说："不知道，只知道他们发展得真是不慢。高军长也纳闷共产党咋发展恁快！"

岳振鹏说："高树勋？哼，他怎么能明白呢！"

"岳长官，你说这话，看来你知道？你说他们是咋弄的？"

"他们是这么干的。第一步，派精锐的主力部队到敌后，抓住战机，打一两个小胜仗。这个具体打法上，他们也不是去进攻日本人的据点，他们打的都是伏击战。第二步，大肆宣传战果，鼓动民心。在距日军主要据点较远之地区建立各种抗日组织，以此代替原来的地方行政组织。共产党八路军纪律严明，对老百姓秋毫无犯，我看过他们的文件，他们的文件上写着：入新区，违反群众纪律视同叛党；强奸民女者，杀；抢掠民财者，杀。所有部队和地方干部必须帮助老百姓收、种庄稼，吃老百姓饭要给钱，一时给不了钱的要记账，事后一定还。第三步，当日本人集中兵力去扫荡时，他们将部队分散开来，利用地形和支持他们的老百姓，与日本人转着圈圈打游击。日本人进入他们根据地以后，也不得不分散兵力四处寻找他们。共产党八路军地形熟，而且由老百姓为他们提供情报和粮食。他们转着转着，突然集中起兵力消灭一小股日本人。他们转着转着，突然集中起兵力消灭另一小股日本人……日本人不分兵找不到他们，分兵后又总是吃亏。日本人进入共产党的根据地后，找不到粮食和军需物资，所需粮食和物资都需要从原来的占领区送。八路军又盯上日本人的运输线。他们破坏道路，打日军的运输队，他们甚至能派出精干的小部队跳到日本人后方的兵站，把日本人的弹药库炸了，把日本人准备运往前线的粮食烧了。日本人在他们的根据地坚持不下去只好撤回来。"

杨天赐说："岳长官，你咋把共产党的情况知道得这么清楚？"

岳振鹏说："想想我是做什么的！我们政训处就是搞情报的，搞日本人的情报，也搞共产党的情报。我仔细研究了，共产党进入一个地区，只要让他们在那儿活动上三个月，你就甭想把他们从那儿赶走了。日本人把他们赶不走，我们也不能把他们赶走。苏北地区原是我们的敌后根据地，韩德勤在那儿原本搞得还不错，陈毅、粟裕带着新四军一去，韩德勤就被挤出来了。没有办法，老百姓都跟着人家走。我们在山东、山西、河北的敌后部队也曾和八路军斗过几回，开始占些小便宜，后来都吃了大亏。我们派到敌后的部队打不了日本人，也对付不了共产党。这两年先后都投降了日本人。有人攻击人家游而不击。我说，人家处于敌后，不游就得死。说共产党八路军不打日本人更是胡扯。人家不打日本人，怎么保护老百姓？不保护老百姓，老百姓怎会支持拥护他们？老百姓不支持不拥护他们，他们也得死。实际情况是，人家游了，也击了。给我倒点水喝。"

董诚赶紧倒了水，还要喂岳振鹏喝。岳振鹏不让她喂，自己接过杯子喝。

岳振鹏喝了一口停下说："是蜂蜜水啊——"

董诚说："是的，杨老先生说这是当地槐花蜜，杨老先生还往里兑了黄芪。你多喝些，你说话太多了，说话多伤元气。这蜂蜜黄芪水最能补气。"

岳振鹏说："小兄弟，请向杨老先生转答我诚挚的谢意。"

董诚说："岳长官，你喝了再说吧。"

看董诚这样对待岳振鹏，杨天赐心想，要让这个女人离开这个国民党参加八路军不好办到。董诚对岳振鹏的好，快赶上小荣对自己了。

杨天赐说："董看护，岳长官的话让我有点犯迷糊。"

董诚说："老乡，你犯什么迷糊啊？我感到你很聪明啊。"

岳振鹏也说："你犯迷糊，你犯什么迷糊？是不是没有听明白我的话？我话里的意思确实比较深刻，你文化水平太低。你说说哪些地方没有听明白？我可以再跟你仔细地讲。"

杨天赐说："岳长官，你怎么总替共产党说话。你到底是国民党还是共产党？我看你有点像共产党。我在高军长手下时，有一个参谋被政训处抓走了。后来才知道那人是共产党派过来的。你说的一些话跟他说的差不多。你真是共产党吗？你肯定是共产党，你的两个妹妹肯定是你悄悄送到延安，你怕受牵连，才说她俩背着你去；你怕受牵连，才假装生她俩的气。岳长官，你们共产党将来得天下，你看在咱们现在这份情谊，你对我们一家可得高抬贵手啊。”

岳振鹏哈哈笑道：“你真这样认为？”

杨天赐：“我真这样认为。难道不是吗？肯定是这样的。我也看出来了，董诚跟你一样，也是共产党。这里边就我是国民党。”

董诚说：“岳团长，小杨老乡都这样想了，你以后说话也要注意些。别让一些别有用心的人以通共名义陷害你。”

岳振鹏点点头说：“你提醒得对，五妹六妹都跑去了延安，有人难免因此怀疑我——杨天赐同志，我问你，还有人来你家看病吗？”

“有。”

“日本人检查盘问病人吧？”

“盘问。他们检查良民证，有良民证就放行。”

“日本人给老百姓办的良民证办下来了？”

“办下来了。”

“你有良民证没有？”

“有。”

“拿来让我看看——让我摸摸。”

“我放在抽屉里。再进来我拿给你。”

“新的陕州专员和陕县县长派来没有？”

“没听说。”

“有共产党八路军的消息没有？”

“没听说。”

“我估计他们快到了，你注意打听着。你也不用打听，他们来了肯定要跟日本人打一仗，而且肯定是胜仗。他们要让老百姓感到他们敢打日本人，他们要让老百姓感到跟上他们能打败日本人——”

四十

杨家营的秘密情报员向佐藤报告：杨家营一些人家住有国军伤兵，国军团长岳振鹏和军医董诚藏在杨汉唐家，杨汉唐的儿子杨天赐可能在河北干的是八路军。又说杨家营许多人家有枪，皇军把老百姓的枪收缴了才好。

佐藤立马将秘密情报员报告的情况和建议汇报给田中松下。

田中松下在电话里跟佐藤说："密切监视那些人家。"接着又问佐藤为什么没有对杨天赐下手？佐藤说，还没有查出参加反战同盟的那个人。田中松下想了一小会儿说："我向丰臣大雄司令官报告后就到你们那儿。"

田中松下来到杨家营据点对佐藤说："要尽快查出我们内部的反战分子——这个岳振鹏是上海人，上海复旦大学中文系毕业后，曾在日本早稻田大学读过一年，回国后进了黄埔军校，在黄埔期间参加了军统。此次会战中，此人带领所部在人马寨一带阻击我军三天三夜，不仅使中方主力部队从我们即将合拢的包围圈中脱逃，他还亲自向我军指挥所开炮，炸死了森田少将。丰臣大雄司令官要求务必活捉此人。那个女看护，也要抓活的，让她为我们服务。村里面其他国军伤员也要弄出来，让他们做苦力，我们可以少派民夫，缓和我们同良民的关系。"

佐藤说："姓岳的和女看护就在炮楼下边杨汉唐家的这个地坑院里。这家人有地道，秘密情报员说，他家的地道能藏、能打、能防水、防毒，让我们发现了也进不去，进去了也出不来。"

田中松下说："他家怎么会挖这样的地道呢？他家那个儿子肯定在河北干的是八路。"

佐藤说："情报员说，杨汉唐的儿子杨天赐在河北跟我军交过手。一年多以前，才从河北回来。杨天赐说他干的是国民党新八军，但却对人说了许多共产党八路军在河北与我军作战的事情。情报员怀疑他干的是八路军，曾秘密向国民党警察局写信反映过。警察局有杨汉唐的亲戚，就是我们杨家营据点的治安军大队长焦国臣。焦国臣一直包庇他，加之杨汉唐在地方上影响太大，国民党一直没有动这个杨天赐。

上次你走了以后，我根据您的指示，又让我们的人去杨家看了几次病。这个杨汉唐一言不发看病开药，熬了药让那个智障男人送来。我派人送给他家的盐他收下后马上又让那个智障男人送到杨永贵家，让杨永贵分给全村的老百姓。这个杨汉唐不会主动将那两个人交给我们的。”

田中松下说：“我从其他渠道了解到，这批伤员就是这个秘密情报员安排到各家的。这个情报员以前是国民党的保长。他为什么以前不向我们反映这个情况？直到现在才向我们反映？”

佐藤说：“这一带的区长、乡长、保长投向我们，是想借我们之力对付可能要跟来的共产党八路军。他们不会跟我们一起同国民党军队作战。这个秘密情报员说，他现在真心投向我们，第一，是不相信国民党能把我们赶走；第二，他也不愿意让共产党过来。他家有八十多亩地，都让别人家给他种着。他怕共产党来了让他减租减息，又怕共产党来了不让他当村里的长官。他说他以后要死心塌地跟我们好。他还说，他向我们报告国民党军队伤员这个事最好能安到别人头上。比如安到杨汉唐、杨天赐父子头上——”

田中松下说：“这个中国人很聪明，是个人才。我这次把东亚陕州报社的汪社长也带来了。他和这里的杨汉唐是老相识。佐藤君，既然这个秘密情报员对我们的态度会转变，杨汉唐就也有可能会转变。他的家就在你们炮楼下边，我们不着急。中国人很现实，真正能像古代中国人那样的人很少。这个杨汉唐他究竟怎么样？我们还要和他再较量较量。豫西这个地方民风强悍，老百姓保乡护家意识很强烈，但国家观念不强。就拿这次河南战役来说吧，抵抗最猛的不是国民党的中央军，而是地方军。对了，冈村司令官又下了特别命令，以后在我占领区镇压抗日百姓，必须异地用兵。走吧，我们今天先把村里的国民党军队伤兵和老百姓家里的枪弄出来。尽量不要动武。”

田中松下、佐藤、焦国臣带日本兵和治安军来到村里。跟着田中松下来的汪老先生指挥几个男人将《东亚陕州报》贴到地坑院上边的拦牛墙上。让杨永贵用铁皮大喇叭通知全体良民集合发“良民证”，听日本太君讲话，说太君还要给大家发洋糖、火柴。

村民们让日本人前一阵子的表演给欺骗了，信以为真，都来了。先来的人围着看拦牛墙上的报纸。“上边还有写咱杨老先生给日本人看病的事儿哩。你看还有日本人送给咱杨老先生的锦旗呢。”“娘，你看，你看，上边还有我呢。”有小娃子在报纸上看到了自己，很兴奋。田中松下掏糖给小娃子们，小娃子们得了糖，就往嘴里塞，边吃边笑。田中松下满面笑容一手拉一个吃糖娃子，一个日本记者弯腰弓背给他照相。

杨永贵报告说：“人来齐了。”

田中松下听后立马板起脸，请村民们交出国军伤兵。

田中松下说，交出的是良民，皇军要奖励食盐，如果哪家不交，让我们搜出来，男的去给日本人修飞机场，女的去据点给皇军洗衣服。

杨永贵说：“太君，你听谁说我们村里有国军伤兵？哦，原来有，后来他们被半夜来的国军接走了。”

田中松下说：“你的不老实！”

田中松下话音未落，小野一郎上前“啪”“啪”给杨永贵两耳光。

田中松下对着小野说：“你的，打人的不要！”

田中松下掏出手绢为杨永贵擦鼻血。

焦国臣大声说：“乡亲们，搜查国军伤员，这是丰臣大雄司令官的命令。田中太君带不回国军伤员是不会走的。大家把国军伤员交出来吧。有些皇军的脾气很不好，他们发起火来后果很严重。”

跟着田中松下从陕州来的汪老先生也跟大家说：“乡亲们啊，咱们中国有句老话：识时务者为俊杰。想当年，杨家将为大宋打仗效命，满门忠烈也没有挡住大宋灭亡。清军入中原，主动献城请降者，至少保全了男女老少的性命。想想那些抗清不降的地方吧，嘉定三屠，扬州十日——划不来啊。乡亲们呐，咱小小草木百姓，只要有阳光照耀咱，只要有雨水滋润咱，咱管这阳光、雨露是谁家的。你们说是不是啊？乡亲们啊，你们再仔细想想，这国军他对咱有啥好处，吃咱的、喝咱的、穿咱的，到头来却保不了咱。乡亲们啊，你们再仔细想想这些国军士兵平常是咋欺压百姓的？他们让老人、女人、娃子给他们挖战壕，他们躺在黄河边吸烟说笑晒太阳。吃饭时，不吃黄馍、黑馍只吃白馍，白馍不够吃就打人。他们打仗挣饷银，负伤了为啥咱百姓管？政府说一个伤兵一天三斤粮，屁话，盛忠孝已经死了，他说的话以后——这国民政府还有以后吗？你们听我说，我家有人在重庆，他捎信跟我说，老蒋给日本天皇写了信，信上说，只要天皇把汪精卫弄走，让他回南京，他就带着人马和日本人和平了。田中太君，还有丰臣太君都说天皇是仁慈之人。我也相信，天皇听说有些日本兵纪律不好，立马要求日本兵要戒淫、戒杀、戒烧。大家想想，那康熙皇帝和汉家皇帝比，不是要比好多汉家皇帝还要好得多吗？以后，我们的蒋委员长和日本天皇还要将我们两个国家合成一个东亚大和华共和国。由日本天皇和蒋委员长轮流执政，就像当年周公、召公——"

田中松下向焦国臣使使眼色。焦国臣对汪老先生说："汪老先生——你这是老和尚念经没长短啊。乡亲们，大家听我说——"

焦国臣把田中松下讲的那些吓人话又说了一遍。

人们原本就对国军有意见，不想收留国军伤兵，一看这阵势，一听汪老先生的话，一些人就带着日本人、治安军到家里，把伤兵交了出来。伤兵哭丧着脸在前边，村民们拿着他们的东西走在后边。那个日本记者跑前跑后弯腰弓背对着伤兵和村民们拍照。

有人害怕国军打回来不敢交出伤兵。日本人早就知道谁家有伤兵。小野一郎带着日本兵和治安军直奔有伤兵的人家，搜出伤兵，并把那些人家的东西全抢光，还打伤了几个村民。当小野一郎还要强奸女人时，田中松下赶到现场假惺惺让一个日本兵抽了小野一郎两军鞭，日本兵抽小野时，田中松下立在小野跟前让那个日本记者拍照。

田中松下接着又让人们交出家里的枪、子弹、手榴弹。田中松下说，让大家交出枪、弹是为大家好。据可靠情报，有抗日分子要起出大家的枪跟皇军作对。各家把枪先交给皇军，等皇军抓到抗日分子再把枪还给大家。哪家不肯交枪，叫皇军搜出来，他家要出一个男人去给皇军修飞机场，出一个女人去据点给皇军洗衣服。

杨天赐也去开会了，杨天赐和李栓牛站在一起。李栓牛家没有住伤兵，但有枪。听田中松下说叫交伤兵，他们都没有举手。听田中松下说叫交枪，他们都举了手。

李栓牛带着治安军去拿枪了。

田中松下走到杨天赐跟前嘿嘿笑着说："你们家不仅有枪，还有国军伤兵还有女看护。我们不去你家搜，是给你家老先生面子，请你一家把伤员和枪都主动交出来吧。"

杨天赐说："枪，我们交。可是伤员交不了了。他们走了，前两天国军的便衣来把岳振鹏和女看护接走了。”

田中摇摇头，微微一笑，给杨天赐发了良民证，小声说：“前几天，由陕州警察改编的治安军抓了两个共产党，现在就关在宪兵队。你的要明白，国民党比我们更恨你们，国民党比我们更想消灭你们。”

杨天赐说：“太君，你的话我不明白。我们交枪，可是没法交国军伤员，他们走了。”

“好好想我的话，你的可以回家了。”

……

四十一

与伤员相比，村民家里的枪谁也不想交，不交又怕被搜出来。人们不想让自家男人去给日本人修飞机场，更不想让自家女人进炮楼给日本人洗衣服。有人低了一回头，举起手带着日本人和治安军到家里交出枪。有些人立到那儿坚持说我家没有枪。日本人说，走，到你家看看。日本人去到有的人家，三下五除二就把枪搜出来了。到有的人家搜不出枪，打人，抢东西。人家不交出枪，他们就一直折腾。并说，早就知道你家有枪。最后，这种人家的不是叫搜出来就是被迫也交了出来。

那天，杨家营的大部分枪支都让日本兵和治安军搜了出来。

日本兵搜人、搜枪的时候，发现了一些人家的地道。日本兵进去逮了人、拿了枪就出来了。日本兵回去报告说，这边老百姓的地道很简单，就是在窑洞后边打了个猫儿洞。

把人、枪都弄出来后，田中松下又立到人们前面讲话。

田中松下说，按照丰臣太君的命令，搜出伤兵人家的男人要押去修飞机场，女人要到据点洗衣服。考虑到皇军的据点安在杨家营，他做主不让这些人家的女人去据点洗衣服，但这些人家的男人必须得去陕州修两个月飞机场。

田中松下奖罚分明，当场让宣抚官给主动交出伤兵和枪支的人家发了奶糖、火柴和食盐。

之后，田中松下、佐藤、焦国臣、杨永贵和那个日本记者来到杨天赐家。他们看到，杨家已把一把手枪、一支长枪摆在院里。

田中松下先向杨汉唐呈上几张《东亚陕州报》。

田中松下笑着说："杨老先生，您老人家大大的良民。您给皇军看病的事迹不仅上了这里的报纸。还要上南京、北平的报纸，还要上我们日本国内的报纸。"

杨汉唐说："田中松下先生，你这是把我往火坑里推啊。你快叫照相的出去，不然，我们没得说。"

杨汉唐说完就闭上眼睛。

田中松下向日本记者挥挥手，那家伙转身慢慢出去了。

田中松下对杨汉唐说："杨老先生，我让我们的记者出去了。请您把中央军团长岳振鹏和女看护也交出来吧，皇军优待被俘的国军军官和女军医。"

杨汉唐睁开眼说："犬子不是跟你说过了吗？他们让人接走了。"

杨天赐说："真有人来把伤兵和女看护接走了。"

田中松下不理会杨天赐，继续对杨汉唐笑着说："老人家，丰臣大雄太君说了，不主动交出伤兵，被皇军搜出来，男人统统去修飞机场，女人统统到据点为皇军洗衣服。"

焦国臣说："太君，让他们再想想，让他们再想想，我姑父、小表弟都是明白人。"

田中松下说："那好，那好，杨老先生是一方名医，为他人看病救命，千万不要一时糊涂害了自家人。我们来到中国是为了帮助你们建立皇道乐土，我们很愿意与杨老先生合作。"

田中松下看看佐藤，佐藤对杨汉唐说："田中太君给了你们大大的面子，请你们也要给田中太君面子。"

杨汉唐说："真有人把国军伤兵和女看护接走了。"

田中松下对杨天赐、杨汉唐笑笑，转身带着人走了。

杨永贵进来后低着头始终一言不发。出了门又转回来小声对杨汉唐、杨天赐说："大伯，天赐兄弟，你们可要把岳长官和女看护藏严实啊！"

田中松下一行走后，杨汉唐看着报纸说："这个田中松下跟我们来这一手，是逼着我们跟他们合作啊。他们把送我的锦旗也登到上边，还要把我给他们日本兵看病熬药这事登到南京、北平的报纸，他说还要把这事登到他们日本国内的报纸上。登到他们国内报纸上我不怕，登到南京、北平的报纸上事情就大了去了。我在想，我们一定要把地道里这个岳长官保护好。将来也许只有他才能证明我不是汉奸了。天赐，咱家也算是有些家底的人家。战前，那盛忠孝几次算计我都没有得逞。那一次他们大抓共产党，幸亏你跑了，你若不跑，他也会把你以共产党的名义抓进大牢，以此敲诈咱家钱财。这一回啊，又有日本人给咱弄这白纸黑字。唉……光复之后，那些官员们肯定饶不了咱一家。到那时候，只怕高军长说话也不管用了。老天爷把岳长官送到咱家，就是来保咱家的啊！”

杨天赐说：“爹，我估计我们八路军快过来了。我们帮八路军在这儿站住了脚，八路军自然会保护我们家的。”

杨汉唐说：“世事难料啊，还是多留条后路的好。话说回来，就是不为这个，我们也绝不能把岳长官和董看护交给日本人。”

杨天赐说：“那是一定的。不过，日本人没有相信我们的话，他们认为岳团长和董看护还在咱家。他们找不到岳团长、董看护是不会罢休的。”

杨汉唐说：“今天他们只说了些吓人话，倒没有难为我们。这也是给我们面子。面子这事儿，人家给了我们，我也得还人家一个。”

杨天赐说：“咋还他面子？他要的是姓岳的和董护士。田中松下这个老鬼子是个笑面虎。不交出姓岳的和董护士，你给他啥面子也不中。”

杨汉唐说：“不见得——这个老日本人他得了消渴症，而且已不轻了。我给他看病算不算给他面子？这个面子他不会不要。”

杨天赐说：“这个老日本得了病？他会不会死？”

杨汉唐说：“谁不会死？他肯定会死，只是早晚的事儿。这个日本人在咱家不停地搓手，双脚也不停地动，还喝了好几次水。再看他脸色，我断定他的消渴症已经不轻了。再不看，只怕离死就不远了。当时我还想，给他看吧，他是个侵略我们的日本人；不给他看吧，也不符合我眼里只有病人的信念。现在看来，这个病还得给他看，让他不至于立马对咱下毒手。拖一天算一天，指不定国军哪天就反攻回来了，还有你们共产党八路军指不定就在赶往咱这边的路上。国军反攻回来，共产党八路军跟过来，形势就变了。到那时候，只怕他们就顾不上跟我们要伤兵这事儿了。”

焦兰亭说："不给他看。他病重了自然就回他们日本了。"

韩木兰说："不给他看，让他赶紧死。"

杨汉唐又问孟秀女。

孟秀女说，这事她没有意见。

杨汉唐最后问杨天赐："天赐，你说这个事儿怎么办？"

杨天赐这半天一直在想这个事该怎么办，他已有了主意却不想立马说出来。

杨天赐说："刚才木兰说的啥？我没有听清。"

韩木兰说："我说不给他看，让他赶紧死。你啥意思？你咋会没有听清我说的话？你如今捣蛋着哩！"

杨天赐说："刚才我在想这事儿该怎么办，你们的意见我都没有听清。狗孬他妈，你刚才说的啥？"

孟秀女说："你别问我，咱爹问你呢。你先说该不该给他看？"

韩木兰也说："对，你别总问我们，你先说该不该给这个老鬼子看病？"

杨汉唐也说："天赐，你不要绕来绕去，你说我该不该给他看？"

杨天赐说："爹，给他看吧。但不要一下给他看好。让他吃了药感到病情有好转就成了。让他感到你能看好他的病，他就不会对咱下毒手了。"

韩木兰说冲着杨汉唐说："爹，你别听你儿子的。你听我的，你给他看，咱给他熬药汤的时候，往药汤里放些——"

"胡扯！"杨汉唐说，"咱可以不给他看，但绝不能那么干。"

焦兰亭说："就是，就是，木兰，你恨他，你拿刀子杀了他啊，你拿枪打死他。你咋能叫你爹做这种事！这种事永远不能做，对谁也不能做。你到我们杨家也好多年了，怎么就不知道我们杨家的规矩呢？从小没管教，疯惯了。"

韩木兰说："爹，你看看，这边我妈骂我还捎带着我爹。我爹可是为救你一家死的啊，我在哪儿我爹在哪儿，我爹这会儿就在你身后立着呢——"

杨汉唐数落焦兰亭："你说这是啥话，木兰呛你不亏。幸好亲家母不在这儿。"

焦兰亭笑着说："亲家母我不怕，我怕我二孬、三孬他娘。木兰，是我说得不对，你说得对。老头子，听木兰的，你下毒药弄死日本笑面虎。我虽然看不见这个日本人的嘴脸。但我也听出来了，这是一个笑里藏刀的坏人。"

杨汉唐："那我就给他看。我用心给他看，他这病情，怕也得喝上一年汤药才能好。”

杨汉唐话音未落又听杨永贵在外边打门喊开门。

杨汉唐让憨子去开门。

门外站着杨永贵、汪老先生和焦国臣。

四十二

田中松下和佐藤回到炮楼也在研究怎么对付杨汉唐一家。

田中松下说：“佐藤君，你们是日夜监视这一家吗？”

佐藤说：“是的。伤兵肯定还在他们家地道里。”

田中松下说：“在去他家之前，我给他家儿子杨天赐讲了国民党抓他们共产党交给我们的事儿。我对他说，国民党比我们更想消灭他们。我想利用他们国共两党之间的矛盾，引诱杨天赐他们主动把国民党的伤员交出来。他们说伤兵已被接走，这说明这个杨天赐即便在外边真干了八路军，也只是一个普通士兵，他不会是共产党员。他只知道国共合作和我们对抗，不知道国共之间的复杂关系。当然，还有一种可能：杨天赐不仅是八路军，而且还是共产党的干部。他知道岳振鹏和我军打过硬仗。他愿意保护这个国民党。不管是什么原因，他们已拿定主意不肯交出伤兵和女看护。不过，他们看了报纸会怎么想？汪老先生跟他们谈了以后，他们又怎么想？哼哼，等等再看。”

佐藤说：“我看这个汪老先生也很难说服这个杨汉唐。”

田中松下说：“不一定。汪老先生说，这个杨汉唐有骨气，但也有滑头的一面。”

佐藤不再说话。田中松下也沉默了。

沉默了一会儿，田中松下说：“佐藤君，我想到一个办法，你看可行不可行？他们杨家不是中国宋朝杨家将的后人吗？我记得你跟我说过，你佐藤家的祖先曾在宋朝的京城、今天的开封住过好些年，和包公、寇准有来往，还和当时的中国皇帝与文人们一起写诗画画。你的祖先跟杨家的祖先肯定也有交往。你可以去拜访杨汉唐，给他讲讲这些。你给他们说，只要他们交出岳振鹏和女看护，我们不仅不会为难他们，还可以给他们一批西药。若他们不交，那就搜。搜出来也要说是他们主动交出来的。你就说这是我和丰臣大雄司令官的意思。”

佐藤说：“田中太君，我家家谱上说，我先祖当年在中国开封大相国寺当和尚，虽然级别较高，但在中国历史上没有他的记载，和他们说这个没有意思。我总感到这个杨汉唐很不好拿下。我在想，那个国民党军官他在里面也跑不了，我们对这个事也不必太着急。”

田中松下说：“丰臣大雄司令官要求我们尽快把他弄出来，我们要从他嘴里掏情报呢。”

这时候汪老先生喜滋滋地回来报告说，杨汉唐要见田中太君，说有话要跟田中太君单独说。

汪老先生身后的焦国臣说：“我姑父把报纸看了好几遍，他说田中松下先生汉文化很深，他佩服您，想向您请教。”

田中松下对佐藤说：“佐藤君，我们一起去。”

汪老先生说：“杨老先生说了，只和你一个人谈。哦，他说你可以带两个护兵。但护兵也不能进屋。他只给你一个人说。”

田中松下哈哈大笑道：“我一个护兵也不带。汪老先生，你为皇军立大功了。”

汪老先生说：“我们是几十年的好友——这个焦大队长也替皇军跟杨老先生说了不少话。”

田中松下不等汪老先生把话说完，就走出炮楼。佐藤带着小野和一个日本兵到杨家地坑院上边的门洞口。杨家的大门开着，显然是特意为田中松下留的。田中松下一个人手搭军刀、迈着八字步，一步一步走到地坑院下。杨汉唐在地坑院当中迎接田中松下。田中松下连忙向杨汉唐鞠躬行礼，杨汉唐慢慢还了礼，将田中松下引至窑内。

田中松下慢慢坐下，说道：“杨老先生有何高见，田中洗耳恭听。”

杨汉唐让孟秀女上茶后，慢慢说道：“你送我的报纸我看了。我很佩服你这一手。妙手能回春，中日终亲善。这意思也好。田中松下先生，这旗上写着你家是日本北海道町边县。家中还有什么人啊？”

田中松下说：“谢谢杨老先关心，在下的父母都不在了。家里只有夫人和一个儿子，两个女儿，另外两个儿子在军队上。唉，我也盼着战事赶快结束。”

杨汉唐说："田中先生——哦，我叫你田中可以吗？"

田中松下欠欠身子说："杨老先生，您叫我田中就行了。"

杨汉唐说："田中先生，你父母去世的时候都没有超过六十岁。他们生前都手痒、脚痒、眼看不清东西，可能双脚还有溃烂——"

田中松下一下站起来："杨老先生——你怎么——哦，你是名医。你说得对，家父是五十六岁就去世了。家母五十九岁去世的。"

杨汉唐："田中先生今年也五十出头了吧？"

田中松下："五十五岁了。"

杨汉唐："你现在是不是也手痒、脚痒、眼睛痒。让我看看你的眼睛，哦，眼睛现在可以，不过，也快坏了。田中先生，你得了重症，如不及时诊治吃药，怕是活不过明年。"

接下来的情形是这样的。

杨汉唐说田中松下得了严重的消渴症（糖尿病），并说如不及时治疗，几个月以后手上脚上的肉都要掉得露出骨头，眼睛也会瞎，顶多能活到明年秋天，明年冬天都活不到。杨汉唐还给田中松下举了几个病例，让田中回去打听。

田中松下又心服又害怕，求杨汉唐给他治。

杨汉唐给田中松下望闻问切后开了方子，让孟秀女为田中松下熬药。汤药端来后，田中松下笑着却不肯喝，那意思是想叫秀女尝药。杨汉唐黑起脸端起碗喝了两大口。田中松下喝了药汤向杨汉唐道歉并要付钱，杨汉唐收了药钱，免了看病钱。

杨汉唐说："你就住在炮楼里，早晚下来喝药。但你把药拿回去熬了喝，你喝死了，我可说不清啊。"

田中松下深深给杨汉唐鞠了一躬说："杨老先生，我相信你，也感谢你，但是，你家地道里的伤员还是要交出来的。我现在是军人，你们杨家的祖先也是军人。我们要互相体谅理解。请你再好好考虑考虑。"

田中松下让杨汉唐再给他开些药。

杨汉唐说："你这病势已重，需要喝四个大方，十二个小方的汤药才能从根上治愈。这个小方的药你喝上十天，十天以后见效了你再来找我，若不见效，那你赶紧另请高明。"

杨汉唐让秀女拾了药给田中松下。田中松下又向孟秀女鞠了一躬。田中松下掂着药包走到门口又转回来请杨汉唐将以前给据点里日本人开的治拉肚子的药再开五服。杨汉唐又开了药，让秀女拾了药，又将药装在一个蓝布袋子里，田中松下又向杨汉唐和孟秀女行了礼才掂上药走了。

走到院当中，田中松下又转回来向杨汉唐深深鞠一躬说道：“杨老先生，我还有一事相求。就是你给我看病这个事儿，我们还是不说出去为好。说出去，对你很不好。说出去，我以后照顾你，别的太君也会说我出于私谊。”

杨汉唐说：“我知道的。”

……

田中松下回到炮楼跟佐藤说：“杨汉唐看了报纸上登了他给皇军看病的文章和我们送他的锦旗，知道不和我们合作不行了。但他不想公开和我们合作。他说，那个国民党军队的团长和女看护还在他们家地道里。但他不能把那两个人交出来，因为国民党军队走的时候说过，若是这两个人出了差错，要杀他们全家。他让我们进他家地道搜。”

佐藤说：“汪老先生说得对，这个杨汉唐真是个滑头。看来还是中国人更了解中国人。”

田中松下说：“杨汉唐是个大滑头。你看，我说宪兵队也有皇军水土不服，他又主动给开了这么多药，也没有要钱。我临出门的时候他又说，这几天先不要去他家搜，让他去求求杨永贵，他送杨永贵一些钱，让杨永贵想办法把地道里那两个人接走。如果杨永贵肯接，他把时间说给我们，让我们在东边沟下他家排水地道口等。我们给他几天时间，给他五天时间吧。五天以后，没人来接国军伤员，你就带人去他家搜，他说，可以打坏他家一些东西，但不要打他家人。你带着杨永贵、焦国臣一起去杨家，搜，不要打他家人，也不打坏他家东西。搜出来那两个人以后，我再让汪老先生在报上写文章说是他们让我们去搜的。只有这样才能把这个杨老先生和我们绑在一起。当年中国的诸葛亮就是通过这种办法收降敌方人才的。”

佐藤点点头说：“田中太君，你高明，在下十分佩服。”

田中松下：“那就这样。我现在回陕州向丰臣大雄司令官汇报。丰臣大雄司令官很重视这个事情。我还要再收集一些这个岳振鹏的材料。这个人当团长之前是政训处长，政训处一半对付我们，一半对付共产党。现在要收集到他亲自抓捕杀害共产党的证据。我再来时，把那证据抛给杨家儿子，我估计会有一些效果。我看得出来，杨家这个儿子肯定不是一般的士兵，他一定当过八路军、共产党的干部。今天杨汉唐跟我说，他儿子是因为替地主说话被共产党队伍上撵回来的。哼，他越这样说，事实越不是这样。这两年国共暗中互斗很厉害，我们要利用这个机会。”

四十三

就在那天夜里，小野一郎把抓到据点的国军伤员当活靶子逼日本新兵练刺刀。佐藤发现制止时，只剩一个国军小伤员还活着。日本兵都愿刺大个子，把他放在最后。

佐藤打了小野一个耳光，并将此事打电话报告了田中松下，田中松下让佐藤将活着的小伤兵送到了陕州的战俘营。

早上，小伤员从房里出来以后大声叫着说，他叫胡永和，是国军某师某团团长岳振鹏的传令兵，他家在湖南岳阳北二十里铺村。胡永和求炮楼里的中国人给他家里捎个信，就说他战死了，又求各位兄弟给老长官岳振鹏捎个信，宁可死在地道里也不能出来。

小野从炮楼里冲出来要打小伤兵，佐藤转过身啪啪打了小野两个很响亮的耳光，用日本话又训斥小野半天。

此时焦国臣正在杨天赐家。

焦国臣说：“那些国军士兵是我们挖坑埋的。他妈的日本人，他奶奶的这个小野狼——”

杨天赐听说国军被俘的士兵被日本练了刺刀，心里也狠狠地疼了一下。

杨天赐说：“我们八路军宁死不当俘虏，日本人也是宁死不当俘虏。抓一个日本兵很难——这个小野一郎在我家地坑院看见木兰就想扑过去。这个日本人——你们不能在战场上打黑枪除了这个日本人？”

焦国臣说：“你说这个办法我不是没想过。可是打仗的时候，日本人总是让我们冲在前边。不过，我跟兄弟们交代了，只要对方一打枪，就往地下趴。日本人冲上来，我们再跟着日本人一起往前冲。我把这个事儿交给一个可靠的兄弟，让他见机行事。”

杨汉唐说：“国臣，这个事儿，你可一定要慎重。万一那个兄弟向日本人——”

焦国臣说：“姑父，你放心吧。我只跟他一个人交代。我跟这个人是生死之交，他不会告我，他也不敢告我。他知道，佐藤更相信我。他敢告我，我不承认，死的就是他。”

杨汉唐：“那我就放心了。”

“我跟你们说吧。这个小野狼最坏，他不仅玩女人，还玩男人，他把小伤兵的屁股眼都弄烂了，疼得小伤兵杀猪一样叫。小野也玩一些老实胆小的日本兵。佐藤好像为那个事打骂过小野。他还想玩我们治安军里一个兄弟，让我挡住了。我跟佐藤说了，我们治安军只听你一个人的命令。小野胆敢那样欺负我的兄弟，我会带着我的兄弟们将小野那东西割了喂狗。佐藤点点头。”

杨天赐说：“佐藤点点头？”

焦国臣说：“佐藤对小野意见不小。小野对佐藤意见更大，经常在下边说佐藤的坏话，说佐藤同情厌战分子。”

“还有这样的事情？”

“我手下有个兄弟能听懂日本话。他听见一些日本兵在一起嘀咕说，当初咱们来打中国的时候，说是打三个月就可以回家。可咱们来中国打六七年了，还看不到取胜的希望。我也看出来，不少日本兵都灰心了。除了小野几个疯狗一样的鬼子，现在大部分鬼子都不想打仗。打张汴塬的时候，有的日本人趴在地上把枪口抬得老高，进攻时对面一打枪跟我们一样也趴下不动。那些日本兵也挨了小野的打骂。一些日本兵也恨这个小野。有个叫杜丘的曹长最不服气他。杜丘对士兵不错，他手下的士兵不强奸妇女，杜丘会武功，打过小野两回。在据点里，小野最怕杜丘。我跟你们说吧，刘茂恩省长已到了卢氏。刘省长严令各地县长拉武装，王县长身边就一个秘书、一个护兵。我后来托人和刘省长联系，刘省长捎话说，共产党很快就要到咱这儿了。刘省长让我先配合日本人打走共产党，等国军大反攻时再反正。反正了，就让我当陕县抗日保安军司令兼陕县县长。”

“你能当县长，那可太好了！”

“我想和地道里的国军长官见见面。多找一条后路。”

“地道里这个国军长官——我跟你说吧，我对这个人的情况有点吃不准。他是国民党军官，这一点是真的，但他本人是国民党还是共产党，这还真难说。说他是国民党吧，他总说共产党的好话，还说天下将来肯定是共产党的，而且他的两个妹妹还拿着他的路条跑到延安参加了共产党。听那个女看护说，上级为了这个事儿撤了他的政训主任，让他当团长上战场。你说他是共产党吧，他也说了共产党好多坏话。说共产党得了天下，不仅要分我家的地，还要把我的两个女人也弄出去共妻。”

杨天赐不想让焦国臣和岳振鹏见面。

焦国臣说：“我日他妈，现在这人、这事咋这么复杂哩？有些人他干着国民党，吃着国民党的饭，拿着国民党的饷，暗地却跟共产党一伙。你再好好探听探听，看这个岳团长到底是国民党还是共产党？探准了我再见他。”

……

焦国臣走后，杨汉唐跟杨天赐说：“你今天在焦国臣面前没有着急。”

杨天赐说：“不能让这焦国臣和岳振鹏见面，这个时候他们见面肯定要商量怎么对付共产党八路军——我们的队伍怎么还没有跟过来呢？”

四十四

杨天赐进到地道里跟岳振鹏说，日本人半夜里把弄到炮楼里的伤兵都练刺刀刺死了，只有你的小传令兵还活着，田中让人把他送到陕州了。

岳振鹏破口大骂道：“小日本秋后的蚂蚱还敢这样对待我们——等着瞧，到时候，老子也要把他们——你们这个村的老百姓都他娘是软蛋、汉奸！那些把伤员交出来的人家我们一家也不会放过！”

“你要拿他们怎么办？”

“怎么办？按汉奸办，一命还一命，一家枪毙他一个男人，我让他们自己说枪毙哪一个，自己说不出来，就枪毙他全家。这些兄弟都是在人马寨打死过日本人的抗日英雄。其中还有两个连长。”

“哼，我看也不能全怨老百姓。我们河北根据地的堡垒户宁可死全家也不会交出我们八路军——”

杨天赐赶紧停住看岳振鹏。

岳振鹏紧闭嘴唇低下头一声不吭。

杨天赐知道自己暴露了。杨天赐对自己这样暴露毫无思想准备。杨天赐当时蒙了。不过，他心里清楚，尽管暴露了，但在自家的地道里，自己腰里也有枪，但他根本没有想到抽枪。杨天赐也低下头。杨天赐心想，暴露就暴露了。看你拿我怎么着吧？

岳振鹏沉默了片刻，嘿嘿笑了。

杨天赐说：“你笑啥。”

岳振鹏说：“杨天赐同志，我笑，是因为我一直怀疑你是国民党特务。没有想到，你也是我们的同志。董诚——”

董诚弯着腰从自己的小窑洞里钻出来向后挺挺说：“岳团长，有什么事情啊？我刚刚梦见五妹、六妹，梦见延河的水清澈见底，水中还有鱼儿游来游去。我以前也做过梦见清水的梦。我妈说，这是最好的梦，水，是财，一河清水是发大财，或者是将要遇到大好事——”

岳振鹏嘿嘿笑着说：“你妈说得真对，你的梦真准。你知道我们面前这个小老乡是什么人吗？他是我们的同志，他是从河北根据地回来侦察敌情，为大部队开过来打前站的。杨天赐同志，我也是共产党员。我为什么要留下来？我留下来就是为了迎接我们的部队。我和董诚都是共产党员，我们留下来都是为了迎接我们的部队。杨天赐同志，是不是我们部队马上就要过来了？”

这个家伙不是笨蛋，这个国民党也很狡猾。你这么说是让董诚知道我是共产党，你们两个要合伙收拾我。一个瞎子，一个女看护也想收拾我。哼哼！

杨天赐心里那样想着，嘴上却这样说道：“岳团长、董看护，原来你们真是共产党啊。你们肯定是老共产党员，我在八路军刚入共产党就负了伤。我负伤后，被连长、指导员安排到一户老乡家养伤，日本人来搜查，把老乡打死了。日本人走后，我从地道里出来，拄了两根树枝，一条腿蹦了回来。那时候我的伤已经快好了。我不想继续干八路才蹦回来，我路上一蹦一蹦也是装的。岳长官，你好好想想，你在人马寨见过我，还给了我两个白面热蒸馍——”

“原来是你——我说你的声音怎么有点耳熟呢？”

“你见我的时候，我那伤已经好了，我伤口上盖了一块死娃肉——我蒙过那两个士兵兄弟。你当时诈我是共产党八路军，可把我吓死了。”

“那天，你走后，我也想，现在局势这么乱，一个受伤的人能从河北一条腿蹦回来，这个人是有些本事的。我不能确定你是共产党八路军，但对你说你在新八军也不完全相信。又想到你的伤势不轻，共产党八路军也不会派你这样的过河侦察。我就权且相信吧，所以给了你两个馒头。你是什么时候认出我的？”

杨天赐：“我眼拙，你头脸上的绷带解下之后我才认出你是那个给了我两个馒头的好心军官。”

岳振鹏：“你一直不说透这事儿是因为我是国民党，是吗？”

杨天赐：“是的，你不是一般的国民党，你是政训处长。我在新八军待过。政训处他们说谁是共产党，谁就是共产党。他们枪毙共产党就像踩死蚂蚁。我是诚心诚意保护你在我们家养伤。可你呢？一旦你知道我是共产党，你现在不吭声，等你伤好走的时候，你肯定也会把我带走。政训处的人对共产党狠着呢。所以我才在你装睡觉时说我最恨共产党，让你听到。”

岳振鹏：“你装得挺像，所以我也就将计就计。其实在那之前，我已觉得你像我们的同志，猜测你从河北回来就是为我们的部队打前站。你几次跟我说国民党军队里有共产党，我说了几次共产党八路军的好话，我那也是为了试探你是不是共产党？你却总说你在新八军，只听说过共产党八路军一些事儿。”

杨天赐说：“我一直把你当成国民党特务，还以为你在套我话呢？政训处的那些特务就是这样套人话的。”

岳振鹏说：“董诚，还是我看得准吧——”

董诚把脸扭到一边吐口水。

岳振鹏说：“董看护说你家是地主，你不可能参加共产党。我说，抗战以来，有多少地主资本家出来的知识分子跑到延安投了共产党八路军。我的两个妹妹不是也跑到延安参加共产党八路军了吗？董诚通过你两个媳妇儿又了解到你家年年免去人家欠你家的钱粮，我和董诚都感到你有点儿像共产党。原来你真是我们自己的同志。中间你还演了那么一个插曲。你这个家庭情况，你说你是国民党，大家也没有理由不相信。你这个同志年龄不大挺会伪装自己的。这个很好，会伪装自己才能保护自己。我潜伏在国民党部队这些年也是天天在伪装自己。小同志，你是什么时候参加新八军？怎么到的八路军？什么时候参加的共产党？”

杨天赐说：“我上初中的时候受一个共产党老师的影响，回到家逼着我爹把家里的土地全分给穷人，又反对我爹给我包办的婚姻，跟孟秀女结婚后，又跟韩木兰闹出事儿。我爹把我痛打一顿后，我跑了出去，先干新八军，后干八路军。我刚到家，我爹怕我回家以后还胡闹，他说，我若还跟共产党联系，他就让人把我捆了送官。又说，他已经有了两个孙子——他不在乎我死活了。我伤好后，我爹、我娘还有我媳妇儿、娃都哭喊着不叫我再回咱们队伍上。我离开队伍已经两年了，我实际上是当了逃兵，我不配你叫我同志的。看在我们一家看护你的情分上，以后组织上追究处理我时，还要靠你帮我说说话啊。我虽然脱了党，可也没有办坏事，国民党曾想让我当保长，我坚决不干。我和两个媳妇儿睡觉也是没有办法，明谋正娶的那一个没说的，必须和人家睡。第二个我们胡搞的，我走后，她到我们家生了个儿子住到了我家，他娘家几百口人势力很大。我若把她赶回娘家，两个村子就要打起来，我实在也是没有办法。”

“杨天赐同志，”岳振鹏说，“你这是自动离队，不是逃兵。你这个情况，根据我们的纪律是不处分的。如果你愿意还可以归队，不过要扣除这期间的军龄。你是怎么到的八路军？什么时候参加的共产党？”

杨天赐：“我是被新八军一个参谋带到八路军的。那人是共产党，政训处的人要抓他，他就带着我们几个跑到了八路军那边。他跟我们说是奉高军长之命到八路军商谈联合打日本人的，到了八路军那边以后，他跟八路军长官握着手才把实情说出来。”

“哦——”

“开始我以为共产党八路军就是一回事儿。后来才知道不是一回事儿。平常共产党在八路军内部也是秘密的，只有在冲锋几次冲不上去时，连长、指导员才喊，‘共产党员站出来’，那时候队伍里的共产党员才站出来组成突击队冲上去，不是共产党的也跟着冲上去了。部队撤退，需要有人殿后掩护，快要被敌人缠住吃掉时，连长、指导员才喊，‘共产党员站出来’。那时候队伍里的共产党才站出来。每次恶战下来，共产党员死的最多，可是又有很多人参加了共产党。”

岳振鹏说：“这就是我们八路军能打胜仗的根本原因。杨天赐同志，你在八路军时间不长，学了不少东西呢。这打地道也是跟他们学的吧。你家地道这么大，如果让我受伤的兄弟们都藏进来，他们就不会被日本人练刺刀了。”

呸！你也配说“我们八路军”！这个国民党特务可真会装。

杨天赐继续装憨说：“我在八路军干了半年多，打了好多仗。一次战斗中，排长负伤，我背着排长跑了三里多。排长伤好后要介绍我参加共产党，他让我把家里的情况说说，我就把家里的情况一五一十说了。排长说，原来你家是地主，你是搞流氓让你爹打出来。我说，我不是搞流氓，我是反对封建包办婚姻，我愿意共产——我看他不相信，我又咬着牙说，我也同意共妻。只要你们让我参加你们的党，你们打到我老家那儿，我愿意把我家的地都分给没有地的穷人，我愿意把我爹给包办的那个女人交给你们共妻。但我的那个相好，我不同意和你们共她——排长说，好吧。就在这时候枪响了，日本人来了，我们和日本人打起来，我就是在那次战斗中让日本人打中了大腿，还被日本人打掉一个——”杨天赐看着董诚低下头。

董诚说：“小八路，你挺可爱的，你说，日本人还打掉了你什么？”

杨天赐低着头小声说：“还让他们打掉我一个蛋子。”

“哦——那是睾丸，以后跟人不要说蛋子，就说被日本人打掉一个睾丸。你回来以后又和你两位夫人生了孩子。这说明你的生殖功能还正常。”

“啥叫生殖功能还正常？”

“就是说你还能和女人过正常的性生活，也没有影响到生育能力。”

“啥叫正常的性生活？啥叫没有影响到……啥能力？”

“就是说你还能跟媳妇儿做只有夫妻之间才能做的那个事情，你还能和你媳妇儿生孩子。”

“绕了半天，原来你是说我还能跟媳妇儿弄出娃子——那当然，独头蒜更辣呢！有人给我算过，我命中六男二女哩。我爹说，当年大宋和大辽在这儿打了几十年，我们这儿的村子当年都是兵营，让我在家跟两个女人多生孩子，生他一个班，我当班长，生下一个排，我当排长。上阵父子兵，我们再来个杨家将抗倭。倭，就是日本人。”

岳振鹏嘿嘿笑着说：“这么说，你还没有参加共产党。小兄弟，以后我介绍你参加共产党。我们共产党内有许多同志都出身地主资本家——”

四十五

杨汉唐听了杨天赐和岳振鹏这次会谈的情形，半天没有吭声。

杨天赐说：“岳振鹏跟我说那话时，董诚看着他，大眼珠一翻一翻就像看一个陌生人，还扭过脸撇了几次嘴，还吐口水。其实就是不看董诚的表情，我也断定他说的是假话。他不让我跟焦国臣说他是共产党。这个人真是狡猾。”

杨汉唐：“兵者，诡道也。你也不老实嘛。你还进去给人家演戏呢。”

杨天赐说：“我那次演戏他真信了。他说了我们共产党好多坏话。这个人思想确实反动。”

杨汉唐说：“可你——既然已这样了——这样也好。这个焦国臣要反正，岳振鹏他是国民党却又装成共产党。焦国臣这个人虽然也说过国民党靠不上，但现在他那心思还是要投国民党。他认识的都是国民党方面的人，再说啦，他那一帮子黑狗子在陕州也没少干坏事，城里的烟馆妓院哪个不请他们当靠山？这伙人投不了共产党。这些人投你们共产党八路军，你们也不能要。焦国臣跟霍大发、朱武京那俩人根儿上是一样的，他们活着就是为了升官发财，吃香喝辣找女人。你说岳振鹏反动，可岳振鹏反动他不是为了自己得利而是为了国家。”

杨天赐：“爹，你说得对。我听董诚说，岳振鹏他家的船为军队运物资让日本人炸沉了，他反对共产党，但并不死反对，他也说共产党能得人心，将来天下可能是共产党的。我还听见他跟董诚说，这帮共产党员十分灵活，他们最知道全国人心里想什么。全国人想什么，他们就做什么，他们老早就看出全国人都要抗日，他们把抗日口号喊得最响。他跟董诚说，他的一个妹妹去延安采访了一回，前后半个多月，回来就拉着另一个妹妹一起去了延安。他跟董诚说，咱俩若是去延安，会不会也回不来了呢？你听他话里这意思。他一边反对共产党，一边又有点儿向着共产党。”

杨汉唐说：“我觉着让焦国臣和岳振鹏这时候见一面比不让他们见面好。你想，岳振鹏既然对你说他是共产党，这焦国臣又是咱家亲戚。他现在在咱家地道里，他以前对共产党办过坏事，这时候他不会跟焦国臣说他是国民党的。”

杨天赐说："爹，你说得对，他们见面前，我先跟岳振鹏说，焦国臣奉国民党专员之命投靠日本人搞曲线救国。他实在受不了日本人的气，要把队伍拉出去。国民党县长不同意他拉出去。现在有地方的共产党在说服他打出共产党的旗号。他对共产党了解不多，想向你讨教。不过，我虽然一再跟他说，你是打入国民党内部的共产党，但他总有一点不太相信。爹，我这样跟岳振鹏说过以后，焦国臣见岳振鹏时，焦国臣即便说他自己是国民党，岳振鹏第一不会相信，第二也不敢相信。岳振鹏只能劝焦国臣投共产党。焦国臣呢？焦国臣这人现在肯定不会投共产党，但他心里会盘算：连国军团长也是共产党，说不定这共产党以后真能成气候。"

杨汉唐接着说："他接着就会想，以后对这共产党也不能把事情做绝。焦国臣就是这样的人，让他能这样想就好。天赐，你能看到人心里了。你真是进步了。"

……

第二天，焦国臣又到杨家，焦国臣说，佐藤让他来杨家，请杨家交出岳振鹏和女看护。佐藤保证直接将岳振鹏和女看护送到陕州好生招待。日本人打算利用这个人交换他们被国军俘虏的一个大队长。

杨汉唐说："日本人的话不可信哪。"又说，天赐把焦国臣那意思说给岳振鹏了。岳振鹏同意和焦国臣见面。

焦国臣又问岳振鹏到底是哪个党？

杨天赐说，他说他真是国民党。他跟我说共产党那些话是为了试探我。他知道我在河北见过八路军，他担心我被赤化。

岳振鹏说："那好，你带我进去见他。小表弟，你以后再也不要跟人说起你在河北见过八路军。"

"再不说了，再不说了。"

岳振鹏和焦国臣谈了半天出来跟杨汉唐、杨天赐说："你们弄错了吧。这个国军团长他不是国民党，他是共产党。"

杨天赐说："不可能。他跟我说，他是国民党。你是不是先给他说了国民党的坏话，说曲线救国像当汉奸。"

"我没有说那话，我只说，我们投日本人是为了对付共产党。可我受不了日本人的气。日本人太坏了，我是中国人，是焦赞的后人，我要反过来打日本人，可专员不同意，请你给我做个主。你若不给我做主，等共产党来了，我就带着人马投共产党。我受够了日本人的气，谁打日本，我就入他的伙。他说，让我再忍耐一阵，八路军很快就跟过来了。等八路军过来，再跟八路军联系。我说，容我再想想，我以前逮过不少共产党，共产党能不跟我算账吗？他说，那你好好想想吧。想好了再拿主意。你们这样的人要投共产党，我们肯定要一个人一个人审查。不可能让你们都参加的。我说，我的兄弟都听我的，我的兄弟不管投哪个方面一个都不能落下。哼，我看这共产党也不好投。”

“国臣呀，你开头说那话，他肯定把你当成了共产党。岳团长以前当政训处长，专门对付共产党。对人疑心重，他刚到我家，我说两句河北八路军的话，他怀疑我是共产党。你刚才跟他说那话，好像在盼着共产党来了就投共产党。他肯定把你当共产党了，所以才顺着你那么说。他怀疑我是共产党的时候，他也装过共产党。他过去杀害过共产党，他怕你也是共产党把他们逮出去。”

杨汉唐说：“国臣啊，这个岳团长老谋深算，你们这一次没有谈好。以后再谈吧。这个事你可不能让日本人知道了。你回去跟日本人说。你就说，我说了，我家地道里的国军伤员，不是大兵，是一个国军团长，那女看护也有来头。国军一个军官亲自把他送到我家，那人当着王县长、杨永贵的面拿枪指点着我们脑门说，他们在我家若有个闪失，就杀我全家。日本人有本事，立马打进潼关打下西安再打下重庆，让我感到国军打不回来了，我一定想办法把他们弄出来。可是现在这战局，日本人打到潼关让国军又给打回来，打到潼关又被国军打回来。这种时候，我们真不敢把国军伤员交给皇军。”

焦国臣说：“姑父，日本人也盯上这个事儿了。你们不交出这两个国军，他们绝不会罢休！”

杨天赐说：“我跟你姑父商量好了。这两个国军，我们不敢把他们交给日本人，但也不能叫他们躲到我家地道，得想办法让他们滚蛋。”

“这时候，让他们往哪儿去？姑父，表弟，国民党不敢得罪，这共产党也不敢得罪。岳团长暗中是共产党，可人家明着是国民党啊。姑父，小表弟，听我一句话，你们把岳团长保护好，以后大有好处。我听他那口气，他在国共两边都押了注。小日本长不了，现在连一些日本人也垂头丧气，还有半夜哭着想家的。”

焦国臣走后，杨汉唐说：“天赐，我觉得焦国臣没有跟我们说实话。”

杨天赐一激灵：“你是说他刚才说的是假？那真的是——爹，你这意思是说，岳振鹏和焦国臣已勾结在一起？”

杨汉唐：“我不知道他们究竟说了些什么？我只是从焦国臣出来那神情口气觉得他的话不像是从心窝里说出来的实话，倒像是在心里练说过的假话。我给人望闻问切几十年，辨人说真话说假话还是准的。这两个国民党肯定勾连在了一起。”

杨天赐低头沉思着说：“完全有可能。岳振鹏不是一般的国民党，他是对付共产党的国民党的政训处长，他知道共产党许多事情。焦国臣对共产党知道的很少。他试探出焦国臣是国民党之后，再向焦国臣说明他也是国民党。以他的本事，他一定能让焦国臣相信他是国民党。接下来两个国民党就该商量对付我们了。”

杨汉唐说：“最后让他们见面是我提出来的。我虑事不周。我只想着让岳团长拖着焦国臣后腿，不让他在干坏事的道上走太快、走太远。咱低估了人家啊！”

“爹，这个事儿主要责任在我。不过，这样一来也有好处的。既然焦国臣和岳振鹏成了一伙，接下来在保护岳振鹏这个事儿上，他就跟我们真正一条心了。”

“嗯，我还没有想到这一层。看来，让他们见这一面还是值的。”

杨天赐进地道送饭，岳振鹏问杨天赐：“那个焦国臣出去咋跟你说的？”

杨天赐说：“他说真没有想到你也是共产党，他非咬着说我也是共产党。还说，我若不是共产党，肯定把你们弄出去交给日本人了。”

岳振鹏说：“天赐同志，焦国臣早就知道你是共产党。他说，你们是亲戚，也担心以后共产党真能打下天下，所以他一直在保护你们。”

杨天赐说：“他就是个大滑头，对哪一方面都没有真心。他对日本人没有真心，对国民党也没有真心，对咱们共产党也不真。咱们对他要提高警惕。”

岳振鹏说：“杨天赐同志，你能这样想问题很好。现在不管什么人，只要他抗日，我们都支持。人是会变化的。像国臣这样的人参加队伍以后，他的思想觉悟也会提高。你如果不是从新八军到了八路军，你也不会有现在的政治觉悟。”

“老岳同志，你说得真对！”

杨天赐心想：你这个国民党真狡猾，以前小看你小子了。以后，一定要更加提高警惕。再和这货弄事，要反复琢磨琢磨。可不敢再有一点闪失。

“我跟焦国臣说，我们共产党八路军马上就过来了，让他再委屈等待几天。他说让他考虑考虑再说。我看出来他心里还有点儿不想投向我们。你说得对，对这样的人还是提高警惕为好。”

杨天赐在心里说：还在装，装得多像！对你更要提高警惕！

四十六

杨天赐判断得对，岳振鹏和焦国臣都没有跟杨家人说实话。

这两个国民党互认了身份，两人一直认为，杨天赐是共产党。但杨家绝对是好人。他们达成的共识是，焦国臣要委曲求全继续和日本人搞在一起，打着日本人的旗号，用日本人的钱和枪拉自己的队伍。八路军过来了，看看情况再说。共产党若是来了主力部队，那绝不能去和八路军硬碰。总而言之，拉起自己的队伍，保住自己的队伍才是根本。这共识是焦国臣提出来的。焦国臣一提出来，岳振鹏就说，对对对，队伍就是你的本钱。将来国军反攻回来，你有一连人，你就是连长，有一营人，你就是营长，有一团人，你就是团长。两个国民党在一起说了实话，却又都对杨家人说假话。焦国臣说岳振鹏是共产党，岳振鹏跟杨家人说，焦国臣想投共产党。却又对杨家人说，岳振鹏是共产党。

岳振鹏、焦国臣自以为蒙住了杨家人，其实他们谁也没有蒙住谁。

焦国臣回来向佐藤报告：“当初，国军军官当着王县长、杨永贵的面拿枪指着我姑父一家脑门说，国军伤员若在你家有闪失，国军打回来杀你全家。我姑父一家害怕国军打回来才不敢交出国军。我姑父跟我说，日本人立马打进潼关打下西安，我一定想办法把他们弄出来。可是现在这战局，日本人打到潼关又让国军给打回来，打到潼关又被国军打回来。这种时候，我们真不敢把国军伤员交给皇军，不过，我姑父也说，咱不敢把他们交给日本人，但也不能叫他们躲到我家地道。我姑父说，得想办法让日本人当着杨永贵的面从我家地道把他们搜出来。这样一来，国军回来就不能找我们问罪了。”

佐藤对田中松下跟他的说话不太相信，才派焦国臣再去杨家试探。焦国臣说的情况倒是和田中松下一个人从杨家回来后跟他说的相吻合。可是，佐藤听了心里还是不踏实。佐藤总感到事情不会这么简单。

佐藤问焦国臣："那个杨天赐到底是不是共产党？"

焦国臣说："他受过共产党的影响，但他不是共产党。他在河北干的是国民党的新八军。他们和新八军联合打过皇军。知道八路军一些情况。"

佐藤摇摇头说："你的表弟，他是从共产党八路军那边跑回来的。只要他不参加抗日活动，我们也不管他。如果你能让他配合我们将地道里的两个国民党弄出来，我们还可以给他金条，不是金票，是金条。给他，也给你。"

"太君，他们家不缺金条，他们怕国军打回来不敢交出国军伤员，但他们在炮楼下住着，他们也不敢得罪皇军，他们让咱们搜出来。不用给他们金条的。"

"你的，大大的忠心！"

……

田中松下从陕州打电话跟佐藤说："今天是第五天了，你们去搜一回吧，你亲自去。搜一下，搜不到就撤。他不是要我们别打他们吗，不要打，要文明礼貌。带上焦国臣、杨永贵。要让那两个看出来我们是在演戏。"

佐藤由焦国臣、杨永贵陪着带了一群鬼子和伪军到杨家地坑院紧闭的大门外边。自从日本人开始建据点，村里家家户户白天也关门闭户（那时候农村人家白天是不关门的），杨永贵拍打杨家大门好半天，憨子才打开门。

焦国臣对杨汉唐说，佐藤太君已知道杨天赐当过八路。但只要交出岳振鹏和女看护，佐藤太君就不再追究杨天赐。如果不交出那两个国民党，皇军搜出来，要把天赐表弟一起带走。

杨汉唐说："岳振鹏和女看护真叫人半夜接走了。"

佐藤说："我们一直监视着你家上边的大门，他们都没有走，还在家里。"

杨天赐说："他们是从排水地道里逃走的。"

杨天赐带佐藤等去看了排水地道。佐藤回来坚持说岳振鹏还在杨家。

杨汉唐说："不信，你们就搜好了。"

佐藤下令搜查。发现一个洞口。这地道口就在杨汉唐给人看病的窑洞后边角上，洞口放个柜子。柜子一搬过来，洞口就露出来了。

佐藤心想，他们还真是配合。接着就想，现在这中国人真是让人瞧不起！这个老头刚开始还装模作样。跟这样的中国人合作真让人感到恶心！

佐藤也不看杨汉唐、杨天赐，命令焦国臣带治安军进地道搜。

焦国臣跪下说："佐藤太君，我家祖宗是杨家的家将，焦家不能搜杨家，何况这是我姑姑家啊。"

其他治安军也都跪下，有的人说杨老先生救过自己的命，有的说杨老先生免过自己家的药钱、租子，实在不能对杨家下手。

"浑蛋！"

佐藤看一眼已闭上眼睛的杨汉唐，想起田中松下交代的话，无奈只得命令小野一郎带两个日本兵进去搜寻。

小野一郎等人进去后，开始还有声音传出，后来就没有声音了。佐藤再派日本兵进去，里边有人用日语说，退出去，不退就打死你们。接着两枪打在两个日本兵前边地上。

两个日本兵退出来向佐藤报告，刚才是小野向他们开枪，小野被八路俘虏过，可能是反战分子。

"胡说！"

佐藤一急，自已也混说一气。

佐藤将信将疑，一时不知该怎么办。这时候二孬、狗孬在外边叫着说猪圈有人。接着又听见猪被杀一样地叫。

日本人来杨家好几回了，虽然小野以前打过一枪，但也挨了耳光。杨家人感到日本人也不是太可怕。狗孬、二孬早就不怕日本人了。日本人进了屋，两个小家伙还在院里玩儿。看到有个日本人从猪圈里拱出来，两个小家伙就叫起来："日本人掉进猪圈了，弄一脸猪屎——哈哈哈""妈呀，日本人杀猪娃啦——"

从猪圈里出来的是小野一郎。

小野一郎弄了一脸猪屎，气急败坏一刺刀就刺向狗孬，牵着狗孬的憨子把狗孬往身后一拉，刺刀扎进憨子大腿，立马鲜血直流。憨子也真是有劲儿，双手抓住刺刀后头的枪管猛地向小野那边一推，小野正在抽刺刀，两股力量并作一股，小野一下被顶得身子离地老高重重摔在地上。

杨天赐、木兰娘、吴师母、木兰、秀女、焦兰亭都冲到院里。狗孬、二孬在憨子身后吓得都不会哭了。秀女抱住狗孬、木兰抱住二孬一边往窑里走，一边哭骂。

杨天赐和吴师母挤住憨子刀口，让木兰娘去拿止血药和绷带。

焦兰亭骂道：“是哪个没良心的日本羔子动刀子？你是拉肚子没有喝我家的药汤吧。你今儿黑就得病死！”

院里还有鬼子和伪军。

有伪军叫道：“扎人家小娃子干啥？”

有鬼子将枪指向喊话的伪军。

还有鬼子去拉起小野。

小野恼羞成怒，端起枪还要刺憨子，佐藤已到他跟前，佐藤骂道：“浑蛋！”扬手一个耳光打在小野脸上。

佐藤向杨汉唐鞠躬道歉后带人走了。

佐藤打电话向田中松下报告说，小野一郎在杨家刺伤了杨家的佣人，杨家人很生气。杨家人坚持说，国军伤兵和女看护从排水地道里走了。那个杨天赐也吓跑了。你原来和杨老先生达成的协议怕是兑现不了了。我建议撤了小野的曹长之职。

田中松下说：“怎么搞成这样子？你不该带小野去的，小野的父亲和弟弟都战死了，他现在太恨中国人。不过，他作战勇猛，在华北还有从八路地道中逃出的经历。他的表哥又是丰臣大雄司令官的参谋。不要撤他的职，给他一个处分吧，过几天我亲自去宣布。地道里的国军伤员不可能走掉。我去之前，你们白天在炮楼上严密监视杨家，晚上要派哨兵趴在他们地坑院上边盯住他家院子。暂不要去他家。”又说，“佐藤君，你部的反战分子怎么还没有查出来？有人反映你也有厌战情绪！”

田中松下上次从杨家营回到陕州后又找一个老中医看了病。那个老中医也说田中松下得的是消渴病，并说杨汉唐治这个消渴病最拿手。田中松下说，杨汉唐有抗日情绪，我不找他看。田中松下让那个老中医为他开了药，但他回来喝的却是杨汉唐的药。喝了一天，没有感觉；喝了两天还没有感觉；第三天喝了，当天晚上田中松下半夜醒来感到手、脚、眼都不痒了。早上起来看东西也清楚了。田中松下心想，遇到这个杨汉唐太幸运了！可是他家地道里那两个人也要弄出来。这怎么办才好呢？

田中松下让佐藤去杨家文明搜查，明知没有结果，只是要向杨汉唐再次宣示那个信息：就是尽管你已给皇军办了好事，但地道里这两个人还是必须交出来的。田中松下心想：小野给杨家一个下马威也很好！

一定要把杨家地道里的国民党军团长和女看护弄出来，同时还不能伤害到这个能救自己命的人。

田中松下背手皱眉在屋里转了一圈又一圈。

四十七

小野一郎残暴嚣张，平常也不守军纪，自由散漫，没少挨佐藤的打。小野一郎不服气佐藤，一心想代替佐藤当杨家营据点的指挥官。

小野一郎以前就通过私密渠道向丰臣大雄司令官举报佐藤有厌战情绪，夜里喝酒唱歌，那歌都是想家的意思。这次小野一郎在杨家院里挨了佐藤耳光后，窝了一肚子火。回到炮楼上后，小野的火气越来越大。小野一郎趁佐藤洗澡的时候跑到佐藤的指挥室，往陕州日本司令部打了一个电话，小野以自己在河北从八路村的地道里逃出的经验，指责佐藤在进地道搜查国军伤兵前没有准备好地道作战必须装备的长手电筒、马灯和短枪、匕首之类，并说，自己曾向佐藤提出此建议，佐藤不但不接受，还报复他，让他进地道，结果——

田中松下来到杨家营，以佐藤有厌战情绪为由，命佐藤停职反省，由小野一郎代理小队长一职，并担任杨家营据点的最高指挥官，佐藤降为负责内务的副指挥官。田中松下还带来了手电筒、马灯，以及便于地道作战的短枪、匕首。

田中松下的随行人员中还有一个军医。

田中松下向小野详细询问了杨家地道的情况，两个人一致认为杨家的地道不会那么浅，里边肯定还有机关。田中松下鼓励小野立功，争取接任小队长。

田中松下又叫来焦国臣了解情况，商量对策。

田中松下说：“焦队长，你和杨老先生是亲戚？”

焦国臣说：“田中松下太君，我们两家不仅是亲戚，我的先祖焦赞还是杨家的家将。我们焦家从来不与杨家作对。”

田中松下说：“你进过杨家的地道没有？”

焦国臣吓了一跳，本能地说：“没有，没有。”

田中松下说：“你进去过！”

“进去过一点，进去一点点，我想把那两个国军弄出来，可我刚进去一点，里边就打过来一枪。我姑父说，别往里边走了，那个负伤的国军长官脾气不好，又总怀疑我们要带着日本人来抓他，这事都怨我那小表弟太老实，把别人家交出伤兵的事给他说了，把日本人扎死国军伤兵的事也说给他们了。太君，那天小野太君没有进到里边是幸运，进到里边就没命了。我姑父说，那个国军团长眼伤好了，那个女看护也会打枪。我姑父跟我商量说过几天把这两个人哄出来交给我。小野进去这么一闹，只怕是哄不出来了。”

田中松下说：“焦队长，我相信你说的一些话，嘿嘿，杨老先生真说要把地道里那两个人哄出来了吗？他打算怎么哄？”

焦国臣说：“我姑父跟我说：‘我们不敢把他们交给日本人，但也不能叫他们躲到我家地道叫日本人来逼我们，我们得想办法让他们滚蛋。’我姑父、小表弟跟我商量，让我事先带几个兄弟藏到他家，他哄着让那两个人到窑洞走廊下晒太阳。趁他们不防备制服他们，把他们交给皇军让我在皇军跟前立一功。现在这办法肯定不行了。”

田中松下说：“焦队长，你可以走了。”

田中松下对小野一郎说：“你说得很对，这个焦国臣有二心。这几天，你不要让他一个人出据点。还有，这个杨汉唐免费给我们开的药，皇军吃了很管用。丰臣大雄司令官也喝了他的药。丰臣大雄司令官命令：第一，一定要把地道里的那个国民党军团长和女看护弄出来；第二，不要和杨汉唐闹僵，一定要争取他和我们合作。这个杨汉唐并不是死硬分子，他表面死硬，其实滑头。他怕交出国民党军官，国民党军打回来杀他全家，他也知道不交出那两个人我们也会杀他全家。他上次跟我说，他先表现出坚决不交，然后呢，让我们搜查出来。他还要求我们搜查的时候打他几下，这些情况我上次都给佐藤讲了。你在华北有与八路地道作战的经验，如果你能进入地道把两个国民党搜出来，你就不是小队长而是中队长了。不过，你也别太着急。我今天再去拜会一下这个杨汉唐。回来我们再商量。”

……

田中松下带着那个军医来到杨汉唐家。

田中松下先为小野一郎的行为向杨汉唐道歉，说他特地带着军医来，是要给被小野一郎刺伤的杨家佣人打针以防感染。杨汉唐说：“那可太好了。是打盘尼西林吗？”

军医说：“不是，盘尼西林不能给中国人用。是——”

军医叽里咕噜说出一个药名。

杨汉唐说：“那就别打了。”

田中松下：“我们的盘尼西林也很少，不仅不给中国人用，一般的士兵也用不上。杨老先生能妙手回春，那我们就不给你的佣人打针了。你们都到外边，我和杨老先生还有话说。”

军医出去后，田中松下有点儿不好意思地小声跟杨汉唐说，喝了杨汉唐的三天中药，一点也不见效，后来他又找陕州城的吕老先生，吕老先生又给他开了中药，喝了三天还是不见效。他把杨汉唐和吕老先生的中药放在一起熬了喝，喝了两天就见效了。现在手、脚、眼都不痒了。看东西也清楚多了。

杨汉唐脸色大变说：“田中松下先生，你赶紧停喝我的药，我的方子一味药也不能多加的。你这样喝，喝死了，我可担不起责任。以后我不会再给你开药了。”

田中松下听了杨汉唐这话一下愣了。田中松下愣了一下低下头说：“杨老先生，请您原谅，因为您不肯与皇军合作，我不敢让人知道我吃了你的药。我向您说实话，我确实又找了别的中国大夫，也喝了他们的药，都不行，只有你的药有效果——”

……

田中松下掂一布袋中药回到炮楼跟小野一郎说：“这个杨汉唐被你吓坏了。他说，他要配一种慢性迷药，配好以后，他们下到饭里，让地道里的人吃了晕过去。他们再来叫你们去把地道里的国军伤员逮出来。但你们去的时候要把杨永贵带上。记住，到了杨家，不要打人，也不要打坏东西。我们还要争取杨老先生继续和我们合作，让他给皇军看病。还要利用他欺骗更多的中国人和我们合作。”

“中国人不要合作，把他们都杀死，就像在南京那样，我们也要来一个杀人比赛。我愿意——”

“小野一郎，你忘了冈村宁次司令官的军纪，你给我背一遍。你说，什么是三戒、两反、一爱？”

“戒淫、戒杀、戒烧、反蒋、反共、爱民。”

“你知道为什么把戒淫放在第一位吗？因为中国人最恨奸淫他们女人的人——杨家有两个年轻女人，小野君，你现在是杨家营的指挥官，你必须带头遵守军纪——”

杨家营据点的治安军突然被调走了，焦国臣也走了。

焦国臣临行前跟杨汉唐说：“我的兄弟们多数是咱这一片的人，田中松下说要异地用兵，早就要把我们调走。我暗中给他使了不少钱，他才一直拖到现在。这次我们被调到东边的观音堂据点。那边几个村的老百姓不给日本人送粮，不叫日本人进村。那地方地贫人穷，一年打下的粮食还不够自家吃。日本人来了以后，各家把粮食都藏到山里。日本人一进村，他们就打，打不过就上山。日本人对他们没办法才把我们调过去。让咱中国人去治理中国人。”

“那你打算咋治理？”

“哼，现在是冬天，没有法子。开春以后再跟老百姓谈判，给炮楼里送些吃的喝的，让他们种地过日月。不送，就天天去给他们捣乱，让他们种不成地，过不成日子。姑父，我听说，你给有些人家减了五成的租子，还让人教那些人家打了地道。那些人家都成了你家的铁杆户。我也要学你这个法子，在那边的村里弄一些我的铁杆户。”

……

焦国臣走后，杨汉唐将焦国臣的话学说给杨天赐。杨天赐晚上去见了韩二叔，韩二叔又到各村转了一圈，叮嘱大家以后有些事、有些话再也不能跟外人说。

……

四十八

杨家营据点新来的治安军都是黄河北边的山西人。队长叫魏功良。

魏功良来了以后肚子疼，由杨永贵陪着来找杨汉唐看病。

杨汉唐望闻问切后说：“你这病早来三天，一服药管好。现在至少得三服药，还得用人参、麝香。花费可是不少。”

魏功良说："你只管开药，钱好说。"

杨汉唐一边开药一边说："光吃药还不行，老夫还得给你按摩。"

开了方子，杨汉唐让孟秀女拾药熬药汤。杨汉唐给魏功良按摩了一会儿，孟秀女端一碗药汤进来。魏功良喝下药汤后，杨汉唐让魏功良到院里闭上嘴转三圈。

杨永贵陪着魏功良在院里转圈，杨汉唐给孟秀女小声说："他这是吃多撑着了，夜里又喝了凉气。这种病不用吃药，但对这种人——"杨汉唐向孟秀女点点头，孟秀女也点点头，两人心照不宣。

杨汉唐让转圈回来的魏功良再躺到土坑上，又在魏功良肚脐眼处按摩，一边按摩一边叫魏功良吸气、吸气再吸气。魏功良正吸着气，杨汉唐猛地往下一按，魏功良放了一个大响屁。臭得狗孬、二孬往外跑，杨永贵也转过脸捂住鼻子。孟秀女皱着眉头憋着不吸气。

焦兰亭说："吃香的放臭屁，通了，好了。"

魏功良起来说："真不疼了。陕州三个大夫都没有看好，你可真神了。"

魏功良要给杨汉唐钱，杨汉唐说，就凭闻你这个大臭屁，你的钱我一定要收。念我一家在你的炮楼下，以后还要你多照应。药钱，诊费只收你一半，一共三块大洋。

魏功良一愣，可能是嫌杨汉唐要得多。

杨汉唐说："没有你就欠着。"

魏功良说："有有有。"

魏功良付了药钱，答应以后一定照应杨家。

杨汉唐说："三天之内不要出来行动，病怕反复，三天内要再犯了，神仙难治。"

魏功良走后，杨汉唐说："这种人，他们出来就是害人。"

魏功良刚回到炮楼，小野一郎就问他到杨家干什么了。魏功良说："肚子疼，肚子疼得厉害。现在还疼，喝了杨老先生的药，他说三天以后才能好。"

小野一郎命佐藤守炮楼，并说魏功良这个中国人也不可靠，让佐藤当心。说完，他自己带上日本兵又叫上杨永贵下了炮楼直奔杨家。

小野一郎问杨汉唐："给他喝药没有？"

杨汉唐说："药还没有配好。"

“浑蛋！”

小野一郎扬手对着杨汉唐就是一个耳光。

焦兰亭骂道：“那个没良心日本羔子打人，治好了你们的病——”

杨天赐说：“妈，你别说了。爹，你不要紧吧。太君，你有事儿说事儿，别打人啊，我爹可是为你们看过病的。”

那天，田中松下走了以后，杨汉唐和杨天赐研究后一致认为，田中松下这个日本人太不可信。但他为了让杨汉唐给他看病，一时还不会对杨家下毒手。

焦国臣所部突然被调走，换来魏功良这些治安军，虽然让杨家人有一种不祥的预感，但小野一郎会到杨家打杨汉唐，他们都没有想到！

小野一郎看看杨天赐鼻子里哼一声：“你的，河北的共产党，八路军，你对地道战知道的。你的前边带路。安倍介二、丰臣正人、小山一男，你们跟我进地道。其他人警戒。”

杨天赐对杨汉唐说：“爹，太君生气了，我带太君们进去，把那两个人弄出来。永贵哥，我这可是被人家逼着进地道的。以后国军打回来，你可要替我们家说话证明啊！”

杨永贵说：“你放心吧，国军打不回来了。”

小野一郎推着杨天赐：“快快的！”

杨天赐在最前边，全副武装的小野一郎和安倍介二、丰臣正人、小山一男依次进入地道。开始从地道口还能看见亮光，后来就看不见了。开始里边还传出小野的声音，后来就听不见了。他们进到里边大半天不出来，也没有声音。再后来，就听见小野一郎在里边惨叫。外边的日本兵第二小组的组长赶紧派人跑回炮楼报告。

佐藤、魏功良带着日本兵、治安军来到杨家，对着地道喊。地道里边传出岳振鹏的声音。那人说，他们把杨天赐和四个日本人都制服了。又说，他的眼睛早就好了。他是装瞎子骗杨家人的。又说，杨家地道里的机关他都会用。日本人再进地道，他就先把里边的人弄死。然后再对付后来进去的。又说地道下边有暗河通着黄河，人丢下去就会直接冲到黄河里。

杨汉唐对着地道喊道：“岳长官，我一家对你可是不薄啊！我挨了日本人的打，我儿是让日本人刺刀顶着进去的。你可不能害我儿啊。”

岳振鹏说：“杨老先生，只要你一家还往地道里送吃喝，我就不伤害你儿子。”

杨汉唐直起腰对佐藤说："地道里说话的人就是那个国民党军官岳振鹏。他把我儿也扣在里面了，你们进去把他逮出来，把我儿也弄出来啊。"

佐藤什么话也没说，让其他人原地待命，自己回到炮楼向田中松下打电话报告。田中松下听了半天没吭声，佐藤以为电话机坏了电话线断了，对着耳机喂喂叫，田中松下说："全部撤回。还像以前那样日夜严密监视。你现在就是杨家营据点的最高指挥官。"

佐藤说："要不要把杨家的人都抓到炮楼里？"

田中松下说："那没有用。这一家人早就豁出去了。"

四十九

杨天赐、岳振鹏、董诚利用地道的机关收拾了四个日本兵之后，转到岳振鹏、董诚平常的生活区休息。

岳振鹏说："有这四张盾牌，我们的安全又多了一份保障。"又说，"杨天赐同志，我们三个共产党可以成立一个地道党支部，我们要好好研究一下当前咱们面临的形势和下一步怎么和他们斗，我们俘虏了四个日本兵，他们肯定不会善罢甘休，肯定要报复。如果他们把你一家抓起来和我们交换这四个日本人怎么办？杨天赐同志，让你家人全部进到地道里来吧。"

杨天赐说："现在的情况与以前相比，确实对我们更有利。如果我们团结一心，就能战胜他们，如果我们彼此还在互相戒备，那事情可真就不好说了。岳长官，自从我进来，你那只手就没有离开枪。岳长官，我们都别装了。我告诉你，我就是共产党员。我从河北回来前是共产党八路军冀中三分区老一团老虎连一排排长。你到我家那天，你躺在担架上跟胡副官讲的那一长篇话已经让我知道遇上了一个国民党的顽固派。你这个国民党顽固派也别冒充共产党了。你也别担心我、我们一家不会把你和董看护交给日本人。如果你连这一点都不相信，那你就是猪。"

董诚说："杨天赐，你原来也在装啊！你们这些男人别打仗了，你们上台演戏吧。"

杨天赐："我不装行吗？你想想岳长官对共产党的那个恨劲儿，如果在外边，他若知道我是共产党，肯定把我抓走丢进他的劳动营、监狱。"

岳振鹏："你懂得不少，哪年入的共产党？"

杨天赐："不给你说。你手还在枪上。你对我还不放心，你是不是也想把我扣在这里？有四个日本人在里面，日本人不敢再往地道里强攻了。有我在里边，杨家人一天三顿一定好好给你们送饭。可是你想过没有，就凭你一个瞎子，一个董诚，能对付我和这四个日本人吗？我看你们是对付不了。我们的窑洞里还有地道口，还有机关，你们不知道，我的两个媳妇进来就把你俩收拾了。岳长官，你是为抗日负的伤，而且还给了我两个热白面馒头。不说我们共产党为了国家民族利益绝不会把你交给日本人，就凭昔日的恩情，我们杨家人宁死也不会把你和董看护弄出去交给日本人。再说，现在我爹给日本人看病，日本人把这事儿登到他们的报纸上，让我爹背上汉奸的罪名。我们掩护了你，将来还指望你出来证明我爹不是汉奸。我们杨家的大人已经发誓，我们宁可死全家，也不会让日本人把你们从我们家带走！"

岳振鹏低下头说："我抓过共产党，也杀过共产党。你们杀了我，我也是罪有应得。你们就是把我交给日本人也应该。"

岳振鹏从裤子口袋里抽出一把小手枪关上保险扔到一边。

董诚："岳振鹏，你手里还真握着枪啊。你还抓过共产党，你还杀过共产党，你是怎么杀人家共产党的？你抓共产党，杀共产党，你们国民党还怀疑你是共产党，你抓了人家共产党，杀了人家共产党，人家共产党又来保护你。"

岳振鹏说："董诚，以前我是职责所系，没有办法。现在，我也是不得不提防他啊。杨兄弟不也在我们面前装过反对共产党吗？再说啦，我这么做也是为了保护你。我都这样了，死活无所谓的。是我把你从重庆叫到前线的，我必须让你活着回去。那天，那个田中松下挑拨过我们以后，我担心他后来把以前我害共产党的事实调查出来说给杨兄弟。上次，杨兄弟让那个焦国臣进来问我投国民党还是投共产党，我也认为是他来验证我究竟是共产党还是国民党的。我开始还以为那个姓焦的也是共产党，后来才看出那姓焦的是国民党。我跟他说了实话，给他出了主意——"

"你不让我听，说那人是共产党——原来——你们都是谎话连篇。岳振鹏，你跟我说话，我也要好好想想哪些是实话，哪些是假话。"

"董看护，岳长官跟你说的话，不管是真话还是假话，他都是为了你好。岳长官，焦国臣出去跟我们说的话都是你教的？"

"是的。我跟焦国臣说，先在日本人那里委屈些日子，等共产党八路军过来了，再把人马拉出去打出国军抗日游击队的旗号，明着和共产党抗日、暗中和日本人联合反共，两边都不打恶战，一心扩大自己地盘、壮大自己队伍，等国军大反攻时再配合国军打败日本人，消灭共产党。对不起，我又对共产党犯罪了。"

"岳长官，你没有犯罪，你为共产党立功了。这个焦国臣原来奉命和日本人一伙死心塌地打共产党八路军。你让他从日本人那儿出来，明着联合共产党抗日，暗中联合日本人反共，跟两边都不打死仗。他原本就不会和日本人打死战。他听你这话，八路军过来了，他能不跟八路军打死战，这对八路军也有利。我们共产党八路军抗日一家，只要他焦国臣听你的话，不死心塌地反共，我们说不定能把他拉到我们这边的。焦国臣还是有血性，有爱国心。他从内心也看不起国民党和你们国军。不过，他确实尊敬你。他说，岳长官你在人马寨那一仗打出了咱中国人的志气！"

"天赐兄弟，你说实话，你在八路军真是排长吗？"

"当了两年排长，正要提拔我当连长，负伤了。"

"我觉得你像八路军的政工人员。"

"我跟指导员关系好，指导员教导我们许多革命知识。岳长官，我从来就没有把你当成我们共产党。但我、我们一家也从来没有因为你是国民党就想把你交给日本人。你想想你来到我家那天躺在院里担架上说的那番话，不是最反动的国民党，能说出那话吗？可就是那时候，我跟我爹也没想过把你交给日本人。我们也不是怕国军回来杀我们的头。就凭你跟日本人打硬仗，就凭咱们都是中国人，我们杨家就是被灭门也不会把你和董护士交出去。"

"谢谢你，谢谢杨老先生，谢谢你们一家人。说实话，我确实反对以前那个打土豪分田地的共产党。但我现在越来越感到，你们共产党的政策不死板，你们知道跟着形势转，知道让政策跟着大多数人的心思转。就凭这一条，这天下以后很可能就是你们共产党的。我不想再反对现在的共产党了。杨兄弟，你说得对，从今以后，我们精诚团结，再不互相提防。"

杨天赐："今天，地道里这个小野一郎打了我老爹一个耳光。我爹他今年六十九岁了，他在家乡行医数十年，受人尊重。你们在里边吧，我要到外边看看我爹。我爹是个想得开的人，但是这个污辱太大了，他不一定能受得了。”

岳振鹏说：“天赐兄弟，在你面前，我就是罪人，我很惭愧、很内疚，我什么话也不说了，我其实已是无用之人。我是为了保护董诚。”

杨天赐：“这个话咱们就说到这儿，以后咱们再也不说这方面的话。我们就是一家人。我到外边看看，也把里边的情况给他们说说。董看护，你三五分钟就去看看那几个日本人，你一定要拿上枪，打开保险。你让小山到近处看，你要离他们远点儿。岳长官，枪你还要拿上，你跟董看护在一起不要分开，你们两个在一起，你们都安全，我更放心。”

这时候，从地道口传来当当两声。

杨天赐说：“日本人从家撤走了。我家人在萦系着我们能不能制伏日本人，我出去一下就回来。你们看好这几个日本人，我带进饭菜咱们吃了再审问他们。从今天起，我也睡地道里。”

五十

杨天赐从地道里出来，看见杨汉唐在写字。杨家人都围在杨汉唐跟前。

见杨天赐出来，一家人都万分欢喜。

杨汉唐说：“你们看看，我说日本人进了地道就是野猪进了猎人下的笼子吧！”

杨天赐说：“利用机关，我把四个日本人都收拾了。”

木兰说：“我要进去。咱爹不让进。”

杨汉唐说：“里边那么多机关，你跟在日本人后边进去。天赐看不见你。怕你中了机关出不来。你们都到那边窑里吧。木兰赶紧做饭菜。秀女，搀你娘也过去。你们看着狗孬、二孬不要跑出去。我跟天赐还有话说。”

焦兰亭说：“哼，当年你打我儿打恁狠，把我儿打出去丢了一个命根子。现在你又天天霸占着我儿。你俩有啥话不能叫我听？”

焦兰亭心有不满，还是由秀女搀着也过去了。

杨天赐跟杨汉唐说：“我跟岳振鹏把话也说透了。他承认他是真国民党、假共产党。”

杨汉唐说：“好！好！这样最好！你也听我说，我要把今天日本人打我的事写出来贴到关帝庙和地坑院上边的拦牛墙上。让人们都看看日本人是怎么爱民的！天赐，我这么做，你说那个田中松下能把我怎么样？”

杨天赐说：“他还要活命，他不会把你怎么样。不过，你跟秀女、木兰她们说，一定看好狗孬、二孬，绝不能让俩小子跑到地坑院上边。现在日本人不敢和我们明着过不去，但他们会暗下手。两个小子在上边玩儿，让他偷偷抱走，我们也没有办法。每个窑洞里都有地道口，以后日本人叫门的时候，让媳妇娃们和我娘钻进地道。”

杨汉唐说：“就这么办。我这就过去跟他们说。天赐你也过去，饭菜熟了，赶紧掂进去，收拾了四个野狼，你们早就累了饿了。回去问岳长官、董看护好。跟他们说，我没有一点儿事。日本人打我这一巴掌，我要好好宣传出去。天赐，你看吧，田中松下明天就得来我们家。哼，来吧。”

……

杨天赐掂着饭菜又进到地道里的时候，以前那种你装我也装，你假我也假的情形已没有了。饭茶相当丰盛。白面馒头、小米汤香喷喷，还有鸡肉鸡汤，煎鸡蛋、大葱烧香菇还有炒绿豆芽。杨天赐说：“这砖是没有渗过水的砖，这样一块砖可以吸进一斤水。所以我们的窑一点儿都不潮，不仅不潮还有些干燥。不过，想不干燥很容易，两头的小门一打开，潮气就进来了。”

岳振鹏由衷地说：“修建这个地道你真是煞费苦心了。你们共产党打地道真是打出经验了。在地道里还能吃上这么丰盛的饭菜真是没想到。”

“如果你是八路军的伤员，在冀中任何一家堡垒户家里都能吃上这样的饭菜。”

“堡垒户？什么堡垒户？”

“堡垒户就是……”

听杨天赐讲了堡垒户的故事，董诚张大嘴巴说：“啊，你们共产党太厉害了！太厉害了！”

“我给你们说个事实啊。有一次我们一个八路军战士被敌人追进一个村庄，被一个大娘拉进屋里，进了屋就让我们的战士脱衣服，脱到只剩一个裤衩时，大娘还叫脱。大娘将脱光的战士塞进儿媳妇的被窝。那一带的老百姓睡觉男女都是光秃秃的。敌人进村搜到大娘家，掀起被子一看两个光屁股转身就走了。这个大娘有经验，有些人家没有经验，也让我们的战士冒充儿子女婿，却因为没有叫战士脱裤衩被敌人认出抓走了。后来老乡们再遇到这种情况都这么办，我们八路军和老百姓就是这样一种关系，日本人除非把占领区的老百姓全杀光！他们也确实这么做了，可是他们杀光一个村，十个村的人民都起来跟他们拼命，拼不过他的，我们就走。打个比方，如果杨家营据点的敌人杀光了我们这里的一个村，我们要么端掉这个据点，要么就全部撤离这个地方，敌人早上起来一看，整个杨汴塬上没有一个人了。”

“这么多人撤往哪里呀？”

“撤的地方多了，如果在这儿，我们可以撤往南山，还可以撤到别的根据地。我们建立根据地那是一块一块的，不管撤到哪里，我们共产党都不会让老百姓饿着冻着。”

岳振鹏说：“我有一个问题百思不得其解，你们八路军虽说有根据地，但打的是游击战。你们不死守一个地方，怎么保护你们的粮食仓库？”

杨天赐说：“我们没有粮食仓库。我们给各家定的公粮都不拿走，都放在老百姓家。一百斤公粮在老百姓家存到一年，其中二十斤就作为保管费给老百姓。我们军队在老百姓家吃饭给饭票。有些人家当年的公粮让部队和地方干部吃完，也还管我们饭吃。他拿着我们的饭票到别人家领粮食。

岳振鹏不吭声听杨天赐说，听完了还是不吭声。

杨天赐说：“你是听着呢，还是睡着了？”

岳振鹏一激灵说：“没有睡，醒着呢。”

杨天赐说：“你这样睡着醒着一个样。我还以为你睡着呢！”

杨天赐心想，你听了去，可你学不走！

岳振鹏长叹一口气说道：“明白了，明白了，有人总说，共产党八路军利用抗日发展自己，那你也可以利用抗日发展壮大你自己啊？如果中国的各派抗日力量都利用抗日发展壮大起来，这是很好的事情啊，可是为什么只有人家共产党八路军能利用抗日发展壮大而别的党派做不到呢？”

董诚说：“你在说谁呢？那些话都是你以前说的啊。你在自己反驳自己吗？”

“我在自己批判自己。杨天赐同志，咱们也是抗日的同志吧，我们一定要活下来，我一定要到你们的根据地好好看看。我觉着你们根据地的根就是那些堡垒户，就是那些真心拥护你们，真正把共产党八路军当亲人的老百姓。中国的农民一向自私、胆小，有家族意识，少国家观念，八国联军攻打北京时，就有中国人为了挣钱给他们送粮食送弹药。这次河南作战，国军溃退后也被农民围攻缴械。我一定要活下去，我一定要到你们的根据地待上一些日子。真正搞清楚你们怎样得到人心、改变人心。”

“你把我们那一套学去了，教会国民党，我可不能叫你去。再说，你眼都瞎了，你就别操那些闲球心了。你看，我又说个球。对不起啊，董看护，我犯纪律了。在女人面前说话不能带球，这是我们共产党八路军的纪律。”

董诚说：“没什么，我听着可开心呢。你们早该这样了。看有人那么装我都恶心呢。”

杨天赐说：“董看护，我的意思是想说，以后岳团长就一心一意和你生娃子。国家大事操心的人多着哩。你们都有知识，你们生十个八个娃子，将来娃子们也当团长、师长、军长带兵跟日本人打。”

董诚说：“你说得很有道理啊。可是我不能保证生那么多儿了。你们两个媳妇多能干，已经给你生四个儿子一个女儿了。她们以后还能给你生很多儿子的。听说，你伤好后还要回部队的，你的媳妇一哭，你就不走了。你知道顾家，知道心疼女人，这个很好啊。岳振鹏，你和杨兄弟一样，都为国家打了仗，现在负伤了，就不要再想那些党国大事了。”

杨天赐看着董诚，感到这个女人真是可爱。

岳振鹏说：“不想那些了，以后只想着生娃子，只想着怎么多生儿子，只想着怎么生双胞胎！天赐兄弟，你说说，你和你媳妇怎么搞才搞出双胞胎的？”

这个国民党真浑蛋！

杨天赐说：“没有别的办法，就是一个字——憋。你憋着三七二十一天不挨女人身，这二十一天你天天还要吃牛鞭猪鞭公鸡肉，还不能干重活儿——”

岳振鹏知道杨天赐在胡扯头都不抬，董诚却仰着脸聚精会神看着杨天赐。

杨天赐想，董诚真好！董诚这样的人跟郝指导员成一对才好呢！

岳振鹏也在想，杨天赐这个共产党又狡猾又实诚。在现在这种情况下，人家能这样对待自己确实难能可贵。为了董诚和董诚肚里的孩子，一定要和这个共产党合作好。和这个共产党合作好，再加上地道里这四个日本人做盾牌，暂时就安全了——日本人大势已去，指不定哪天国军就反攻回来了。

五十一

岳振鹏、杨天赐、董诚一起审俘虏。

岳振鹏穿着军装、腰插手枪、挂着佩剑、戴着黑墨镜，坐在椅子上，杨天赐和董诚分立岳振鹏两边，董诚也穿着军装。杨天赐没有穿军装，但一手握枪，一手掂根红缨枪，红缨枪前头装着明晃晃的铁矛头。

四个被俘的日本兵中，最老实的是小山一男。小山一男是在东北长大的日本人。小山把知道的一切都交代了。小山说他还参加了反战同盟，可是却又对不上暗语。小山说，他刚参加还没有学会暗语。最凶恶的是小野一郎，小野一郎吊在网包里还乱踢乱咬，如果不制止他，他那狼一样尖利的牙真能把小细牛皮绳咬断，对这种人不能客气，杨天赐用铁矛头将一团尿布塞到那货嘴里。安倍介二哭着说他是被强征入伍的，他入伍前是老师，说他热爱中国，读过不少中国书，知道岳飞也知道杨家将。他反对战争，也认为日本侵略中国不对，他自己在战斗中从来就是对天开枪。这货的话一听就知道没有一句是真的。最顽固的丰臣正人，那货闭眼闭嘴一直装死猪。

岳振鹏和董诚、杨天赐商量后，由杨天赐放下小山一男，给他戴上脚链手链。

杨天赐说："这脚链手链，你戴上也不难受。我们也放心。请你理解。"

小山一男说："理解，理解。"

审讯过后，那三个日本人又被塞上嘴巴，绑上手脚，蒙上头套，用网包着吊在地井里。

岳振鹏、杨天赐他们是吃了饭审讯日本人的。杨汉唐也让杨天赐给几个日本人带了些饭菜。看他们的表现，岳振鹏说，饿他们两顿再说。杨天赐、董诚也同意。

审过以后，他们只让小山一男吃饭。

安倍介二听见小山一男在吃饭。

安倍介二说："中国老爷，也让我吃些饭吧，我肚子饿了。"

杨天赐说："你说一句老实话，就给你吃的。"

安倍介二想半天说："我刚才说的都不是实话。"

杨天赐说："小山，给他一个馒头。"

安倍介二吃完闭上眼呼呼睡着了。

杨天赐说："安倍，你这个日本人最不老实。下次，说两句实话给你一个馒头。"

安倍介二睁开眼说："我开头说那么多全是假话，刚才那一句是实话。"

杨天赐和岳振鹏、董诚都让这货逗笑了。

董诚说："日本男人这么不要脸啊！你下次是不是要说，我是日本人，我是男人。你们就这德行，丢死人啦！"

……

董诚骂安倍介二的时候，田中松下正背手皱眉在屋里转圈圈，田中松下转了一圈又一圈，眉头皱成一个疙瘩。

田中松下想调查岳振鹏残害共产党的事儿，他问了几个俘虏的国军却都没有问出一个具体事儿。其中一个人跟田中松下说，现在国共表面上还合作，整治共产党的事情都是政训处那些人秘密干的，外人很少知道。这方面调查不出东西，田中松下就从别的方面调查。从别的方面田中松下收获颇丰。田中松下心想，杨天赐这个共产党究竟怎么样，如果他只是一般的共产党，这些材料可能管用。如果他是不一般的、高水平的共产党，只怕凭这些材料也不能把他和那两个国民党挑拨开。不管结果如何，过几天就去试试。

电话响了，佐藤报告，杨家人找到杨永贵说，希望日本人快点把地道里的国民党军官和女看护弄出来，把杨天赐也解救出来。又说，杨汉唐亲自往关帝庙和拦牛墙上贴了大字报，名字是"杨汉唐告乡亲书"。杨汉唐在那上面说，他为日本人看病，日本军官向他鞠躬感谢，有个叫小野一郎的日本人却刺伤他家佣人、打他耳光。说他现在眼睛看不清东西，耳朵里嗡嗡叫，气得心口疼，已不能给各位乡亲看病，请乡亲们互相转达，不要再到杨家看病了。田中松下命令佐藤派人看护好那大字报，并将大字报拍下来，让佐藤带上照片来陕州见他。

丰臣大雄司令官听说有四名皇军被俘（有一个还是丰臣大雄司令官的同宗晚辈）大为震惊，抛开其他事情，叫来参谋人员一起听取田中松下和佐藤的汇报。

田中松下和佐藤拿着杨汉唐的大字报照片和抄录下来的文字，同时还拿着杨汉唐为日军看病开的药方和以前《东亚陕州报》上登载的田中松下送给杨汉唐的锦旗和记者所写的那篇题为《中日亲善春满塬——杨家将后人杨汉唐先生为皇军看病记》的文章一起来到丰臣大雄的办公室。田中松下和佐藤将那些东西一一放在丰臣大雄司令官的桌上。

汇报整整进行了一个上午，最后全部的责任都集中到了小野一郎的头上。所有参会人员的共识是，杨汉唐这个中国人是能够与皇军合作的，事情都是让小野一郎弄坏了。小野一郎从地道里解救出来后，也应该被追责接受军纪处分。大家的另一个共识就是，地道里的四名皇军一定要解救出来，杨家的儿子也要解救出来；那国民党军队的一对男女也要弄出来。特别是那个岳振鹏，他的大哥是国民党军队的军长、二哥是国民党军队的师长，可以利用他做他两个哥哥的策反工作。

丰臣大雄司令官最后说："这个事情和杨家营据点的管理以后就由宪兵队全权负责。佐藤恢复中队长职务，仍为杨家营据点最高指挥官。"又说，"这个事情不要着急，但也不能久拖不决。办好这个事情需要的是智慧，是智谋，不是子弹刺刀，不是飞机大炮。相信田中君在佐藤君的协助下，定能不负使命，完成这一光荣任务。此事只做不说，不要公开报道，也不要私下议论。"

田中松下和佐藤立正发誓一定完成任务。向丰臣大雄推荐小野一郎的那个人脸色白得像纸，额头满是汗珠。

会后，田中松下和佐藤一起来到杨家营据点。田中松下从皮包里掏出一些关于佐藤的举报信让佐藤看了，又装进皮包。佐藤对田中松下说："佐藤感谢田中松下君的护佑！佐藤一定听从您的指挥。"

五十二

田中松下、佐藤带着日本兵和治安军又来到杨家。一个日本兵手里拿一个铁皮喇叭。

日本兵和治安军都留在院里。魏功良和杨永贵也立在院里。

田中松下和佐藤两个人进到窑内。

杨汉唐对田中松下、佐藤说："我给你二位说实话，我儿天赐不是让里边的国民党军长扣在里边的，他就是共产党。他在河北当八路军参加了共产党。我儿他恨国民党啊，他早就要把这两个国民党弄出来交给你们，是我不让他弄。因为，当初人家把我们这村名还有我的名字都让国军记走了。这个人大哥是国民党军队的军长呢。我若是把他们交出去，国军打回来要杀我们全家。我本来已经跟你们说好了，再过几天就让你们把他们搜出来。为让你们顺利把他们搜出来，我和我儿已商量好，趁他们还没有提防，往饭食里下些迷魂药。可是，小野来打我两耳光，把我儿惹恼了。我儿他在八路军和你们打过仗，好多好兄弟死在你们枪下，他原本也恨你们。小野一打我，他恼了，他进去投了国民党。他说了，有本事你们进去把他们逮出来。他还说，他们手里有四个日本人，那个安倍家在日本国势力很大，还有一个日本兵是你们司令官的本家。你敢伤害我家人，他们就拿里边的日本人开刀。田中松下先生、佐藤先生，这就是眼下的形势。对这事儿老夫是一点力也使不上了。哦，田中松下先生，我还想跟你说个话。"

"杨老先生，有什么话，请讲。田中洗耳恭听。"

杨汉唐压低声音说："田中松下先生，我给你看病这个事儿你在你这个部下面前就不要保密了，你这个部下是个实在人。他对你忠心耿耿，绝不会出卖你。你的病势那么重，保命要紧，让我再给你看看。给你些药，听老夫一句话，你们日本国离了你一个，照样过日月。可是你娃们只有你一个爹，你若倒下了，你那娃们可是再也没有爹了。爹是势力妈是胆，没有爹的娃们可怜呐。"

田中松下也小声说："杨老先生，谢谢您。以前保密主要是担心小野——我们日本人中也有君子和小人。佐藤君是君子，这个事可以告诉佐藤君。"接着转向佐藤："佐藤君，我得了糖尿病，这些日子我一直在喝杨汉唐老先生开的汤药，效果真是好。不过，这个事儿还是咱们两个人知道为好。"

佐藤站起立正："请田中松下太君放心，佐藤一定守口如瓶！"

杨汉唐靠在太师椅上微闭双眼："田中松下先生，你放心，这个事儿我和我一家也不会再对任何人说。不过，地道里那些人，我现在实在没有办法帮你把他们弄出来。"

田中松下跟杨汉唐说，他想跟地道里的人说说话，跟岳振鹏说也行，跟杨天赐说也行。

杨汉唐说，地道口在那儿，你们对着往里边喊话吧。

杨汉唐说过这话，就闭上眼睛。

焦兰亭说："你们那小野狼把老头子都打了，你喊也没有用。"

田中松下不接焦兰亭的话，叫魏功良进来拿喇叭对着地道口往里边喊道："地道里的人听着，田中松下太君要跟你们说话。"

地道里没人应声。

焦兰亭说："有本事，你们进去把他们都逮出来，光喊叫顶个屁用。"

魏功良看看田中松下，田中松下哼一声，魏功良又向里边喊："地道里的人听着，田中太君要跟你们说话。"

这一回里边回话了："田中要放屁，叫他快点放！"

田中松下接过喇叭对着地道里喊道："岳振鹏团长，我们虽然是敌人，但我本人很敬佩您——"

岳振鹏说："佩服我，你就给送我一个喇叭，我在里边喊话很费劲儿。你送不送，不送我就不理你了。"

田中松下说："可以给你送一个喇叭——"

田中松下跟杨汉唐说："杨老先生，请您让您的仆人把喇叭给岳团长送进去吧。"

焦兰亭："憨子不敢往里送，小狼在里边，憨子腿才好，小狼再扎他一刀咋弄？"

杨汉唐说："老婆子，你少说两句，我看田中太君这样也许真能解决问题。憨子，你把喇叭送进去。"

憨子从地道里出来的时候，田中松下手里已经又拿了一个喇叭。

岳振鹏说："谢谢田中松下先生，有啥话你就说吧。"

"岳团长，我这次来不是请你们马上出来。因为战争很快就要结束了。战争一结束，你们自己就出来了。岳先生，你还不知道吧？皇军在太平洋战场所向披靡，重庆政府也在暗中与我方谈判，准备与我方签署和平协定。我方已决定弃汪而立蒋，你们的蒋委员长和政府马上就要迁回南京——"

"哈哈哈，田中松下先生，你说的全是假话。美国军队已经打到日本本岛跟前，美国的飞机已把东京炸成一片火海。你们的家人现在一天只有半斤粮，一些士兵妻子没有办法也到了战场上当慰安妇。在武汉一个叫山本二十七的日本兵在慰安所见到自己的妻子后两人双双上吊自尽——”

田中松下对地道里喊叫道：“国民党才说假话——里边的杨天赐先生你听着，我们知道你是共产党，也知道你原本是想把里边的国民党交给我们的，因为小野一郎冒犯了你们家你才改了主意，丰臣司令官已经决定将小野一郎撤职。杨天赐先生，你听着，国民党才是你们的真正敌人。杨先生，我对你们共产党八路军大大的佩服，我可以告诉你们，蒋介石国民党明着和你们合作，暗中一直想消灭你们。重庆政府让一部分国军投降皇军，和皇军一起打你们八路军、新四军。国民党的军队把你们皖南的新四军都消灭了。把你们新四军的军长都抓起来了。杨先生，你要明白，国民党比我们日本人更恨你们共产党。他们和我们交换俘虏，但是你们的人换到他们手里就被枪毙了。”

田中松下为了压制住岳振鹏滔滔不绝地一直喊，喊得满头大汗，看佐藤对他打手势，田中松下才停下来。

佐藤说，里边半天没有声音传出来了。

田中松下又对地道里喊叫道：“杨先生，你听到我的话了吗？”

焦兰亭说：“听到也不理你，国民党不好，你们日本人也不是好东西！小野狼扎了憨子，你还让小野狼当长官。”

杨汉唐闭着眼睛说：“老婆子，你少说一句。”

地道里传出杨天赐的声音：“田中松下先生，你的话我已经不相信了。你说皇军要戒淫、戒杀、戒烧、爱民，可你们是怎么做的呢？你们不让据点里的日本兵在据点跟前办坏事，你们让他们到别处强奸女人、杀人、放火。你们日本人太不讲良心，当初我爹给你们的人看病，我们家给你们熬药汤，憨子也给你们送过药汤。小野一郎拿刺刀扎穿了憨子的大腿，佐藤为这事打了小野一郎一下，可是你却撤了佐藤，换上小野。你在我们家说好话，让别的日本人来欺负我家。小野打我爹一耳光，我恨死了小野，也不相信你了。再说啦，你们正和蒋介石国民党谈判，你们谈判成了，肯定合起伙打我们共产党八路军。你走吧，等你们谈判成了，你们和岳长官就成了一伙，就像你说的，岳长官就自己走出去了。到那时候，岳长官看在我们不把他们交出去的情面上，不伤害我们，让我们一家还过现在这日子就行了。”

杨汉唐也睁开眼说：“田中松下先生，佐藤先生，虽然我们祖上是杨家将。可我们现在就是小老百姓，小老百姓图个啥？就图过一家老小有吃有喝饿不着冻不着的日月。天赐他说这话，也是我的话。你不是说你们日本人和蒋介石正在谈和，战争很快就要结束了吗？你们两边抓紧谈，谈好了，不打了，老蒋他回南京坐他的朝廷，你们该拜将拜将，该封相封相，也让我们小老百姓不用再过这种担惊受怕的日月。你们走吧，走吧，再说下去也是这。”

田中松下看看佐藤，佐藤吧嗒吧嗒厚嘴唇低下头。

这时只听地道里“砰”一声枪响。

“田中松下，你听着——”地道里传出岳振鹏的声音，“你这个日本人很会挑拨离间啊，杨天赐他听了你的话想对我们下暗手，已经让我们制服了。现在他的手脚被我们绑住了，他的嘴也被我们塞住了。现在，杨天赐、小野一郎、安倍介二、丰臣正人、小山一男都在我们的控制之下。你若不信，你听小山一男跟你说——”

地道里传出小山一男的声音。小山一男说岳振鹏说的是实话。接着又听见小野一郎、安倍介二、丰臣正人高喊“天皇万岁——”接着又听见日本人的惨叫。

杨汉唐知道这是里边的人在糊弄鬼子，故意大骂岳振鹏不讲良心，恳求田中、佐藤救出杨天赐。孟秀女抱着狗孬哭哭啼啼。木兰却抱着二孬说，好好好，让没良心的吃些苦头也好，看他还在外边睡野女人不睡？焦兰亭拍胯打腿大哭大叫。

董诚又在地道里边喊道：“杨天赐是汉奸，杨汉唐给日本人看病也是汉奸。杨汉唐一家过几天必须往地道送进些吃的。不然的话就把杨天赐和日本人都杀死在地道里。”

田中松下看看佐藤，转身就走。

焦兰亭大哭起来：“日本人，你们不能走，你们进去把我儿救出来——”

……

五十三

田中松下和佐藤回到炮楼后，田中松下问杨永贵进过杨家的地道没有？

杨永贵说："没有。我一直想进他家的地道看看，但他们总不让进。但他们用到地道里的砖头我留意了，那数量至少能盖起三间大房。杨天赐还跟人说起过河北八路军和老百姓跟皇军打地道战的事情。说有些高级地道不怕水灌不怕烟呛，皇军进去一个死一个。"

田中松下说："这么看来，再派人进地道不是送死就是被他们俘虏。这可怎么办？"

杨永贵说："把他家人全部逮起来，不信老头子能不要他的家人，他有四个孙子呢，我们中国人最怕绝后。你们杀他一个孙子，也许他就变了。杀一个他不变，再杀他一个。不变再杀，你把他四个孙子一个孙女都杀了，把他两个儿媳妇逮走当慰安妇，剩下他们两个老东西——"

佐藤打断杨永贵说："杀他一个孙子就等于杀了他，还用杀那么多。丰臣大雄司令官命令既要救出地道里边的皇军、搜出里的国民党，也要保证这个杨汉唐以后还要和我们合作，杀了他，你会给皇军看病吗？"

杨永贵说："陕州像杨汉唐这样的老中医有的是。"

田中松下说："你这话不对，陕州这么多中医，哪一个也比不了这个杨汉唐。你下去吧。"

看着杨永贵下了炮楼，佐藤说："这个杨永贵和杨老先生还是本家呢，他怎么能这样呢？"

田中松下沉思着说："这个人太阴险了，他如果知道杨老先生给我看病，他会跑到陕州向丰臣大雄司令官报告。丰臣大雄司令官身边也有和我们唱反调的人。"

佐藤说："找个理由杀了这个杨永贵。"

田中松下摇摇头。

接下来，田中松下站起来背手皱眉在炮楼里转起圈圈，转了一圈又一圈。

这时，一个日本兵前来报告，说岳振鹏要和田中松下谈条件。

田中松下等人又来到杨家，岳振鹏提出只要田中松下将那个唯一活着的国军小伤兵胡永和送进地道，他就可以放出三个日本人。田中松下要求将四个日本人都放出来。岳振鹏说，都放出去，你们放毒气，我们就死定了。又说杨天赐也不能放，杨天赐放了，杨家就不给他们送东西吃了。

田中松下答应两天后回复。

对于地道里的人们来说，这一个回合等于打了个大胜仗。田中松下、佐藤一走，杨天赐、岳振鹏、董诚就出来到窑洞前半截晒太阳。

自从岳振鹏能走路以后，他们经常这样出来晒太阳。杨家地坑院北边三孔大窑上半部都是玻璃。上午、下午在三孔北窑的任何一个孔窑里都能晒太阳。三孔北窑里都有地道口，敌人进到院里，窑里的人也来得及进地道。

这天，他们一边晒太阳一边说话，岳振鹏说："杨老先生，你说他们会不会真拿我的小护兵来换他们的人？"

杨汉唐说："你是长官，你能猜到，我可猜不出来。岳长官，你把我弄糊涂了，你跟我说实话，你到底是国民党，还是共产党。我们家里有个共产党，你这一会儿国民党，一会儿共产党，这叫我们心里一惊一乍。你可知道前两年，我们这儿的国民党抓住共产党就往大牢里扔，有的还被送到南边的什么营——"

"劳动营，有地方叫反生营——"

"对，就是劳动营，进去的人多，出来的人少，许多人不明不白死那里边了。明儿你们国军打回来了，你可不能脸一翻，把我们一家也送到劳动营。"

老先生故意逗岳振鹏。

岳振鹏知道老先生故意逗他，也笑着说："杨老先生，你把给田中松下看病这个事再说给田中松下，田中松下以后更不敢对我们下毒手了。"

在另一孔窑里和秀女、木兰说话的董诚有话飞过来："岳长官，你还没有回答杨老先生的问话呢？你到底是国民党，还是共产党？你以后翻脸不翻脸？你们国民党可会翻脸呢，民国十六年你们不就翻过一回吗？"

董诚真可爱！董诚这点像小荣，小荣也可会揪住话柄数落人。都两年多了，小荣也不知道怎样了？还有那个胡大兰，胡大兰其实也不孬，她是因为对小荣好才那样对待自己——

"杨老先生——"岳振鹏笑着说，"我是国民党，中间装过共产党。天赐兄弟是共产党，他中间也装过反对共产党。现在我和天赐兄弟是国共合作。是真合作。"

杨汉唐说："不是我说你这个国民党，也不是我向着共产党儿子。我问你，你们让日本人打跑了，共产党跟过来打日本人有什么不好？你想想，你被抬到我家院你在担架上说那话像话吗？人家共产党八路军跟过来打日本人，你却让人家无法立足。当时我们家的共产党就立在你担架跟前。我们家这个共产党员把你抬进来后跟我说，这个国民党十分反动，但他是抗日受的伤，我们还要保护他。可你呢，进了我家地道，还想调查他是不是共产党！你也不想想，你试出他是共产党对你有什么好处？”

岳振鹏不笑了。岳振鹏这才感到自己的愚蠢。

杨天赐说：“爹，岳长官是个认真的人，他是忠臣啊，我愿意和他这种人打交道。”

这时候秀女轻轻走过来对着杨汉唐耳语一句，又猫一样去了那边窑洞。

杨汉唐说：“岳长官，我老汉和你说着玩儿的，不必当真。我看出来了，你是条汉子，敢作敢当、有勇有谋，你是岳飞的后人肯定是真的。我问个话，你可得跟我说实话啊！”

岳振鹏说：“杨老先生，杨老伯，你只管问吧，凡我知道的，有二不说一。”

杨汉唐说：“这事你最清楚，我问你，你跟董看护究竟是啥关系？”

“她是看护，是我妹妹的高中同学——”

“我再问你，董看护是不是怀孕了？她怀的娃子是不是你的？”

……

五十四

国军战俘都在给日本人修飞机场。田中松下来到飞机场，发现那个国军小伤兵胡永和发着高烧已气息奄奄。再一问，小伤兵的蛋子被狼狗咬掉一个，伤处已经发炎了。守备队正准备将其拉出去活埋。田中松下立马让军医来给小胡打了盘尼西林，又让日本人给小胡拿来稀饭馒头，小胡喝了三大碗稀饭，吃了六个馒头差点撑死。田中松下让日本兵把小胡送到日军医院，下死命令一定要治好小胡。

田中松下跟佐藤打电话说，小伤兵被送到了黄河北边的战俘营，一个星期后才能回到陕州。

佐藤派人到杨家对着地道传进这话。

一个多星期后，田中带着小伤兵来到杨家营，这次田中松下坐镇炮楼，让佐藤、魏功良、杨永贵带着小伤兵胡永和去杨家。

田中松下心里有一种强烈的失败感，不想再到杨家去了。

小伤兵胡永和先和地道里的岳振鹏通了话。岳振鹏叫他不用着急，他还有话让杨天赐跟佐藤说。

岳振鹏对着外边说，四个日本人放出去后，只怕日本人把杨家人都抓走，没人给他们送饭吃。岳振鹏要求日本人弄些饼干罐头之类的食品给他们送进去。

佐藤黑着脸说，先交换人再送东西。岳振鹏坚持先送东西再换人。佐藤说，日军现在已不供应罐头饼干。

岳振鹏说，那就送五十个奶糖、十盒火柴、五十根蜡烛、三个暖水瓶、五个军用水壶装满开水。

佐藤让日本兵向田中报告，不一会儿，日本兵从炮楼上如数拿来奶糖、火柴、蜡烛、水壶、暖水瓶。暖水瓶只有一个。佐藤说，炮楼上只有这一个他用的暖水瓶。地道里的岳振鹏说，那先送进一个，另外两个以后再送。杨家拿出炒好的面豆，将五个军用水壶的白开水换成绿豆水。全部东西装进一个细长布袋，由憨子拖着送进去。

憨子爬进去一会儿就出来了。

岳振鹏提出叫小伤兵胡永和先进去。

佐藤提出让小野一郎等人先出来。

岳振鹏说，那就不换了。

佐藤派人向田中松下请示后，让小伤兵胡永和进去了。

岳振鹏又问让哪一个日本人留在地道里？

这个问题田中松下早就决定了。

佐藤就说，把小山一男留在地道里。

岳振鹏说，这是你的意见，还是田中松下的意见。

佐藤说，是上司的命令。

岳振鹏追问是哪一个上司的命令，佐藤不想回答。

岳振鹏说，不说清楚一个日本人也不放出去。

佐藤说，是丰臣大雄司令官的命令。

佐藤这边话音刚落，里边就传出小山一男的声音："外边无权无势穷人家的皇军兄弟们听着，日本军阀、财阀让我们给他们卖命，他们却根本不拿我们的命当回事儿。我们要反对战争，不要再给日本的军阀、财阀卖命了。小野家是大地主、安倍家是大财阀、丰臣正人是丰臣大雄司令官的本家——"

佐藤对着地道里边喊道："岳先生，请你放我们的人出来啊——小山一男，不是太君不让你出来，是他们只放三个人——"

这时只听得地道里边一声长长的惨叫。

佐藤问岳振鹏在干什么？

胡永和在里边喊道："你们叫狼狗咬掉我屁股上一块肉，我也要割小野狼一块肉。"

岳振鹏接着喊道："佐藤少佐，我的护兵让他祸害，恨死了他，我没有拦住，小野一郎受了宫刑，我向你道歉。从今天起，我将我的小护兵关三天禁闭。"

宫刑？佐藤心里愣了一下。

过了一会儿，头上套着布袋的小野一郎爬着出来了。小野一郎光着身子两腿中间夹着带血的绷带，背上还写着血红的大字：奸女人杀战俘者的下场。

原来小野一郎的阴茎和两个睾丸都被切掉了。

佐藤让魏功良向地道里喊："还有三个皇军呢！"

果然，岳振鹏在里边喊："魏功良，想叫你这三个日本爹出去，你叫田中、佐藤再带一个你日本爹进来。"

佐藤说岳振鹏不守信用。

岳振鹏在里边哈哈笑着说，你让你们天皇一个人进来，我把他们三个都放了，我自己也出去。

焦兰亭说："还有我家天赐没有出来哩！"

杨汉唐对着地道口喊道："岳长官，你放我家天赐也出来啊。"

"那不行，你家现在已和日本人一伙了，放你家儿子出去，你就不给我们送饭了。你家再给我们炒些面豆送进来。"

孟秀女听了，哭哭啼啼；木兰说不给他送，饿死他，谁叫他在外边找野女人。焦兰亭骂木兰。杨汉唐叫秀女赶紧炒面豆。

佐藤知道再耗下去也不会有结果，转身就走。

焦兰亭说：“你不要走，我家天赐还没有出来呢！”

佐藤什么也没有说，气哼哼走了。

小野一郎疯了，见人就咬。田中松下曾想通过小野一郎进一步了解地道里的情况，一听这情景，立马让人把小野一郎绑住手脚。田中松下强装镇定跟佐藤说，能换回一个也是成绩。不过，他们怎么会放出小野，而不是放出丰臣和安倍呢？田中松下背手皱眉转了几个圈对佐藤小声说了一些话，佐藤连连点头。

田中松下想想，又叮嘱佐藤一些话才带着疯了的小野一郎回陕州。

小野一郎下面被切掉这件事吓住一些日本兵，也激怒了一些日本兵。几个和小野要好的日本兵找到佐藤要求进地道为小野报仇，重振皇军军威。佐藤冷冷地说，你们进去，只能多给他们送几个人质。

小野一郎被施宫刑，有损皇军军威，佐藤也很生气。佐藤以小野为例对日军又进行了一次军纪教育。佐藤心想，地道里国民党军队团长的素质也太低了，怎么能容忍部下做出这样野蛮的事情呢？又想，自己也有管不住下属的时候。这样想着的时候，佐藤就更生气了，情不自禁地骂道：“这个战争还要打多久，再打下去，日本人、中国人都会变成野蛮人，变成野兽！”

杨汉唐对割小野生殖器官这事也颇不以为然。

杨汉唐问杨天赐：“你没有割日本人那个吧？”

“我没有。他自己扑上去割的。我不想让董诚给他包扎。我还给小野狼上了药，包了一下。”

“你应该挡住的。在咱家地道里出这个事多不好。唉，这样冤冤相报何时了啊？”

焦兰亭恶狠狠地说：“把日本人都打死就完啦！”

这天，魏功良、杨永贵拿个洋铁皮喇叭来到杨家跟杨汉唐说，皇军、治安军进不去地道，但地道里的人也出不来。日本人说了，地道里的人不难为地道里的日本兵，他们也不难为你一家。又说，过几天他们来杨家，让地道里的日本人对着外边喊几声。

杨汉唐说：“我人老无力，你们对着里边把这话喊给他们吧。”

魏功良让杨永贵喊。

杨永贵说：“你是炮楼上的长官，你喊。”

魏功良拿着洋铁皮喇叭对地道口朝里边把跟杨汉唐说的喊了一遍。

岳振鹏在里边说："看在杨老先生一家的面子上，我们接受这个条件。"

杨永贵又拿过铁皮喇叭对地道里喊道："岳长官，你是我把你安排到我大伯家的。我大伯一家对我不薄啊。请你把我天赐兄弟放出来吧。"

岳振鹏说："我们放出他，他一家搬到别处住，就没有人给我们送吃的啦。"

……

五十五

地道里人们是在憨子给他们送喇叭那个时间作出了糊弄日本人的决定。

糊弄日本人是杨天赐的主意。

岳振鹏的性格是硬碰硬，对此不以为然。

杨天赐说："你大哥不是国军军长吗？我们糊弄日本人几天，指不定你大哥就带着队伍来接你了。"

岳振鹏说："日本人是秋后的蚂蚱蹦跶不了几天了，以后和我们争天下的是你们共产党。"

杨天赐和岳振鹏都是笑着说这些话的。

董诚说："你们这两个以前斗心眼，现在又斗上嘴了。岳振鹏，你先别说以后，我觉得我们现在糊弄糊弄日本人也挺好。日本人挑拨离间，我们怎么不能逗逗他们？"

听董诚也这么说，岳振鹏才说，那就和他们逗逗。

董诚怀上了岳振鹏的孩子。是在进了地道以后怀上的。岳振鹏很感动，杨天赐也很感动。岳振鹏现在不吼董诚了。董诚说的一些话，岳振鹏即便心里不同意，嘴上也不反对。而是问杨天赐："杨兄弟，你看呢？"杨天赐心想："这话若是你说的，我肯定不同意。董诚说的，我当然同意。"

岳振鹏和杨天赐都十分迁就董诚。

放出小野换小伤兵是岳振鹏提出的。岳振鹏一提出，杨天赐就同意了。小胡进来的时候，杨天赐守在地道口。小胡用岳振鹏的短剑割破小野的阴囊，挤出了小野的睾丸。岳振鹏是在小胡办完那事之后才喊出那句“你们叫狼狗咬掉我护兵一个蛋子，我也不能让你们的人囫囵回去。”

这个事，杨天赐内心认为小胡做得不对。但看到岳振鹏态度是支持小胡，董诚好像也不反对，他也没有说什么。

董诚后来为小野一郎包扎，小胡不让。杨天赐说：“小兄弟，给他包一下，让他活着，他这个样，活着比死了更难受。”

小胡一个人常常教训丰臣正人和安倍介二。丰臣正人挨着耳光一气不吭，安倍介二还没有挨打，就杀猪一样叫唤。杨天赐批评小胡，说不能虐待俘虏。小胡说，你没有叫日本人逮住过，你才说这话。岳振鹏说，小胡，要听杨排长的。董诚闭着眼一声不吭。

后来，岳振鹏当着丰臣正人和安倍介二的面骂了小胡。小胡以后不再虐待两个日本人。丰臣正人还是闭着眼毫无表情，安倍介二见了岳振鹏千恩万谢。

小胡对岳振鹏忠心耿耿，天天给岳振鹏洗脚、敲腿、捶背。岳振鹏这个国民党在队伍上肯定是享受惯了。他还叫小胡也给杨天赐洗脚、敲腿、捶背，说杨天赐也是连长。还说，等以后出去让胡永和也当连长。杨天赐自然不让小胡伺候。杨天赐说，我们共产党八路军官兵平等，当年若这样叫士兵伺候，立马就被撸了。岳振鹏就说，小胡，我们向共产党八路军学习，你别伺候我了。小胡说，不是你把我换回来，那个最凶恶的鬼子回来，非把我喂他的狼狗不可。我愿意伺候你，伺候你我心里可美，不叫我伺候你，我心里还难受呢。

这国民党的兵也真是熊。不，不能怨当兵的。杨天赐想到自己在高树勋部队当兵时也给班长洗过脚。刚到八路军的时候，睡觉前老班长给他洗脚挑水泡，他感动得差点哭出来。杨天赐心想，这人啊，长期受压迫也会习惯哩。又想，自己跟着林参谋参加八路军真是幸运。林参谋是因为被新来的政训处长盯上才带着他们几个参加了八路军。自己现在和这个国民党政训处长合作了，但也不能对他完全没有一点警惕。

岳振鹏又让小胡伺候董诚。董诚也不让。岳振鹏就一个人享受。小胡为岳振鹏服务也真开心，一边工作一边还笑着说这说那。看岳振鹏不想听，马上闭上嘴。

杨天赐给了小胡一把手枪，二十发子弹。地道里五个人分成了两班，一班睡觉，一班值班。

岳振鹏、董诚和小胡是一班。到他们睡觉的时候，岳振鹏总是到董诚的小窑里睡觉。人家睡觉，小胡不睡觉，他就坐在人家窑门口，人家出来吼他他才走。他进到自己的小窑，进去就打起了呼噜。呼噜了一会儿又出来悄悄走到岳振鹏和董诚睡觉的小窑门外坐下。坐下又像屁股上长了草总在乱晃动。杨天赐知道其中的原因，在一边看着小胡笑。小胡皱着眉头过来跟杨天赐说，这城里闺女太浪。问他怎么浪。他红着脸又不说。杨天赐说："你在外边不行。你得睡到岳长官床下边。岳长官现在这身体不能总这样的。你睡到岳长官床下，他们那个，你就踢床板——"

小胡听出杨天赐逗他，也不吭声，脸红着走到一边坐下想起心事。

杨天赐走过去挨着小胡坐下小声说："小胡兄弟，你生啥气？你心疼你团长，我也心疼岳长官，算了，这种事咱们都不好管的。我跟你说吧，这种事全当他们做体操吧。你们在队伍上不也做操吗？"

小胡生气地说："我们团长真丢人，总是让人家压在下边。这种事在我们乡下让人知道了，人们就叫他下面人。是很丢人的。"

"我们这儿的老百姓也这样说，不过吧，岳长官负伤伤了元气眼又看不见。他是爬不到上边了！"

"他那伤没事儿了，他肯定能爬上去，是他太娇惯这个女人。董看护说，她就喜欢那样，就是说她喜欢在上边。这不行，我一定要跟团长说，这样下去对他很不好。女压男，祸事连。"

"嗯，你是岳团长的护兵，你不能不管。不过，这个事，你不好跟岳团长说啊——"

"我不敢对团长说，可我对女人又说不出口。我正为这作难哩。"

"这是正事，也是大事，有啥说不出口？现在董诚怀上了孩子。到她生孩子的时候，我们都要在跟前看着她生娃子呢。到时候她若生不下来，你这手小，还要从她那里边往出掏孩子呢。你想着这是个大事，你就不害羞了。你说，这也是我的意见。除了这个意见，他们天天晚上睡一个窑洞也不合适。他们那样咯咯吱吱，我们睡不好觉呢。我们八路军的军官只有星期天晚上才同房。"

"那你咋不说？"

“我是共产党，你们国民党的事情我不能随便说。再说，我说出来就有批评人家的意思。而且我大男人跟人家说这事儿，人家会很不好意思。你还小，我们队伍上有个小黑娃，女卫生员没有牺牲的时候，冬天里他们两个通腿睡一个被窝呢。你跟她说，是小兄弟跟大姐姐说。对，你跟她说的时候，不要叫董看护，叫她姐姐，不，不要叫姐姐，你叫她嫂嫂。你也不要一上来就说这事儿，你先说，你能在地道里怀上团长的孩子，你太了不起了。团长在重庆的夫人和孩子都让日本人炸死了，团长要绝后了，全团官兵都很气愤，所以在人马寨才和日本人往死里打。现在你怀上了团长的娃子，全团的兄弟知道了都会很高兴。你看她听进了你的话，还想听你说话的时候，你再拐弯说，以后出去到大城市，给团长换上个狗眼，团长还能指挥我们打仗，但是团长以后指挥打仗身体不好不行。你们现在这样，团长的身体受不了啊。再一个你睡团长上边也不吉利，在农村女人睡男人上边房子要倒呢。”

“杨大哥，我把这一条咋忘了。我们那儿刮大风，真有一家的房子倒了，一样一样的房子，人家的不倒，他家的为啥倒了？后来他才说那天夜里他媳妇儿爬他身上了。”

这天，杨天赐值了班在自己的小窑里正睡得香，忽然被人弄醒了。他睁眼一看是小胡。杨天赐吓了一跳，还以为外边出了啥事儿，再看小胡的表情，不像出啥事儿的样子。他心里立马明白了。

杨天赐给小胡出了那个主意后，小胡真去跟董诚说了，董诚竟然深为感动，便把那么做的原因认真仔细地给小胡讲了。小胡回来又认真仔细讲给杨天赐。

小胡说：“董看护说，岳团长心里很阴雨（抑郁），阴雨久了会生病。阴雨久了，生殖器——你知道什么是生殖器吗？就是跟女人弄娃子那东西。董看护说，阴雨久了，人会死的。所以必须要让团长开心高兴。团长的腿还使不上大劲儿她才在上边。她说我真是团长的好兄弟。谢谢你啊杨大哥，我是叫了她嫂子才跟她说的。她最后拍着我的头说，小兄弟，以后不要叫我董看护，也不要叫我嫂子，叫我姐姐。”

杨天赐乐得差点大笑起来。

杨天赐强忍着说：“你看看，通过这个事儿，董看护一下把你当兄弟看了吧？”

小胡继续喜滋滋地说：“她说，以后她就是我姐姐，我以后就是她兄弟，她说等打败了日本人，等我们出去了，她要送我到学校读书，她说我也是抗日功臣，她还要给我找好看的女学生做媳妇儿。”

杨天赐说：“那你以后就可以叫岳团长姐夫了。”

“那不行，他们结婚了我才能叫他姐夫。”

事后，杨天赐等着岳振鹏找他算账，可那岳振鹏却像没事人一样。这天上午，杨天赐正在地道里睡觉，木兰进来了。木兰进来抱住杨天赐就亲。杨天赐被木兰亲醒来的时候，看到岳振鹏让董诚搀着立在小窑门口一脸坏笑，那董诚看着杨天赐和木兰却是祝福的表情。

五十六

杨天赐他们生活在一截较宽敞的地道内。

如果将从地道口伸向里边的地道为主地道，主地道两侧有许多支地道，支地道里还有支地道，有的支地道比主地道还要宽敞。

这处地道一边是一排小窑洞，这几个窑洞都用火烧过。天赐住一个，岳振鹏住一个，董诚住一个，胡永和和日本人小山一男住一个。窑洞里有油灯还有蜡烛。油灯一直亮着。

岳振鹏让杨天赐晚上出去睡觉，说他和小胡、小山能看好那两个日本人。杨天赐不放心，晚上坚持住在地道里。有时候在外边窑里睡到半夜也要再进到地道里看看。

这天，杨天赐醒来，发现董诚在岳振鹏的小窑洞里正和岳振鹏搂着睡得香。杨天赐笑笑，蹑手蹑脚走过去。

虽然杨天赐蹑手蹑脚，可他一走过去，岳振鹏也醒了。

在距他们不远处的地井里。丰臣正人的头从井口的木格子里伸出来，又被脸朝上卡在一个小木格子里。

杨天赐捏住鼻子喂他小米绿豆汤。丰臣正人啊啊叫。

安倍介二也在相邻的地井里，木格子井盖下，这家伙正咕噜咕噜喝汤。

小山一男身上直发抖。

董诚从后边慢慢走过来，把手放在小山一男额头上。

董诚："小山又发烧了。"

小山一男睡觉蹬掉了被子，着了凉，有点发烧，喝了许多热开水，不烧了。现在一下又烧到了三十九度七。

岳振鹏和杨天赐商量后，让董诚给小山一男打了最后一针盘尼西林。小山一男止住烧后给岳振鹏、杨天赐磕头谢罪。

小山一男说："请你们相信我，也给我一把枪吧。你们给了我枪，我才感到你们真相信我。不然，我每天晚上都在想，我怎么才能让你们相信我呢。我就是因为这个才总是蹬掉被子。"

小野一郎那天出去，小山一男也对地道外边喊了话。小山喊话后，就被取掉了手链脚链。这些日子，小山一男除了正常值班，主要负责看管那两个日本人。丰臣正人和安倍介二说的话，他都告诉了岳振鹏和杨天赐。

小山在华北时，听过被俘日军的对日喊话。小山说杜丘可能是反战同盟的，因为杜丘和直树关系很好，直树给小山讲过反战同盟，直树死后，杜丘曾交代小山不要给人说起直树跟他说的那些话。

杨天赐和岳振鹏商量后，给小山一男发了枪和子弹。

岳振鹏对杨天赐说："这些天，我一直在想——那天我和小山对着地道外边的喊话肯定起了作用，不然，田中松下也不会那么气急败坏。杨兄弟，我们都是战士，不能总躲在地道里，我们要战斗。"

岳振鹏提出由杨天赐夜里送他和小山出去向日本人喊话。

杨天赐想想，点点头。

这天半夜，杨天赐提着长枪牵着岳振鹏从地道上边的一个暗口出去。那个暗口在排水地道的上方。岳振鹏和小山对着炮楼喊话宣传。敌人打过来的大部分子弹飞得老高，少数子弹打在他们身边。岳振鹏说，往高处开枪的人就是听进了我们宣传的人。我们继续喊，小山，你把我们给你打盘尼西林这个事儿说说。小山又接着喊话，小山喊完了，一群敌人才从炮楼出来打着枪向他们这边冲过来。杨天赐对着敌人打两枪，敌人就趴下了。杨天赐和小山搀着岳振鹏钻进排水洞，回到地道里他们住的地方。

岳振鹏和小山的喊话影响到了日军军心士气。田中松下又来到杨家营据点和佐藤等研究对策。

魏功良说，让杨家小娃子在前边，我们的人在后边进地道把喊话的人逮出来。

田中松下一听立马说，这个办法最好。你把这事办成了，调你到太阳渡口炮楼收税。

田中松下和佐藤都知道这样不行，他们故意让魏功良去当恶人碰钉子。

魏功良带着十多个治安军来到杨家。提出由狗孬、二孬带着他们进洞。杨家人不同意，木兰拔出枪对着魏功良。杨汉唐劝木兰收起枪，又跟狗孬、二孬说好话，哄两个孩子带着魏功良他们进地道。

狗孬、二孬在前，治安军在后进了地道。地道进去一点就拐弯，治安军拿着手电，掂着马灯进去一小会儿，外边的人就看不见光亮了。魏功良又让进去两个治安军。这时候，一小块土落在魏功良头上，魏功良本能要抬头，一支枪管从窑洞壁上伸出直顶在魏功良脑袋上。从里边传出一个声音："魏功良，杨家人给你看好病，你却这样对待杨家！你敢动一动，我一枪崩了你！"

接着从两边窑洞壁上又掉下两块土，露出两个黑洞洞的枪口。

门口的两个治安军扭头就跑。

上边的声音说："魏功良，你听着，连田中、佐藤都要给我们杨家一点面子，没有用这样的毒招儿。念你是第一回，放下武器，带着你的人滚蛋！"

魏功良叫治安军扔了枪弹，也不管进到里边的四个治安军就跟着日本人上了炮楼。

又过了好一会儿，三个治安军一人推着一个木桶出来了。他们说，那一个治安军有血债被扣在里边了。

治安军将三个木桶从窑里抬到院里，好不容易才打开盖，原来里边装的是屎尿。

田中松下和佐藤一起到杨家，田中松下跟杨汉唐说："杨老先生，请你跟地道里人说说，不要再出来喊话了。我跟丰臣大雄司令汇报说，我们正在与他们谈判，有可能让他们自动从地道里走出来。"

杨汉唐看着田中松下不吭声。

佐藤说："我们内部有人说田中松下太君对你们太软了，要求派工兵从上边往下边打洞，洞里放上炸药，把你家和你家周围的地坑院都炸了。"

"里边那三个日本人也不要了？"

"小山已当了叛徒。那两个日本人弄不出来就当他们战死了。杨老先生，我和佐藤君都不愿让事情弄到这一步。请你跟里边说说。”

“好，我跟里边说说。田中松下先生，看你脸色好多了，让我再给你看看，再给你调调药。我相信你今天来我家说的是实话，也是为了大家好。那我也要跟你说句话，我给你看病这个事儿千万不能让保长杨永贵知道。”

……

五十七

留在地道里的那个治安军叫刘富年。刘富年说他是山西那边共产党根据地的民兵，被魏功良抓进治安军的。

杨天赐向岳振鹏提出先由他单独审问刘富年。岳振鹏想想，点点头。

杨天赐问刘富年是哪县哪区（乡）哪村的民兵？又问哪县属哪个分区？县长是谁？刘富年一一作答。

杨天赐又问怎么被抓进治安军？刘富年又说了一套，也没有破绽。

杨天赐心想，不能这么问，问这些问题不能判定他说的是真是假。得问些只有长期在根据地生活才知道的事。

杨天赐："你是解放区的民兵，那你说说你们村里都有哪些抗日组织？"

刘富年一一都说对了。

杨天赐再问："减租减息怎么减？"

刘富年又说对了。

杨天赐再问："合理负担是啥意思？啥是累进税？你家多少地，多少人？一年交多少公粮，公粮都交到哪儿了？"

刘富年又说对了。

杨天赐再问："你们村有堡垒户没有？好好的同志在堡垒吃住一天，给堡垒户多少粮食？多少菜金？伤员在堡垒户吃住一天，给堡垒户多少粮食？多少菜金？"

刘富年说的数目比冀中根据地的标准要少一些。刘富年说的可能是实话。冀中地区富裕，从山西到冀中的同志跟杨天赐说过，那边给堡垒户的标准比冀中少。

杨天赐盯住刘富年眼睛看了一会儿才握住刘富年的手说："你是自己的同志。你是共产党员吗？"

刘富年说："我是民兵，根据地男人都得参加民兵。我不是共产党员，真的不是。"

这人肯定是共产党员，一般民兵不会知道这么多。他不承认是共产党员是还不相信自己！

杨天赐压低声音说："我也是共产党员，我以前是冀中三分区老一团老虎连一排排长。"

刘富年说："听人说你在河北当过八路军，但你不是共产党员，你是诈伤从八路军逃跑回来的。我们都要诚实，我确实是民兵，但我不是共产党员。你肯定也不是共产党员。共产党员不会诈伤逃跑回来，更不会有两个媳妇儿。你和你一家掩护两个国民党，一个是负伤的国民党军队的团长，听说他大哥是国民党军队的军长，还有一个国民党的女看护，听说十分漂亮。小野一郎急着进地道就是想把她弄出来。"

"那你为什么还要留在地道里？"

"因为我被魏功良盯上了。"

"你怎么被魏功良盯上了？"

"我串通了一些兄弟，打算八路军一过来，我们一起投八路军。有一天我在厕所跟一个兄弟正说这话，魏功良进来听了半句，事后我俩都说，我们说八路过不来了，八路在河北让日本人扫荡完了。魏功良嘴上相信了我们，但我看出来，他心中没有相信。他后来又把那个人叫去问过话。我说的是实话。我也想到你现在可能已和国民党成了一伙，但我想，我们毕竟都是中国人，我们都恨日本人不会错。你们总不会立马打死我。我如果从地道里回到炮楼，那个人出卖了我，我肯定活不了。"

"我相信你。我把地道里的情况给你讲讲。国民党军队的团长岳振鹏当过政训处长，以前思想十分反动。他看出我是共产党以后，他也冒充共产党，说他是打入国民党军队的地下党，说得有鼻子有眼儿。不过，他后来被我揭穿了。他也承认他是冒充我们共产党。现在我们合作得还可以。我有信心把他拉到我们这边。"

"哦——"

"这个人的两个妹妹都跑到延安了。国民党特务也怀疑他是共产党，他也被调查过。女看护董诚也同情共产党。不过，那个送进来的小伤兵小胡一切听他的。那小子出手很快。”

“哦——”

“你不相信我，但我相信你。我把你当成同志。我也真心希望你相信。我不是诈伤，你看我的伤——”

让刘富年验了伤，杨天赐说：“我回家不走是领了任务，首长让我在家乡先打好地道，先为老百姓办一些好事、实事，团结一批人。我是为我们的队伍打前站呢。”

杨天赐为了让刘富年相信自己不由自主地说了假话。

刘富年说：“你既然说相信我了，你能把你的枪给我吗？”

杨天赐掏出手枪交给刘富年。

刘富年接过枪对准杨天赐：“我是魏功良派进来的——”

杨天赐说：“刘富年同志，你别来这一套，我是老共产党员，八路军老虎连的一排长。”

刘富年说：“好，我相信你了。杨天赐同志，我这样是提醒你：你相信我有点太快了。不过，你相信我信对了，我真是老共产党员——”

……

听说杨天赐给了刘富年枪，岳振鹏立马站起来抽出枪，并且喊董诚和小胡过来，让他们都抽出枪。岳振鹏说：“小胡，你从那边走，绝不能让那个人过来。你就说我相信他，他要过来，先把枪扔过来——杨天赐，你别动，你动我开枪打死你！”岳振鹏一手揪住杨天赐领口，一手将枪死死顶在杨天赐心口。“你怎么能这么快把枪给他——董诚，你爬到小胡后边。杨天赐，你想过没有，他一个人就可以把我们全部干掉。你不要打断我，听我把话说完。你一直在军队上，你不了解特务工作。这个人完全有可能是敌人派进来的。你这样害了我们不说，你还会害了你们全家的。你这个共产党如果在我们那儿早就被我们弄出来了。这也难怪，你没有经过特务训练，你知道我们怎么往你们共产党派进特务吗？我让我们的人到大学读书，让他带头参加游行反对政府的不抗日政策，让人打破他的头，让你们的人去救护他。你在这方面太没有经验了。你现在必须听我的，一定要想办法把他的枪要过来。”

杨天赐开始听不进岳振鹏的话，后来听进去了。岳振鹏现在说的一些话，郝向光也曾向他说过。杨天赐立马头上冒出汗来。

杨天赐说："这样吧。我装作还相信他，我去找他。你说得对，他要害我们，不会一个一个来，我跟他说了，小胡出手很快。他害了我一个，他也出不了地道。他要害我们，肯定会在我们都在一起时下手。我去找他说话，趁他不防备下了他的枪。你们做好准备，万一我失了手，一定要灭了他。"

岳振鹏说："你一个人能对付得了他吗，让小胡跟你一起去吧？"

"我一个人去，一个人他没有戒心。"

杨天赐一个人过去就下了刘富年的枪。

岳振鹏和杨天赐一起再审刘富年，刘富年还是那套话。

于是，刘富年便被带上手链脚链，在地道里从事一些事务性工作。

刘富年说："你们这样做就对了。下一次敌人再进地道，让我打死几个敌人再给枪也不迟。"

……

岳振鹏跟杨天赐说："这个人十分狡猾，他就是打死几个进地道的敌人也不能给他枪。再说啦，他深知敌人不会再进地道才这么说。"

杨天赐沉默不语。

杨汉唐就在这时进了地道。

五十八

杨汉唐是和秀女一起掂着饭菜进来的。

杨汉唐向岳振鹏、杨天赐学说了田中松下和佐藤到杨家说的话，劝岳振鹏他们夜里不要再出去对炮楼喊话。

岳振鹏说："我眼瞎了，不能掂枪上战场了，但我们出去喊话也是和敌人战斗。杨老先生，这个事儿是大事儿，容我好好考虑考虑再给你回话吧。"

杨汉唐看看岳振鹏和杨天赐说："那你就好好考虑考虑吧。"

董诚说："不用考虑了。你们先不要出去喊话。敌人把我们从地道里弄不出去，这是我们的胜利。在敌占区，我们能这样要知足。如果你们继续出去喊话，日本人真来炸地坑院，炸地道，不仅我们要被活埋到里边，老乡们的家也会被炸，他们以后住哪儿呢？”

小胡说：“老乡们都上山跟日本人打啊。”

杨汉唐说：“还有老人、孩子，还有像董看护这样要生娃子的女人呢。”

岳振鹏说：“杨老先生，我们不出去喊话了。我们在地道里给两个日本兵讲话，做他们的策反工作，争取让他们成为像小山这样的反战分子。天赐兄弟，天赐同志，你说这样行吗？”

杨天赐说：“行。我看行！”

杨天赐知道岳振鹏很想出去喊话。他是看董诚反对出去喊话才这样说的。岳振鹏也跟杨天赐说过，安倍介二这个日本人虽然狡猾，但也是个明白人。岳振鹏说策反主要就是指的安倍介二。岳振鹏建功立业的意识很强。他想通过策反成功安倍介二让人们见识见识他的本事。

杨汉唐对他们的态度很满意。

杨汉唐说：“和日本人斗，一时有一时的抗法，一地有一地的抗法。不能都用战场上两军对垒那种打法。”

看他们吃过饭，杨汉唐要把秀女留在地道里。杨天赐说，我头有些疼，今天出去到前边窑里睡觉。

岳振鹏说：“天赐兄弟，你不要出去，就让你夫人留下吧。咱们要研究一下下一步的策反工作。你夫人很有见识的。”

杨天赐说：“我真的头疼，生疼生疼。我到前边喝些汤药。再说，那个事你考虑吧，我不想考虑。”

杨天赐让岳振鹏拿枪顶了以后，心里可不得劲儿。他有点不想见岳振鹏，也不想见刘富年。

杨汉唐摸着杨天赐的头说：“有点烧，也不很烧，不很烧又生疼生疼，这不好，让他跟我出去，我给他好好看看。今天晚上你们先不要出去喊话。明天你们好好商量以后再说。”

岳振鹏说：“那好吧。”

杨汉唐说：“你和董看护也在前边窑里睡吧。地道里凉气重。”

岳振鹏说：“董诚，你出去睡吧，我一个人要好好考虑考虑。”

董诚说："你不出去，我也不出去。"

董诚不肯出来。岳振鹏也没再劝说。

杨天赐故意说："岳长官，你跟董看护都到窑里睡。明天我把你们床板整得不咯吱咯吱响了你们再进来睡。"

杨汉唐说："岳长官，董看护这个样子，你们不能——"董诚脸红着说："真不好意思——对不起，真不好意思。我们以后不在一起睡了。"

杨天赐说这话是想叫岳振鹏难看。可那货嘴咧咧什么也没说，倒让董诚感到很不好意思。

岳振鹏这个国民党真不要脸！

杨天赐从地道里出来后将处理刘富年的经过说给杨汉唐。

杨汉唐说："岳长官在这个事上没有错。有错的是你。如果这个人真是共产党，这样对待他，对谁也没有坏处。你放心，现在这种情况下，岳振鹏不会起害你们共产党的心。"

杨天赐说："这个事我确实处置得不妥。我还是容易轻信，容易激动。"

杨汉唐说："唉，人有些毛病只怕一辈子也改不净，能认识到就好。认识到了，总会改一些。不说这事了，你说他们今天夜里还会出来喊话不会？"

杨天赐说："不好说。"

杨汉唐说："我看出来了，他们肯定还会出去喊话。唉，有些话不到一定的时候，人是听不进去的。"

焦兰亭说："老头子，你别啰唆了。秀女在那边等着天赐呢。"

杨汉唐说："你这老婆子，一块好地种几年还要叫歇一歇呢，你就不能让儿媳妇们的肚子歇歇？天赐你去吧。我都安排好了。这仨娃子下地跑了，你们再生。"

"你个死老头子，你啥安排好了。你给儿媳妇喝不坐胎汤药了，你这个死老头子——"

……

杨家一家三口走后，岳振鹏跟董诚说："今天我让这个小共产党彻底服气了，真的很开心。我们不出去喊话了。我们一起开心。"

董诚说："你眼瞎了还那么厉害，你揪住人家，枪对住人家心口，人家不听你，你真要一枪打死人家吗？"

“那当然，一枪打死了他，还要让小胡一枪打死那个人！这是必须的！你不要吃惊，生活就是这么残酷。我再告诉你一个好消息，现在安倍介二的反战思想已很强烈。我们今天晚上不出去喊话，下一次，我带上安倍介二和小山一男一起出去喊话。安倍介二喊话影响更大。这家伙口才比小山一男好多了。”

“安倍介二这个人十分狡猾，他还跟小胡说，只要小胡放他出去，他带小胡到日本，他还说要给小胡娶日本姑娘当媳妇儿，说了许多日本女人的好。他以为我真是小胡的姐姐，说他也有一个妹妹和我长得像——”

“征服这样的人才有意思。不要说敌人狡猾，说敌人狡猾就是承认自己愚蠢。”

那天晚上，岳振鹏和董诚还睡在一起。不仅睡在一起，还咯吱咯吱了。咯吱之后，岳振鹏就起来到地井旁边做安倍介二和丰臣正人的策反工作。岳振鹏先从国际形势讲起。丰臣闭着眼睛一动不动。安倍眼盯着岳振鹏边听边点头。丰臣那样子越发让岳振鹏感到安倍的可爱。董诚来给岳振鹏送开水，岳振鹏竟然先让安倍介二喝。董诚对着岳振鹏耳朵说，安倍裤裆顶起老高。岳振鹏骂了一句浑蛋，起来走了。

董诚说：“你别策反这个日本人了。这个日本人你策反不过来的。”

岳振鹏竟然说：“这个，他今天这样是生理反应和思想没有关系。我的话他还是听进去了。”

……

五十九

就在魏功良带人到杨家进地道搜人半个月后的一天下午。魏功良由两个治安军陪着又到杨家找杨汉唐看病。

魏功良腰间出了半圈水泡。魏功良也知道自己得的是腰缠龙。如果水泡连成一圈就活不成了。

魏功良哭着说，上次实在对不住杨家。

杨汉唐一言不发给他看病。

魏功良又发誓说是田中松下逼他那么做的。

杨汉唐一言不发看完病、开完药，让孟秀女去熬药。

魏功良又说，上次实在对不住杨家。

杨汉唐这才说："不管啥人，得了病到我这儿都是病人，我都给他看。不过啊，今天我给你看了病，有些话呢，还想给你说道说道。"

魏功良说："杨老先生，有啥话请您讲，晚辈洗耳恭听。"

杨汉唐说："秀女，你在那边也仔细听着：这世上的病症啊多得说不清，说起病因那也千差万别，但不外两类，一是外毒入侵，如风寒热湿饥饱劳顿等；二是内毒发作，何谓内毒？心存不善，伤天害理，必心神不宁、烦躁难安，喜怒无常。如此长久，必生内毒。内毒可入五脏，可入骨髓。为世间顶难治之症。你这病有外毒，也有内毒。我这药方主治外毒，对内毒也管用。但是要根除内毒还要你的配合。闭目多思自己过，睁眼多想为人善。你是执掌权势的，作恶行善都方便。"

魏功良连声称是，说自己得这病就是报应。

孟秀女掂着药罐进来了。

杨汉唐对魏功良说："你喝了这剂药，明天早上这一溜大泡就下去了。你再卧床静养几天就好了。"魏功良喝了药说："躺床静养几天怕是不成。我跟你说吧，南山朱武京的人马在穆珂寨，他手下有人暗中投了我们，我们要里应外合攻打穆珂寨。估计三五天后就行动。"

杨汉唐说："你回去跟佐藤说，就说我说的，你这病这么凶，要再喝十天汤药才能好。不然的话，复发出来，不仅你自己不会好，还会传染他人。"

魏功良趴下就给杨汉唐磕头说："谢谢杨老先生！谢谢杨老先生！"

魏功良磕了头起来又向杨汉唐鞠一大躬才弯着腰出去。

杨汉唐对孟秀女说："我刚才说的你在那边窑里可都听见了吧？这番话对谁说都管用。"

孟秀女说："爹，听见了，我都记住了。"

杨汉唐说："以后等时局安稳了，我要请来各方朋友为你举行一个仪式，让人人都知道你得了我真传。"又说，"别听你婆婆唠叨，听我的，你们还年轻，歇歇再生。"

孟秀女点点头，有点不好意思。

杨汉唐说：“天赐跟我说了，你最懂事，最知道体贴人。这些年你为家里撑起不少。”

孟秀女说：“这话他可没有对我说过。我撑起的不多，木兰比我能干。现在木兰娘和二兰妹妹也在咱家，爹，你以后不要让天赐再说这种话。”

杨汉唐说：“天赐跑出去参加共产党八路军，有些进步。可他小子毛病还不少，以后你还要多提醒他。”

孟秀女说：“爹，看你说的，天赐比我好，比我懂事，天赐经常提醒我呢。这八路军共产党规矩真是好，一个人在八路军待上几年真好，狗孬们长大了，也送到八路军共产党那儿，让他们好好管管。”

六十

田中松下收到家信，信中说，田中松下的叔叔也手痒、脚痒、眼痒。看了信，田中松下背手皱眉在办公室转了一圈又一圈。后来长叹一口气，带上两个日本人就到杨家营据点来了。

田中松下来到杨家，先跟杨汉唐说，他的手、脚、眼都不痒了。杨汉唐给田中松下望闻问切后也说田中松下的病轻多了。杨汉唐又给田中松下调了药，让秀女给他拾了药。

田中松下硬着头皮跟杨汉唐说了他叔叔的病情，求杨汉唐给他叔叔开药。杨汉唐说，不能开。中医讲望闻问切，不见病人不能给药。

那天晚上田中松下没有走，田中松下和佐藤两个喝得大醉，在炮楼里又哭又唱。日本兵听得都落泪了。

这时外边又传来小山一男的声音，小山一男说，中国人对他很好。地道里的中国人只剩下两支盘尼西林，上次给他用了一支，止住了他的烧，救了他的命。前几天丰臣正人发烧拉肚子，他给丰臣正人灌杨老先生的中药汤；丰臣正人还发烧拉肚子，中国的女护士就将最后一支盘尼西林打到了丰臣正人身上，丰臣正人就不烧也不拉了。这种药，日军只给当官的用，不给当兵的用。地道里的这些中国人真比皇军的军官对我们好。还说安倍介二在里边骂天皇，骂田中、佐藤，骗取中国人的信任，让中国人不再塞他的嘴，也不绑他的手脚，他用嘴咬断了绳子，爬上土井，企图强奸女看护。结果让中国人制服了。中国人又把他丢进土井里，一天只给吃一个生红薯——

田中、佐藤和炮楼上的敌人都听呆了，好半天才开枪，子弹打得很高。

第二天，田中松下想去杨家，请杨汉唐跟地道里人说说不要出来喊话。又想，只怕说了也是白说。田中松下在炮楼里转了好几圈，摇摇头，对佐藤作了几点提示就回陕州了。

佐藤命令魏功良白天带着治安军到岳振鹏等人夜里喊话的地方找地道口。同时召见杨家营村那个秘密情报员，要求他尽快找到地道口，不然的话，就公开他的秘密情报员身份。

几天过去了，魏功良和秘密情报员都没有找到地道口。

魏功良到杨家跟杨汉唐说：“杨老先生，请你跟他们说说，别让他们半夜出来喊话了。日本人是让打败的，不是被喊叫败的。田中松下走时说，上一次丰臣大雄司令官就要派工兵来炸你家的地坑院地道。田中松下跟你们透了信儿，他们不出来喊话了，田中松下又在丰臣大雄司令官面前为你家说了好些好话，工兵才没有来。这一回，他们再喊，工兵肯定来炸你家。”

魏功良说，是佐藤让他来杨家说这些话的。

杨汉唐说：“这个意思，我以前跟他们说过，他们听了一回。这一次他们出来喊话也没有跟我说。我现在再跟他们说只怕他们也不会听。我试试吧。”

六十一

安倍介二练过武功，进了地道后一直装熊。岳振鹏策反安倍，安倍装出信服的样子取得了岳振鹏的信任。岳振鹏半夜让小山放安倍出来谈话。安倍先塞住小山的嘴，绑了小山，又过来塞了岳振鹏的嘴，绑了岳振鹏，又塞了睡梦中董诚的嘴，绑了董诚。安倍还要强暴董诚惊醒了刘富年，若是安倍先放出丰臣大雄——那后果想起来真是让人感到可怕。

这个事后，岳振鹏恼羞成怒，先是要弄死安倍，后又不顾董诚和杨天赐的反对，坚持要和小山再出去喊话。

杨天赐跟杨汉唐说："让岳振鹏出去喊一次吧，不然他会窝火憋死的。"

杨汉唐当时叹了一口气，也没有说什么。

岳振鹏既然出来喊了一次出了气，就不要再喊了吧！

怀着这样的心情，杨汉唐进到地道里将魏功良的话学说给岳振鹏。

岳振鹏听后半天才说："老先生，你应该知道四面楚歌吧。"

杨汉唐点点头，也不看他，也不看杨天赐，也不看别人，只看看董诚，也不说话，转身就出来了。

董诚跟岳振鹏说："杨老先生一大家人就住在日本人的炮楼下，我们不要让杨老先生太为难，就不要出去喊话了！"

岳振鹏说："天赐兄弟，你说呢？"

杨天赐说："我什么也不说。"

岳振鹏说："天赐兄弟，我们都是军人、战士。在这个事上，我们不能听杨老先生的。跟你说吧，即便将你爹换成我爹，我也不会听！"

"……"

"当然，我也同意不经常出去喊。我的意思是可以减少出去喊话的次数。但要提高喊话的影响力，喊一次就要起到大的作用。我要给日本兵写首诗。从母亲、妻子、儿女的角度写一首反战诗，让董诚背给日本人听。"

董诚说："好好好，这几天你先不要出去喊话，好好写诗。写好了再出去喊。那时候，日本人的工兵可能已调到别处了。"

董诚原来是反对出去喊话的，可是岳振鹏总跟她说，他是个战士，不让他出去喊话他会憋死的。

岳振鹏写给日本兵的诗《山顶的樱花开了》，是岳振鹏说一句，董诚记一句记下来的。岳振鹏在地道里先让董诚用中国话给地道里的中国人念了一遍，董诚念着念着就哭了。杨天赐和小胡听得也想掉泪。岳振鹏听出他们难过很得意，竟然哈哈大笑。

半夜时，岳振鹏让小山和刘富年在地道里好好看着两个日本人，他和杨天赐、董诚、小胡出去，由董诚用日语对着炮楼背诵岳振鹏给日本人写的诗：

“山顶的白雪化了，
山腰的樱花开了，
那是谁的母亲立在山坡上遥望远方？
山顶的白雪化了，
山腰的樱花开了，
南飞的大雁归来了，
那是谁的母亲满头白发立在山坡上？
手搭在额前，
昏花的老眼充满惦念和盼望，
遥望远方。
儿子啊，你在哪里？你在哪里？你在哪里啊？
妈妈有病了，妈妈快死了，
儿子啊，
你在哪里？你在哪里啊？
妈妈多想再看你一眼啊！
妈妈多想摸摸你的头发，摸摸你的脸！
儿子啊，你快回来！
你不回来，妈妈死了也闭不上眼！
儿子啊，你快回来！
不要再相信那些骗人的鬼话！

山顶的白雪化了，
山腰的樱花开了，
南飞的大雁归来了，
那是谁的妻子立在山坡上遥望远方？
我的夫君啊，

你在哪里？你在哪里啊？
我梦见你负伤了，
躺在寒冷的土地上，
鲜血直流，
战马的铁蹄踩了你的身体。
我的夫君啊，
你在哪里？你在哪里啊？
冬天的大风吹坏咱家的房顶，
黑夜里饥饿的狼群来拱咱家的房门。
你不要再相信那些骗人的鬼话，
你快回来，你快回来吧。
你不要抢占人家的土地，
你不要杀人家的男人，
你快回来，你快回来吧。
你的妻子在盼着你，
回家修自家的房子，
种自家的地，
让你饥饿的孩子吃饱饭，
你快回来，你快回来吧。
你的妻子在盼着你，
回家打走饥饿的狼群，
保护你的孩子，
不让你的孩子被狼吃了。

山顶的白雪化了，
山腰的樱花开了，
南飞的大雁归来了，
那是谁的儿女立在山坡上遥望远方？
爸爸，你在哪里？你在哪里啊？”

董诚哭了，炮楼上也有人哭了。

佐藤跟田中松下打电话说，听了地道里女看护背诗，一大半日本兵不起来做操也不吃早饭。田中松下说，做好守备工作，我马上向丰臣大雄司令官报告。

没有一点办法的田中松下只好硬着头皮向丰臣大雄汇报说：他们夜里出来喊话严重动摇了军心，我们一定要把他们弄出来，弄不出来也要把他们消灭。可是地道里边还有三个皇军。那个喊话的小山已背叛了帝国，可以不加考虑消灭他。可那个丰臣正人是您的族人；还有安倍介二，安倍家族是财阀，在政界势力很大。因为这个原因，毒气和爆破都不能用。

丰臣大雄沉吟片刻说道："不要考虑我的族人，也不要考虑安倍家族的势力，帝国的利益高于一切。杨天赐当八路军和我们打过地道战。他们的地道肯定能防毒气。你带工兵部队去，命令中国人把我们的人送出来。他们照办，我们优待他们。不听，就炸平地坑院，将三个皇军报阵亡。"

田中松下带着工兵队长来到了杨家营。

田中松下、佐藤又一次来到杨家，田中松下给杨汉唐深鞠一躬说，丰臣大雄司令官派来了工兵。如果杨天赐、岳振鹏、女看护等将三个日本兵送出来，皇军可以不追究他们。否则，皇军的工兵要将杨家的地坑院及周围的几个地坑院炸平，将里边的人统统活埋。

杨汉唐让憨子对地道口，把田中松下的话喊了一遍。里边一点声音也没有。

杨汉唐说，你们这一招毒，他们没招了，但肯定也不相信你们的话，你们当初把伤兵都练刀了，他们宁可埋在里边也不会出来。你们炸吧，我们搬家。我爹兄弟三个，当年一家一个地坑院，我家还有两个地坑院让别人住着。两个地院里都有空窑洞，我们这就搬过去。

杨家在下边搬家，工兵在杨家窑脑顶挖坑准备埋炸药。

岳振鹏从远处一个地坑院的土墙后边向田中松下喊话说，全村的地坑院已经打通，他们可随时转移，除非他们把全村的地坑院都炸了，只炸那几个地坑院，只能活埋他们的士兵。

炮楼里的日本兵听了，哇哇大叫着不同意把三个日本兵活埋到下边，有人还向工兵开了一枪。那一枪没有打着工兵，却把立在上边的憨子打死了。当时憨子扛着一袋粮食出来，看见日本人挖杨家的窑脑顶，放下粮食扑过去和日本人理论，却为日本人挡了枪子。工兵队长气急败坏，立马命令工兵停止工作，并要求佐藤调查是谁向工兵开的枪。争吵间隙，丰臣大雄打来电话，要求工兵部队立即返回陕州。

杨永贵、李栓牛和乡亲们都来帮杨家搬家，看这情形，又把东西搬了回去。

田中松下又假惺惺地向杨汉唐鞠躬道歉。

杨汉唐说："你是执行命令，我不怨你，只怨我一家生得不是时候。我一家若是生在汉唐时，咱两国关系好，不打仗，咋会摊上这事儿？可是你让我咋给憨子的爹娘交代哩？"

田中松下用中国话大声说道："工兵们去完成一件紧急的事儿，过几天还要来，你好好劝劝里边的人，让他们把三个皇军送出来，丰臣大雄司令官说话算话，我们可以优待他们。岳振鹏、女看护可以让他们回到国民党的地盘。看在你的面子上，你的儿子我们也不会带走。就让他继续在你家做良民。不然的话，工兵们再来，他们转到哪家地坑院，工兵就炸哪家的地坑院，非把他们炸死到里边不可。我们的人也不要了。"

杨汉唐说："你让他们送皇军出来，他们肯定不会。但我尽力让他们不再出来喊话。"

田中松下又向杨汉唐鞠躬说道："谢谢杨老先生，你能让他们不再出来喊话，我回去也跟丰臣大雄司令官好好说说，请他不要再派工兵来。"

六十二

夜里，杨汉唐和李栓牛进到地道里向岳振鹏、杨天赐学说了以上情形。杨汉唐说了憨子的死，也说了自己和田中松下的对话。

岳振鹏、杨天赐半天不吭声。

杨汉唐跪下说道："日本工兵走了，指不定哪天又回来了。你们不能夜里再出去喊话激恼他们。你们不答应，我就跪在你们面前不起来。"

岳振鹏也跪下说："杨老先生，没有国哪有家，你们杨家可是杨家将的后人啊。

我们喊话是为了动摇他们的军心，我们这是在跟日本人战斗。你们一家逃走吧，我让董护士跟上你们，我让我的护兵护送你们。你们走了，我们和日本人战斗就没有后顾之忧了。”

小胡说：“我送你们走。我不怕日本兵。”

杨汉唐说：“我们一家老的老，小的小，瞎的瞎，怎么走？你叫董看护照顾她们，董看护她一个弱女子还怀着身孕，遇到日本人是啥下场你难道想不到。你的小护兵一个人顶啥用。别说遇上日本兵，遇到一群土匪，他们就没命了。再说，我们走了，你们转到别人家地坑院，日本人还是要炸别人家地坑院啊。你们不能让日本人把全村的地坑院都炸了啊。”

小胡说：“炸了就炸了，日本人把我们全村都烧了。”

岳振鹏看着杨天赐说：“你说怎么办？你是共产党八路军，还有刘富年，你也是共产党。说说你们共产党的意见。”

杨天赐说：“我还没有想好。”

刘富年说：“我说吧，杨大伯他们一大家肯定走不脱。日本人不会让他们走。日本人怕他们走了，我们把里边的日本人杀了。”

平息安倍介二暴动，刘富年立了大功。从那以后，取了手链脚链的刘富年就成了地道里我方一个可以担任战斗值班的战士。不过，刘富年有些不安心，他让杨天赐试探魏功良是否发现了治安军的共产党。又说他手上脚上的链子印还在，如果魏功良没有发现治安军里他发展的地下党员，就把他放出去，他说是逃回来的。他回到炮楼里继续发展策反治安军。杨天赐说：那个魏功良根本不可靠。你就在里边配合我吧。刘富年心里不情愿地说：那就这样吧。

董诚说：“我哪儿也不去，我就在这里。我们不要再出去喊话了。杨大伯，你放心，我不让他们出去喊话。我们在里边看住这两个日本人，你们在外边好好过日子。等我们的队伍打回来。我们再和日本人算账。”

杨天赐低着头说：“现在，我们能保护住自己就是胜利。”

董诚说：“对，我们现在能保护好自己就是胜利。”

刘富年也说：“我也是这意思。”

岳振鹏叹口长气说道：“杨老先生，你放心，我们不喊话了，我们也没有想到日本人会派工兵来炸地坑院。”

杨汉唐说："你说的可是真话？"

岳振鹏说："我说的是实话。我刚才的想法不妥。我现在收回。董诚说得对，等我们的队伍打回来，我们再和日本人算账。杨排长说得也对，在这种情况下我们能保护住自己就是胜利。"

李栓牛进来后也一直没有吭声，这时才对岳振鹏说："我们肯定要和日本人斗到底，我也不怕他们炸了我家地坑院。可是村里人的想法不一样。一些人家害怕日本工兵再来，要把和我们连通的地道堵上呢。"

杨天赐说道："在我们河北根据地，老百姓家里为抗日做了牺牲，民主政府都照价补助。我们八路军打日本人的伏击，都不在村里打。我们埋伏在村里打了日本人，日本人会去报复村里的老百姓。我们根据地边沿也有两面政权，那些村里的村长维持会长，也给日本人送粮。"

杨汉唐说："八路军做得好。你们不能因为自己是战士，就逼着别人也是战士。你不逼，人家有一天也可能真成战士，你一逼，指不定把人逼得不理你们了。有人被逼急了，还会跑到敌人那边。"

岳振鹏说："杨老先生，你看这样办行不行？我们这几天不出去喊话，几天之后，你向日本人报告，就说有人来把我们和里边的日本人都接走了。看日本人接下来会怎样对待你们，他们如果要迫害你一家，你就说我们和日本人还在里边；如果他们不迫害你们，那我们以后再也不出去喊话，让他们感到我们真的被人接走了。这样一来，这个事在日本人看来就算到底了。"

杨汉唐捋着胡子想想说："岳长官，你这个招高。就这么试试。"

晚上，岳振鹏、小山一男、小胡、刘富年从排水洞里出去上到南山上。岳振鹏举起铁喇叭对着杨家营的炮楼喊道："杨家营炮楼的佐藤指挥官听着，我是国军上校团长岳振鹏。今天我们国军的特工队来接我了，你们的三个士兵也被我们带走了。你们听着，我们是由国民政府陕州专员兼陕县县长盛忠孝安排到杨汉唐家养伤的。实话告诉你们，老子的眼睛看不见是装的，老子的眼睛一点也没有瞎，我装瞎子骗了杨家人才制服了汉奸杨天赐。我们制服杨天赐，让杨家人给我们送吃送喝。防他们下毒，每次吃饭前，都让他先吃。前些日子，杨汉唐、杨天赐听信了田中松下的话，以为我们反攻不回来了，想把我们交给你们，我们已经把杨天赐的蛋子挤了。佐藤，你跟你手上的日本人都听着，治安军的兄弟也听着，现在美国人已快打到日本国那几个小岛上了。今天，我们走了；明天，我们还要回来的！”小胡也对着炮楼喊道：“炮楼里拿刺刀刺我们兄弟的日本人，狗日的你们听着，等老子打回来，把你们的蛋子一个个都挤了，不想被挤蛋子的赶快滚回你老家！”刘富年也对着炮楼喊道：“我是刘富年，岳长官说的都是实话，美国人快打败南洋的日本人了。美国人打败了南洋的日本人，就到中国帮助国军打日本人。小日本是秋后的蚂蚱蹦跶不了几天了——”

“砰砰砰——”

听了半天，炮楼上才开枪。

……

岳振鹏他们喊了话，又下山通过东沟的排水沟转回杨家地道。

六十三

佐藤向田中松下报告：岳振鹏、董诚和地道里日本人都被国军的特工队接走了。

田中松下马上向丰臣大雄报告：地道里的国军军官、女看护和三个日本人都被国军的特工队接走了。

丰臣大雄说：“接走好！安倍介二的父亲通过华北方面军司令部的正村参谋要我们尽快救出安倍介二。现在好了，让他们通过关系和重庆政府联系吧。不过，田中松下君，请你到杨家营和那个杨老先生谈谈。看他能不能在河北运城那儿给我的朋友平川守备队长看看病。平川君得了一种奇怪的病，手痒、脚痒，眼睛看东西不清楚，我们的军医没有一点儿办法。”

田中松下的病还没有好，杨汉唐去了那边啥时能回来可不好说——不对，平川得病这个事可能是假的，丰臣可能知道自己找杨汉唐看病了！

田中松下头上冒出冷汗。

“丰臣太君，我正要跟你汇报，我也得了这种病，我也让这个杨汉唐看了，吃了他的药效果并不好。”

“是吗？你不要紧张。你找这个老头看病没有错。我不责怪你。不过，以后这样的事情要及时告知我——既然效果不好，就不让他去那边给平川君看病了。”

田中松下当天晚上就给丰臣大雄司令官送去重金。

第二天，田中松下来到杨家营，和佐藤一起来到杨家，看到杨天赐闭着眼睛躺在床上盖着被子，杨汉唐坐在床边叹气，焦兰亭拉着杨天赐的手在掉泪。

杨汉唐说："地道里的国军前天把我儿的一个蛋子挤了。又说，国军挤天赐的蛋子是因为天赐想跑出来。"

杨汉唐说了就掀起被子让田中松下、佐藤看。

杨汉唐说："若不是里边那个国军女看护心肠好挡住那个国军小伤兵，他两个蛋蛋都叫人家挤出来了。是你们的大狼狗咬掉了国军小伤兵的下面，国军小伤兵的心才变得恁狠毒！他挤了你们小野狼的，又挤了我儿子的。国军那个女看护心肠真是好，给他上了药，你们看，现在伤口是长住了，可就是只剩下一个蛋蛋了。他这个人以后只怕就成废人了——"

杨天赐的伤处做了伪装，看上去就像刚被人挤了睾丸。

田中松下看了一眼杨天赐的伤处说："丰臣大雄司令对你家地道里的国军伤员和皇军被国军特工队接走这件事很生气，要求审问你的儿子。既然是这种情况，我们就不审了。"

……

岳振鹏这一招真是高。除了李栓牛、任宗兴两家人，别人也都以为杨家地道里的人都走了。

田中松下又派汪老先生来给杨汉唐送锦旗，让人们感到他还在做争取杨汉唐的工作。杨汉唐照例没有接受锦旗，但和汪老先生谈得不错。汪老先生回去跟田中松下说，杨汉唐早晚要公开跟日本人合作。

经过这一闹，杨家营乃至整个杨汴塬的人都知道杨天赐是个独头蒜。有人说独头蒜更辣，有人说辣不辣，要看他俩媳妇儿以后能不能生出娃。

杨永贵来看杨天赐，把岳振鹏骂了一通。

杨永贵说："国民党这军队真是不中。国民党的政府也不中。咱中国老百姓也不中，不识好歹。像咱村的人，若不是我在这儿应付着日本人，日本人早就害咱村好几回了。可是有谁感谢我哩？"又说，"天赐兄弟娶了两个媳妇，生了四个儿子，这东西不中了也不亏。"

……

六十四

憨子的死对杨家是个极大的损失。杨家一天也离不了憨子。顶替憨子的是任宗兴。

日本人没有来的时候，有好几家地坑院的排水洞已打到杨天赐家地坑院。日本人在杨家营建了据点后，杨天赐家地坑院门洞上边的大门正对着炮楼。人们来看病，常受日本人、治安军的骚扰。杨汉唐给相邻的任宗兴说了说，任宗兴和憨子共同将两家之间过水的小地道扩宽扩高成能过人的大地道。以后村里人来杨家看病之前，都要经过任宗兴家。这个事，杨汉唐讲给了杨永贵，有意让杨永贵汇报给佐藤。杨永贵果真汇报给了佐藤。佐藤说，进出那个院子的人就归你监视了。杨永贵没有想到佐藤会这样回答。杨永贵只好说："那好吧。"公开得罪人的事杨永贵他不干，所以杨永贵后来也没有监视任宗兴家。

任宗兴家是最早跟杨天赐打高级地道的七家人之一，地道打成后，任宗兴家就成了杨家的堡垒户。憨子死了以后，任宗兴主动提出到杨家把憨子以前的工作担当起来。杨汉唐跟杨天赐说："任宗兴这个人出人头地之心不强。这些年你不在家，再往前数，早年我让队伍带走，他跟他爹对咱家也不赖，这次他既然主动说要来咱家，就让他来吧。咱多给他些工钱，让他用这工钱雇个长工还能再剩下一些。"

说好了工钱，任宗兴白天就到杨家这边上工了。任宗兴白天在这边做活，晚上回自己家。两家地道通着，两家就像一家。

杨汉唐派李栓牛去山里请来了憨子的爹娘。大家在一起骂了日本人一通，接下来就一起商量怎么给憨子办后事。憨子爹娘说，憨子原先就说是给你家的，他的后事我们也不想多说，你们看着办吧。杨家给憨子买了一副柏木棺材，憨子爹一见就哭了。憨子爹哭着说，憨子他爷苦了一辈子也没有用上这样的好棺材啊，这副好棺材让憨子用太可惜了。杨汉唐听出憨子爹话中之意。杨汉唐当着众人面说："父老乡亲都听着，天赐你也听着。憨子是你的兄弟，憨子爹娘也是你的爹娘。以后憨子爹娘老了，你也要让他们用上这等好棺材。”杨天赐向憨子爹娘磕头答应。杨家还给憨子取了个鬼亲。娶鬼亲这事是焦兰亭张罗的。上次村里过日本兵，一个姑娘被日本兵糟蹋后跳崖死了，人家托人来杨家提亲。焦兰亭说，让日本人上过身了，我们憨子不要那种女人。杨汉唐叫焦兰亭这话吓一跳。杨汉唐数落了焦兰亭，让人给那户人家送了两担麦子的聘礼。虽然杨汉唐一再求媒人不要把焦兰亭那话说出去，后来那户人家还是知道了焦兰亭那话。人家说，你杨家也有女人，你敢担保你家女人不遇上那种事？

憨子下葬那天，不仅杨家营的人去给憨子送葬，韩家营、孟家营，包括最北边的焦家营等村的人们也来给憨子送葬了。

佐藤在炮楼上看着那黑压压的人群，感到不是人，而是一堆移动的干柴，一旦点燃起来，能把一切都烧成灰烬。佐藤对着炮楼里的日本兵，把“戒杀、戒淫、爱民”那套鬼话又讲了一遍。

六十五

杨天赐白天代替秀女成了拾药人，晚上又在焦兰亭的监督下轮着和两个女人睡觉。

木兰生的龙凤胎——杨佑芝、三孬杨承诚和秀女生的四孬杨承信才五六个月，焦兰亭就又急着让两个儿媳妇怀上孩子。

杨汉唐想让两个媳妇的肚子歇歇，让杨天赐吃了一些中药，杨天赐也采取了一些避孕的措施，可是木兰还是怀上了。

木兰一怀上，三孬杨承诚和杨家的小孙女杨佑芝就没有奶水了。孟秀女一个人要喂三个娃娃的奶水。焦兰亭让木兰娘一天到晚不停点地给木兰和孟秀女做这汤做那水的，木兰和秀女一天到晚不停地吃喝。木兰和秀女吃喝的时候，焦兰亭让董诚也跟着不停点地吃喝。三个女人挤在窑洞里说说笑笑，五个娃子在哭哭闹闹，焦兰亭眼睛看不见，心里却乐开了花。

……

自假装从杨家走了以后，多数晚上，董诚都住在窑里，有时候跟木兰住一盘炕，有时候跟秀女住一盘炕。杨家北窑的西窑和东窑都有拐窑，拐窑里边能洗澡还能睡人。杨家人劝岳振鹏晚上也住到窑里。岳振鹏执意不肯。杨天赐心想，这国民党真能装，在地道里都跟人家咯吱出了娃子，这时候又装蒜。

岳振鹏白天多数时候都在杨家窑洞。上午、下午有太阳时候，他们都到前边隔着玻璃晒太阳。太阳好、风小的日子，他们还到任宗兴、李栓牛家地坑院散步。

这天，木兰看董诚喂岳振鹏喝水，她也想喂杨天赐喝水。

杨天赐说："他是瞎子才要人喂，我又不瞎。"

岳振鹏听出两个女人都很爱杨天赐，他笑着跟杨天赐说："你这日子快赶上皇上了。我不信八路来了你还会出去干八路。"

杨天赐说："我是共产党员，我入党时发过誓，要为实现共产主义奋斗一辈子，我们的队伍过来了，我肯定还要参加队伍出去干。我们共产党员跟你们国民党员不一样。"

岳振鹏说："共产党的纪律相当严。一个人只能娶一个媳妇儿。你这情况，共产党来了也不会要你。"

韩木兰说："不要才好哩！秀女，你说是不是？"

孟秀女说："是不是，你得问他。"

韩木兰说："我才不问他呢，共产党八路军来了，他干队伍我也干，把娃子们都留给你看。"

岳振鹏一听张开嘴哈哈大笑，董诚眼疾手快，一下捂住他的嘴。

董诚坐在床沿上隔着窑前脸上边的玻璃能看见炮楼顶上那个抱着枪转来转去的日本兵。虽然岳振鹏的哈哈大笑敌人听见的可能性极小，但董诚觉得还是不让他笑出来更合适。

杨汉唐也跟杨天赐说："这个董姑娘真是个好姑娘！"又说，"她有点儿像秀女呢。"

听杨汉唐这么说，杨天赐就想起了小荣。

杨天赐由小荣又想到很多人和事。

六十六

共产党八路军终于来了。

八路军豫西支队偷偷过了黄河，他们炸了陕州南关快要修好的飞机场和汽油库，才让黄河这边的日本人发现。跑回来的民工说，八路军来了好多人马，军装整齐，有大炮、有机关枪。八路军攻打飞机场的时候，还有一部分八路军进攻了陕州城，陕州四个城门全关了。八路军长官拿着铁皮喇叭说，他们是毛主席从延安派来的老八路。

杨家营据点的日本兵、治安军一连几天不出门。送粮、送东西的老百姓也不让过吊桥，由治安军过吊桥取粮、取东西。

李栓牛把豫西支队的安民告示抄下来送到杨家。那上边写着：

八路军豫西抗日独立支队布告

日寇发动侵华战争，妄图灭我中华民族。中国人民在中国共产党领导下奋起抵抗，取得了辉煌战绩，但由于蒋介石政府推行其错误的政策，造成国土沦陷，我人民惨遭蹂躏。为了收复国土、拯救人民，我们奉中共中央、中央军委和毛主席的命令，来到豫西打击日伪，开辟抗日根据地，望各界同胞予以协助。兹公布约法五章，愿全体人民共同守之。

一、扫除日伪，收复国土，解除人民痛苦，建设解放区，奠定反攻基础；

二、取缔一切汉奸特务组织，对反正伪军及改过自新的特务汉奸，一律实行宽大政策；

三、团结一切抗日友军，组织人民武装，开展游击战争；

四、彻底实行民主，人民有言论、集会、结社、武装抗日之自由；

五、废除一切苛政，救济灾荒，减轻民负，减租减息，发展生产。

八路军所到之处，纪律严明，买卖公平，尊重人民风俗习惯，保护人民的利益。望全体人民亲密合作，共负重任，切勿听信谣言。此布

司令员：丁大奎

政委：王一清

公元 1944 年 9 月 1 日

“司令员丁大奎——丁连长当司令员了！丁大奎这三个字你没有抄错吧？”

……

自己的队伍终于来了，而且是丁大奎带着过来了。不到三年，丁大奎都当司令了。可是郝指导员怎么没有来呢？这个王一清政委杨天赐也认识。王一清是分区的除奸科长，到老虎连捆过人。老虎连有一阵被日本人追着屁股，一晚上要转移好几次，大家都知道队伍里混入了内奸，都恨死了内奸，可是却找不出。因为找不出，大家难免互相怀疑，搞得大家很是紧张。一天晚上，王一清来到老虎连，闯到连部就把文书捆了起来，丁大奎根本不相信文书是内奸。刚开始那货也死活不承认，王一清把派那货打入八路军的另一个汉奸一押进来，那货立马跪下说，日本人逮了他爹娘他是不得已，他没有说完就让丁大奎一刀砍下脑袋。因为这件事王一清把丁大奎也捆了，说丁大奎也有通敌嫌疑，最后还是宋司令出来说了话，丁大奎才被放出来。宋司令还让丁大奎向王一清写检查书，丁大奎那检查书是让杨天赐写的。王一清后来还把杨天赐叫去训了一通，问三问四审了半天。

自己的队伍终于过来了，虽然郝指导员没有过来让杨天赐有一点惆怅，但杨天赐还是相当兴奋。为了不刺激岳振鹏，杨天赐虽然相当兴奋，表面上却绷着不露声色。

过了几天，又从东边传来消息说，八路军转到熊耳山打下了山下边的风穴寺据点。

岳振鹏说：“共产党八路军就是这么弄事的。打个小胜仗，接下来就跑到边远山区建立根据地。”

杨天赐说：“真叫你说对了。我们共产党八路军就是靠打小胜仗来消灭日本人的。今天一个小胜仗，明天一个小胜仗。今天消灭几个、几十个日本人，明天又消灭几个、几十个。加起来就是大胜仗。岳长官，你对我们共产党八路军研究得真是透，到我们八路军当个团长也中哩。”

董诚说："岳振鹏，你五妹六妹会不会跟着共产党八路军过来呢？"

董诚不知道从什么时候开始对岳振鹏直呼其名。

岳振鹏嘴张张没有说出话。

董诚接着说："岳振鹏，我们也投共产党八路军吧，你跟大哥二哥说说，别再跟蒋介石干了。再跟下去，会和你的老祖宗一样的下场。"

董诚说得太好了！董诚太可爱了！

杨天赐说："董看护，你别这么说，人家国民党后面有美国人撑腰呢。"

岳振鹏说："杨天赐，我是在为你担心呢。你现在这个样子，共产党八路军还会要你吗？共产党八路军会不会把你当叛徒？共产党执行纪律很严，我这个人以前反共是很有名的。你和你家掩护了我。你现在又和我混在一起。共产党八路军会不会以为你参加了国民党？"

杨天赐说："你别瞎操心了。这儿还有一个共产党呢。"

刘富年接上说："对，我可以为杨天赐同志做证。"

岳振鹏说："你为他做证？只怕你也会被当作叛徒！你们只有一个办法能证明自己，就是你们把我和董诚捆了带出去交给共产党八路军——"

小胡像个猴子一下跳到岳振鹏前边抽出枪："谁敢动岳长官，我打死谁！"

……

岳振鹏的话就像一盆凉水泼在杨天赐心上，把他心里兴奋的火苗浇灭了。

杨天赐从地道出来跟杨汉唐说，他要去熊耳山那一带找共产党八路军主动汇报自己的情况。

杨汉唐听了眼一闭沉吟半晌说："我不同意。这种事自己说不清，说了人家也不相信。你看看这是啥？"

杨汉唐从怀里掏出一叠字纸放在桌上。杨天赐过去拿起一看，上边写着粮票伍斤、粮票壹斤。粮票上盖着杨汉唐的私章。

杨天赐说："爹，你是说，让我把这些粮票送给共产党八路军？你啥时候让秀女写了这么多啊？"

杨天赐曾经给杨汉唐讲过共产党八路军在根据地只定公粮，不收公粮。共产党八路军拿着粮票到老百姓家吃饭，老百姓用手中的粮票顶公粮。

杨汉唐说："你让李栓牛去给八路军送这粮票还有这张图。"

杨汉唐又从怀中掏出一张折叠着的纸，摊开在桌上是一张写满字的图纸，杨汴塬各个村庄杨家一些佃户的位置都在上边，每家佃户在村里东西南北第几所房子都标得清清楚楚。还有些不是杨家的佃户人家也在上边。那图纸摸上去热乎乎的。

杨天赐说："爹，你真是费心了。"

杨天赐心里眼里都热乎乎的。

杨汉唐说："图是我画的，字是秀女写的。李栓牛去熊耳山给共产党八路军送粮票送图送信——我替你给共产党八路军首长写了封信，把你回来后因为啥没有回到队伍上和你回家后做的一些事，还有咱家地道里怎么会藏国民党伤员和日本人的情况都写了。你看一遍，若没有啥不妥，你夜里出去到韩家营找到韩二叔，让他给那些人家一家送三张粮票。可是，你好好想想，这个事让韩二叔咋跟他们说？若说咱们跟共产党八路军是一伙，万一有人说给日本人，咱一家可就全完了。天赐，凡事都要往最坏处着想啊——"

杨汉唐用期待的眼神看着杨天赐。

杨天赐说："我让韩二叔跟他们这样说——就说杨天赐在新八军打日本人负伤后被八路军救了。丁司令就是杨天赐的救命恩人。为了报答他的恩情，杨家给他制作一些粮票，以后八路军若来到杨汴塬上，他们拿着杨家粮票在谁家吃了饭，各家都可以拿着那粮票到杨家兑付粮食。一人一顿饭暂按一斤粮，半麦半粗粮。爹，你看这中不中？"

"中！你这孬小子在共产党八路军真长了本事。不过，还应加上一条，就说那粮票也可顶地租。顶地租的，一斤粮票顶一斤二两，麦子秋粮还是对半。让人来咱家交换粮食动静太大，容易跑风漏气。"

"爹，还是你想得仔细。我这就去跟——"

"这个事不能让岳振鹏知道。也不能让其他人知道。你不回地道，黑地吃了饭和木兰一起去韩家营。我让李栓牛去熊耳山。还有，你跟李栓牛怎么说，你让他怎么送？"

杨天赐说："咱把粮票、图纸、信装进药布袋，布袋口贴上封条，不让李栓牛知道里边是啥。"

杨汉唐说："好！你再看看信，哪些该写的没有写上，你说说，我再补写上。"

杨汉唐在信上说，杨天赐伤好利落后要回队伍，他也同意，没有走成，是让老娘、媳妇、娃子拖着了。天赐娘黑地白天都拉着杨天赐不松手，还说杨天赐敢偷着跑了，她就到河北找共产党八路军，找到了就一头碰死到杨天赐身上，找不到就一路骂八路军将她的独生子也拉去当兵。信上说，杨天赐打地道盼着八路军过来了能利用地道打日本人。信上还写到杨天赐一回到家就提出要和韩木兰离婚，是杨汉唐自己害怕引起两大姓之间的械斗坚决反对才一直拖着。信的最后才写上粮票的用法，又说图上标的那些人家都是杨家的堡垒户。杨家的堡垒户就是八路军的堡垒户，等等。

杨天赐看了信说："我没有啥补充的。"

"听说这部分八路军挺有钱的，挖老百姓几个萝卜，就往地里埋银圆哩。"

"我们八路军刚到新区都这样。"

六十七

吃过晚饭，杨天赐、韩木兰先到任宗兴家地坑院。

任宗兴说："今黑地月亮老明，我出去看看，你们再出院。"

任宗兴去外边看了看，才让杨天赐和木兰出去。

从任宗兴家出来，木兰就抱住杨天赐的胳膊说胡话。

木兰说："杨天赐，你听我说，只要你回队伍上，我一定也跟上。有秀女在家里，还有我娘、吴师母，家里没有事的。我跟上你一起打日本人。你从小就不老实，我总觉着你外边有人。你跟我们说，你总想队伍上的人，哼，你以为我们看不出来——"

"你们？除了你，还有谁？"

"还能有谁？秀女呗。秀女也说你外边有人——她说，有个人照顾他也好，咱们都不在他跟前。我说，人家跟他睡觉你也不管吗？秀女她竟然说，不管他。只要他还回来。秀女真让她爹调教得好。杨天赐，我爹没有那样调教过我。我一想到你在外边跟别的女人一起我就恨你、恨那个跟你睡觉的女人。我跟你说，我以后不跟你生娃子了，我也要骑马拿枪打天下，我不能白叫木兰。我娘怀我时候找人算了，人家算我是男娃。我娘说，一个娃娃从怀上到生出来，观音奶奶要给娃娃点两回男女，头一回是点脾气、点白、点黑，第二回就是点小鸡鸡和割小缝缝。我娘说，观音奶奶第二回给我点错了。我娘还说，你细皮白肉，只怕是观音奶奶头一回点你是女人哩。我舅说，点错的人，是男人，像女人；是女人，像男人，这种人容易大富大贵呢。我到了队伍上也能杀敌立功当长官。”

杨天赐说：“现在部队上的女兵都是卫生员、电报员、宣传员。打仗部队里不要女兵。现在打起来，一挺机关枪往阵地前一架，冲过来一千个花木兰，一万个穆桂英也白送死。我是不会带你到队伍上的。你听我说，以后我走了，你们也不用总是怀娃子生娃子，你有时间也跟秀女识些字。”

木兰：“我跟秀女认识好多字了。我会写信你还不知道呢。你没回来的时候，我和秀女一个月给你写封信。信都在秀女那儿藏着，现在不让你看，等你当了大官，不想要我们的时候，就是当你想当陈世美的时候，我们再拿出来念给你听。”

杨天赐心里一激灵，情不自禁地搂搂韩木兰，忍不住在韩木兰脸上亲了一下。想到革命胜利后要解决的问题。杨天赐感到很痛苦。

“你哭了——你不要哭，我们也就那么说说。你不是那种人，你就是在外边跟别的女人好了，跟别的女人睡觉了，你也不会不要我们的。可是，一想到你以后还要去队伍上，我心里就难受。秀女也难受。上一次，你把两个媳妇儿刚娶到屋，你给人家尝了男人女人在一起的好儿就丢下人家跑了，你天天行军打仗，顾不上想媳妇儿。可你知道你的媳妇儿们有多想你？半夜里想得睡不着，我拿针扎自己，秀女不停地写字，后来我也跟着秀女写字，我的字没写多好，可我写字的时候就不想你了。我认了好多字，也会写好多字。爹说，我再学几年就是高小毕业了。爹还说，他跟学校校长说，明年学校发高小毕业证时候也给我发一张。”

杨天赐说：“木兰，你声音小点儿。以后的事咱们以后再说。你跟秀女说，我是真心想对你们好的。我以后尽量不让你们再那么难熬了。”

韩二叔听了杨天赐说的意思，立马说道：“我明天就先到后营村，估计有个三两天就转回来了。”

杨天赐说：“我爹说，今年收租这个事就拜托您老了。你这一块报酬按老例再提一成。”

韩二叔说：“按老例就成了，不要再提一成了。我送你们回杨家营，以后有啥事，找人来叫我，你们再不要这样跑了。”

韩二叔把杨天赐、木兰又送到杨家营任宗兴家门口才返回韩家营。

那天晚上，李栓牛也出发去了熊耳山。

韩二叔三天就把杨汴塬上那些人家跑了一圈。只有三户人家说不想管队伍吃饭，其他人都乐意。

又过两天，李栓牛也从熊耳山那边回来了。

李栓牛说：“我把那大信封交给一个八路军后，丁司令和王政委一起接见了我。丁司令打的收条——”

丁大奎的收条上写着：“收到有杨汉唐完好封条的大信封一个。回信日后另由他人送达。丁大奎，民国三十三年九月”。

李栓牛说：“吃过饭，那个王政委又单独见我。他把你回来以后的事情问得真是仔细，问你是不是和两个女人轮流睡觉，他还知道你家孩子的名字。杨老伯给日本人看病、你家地道里有国民党军一个负伤的团长还有一个女看护还有日本人——你在家里的情况他全知道。他还问到你家和焦国臣的关系。他还问我跟你是什么关系？我总感到这个人不太相信你。王政委问了我，丁司令也让人把我叫去。我刚进丁司令的屋，外边闯进来一个粗壮女人，牛蛋眼，大鼻子、大嘴，她进来就问，你是来替杨天赐送信的？我说，是。她说，杨天赐怎么不来？我说，他让我来，他没有跟我说他为啥不来。那女的把牛蛋眼一瞪，恨恨地说，杨天赐他不敢来，他怕我抽他大嘴巴。王八蛋、没良心羔子。丁司令对那个女人说，好了，好了。王政委找你有事。那女人出去后，丁司令问我是不是你发展的共产党。我说不是。丁司令又说，你没有发现他和一些人来往密切吗？我说，没有，他回来后，就在他家挖地道，一直挖了一年多。丁司令说，他在家一年多还生了三个娃子，一个是双胞胎。他轮流和两个女人睡觉也是事实吧？我说，他家是两个媳妇儿，是不是轮着睡觉，我真不知道。丁司令就说，你替我再捎几句话给他。下边的话很难听，我就不说了吧？”

杨天赐说：“你说吧。我在队伍时候他是个连长，经常骂我的。”

李栓牛说：“他说，你回去跟杨天赐说，你就说我丁大奎骂他王八蛋说话不算话！见了他，我也要打他小子。你跟他说，让他在家老老实实等着我去跟他算账，让他不要来找我。他胡乱跑一气，脑袋会跑掉的。一定把这话捎给那个王八蛋！”

杨天赐说："让你问那两个人你问了没有？"

李栓牛说："我都问了。那个母夜叉女的说，郝指导员、小荣都叫杨天赐气死了。哦，还有个事差点儿忘了，我在那儿见到了以前的小尤老师。就是咱村小学校被当共产党抓进大牢后来又放出来的那个小尤老师，他也问了你，还让我代他向你和杨老伯表示感谢。他在那儿当侦察排长，前几天刚从咱这儿回去。他把他娘也接到那边了。"

李栓牛跟杨天赐说话时，杨汉唐一直没有吭声。

李栓牛走后，杨汉唐说："真让岳振鹏说中了。共产党八路军那边一些人已经不信任你了。不过，丁司令能那样骂你，说明他还是信任你的。他让你在家老老实实等他来跟你算账，说你胡乱跑会把脑袋跑掉，这话里可是有话啊。这说明你们队伍上有人不信任你，要对你下手。这会不会是那个王政委——"

杨天赐说："王政委以前是分区的锄奸科长，他抓出不少混进队伍里的坏人，也冤枉过好人。这人肯定不太信任我。小尤老师在八路军当侦察排长，他刚从这边侦察回去。他到这边为什么不来找我们？肯定也是王政委不让他来找。"

杨汉唐说："你不要着急，咱家在炮楼下边，小尤老师不来找你也情有可原。不过，听栓牛说那话，王政委不信任你，这是肯定的了。人家不信任你也情有可原，谁叫咱家地道里有一个国民党的团长。我们只能用一个个事实让王政委一点一点相信你。你想想，咱们送去了粮票，他们肯定会来人到杨汴塬试试我们的粮票管用不管用。如果管用，他们会来找你的。熊耳山那一带地贫人穷，老百姓糠菜半年粮。八路军在那一带活动，粮食是大问题。他们来了，咱再给他们一些粮食，让他们经南山运到熊耳山。现在南山是朱武京的地盘。前些时候，朱武京手下有人勾结日本人要里应外合破穆珂寨，我让韩二叔给他送了信。他得胜以后，让韩二叔给我捎话说，以后凡是杨老先生交代的事，我朱武京万死不辞。朱武京杀了国民党县长，国民党不会要他。他有可能和共产党合作，共产党八路军来人找你时，你让我也跟他们见见面。"

六十八

八路军过来以后，杨永贵来杨家的次数明显增多。

杨永贵说："熊耳山那边，八路军闹腾得可欢了。在离炮楼不远一些的村里，八路军让维持会长当众烧了日本人的委任状，让老百姓选抗日村长。离炮楼近的村里，八路军跟维持会长说，你们可以当两面派，明着可以给日本人送些东西，但你们送东西的时候给我们透个信，让我们也截走一些，这样一来，日本人也不会责怪你们。我们的队伍过来活动，你们不能向日本人报信。你们敢向日本人报信，我们就在你们村，就在你家跟日本人打仗，把你一家房子的东西都打完。这八路军咋这么捣蛋，东边的村里人现在都向着八路军。"

杨天赐在碾轧草药，没有抬头。

杨汉唐正给一个人看病，说："哦，八路军到熊耳山那一带了？八路军让人当两面派？八路军还有啥动静？你给我们好好说说，天赐说这八路是穷人党，对富户不大好哩。"

……

过了两天，杨永贵又来说："观音堂那边一个村里给日本人送信的情报员让日本人毙了。他给日本人送信说八路军武工队在他村开会。来打八路军的日本人中了八路军主力的埋伏。原来八路军武工队是故意开到他家门口，让他向日本人报告。共产党打了胜仗，给他家送了一头日本人的骡子。八路军大部队一走，他带着一家人也跑了。日本人到村里把他家的房子全烧了。听说，那八路军丁司令说，凡是给日本人通风报信伤害八路军和人民群众的汉奸，我们第一次警告，第二次坚决枪毙。有的由我们枪毙，有的由日本人枪毙。日本人许多时候也听我丁大奎的话。丁司令到一些村里故意住到维持会长家，大人小娃都不让出门，家里来了亲戚也不让走。他们走后才让走。这共产党太捣蛋了。"

杨天赐在给一个病人拾药、称药，顾不上跟杨永贵说话。

杨汉唐说："永贵，听你这么说，八路军过来了，怕是也要住到你家。他们真住到你家，你可就难做了。”

“我不难做。我好吃好喝供着他们。他们一走，我就去炮楼上报告。我说八路军不让我这一家出门。日本人也不能把我怎么样的。佐藤这个日本人还是讲些道理的。”

过了几天，杨永贵又到杨家说：“八路军故意住到一个维持会长家，有意放出村里的一个汉奸情报员去向日本人报告。那人走了以后，他们又住到那个情报员家里，又故意放出维持会长去向观音堂的日本人告状。日本人把两个人都扣在那里，又派人到那个村里探听，发现那两家都住有八路军。日本人就把那两个人都杀了。杀了那人以后才知道上了八路军的当。你看这八路军多日能！天赐兄弟，河北的八路军也是这么日能吗？”

杨天赐说：“八路军的事情我知道得不多。你以后多探听些八路的事。以后你拉队伍，八路这弄法我看还是管用的。”

……

丰臣正人、安倍介二偶尔也被小胡、刘富年牵着出来在那两家地坑院晒晒太阳。这两个日本人虽然很顽固，但长期在地道，都没有多少力气了。他们戴着手链脚镣，嘴也被塞着。但因为他们戴着脚镣走不快，有两回差点儿被杨永贵碰见。

杨永贵这天来到杨家说，有人说，杨家地道里的人没走。

杨天赐咬着牙说：“哪个兔孙说的？让他来跟我一起进去看看！你先进去看看吧。”

杨永贵说：“我才不看哩。以后我再听见谁说那话，我就把你这话说给他兔孙。”

杨天赐听出来，杨永贵并不知道地道里的人没有走，他只是怀疑。

杨天赐早就感到杨永贵不仅是维持会长，可能也是杨家营日本人的情报员。杨汉唐、岳振鹏、任宗兴和李栓牛也早就那样认为。杨永贵来说过这话以后，他们决定暂时不让两个日本人出来放风。岳振鹏和董诚白天一般也不到窑里。

岳振鹏背着董诚跟杨汉唐和杨天赐说：“杨老先生，天赐兄弟，我连累你们了。天赐兄弟因为你们家保护我受到共产党怀疑了。我跟你们说心里话，你们把我交给共产党八路军吧，你们让他们来把我带走了吧。只有这样他们才能重新信任你们，天赐兄弟才能回到八路军再干一番事业，天赐兄弟有勇有谋，年龄也不大，继续干下去前途无量，等共产党得了天下，天赐兄弟拜个将军应该问题不大。你们家还有这几个小孙子，在中国子承父业是很方便也很常见的。这样一来，再过几十年，你们杨家出五六个将军也有可能，那你们家就是当年的杨家将再世了。”

岳振鹏说得诚心诚意，杨天赐却感到那话很不是味儿。

杨天赐说：“岳团长，难得你有这份心，现在还不到时候。到时候我说不定真会这么做。不过，你放心，我们共产党八路军不会像你们对我们那样对待你们。”

“呵呵，我等着那一天，我在地道里也住够了。”

杨汉唐说：“岳长官，你放心吧，我们不会把你交给共产党。即便他们来要你。他们不能保证你的安全我们也不会把你交给他们。”

岳振鹏说：“我估计他们快来你家要我了，到时候，你们只管把我交出去就是了。你们想想，我两个妹妹在延安，大哥是国军军长，二哥是国军师长。我以前虽然抓过共产党，也下令杀过共产党，但我相信，共产党八路军还是会善待我的。天赐兄弟，你明白了吧？你听出我说的是心里话没有？”

杨天赐说：“听出来了，你这几句话是真话。你前边那话——”

岳振鹏说：“唉，我就是这么个人，大哥大我八岁就当了军长，二哥大我五岁就当了师长，我在团级这个位上都干了五年了。我就是因为好给上级提意见总被人家穿小鞋。我在国民党里干寒心了，你们赶紧把我交给共产党八路军。”

……

佐藤带一个日本兵来到杨家。佐藤向杨汉唐介绍那个日本人叫杜丘。佐藤说，过几天，他要带一部分人到熊耳山扫荡共产党八路军。他走后，杜丘是杨家营的最高指挥官。又说，据点里的日本人和治安军吃不下去饭，让杨汉唐开了一些开胃药，杨天赐拾了药，拿过去让秀女给他们熬。顺便把佐藤的来意说给岳振鹏。说完又回到东窑。

杨天赐将一大碗面豆放到佐藤和杜丘中间的桌子上，说：“这是我家自已做的。你们尝尝。”

佐藤点点头，却没有伸手。

杜丘拿一个吃了，说：“好吃的，好吃的。”

佐藤拿起一个吃了也点点头，面露微笑。

杨汉唐问佐藤是日本哪里人？

佐藤说，是福冈人。

杨汉唐说："我当年在队伍上当过两年军医，有一阵儿住在天津。在天津时候认识过一个福冈的日本人。他是个西医。我跟他学了好些医术。"

佐藤点点头。

杨汉唐又问杜丘是日本哪里的人。

杜丘说，是北海道人。

杨汉唐说："那你和田中松下先生是老乡啊？"

杜丘点点头。

两个日本人都不爱说话。杨汉唐也不再说话。佐藤和杜丘进来以后，杨天赐就一直低着头。杨天赐感觉到杜丘一直在打量他。杨天赐冷不防抬起眼盯住杜丘。两个人的目光碰在一起。两人都不肯移开。

药熬好了，杨汉唐让杨天赐拿一小布袋面豆给佐藤，佐藤点点头，杜丘收下后向杨汉唐深鞠一躬。

杨天赐出门送佐藤、杜丘时，杨汉唐见地上有个小纸团。杨汉唐拿起展开一看，上边净是些人名。这些人杨汉唐都认识，其中也有杨家营的杨永贵。杨汉唐一下明白了：这纸上的人都是日本人在各村的秘密情报员。

杨汉唐没有立即把这名单交给杨天赐。杨汉唐心想，这名单准确吗？这个事太大了。杨汉唐想了想，想起许多事情。趁杨天赐和岳振鹏说话，杨汉唐和秀女商量了半天，让秀女抄下上面一些名字。

六十九

杨汉唐把秀女抄下的名单和那张捡的名单都交给杨天赐说："名单不是佐藤就是杜丘丢下的。但是这名单也不一定准。秀女抄下的这些人都不是善良之辈。他们村里都有人家受过日本人的大祸害，就是都有被日本人害死的人。姜王营的这个人，有户人家藏了枪没有交，后来被日本人搜出来，把那户人家男人抓去修飞机场死在了那儿。丁官营有个人从飞机场逃跑回到家，夜里不敢在家住，天天黑地住野地，在家住一晚就被日本人赶去堵在家里，被抓走后听说送到了东北，还有人被送到了日本挖煤，怕是永远也回不来了。这个人只在家住一晚就让日本人堵在被窝里，肯定是有人给日本人送了信。说不定就是丁官营这个崔二毛干的。这个人是毛家营的，这个村有些人家藏了张汴塬游击队员，也被日本人搜出来，那些人家也有人被打死，也有人被抓进炮楼。这都是因为有人向日本人报了信。名单上剩下的这些人，他们村里也受过日本人祸害，但没有死人的事。等共产党八路军找你时，你把这两份名单都给他们，那份小名单上的人他们不用调查就可以除掉。除掉这些人他们才能站住脚，除掉他们，把他们的罪状公布出来，老百姓才会拥护共产党八路军。大名单上剩下的那些人，让八路军好好调查。到那些受了日本人祸害的人家对着名单上的人了解一下肯定能拿到证据。”

“日本人安插的这些秘密情报员最坏。比维持会长们还坏。我们在河北就吃了他们的大亏。我在那边的堡垒户养伤就是被村里一个日本人的秘密情报员报告给日本人的。那人他家的牛被日本人抢走以后是我们八路军打进据点给他夺回来的。他当初跟在我们后边喊八路军好，八路军万岁。这个人叫丁司令一刀砍死了。”

“我还在想，这个名单是谁丢下的？是佐藤还是杜丘？他为啥在这时候把名单丢到我们家？”

杨天赐说：“肯定是杜丘！刚才他盯着我看。”

“不一定，也可能是佐藤。”

“我把名单拿进去让小山看看，兴许他能认出佐藤和杜丘的笔迹。”

杨汉唐说：“中。你进去让小山看看。这事不要让岳团长知道。”

小山说，佐藤和杜丘都会写汉字，他认不出是谁写的。

杨天赐问小山认为佐藤和杜丘哪个像是反战同盟的？

小山说，两个都像。直树死了以后，杜丘跟他说过不让他把自己说给他的话说给别人，可是当佐藤问他时，他心一慌就把直树说给他的话说了。佐藤抽了他一个耳光。骂他为何不早说，叫他以后不得跟任何人说，也不能跟杜丘说。

杨天赐把小山的话一五一十地学说给杨汉唐，杨汉唐思谋一会儿说：“我觉着他们两个人都是的可能性不太大。那佐藤像个正直人，可是架子大得很，田中说他家有大工厂。杜丘的可能性还是要大一些。他这时候把这张纸条丢到咱家，就是让咱家把它交给八路军。”

“爹，我仔细想，若是杜丘，佐藤走了，他肯定还会来咱家。咱不用着急！反正名单已经在咱们手里，根据咱们对名单上那些人的分析，那些人是日本人的秘密情报员不会错。八路军一过来，就交给八路军。”

“交是一定要交的。可怎样交，咱也要再好好想想，这是人命关天的大事。几十条人命呢，万一有些人不准确呢？”

……

佐藤带着一些日本兵和治安军离开杨家营据点后，据点的吊桥就一直高挂着。据点前的检察站也撤了。路上有人过往，伪军在炮楼里盘问一通就放行了。

魏功良又捂着肚子来到杨家说：“日本人在熊耳山打了败仗，都退缩在观音堂据点。丰臣司令从西边，把和国民党军队对阵的兵力调回一部分去熊耳山支援了，明天午饭时到达杨家营，要在杨家营据点休整三天，丰臣司令官命令他们不得出据点，说是把陕州军官欢乐所的慰安妇全部调过来供他们玩儿，杜丘说，这些从前线退下来的日本兵很疯狂，他们真要闯出据点他也挡不住。如果他们闯到杨老先生家害了人，我们以后就不能找人家看病了。我看他那意思是让我来给你报个信，让你家人都进地道里。”

杨汉唐起身向魏功良鞠躬行礼，又让秀女去取十个大洋给魏功良，魏功良一边还礼一边说：“杨老先生，你千万别这样，你教我装病这一招已让我逃过两劫。去打穆珂寨，治安军死了十几个，这一次去熊耳山的日本人和治安军也死伤不少。听说还是佐藤带着日本人顶住八路军，才让剩下的日本兵和治安军退进观音堂据点。这股八路军是从延安来的，听说老毛把他的警卫团都派过来了。你再给我开两服拉肚子药，我这肚子明天还得拉下去。等明天这股日本兵走了，你再给我开止拉肚子的药。”

杨汉唐说：“我当一辈子大夫，给你开这种得病的药是头一回。这个事你可永远不能对人讲啊！”

魏功良说：“你这是救我命，我不会对人说的。哎呀，按说这钱我不能收，可是杜丘——我给拿回去，他不要我再给你拿回来。”

魏功良揣上钱掂上药捂着肚子走了。

魏功良来杨家时，杨天赐、岳振鹏、董诚也在杨家窑洞里。魏功良的话他们也听见了。他们决定明天一早就全部进地道，连大黄狗和两只奶羊也要进地道，一头大猪两只小猪就让他们杀了吃算了。杨家的细软之类早已搬入地道，一家人现在又忙着把认为该搬进去的东西都尽量搬进去，反正地道里有的是地方。

可是，这个事给不给村里说呢？说又怎样说呢？说了，就等于出卖了魏功良和杜丘；不说，村里人恐怕是要受祸害。

岳振鹏说："不能跟村里人说，你们这个村的人只有让日本人狠狠地祸害一回，他们才能为他们交出国军伤兵而后悔。"

杨天赐也说："咱村都是地坑院，各家地坑院上边都有大门，如今各家白天也是大门紧闭。日本人从砸门到进院得费一些时间，等他们进了屋，人们就钻进地道了。"

木兰说："各人家地道不一样。有人家地道浅，日本人一找就找出来了。不如让全村人都钻进咱家地道，我把地道口，保准不叫日本人进来。"

这时候只听炮楼上有人喊话。

炮楼上喊话的是魏功良，魏功良用大喇叭通知杨永贵给炮楼上送米面菜油肉，说有大队皇军要到杨家营休整，若不按时照数送来，皇军就到村里各家就食。

杨汉唐说："不用我们通知了，魏功良替我们通知了。现在看来，这个杜丘肯定是反战的。那个纸团也是他丢下的。"

"我也这么想。不过，也不一定。我等着他来找我。"

"嗯，你这样想就对了。"

……

第二天一大早，先从陕州来了十来个宪兵。杨永贵通知各家说："前方打仗的日本兵性子都野，这些兵在那两道塬上抢了东西，祸害了女人。丰田松下从陕州派来宪兵管束这部分日本兵，不让他们祸害我们。我们要让这些宪兵吃好。让他们吃好了，他们站到村里，不让过路的日本兵进各家。"杨永贵到各家收了些鸡蛋、面豆，又杀了一只小羊送到炮楼。

杨永贵前一天已经带着人往炮楼里送了面油肉，今天又给宪兵送了。杨永贵对人说：砖头降豆腐，一物降一物。日本人的宪兵就是专门管束日本打仗部队的。有日本宪兵在这儿，各家女人也不用跑外村，在家里不出门就行了。

杜丘来到杨家说："这几个宪兵根本挡不住过来的日本兵。那些日本兵在前线打了败仗，窝了一肚子火，他们在李汴塬违反军纪强奸妇女引起民变，这一次命令他们在张汴塬不停留到杨家营据点吃过午饭就开往陕州。他们刚才派人报告说，部队下午才能来到杨汴塬，要在这里住上一晚。丰臣大雄也答应他们了。他们晚上在这里，谁也管不住。你们的女人不要在家，东西都放到地道。如果他们进地道，就开枪打他们。上级是让他们到别处作战的，他们在这边一打起来，我们就向丰臣大雄司令官报告。丰臣大雄司令官得了报告一定会大骂他们，命令他们马上出发。”

杨汉唐握住杜丘的手说：“杜丘君，我平常只称人先生，不轻易称人君子。你是我认识的日本人当中真正的君子。你冒着危险来我家说这事，我们怎么感谢你呢？”

杜丘说：“对不起，这个战争再也不能打下去了。我出来时间不短了，我要回去了。嗨，你家还有面豆吗？我买些——”

……

杜丘来杨家时，杨天赐不在家，杜丘刚走，杨天赐就回来了。听了杜丘来家里的情形，杨汉唐、杨天赐断定杜丘就是扔名单的人。而且，杜丘已完全相信了杨家人。

杨天赐、李栓牛、任宗兴等一家一家给人家说，千万不要相信杨永贵说的话，女人们最好跑到外村，粮食东西都藏到地道。杨永贵问杨天赐，日本人派了宪兵，不会出啥事吧？又说，你们是不是得了啥消息？杨天赐说：“我在河北和他们打过交道，知道他们啥德行。”杨永贵又去向杜丘汇报，杜丘不置可否。杨永贵的女人也要躲到外村。杨永贵说，你躲啥？我是维持会长。他们不会祸害咱。

下午，一大队日本兵从西边开过来。佐藤带着宪兵迎接他们进据点。那个日军军官说，我们要驻地穴。日本兵就直接进了各家的地坑院。日本兵坐在地坑院里吃了从炮楼里送来的那些早就做好的饭菜，就站起来东张西望，寻找目标。

多数人家听了杨天赐他们的话，年轻姑娘几乎都躲到了外边。天黑以后，日本兵才发疯。

日本兵没有找到年轻女人气坏了。两个日本兵冲到杨永贵家把杨永贵媳妇儿糟蹋了。被糟蹋的还有一些半老和已老的女人。有的事后骂了日本人，有的嫌丢人，一声不吭。几个日本兵把半身瘫痪的大松媳妇儿也糟蹋死了。日本人办那事时，大松被绑住丢在一边。大松起来后一句话不说，跑到熊耳山那边当了八路军。

半夜，田中松下带着两汽车慰安妇来到杨家营据点。日本人这才从各家地坑院出来跑步进到杨家营据点。日本鬼子没有在女人身上过瘾，就狠狠地抢东西。每个日本兵都背着一大包抢来的东西。进了据点，有的日本兵去和慰安妇新交，有的把抢来的东西写上自家地址，交给宪兵，通过军邮寄回老家。

那天晚上，有高级地道的人家受祸害最小，杨天赐家的人、狗和有价值的东西都进了地道。两只大猪也进了地道，日本人只赶走了杨家的小猪。任宗兴和李栓牛家把牛、驴、鸡、猪都弄进了地道，日本人在他家什么也没有捞到。在任宗兴家，日本人找到了地道口，但没敢进去，只在地道口点了一堆柴火，想把地道里的人熏出来，谁知烟不往地道里去，还把日本人熏呛得眼泪直流，这些日本人就出来转到别的人家去了。

杨永贵双手举着委任状在自家门口也没挡住日本人。有人说明明听见杨永贵媳妇叫唤了，肯定让日本人糟蹋了，可杨永贵两口子事后都说，两个日本兵要扑她时，一听杨永贵是维持会长就停下来。这种事，人家当事人说没有就算没有。

日本人还在据点里没有走，便有人到杨天赐家找杨天赐请教打高级地道的方法，还有人想进到杨家的地道里看看。杨天赐说，地道里的国军军官对咱村人交出国军伤兵十分生气，他见你们会开枪的。我给你们一张图，你们回去照着挖就是了。

七十

打发走村里人，杨天赐就掂着饭桶进地道为里边的人送饭。岳振鹏警惕性很高，坚持要在地道里再住上几天。“你一家有老有少，我又是个瞎子，遇到紧急情况，都要往地道里进。我提前在里边，大家不用操我们的心。再说里边还有两个日本人，总要有人在里边看着他们。我和董诚在里边，换他们出去几天。”

吃饭时，岳振鹏说，日本人这次来杨家营办坏事，从另一方面来说也是好事。我们趁机动员老百姓起来和日本人斗争。岳振鹏提出成立杨汴塬抗日地下游击队。

杨天赐很赞成成立地下游击队的提议。

杨天赐将村民的情绪讲给岳振鹏，岳振鹏说：“好！好！我们要趁热打铁，那个田中松下再来你家就把他拿下。”

岳振鹏还让杨天赐安排他和魏功良见面，争取让魏功良反正。

岳振鹏的话让杨天赐想到杜丘，他断定是杜丘丢下的纸条，杜丘有可能是反战同盟的。杨天赐又想，和岳振鹏成立地下抗日游击队，岳振鹏肯定还要当司令。与其这样，还不如自己单独干。自己联络韩二叔、李栓牛，先把纸条上那些秘密情报员杀掉。

杨天赐陷入自己的思想中，岳振鹏看不见杨天赐的表情，还以为杨天赐在听他讲。岳振鹏越讲越起劲儿，果然说到他当司令，杨天赐当副司令，小胡当副官，然后由他出面和丁司令谈合作。

这货想得多美!

杨天赐说："岳团长，你这想法很好。可这么一来，我就真成你的人了。我就回不去共产党八路军了。我杨天赐活是共产党八路军的人，死是共产党八路军的鬼。"

岳振鹏沉默半晌说："我咋把这一点忘了，你放心，我能让那个王政委相信你，也相信我。我是想弄成个事再投你们共产党八路军，脸面上更好看些。"

杨天赐把岳振鹏成立杨汴塬抗日地下游击队的想法说给杨汉唐听。

杨汉唐想想却说："这个想法不错。游击队没有大小，你们成立了地下游击队，也是一支抗日的队伍。共产党八路军和你们就是合作抗日的关系。你在和共产党八路军合作中再慢慢让他们相信你。你让岳长官当司令，他当司令管不住你，还能替你挡些事。再说，他两个哥哥都是国军军官，焦国臣、朱武京那些人更买他的账。"

杨天赐说："我和他成立地下游击队，共产党八路军这方面会不会更不相信我呢？"

"他们相不相信你，跟这没有关系。"

"那我进去再跟岳振鹏说说。"

……

杨天赐刚进到地道里，魏功良将一个慰安妇送到杨家。

魏功良说，这是田中松下从陕州带给佐藤和杜丘的慰安妇。杜丘让抬来请你给她看看，看好也说没看好，就说她死了。

魏功良和那个伪军放下女子就走了。

女子骨瘦如柴，双眼紧闭，发着高烧，奄奄一息。刚进来时嘴唇不动，魏功良一走，女子嘴里不停地说着一些话，杨汉唐凑近一听，吓得倒退一步。

“杨汉唐——杨天赐——”

女子的声音极小且有些含混不清，但杨汉唐还是听清了。

杨汉唐俯下身子握住女子的手说：“姑娘，你睁开眼，我就是杨汉唐——”

那女子嘴唇停了一下，却没有睁眼，嘴唇又微微动着，发出那种极小的含混声音。杨汉唐说：“木兰，快，快叫天赐出来。秀女，快去弄汤水。”

听了这话，姑娘睁开眼。杨汉唐说：“姑娘，这是杨天赐家，我是他爹杨汉唐。杨天赐他在地道里，马上就来了——”

姑娘的眼泪哗地涌出眼眶，顺着脸流下来。姑娘闭上眼睛转过脸无声地哭了。杨家人都知道是怎么一回事了。

杨汉唐弯腰仔细查看女子病情，气得浑身发抖。杨汉唐抬起头时已是泪流满面。杨汉唐对着一屋子人说：“你们听着，这个女子的事，谁也不能说啥，都听我的，我说咋着就咋着。谁敢胡说八道，就不再是我杨家的人。木兰，你进地道喊天赐出来，就说有个女子从炮楼上下来的，快死了，说认识他。”

杨汉唐气蒙了，忘了木兰已经进地道去喊杨天赐。

杨汉唐说着就哭了。

杨汉唐只哭了一下就把头一高昂，说：“你们记着，从此以后，再不许日本人踏进我杨家一步！不管是谁！”

焦兰亭拉住女子的手小声说：“闺女，你是河北的吧？”

女子闭着眼睛点点头。

“天赐是在你家养的伤吧？”

女子闭着眼睛又点点头。

秀女端着一碗鸡蛋水过来。

杨汉唐说：“老婆子，你别问了。让秀女喂闺女喝水。闺女，你到了这儿就是到家了。”

……

杨天赐跟董诚一起从地道里出来，杨天赐红着脸跑到床前愣了一下，对着女子大叫道：“小荣——真是你啊——”

那女子就是小荣。

小荣被俘后被送到了军官欢乐所，前些时候转到陕州。田中松下到欢乐所检查工作，发现小荣发高烧说胡话，不停地说杨汴塬、杨天赐、杨汉唐。田中松下一惊，感到这个女人可能是杨家的亲属。田中松下到杨家营后把小荣单独交给杜丘说，这个军官欢乐所的中国姑娘病得不轻，你送她给杨老先生看看，看好了，就留在你那儿为你和佐藤服务。当时小荣还不停地说着杨汉唐、杨天赐、杨汴塬……杜丘一看小荣那情况就明白了田中松下的用意。杨汉唐一直在给田中松下看病这个事，杜丘也知道。杜丘对小荣说："杨天赐就在炮楼下，我们现在就派人送你到他家。一路上不要说话。"这些情况杨家人是后来才知道的。

那天晚上，董诚给小荣检查后说，要治好小荣，必须打盘尼西林。又说，地道里的最后一支盘尼西林打给日本人小山了。

木兰说："谁让你们把好药给日本人用的？让他们死完才好呢！"

孟秀女哭着说："爹，你再想想，看还有能救妹子的中药没有？"

杨汉唐说："叫你宗兴大哥再去驮新出的神泉水。你们快点火把家里的神泉水烧热倒进浴缸，把姑娘泡到里边。"

杨天赐说："我去驮神泉水。"

杨天赐咬着牙，红着眼睛满脸杀气地出去了。

杨天赐驮水回来的时候，小荣已被泡在了烧热的温泉水中。孟秀女、韩木兰将浴缸里原来的水一瓢一瓢舀出来，把杨天赐驮回来的滚烫的温泉水一瓢一瓢加进去。杨天赐坐在前边窑里的小板凳上。杨汉唐和焦兰亭毕竟岁数大了，两位老人做完了自己该做的事都乏困了，躺在床上指挥着俩儿媳妇。杨汉唐说："她出汗没有？出汗了就给她喂鸡蛋面汤，面汤要稀，一碗面汤里打一个鸡蛋，不要多打，鸡蛋块不要大不要厚，做好让我看了再喂。"秀女说："刚开始出汗，二孬姥姥在做面汤。"

木兰过来跟杨天赐说："董看护从姑娘下边掏出好多烂肉，有些都臭了。老爹又往里面塞了药汤里煮过的新棉花，我和秀女才把她抬到浴缸里。这姑娘身子软得没有一点儿劲儿了。天赐，你放心，我和秀女都不生你的气。我们好好伺候她。咱爹也说他明天让魏功良那人想办法弄几支啥个西林药针，魏功良弄不来，老爹说他就到陕州找田中松下。杨天赐，日本人太坏了。我跟秀女都说了，死也不会落到他们手里。你放心，我娘说，这姑娘年轻，肯定能好过来。这姑娘太可怜了，她好过来了，你就把她娶到咱家——”

“闭上你的狗嘴——”杨天赐大叫一声，猛地站起来红着眼睛进了地道。

七十一

第二天，魏功良来杨家看小荣。

杨汉唐对魏功良说：“感谢你，也感谢杜丘太君。天赐在高树勋队伍上打仗时负伤让这个姑娘一家救过，人家是我们家的恩人。这些钱是给你们二位的一点谢礼。你拿上，你们怎么分，你看着办。”

魏功良接过钱飞快地装进裤兜，装进又掏出来说：“杨老先生，杜丘这人不要钱，我把钱给了他，他也会给下边的日本兵。我不想给他了。他不要，我也不要——原来姑娘是你家的恩人，看来人生在世，还是办些善事好啊。我走了，回去把这事跟我几个好兄弟说说。”

杨汉唐说：“魏队长，这钱你一定拿上。我还有事相求——”

杨汉唐将钱塞到魏功良手里，又从抽屉里拿出两根金条放到魏功良手里，求魏功良想办法弄两支盘尼西林。

魏功良摇头说：“一支一根金条不行。日本军医也贪得很，他自已一支药就要一根金条。我还要通过中间人。中间人也要一根金条。我说的是实话。”

杨汉唐咬咬牙说：“我家里只有四根金条了。你等着，我找出来给你。”

魏功良得了四根金条后的第五天晚上才送来一支盘尼西林。

韩木兰急着让杨汉唐赶紧把盘尼西林给小荣打上。杨天赐闭着嘴巴不吭声，心里也急得不行。

杨汉唐说：“董看护，说说你的意见？”

董诚说：“等那一针搞到了，早上一支，晚上一支，一天之内都打上效果才好。”又说，“这几天温泉水洗得炎症不再加重，可以等上几天。”

又过了两天，魏功良又送来一支盘尼西林。两针盘尼西林打下去，小荣的炎症明显就减轻了。炎症一轻，小荣的高烧也下来了。高烧一下来，人就能吃下饭了。

杨汉唐说："闯过来了，鬼门关闯过来了。闺女年轻，好好调养调养就好了。"

从小荣来到杨家以后，杨天赐晚上就不再和两个女人睡，他天天晚上住在地道里。杨天赐想去找杜丘，如果杜丘是反战同盟的人，就和他里应外合把这里的日本人都消灭了——也可以逼魏功良起义——不，不能这样莽撞。要冷静，要沉着，不能急躁!

岳振鹏从董诚那里知道了小荣的事情，也知道了杨天赐和小荣的关系。岳振鹏和董诚坐到杨天赐跟前。两个人都不说话，只陪着杨天赐难过。

杨天赐心想，这有文化的人真是好!

魏功良又来杨家看小荣。

杨天赐问魏功良那批慰安妇去哪儿了?

魏功良说："从这里回了陕州，从陕州又回了河北。"

杨天赐说："那些慰安妇里有没有年龄大的，比如三十多岁的中国女人。"

魏功良说："以前来的慰安妇里有三十多岁的中国女人，四十多岁的也有。这一次来的都是黄花大闺女，有中国的，有朝鲜的，还有日本的。日本的女学生最年轻，中国和朝鲜的慰安妇被日本兵那个时有的不吭声，有的哭哭啼啼，有的难受得惨叫。只有那几个日本女学生和日本兵在一起时不吭声。听说她们是自愿来干这事的。日本人跟她们睡觉还要给她们日本钱哩。"

杨天赐说："以后炮楼里再来了慰安妇，你找机会问问那些三十多岁的中国慰安妇是哪里人，如果是河北的，你就说，你从河北过来的，认识一个小兄弟叫马二娃，小名小黑娃的吗?她若不肯说是哪里人，你说你也从河北来，认识一个小兄弟叫马二娃，小名叫小黑娃的——你看见三十多岁的中国女人就这么说。"

"我说，我说，我说我认识一个小兄弟叫马二娃，小名叫小黑娃的——马二娃是啥人?他跟慰安妇啥关系?"

七十二

杨天赐心里像着了火，杨天赐问杨汉唐："杜丘怎么还不来找我们？我也应该和他见面。我要去找他吗？"

"天赐，你再等一下。他比你更着急。"杨汉唐对杨天赐的心情很是理解。

杜丘果然更着急。杜丘带两个日本兵来到杨家，让一个日本兵立在门洞，另一个日本兵立在地坑院中间。杜丘一个人走到杨汉唐看病的窑里。

杨汉唐正给外村一个人看病，杨天赐正在碾药。

杜丘说来看病。

杨汉唐说，先给你看。

杜丘摇摇头。

杨汉唐请杜丘坐下，杨天赐给杜丘端上茶水又去碾药。

杜丘不喝茶，一言不发坐在椅子上眼盯着杨天赐。

杨汉唐给病人看好了。杨天赐给病人拾药时，杨汉唐给杜丘看病。

杨汉唐问杜丘怎么了。杜丘说吃不下饭。

杨汉唐慢慢给杜丘望闻问切。看病的人掂上药出去了，杜丘也不说话。

杨汉唐也不说话继续给杜丘望了又望，听了又听。

杜丘终于憋不住先说话了。

杜丘说："上次我来你家掉了一个纸团，上边写了一些中国人的名字——"

杨天赐微微一笑说："杜丘同志，全世界无产者联合起来。"

杜丘也笑了："英特纳雄耐儿明天就会实现。"

杨天赐上前紧握着杜丘的手说："你是组长同志，只有组长才说明天就会实现。"

杜丘说："请你向王政委汇报，现在杨家营据点包括我，不包括佐藤，共有五个反战同盟的官兵。佐藤反战，但他不入盟，也不会投向八路军，但他会配合我们。我需要王政委的指示。"

"你怎么这么信任我？"

“我从华北过来的。我在根据地的庆功会上看到过你戴着大红花。王一清政委知道我。杨天赐同志，扫荡熊耳山的部队吃了败仗，现在陕州的一些兵力也调了过去。那边可能很紧张，我有意配合八路军反扫荡，我可以将我的部队带入八路军的伏击圈。”

“我一定将这个情报告诉给王政委。”

“这个情况不能让地道里的国民党知道。”

“你知道他们没有走？”

杜丘点点头说：“佐藤也知道。田中松下也知道。你们要小心点儿，不要让他们白天出来到院子里。我走了，我回家还吃了饭吐出来，明天再来看病。”

……

杨天赐跟杨汉唐说，他要到熊耳山找丁司令和王政委。

杨汉唐说：“你忘了丁司令捎给你的话了？我估计八路军快来找你了。越是这种时候，你越要沉住气。”

“爹，你不知道。我们八路军刚到新区这一阵子最困难。现在日本人把兵力都调到熊耳山那边，丁司令他们肯定十分困难。不过，我到那边也不好找到他们。这种时候部队都分散行动。而且从熊耳山到这儿太远了。把这边的敌人带到我们的包围圈也不大可能。有办法了，爹，我去给朱武京送信，让他们来杨家营据点。这边一打起来，日本人肯定从那边撤兵。”

“嗯。这个办法行。你去跟他说，让他来打一下，只要他狠狠打一下，子弹钱、兄弟们的赏钱咱家出。”

杨天赐当即就带着银圆、金条去找了朱武京，朱武京假意推辞一下收了金银。朱武京说，他刚从国军手里买了两门迫击炮、五挺机关枪，正想找个机会露露脸。

半夜里，朱武京带着队伍悄悄包围了杨家营据点后，按杨天赐的交代，先对着炮楼轰了几炮，接着由一个老家山西的兄弟向炮楼喊道：“我们是八路军，限你们五分钟内把枪扔出来投降，不然就炸平炮楼。把你们全部消灭。”五分钟后，五挺机关枪一起开火，一百多个兄弟也一起开火。两门迫击炮开动，有两发迫击炮弹落在日本人的炮楼顶上，虽然没有打穿炮楼顶，但顶层的敌人都吓得跑了下来。杜丘拿起电话耳机让田中松下、丰臣大雄听了炮声、枪声。杜丘说：“他们有九挺机关枪（杜丘有意夸大），还有三门大炮，八路军至少有三个连。”丰臣大雄说：“八路军跳出我们的包围圈跑到了那边。他们没有重炮，你们坚持住，我马上派兵去救援你们。”

……

朱武京的人马打闹了一通就撤走了。他们没有全部直接撤进南山，朱武京让一部分兄弟先进山，他带着另一部分兄弟趁焦家营的日本人来支援杨家营，摸到焦国臣家，抢了十几驼子衣服粮食才走。

朱武京在张汴塬跟着王大正起兵抗日时，焦国臣跟着日本人去打过他。朱武京为人睚眦必报。

朱武京让那个老家山西的兄弟对焦家人说：“我们是八路军，焦治公当日本人的维持会长就是汉奸，今天逮住他非枪毙他不可。”

焦治公躲在地道里恨死了八路军。

日本人的援军天亮以后才到杨家营据点。田中松下也来了。

日本人进南山找八路了。田中松下带着一个小日本兵假惺惺地来看望杨汉唐。

田中松下说：“杨老先生，我跟丰臣司令官说了，你们一家都可以住进炮楼。”

杨天赐碾着药头也不抬。

杨汉唐说：“谢谢你，我们家这地道比你们的炮楼安全。”

田中松下又让杨汉唐给他望闻问切后开了新药方，由杨天赐给他拾了药装进一个日本兵背的文件包里。

田中松下也没有问问杨家父子夜里听出来有多少八路军。

田中松下说：“老杨先生，小杨先生，时势凶险，你们好自为之啊。”

说完，站起就转身走了。

“这个老狐狸啥都知道！”杨汉唐对送田中松下回来的杨天赐说。

杨天赐说：“到大门口他还回头对我奇怪地笑笑。”

杨汉唐说：“幸亏老天爷让他得了消渴病。不然的话，这个日本人会怎样还真不好说。”

杨天赐说：“岳团长也真是鬼精，他说我出去带来八路军佯攻这边的据点，是为了让日本人从熊耳山调兵回来——”

七十三

朱武京打了炮楼以后，杨天赐跟杜丘说，他已把杜丘的情况报告给了八路军。八路军让朱武京的人马冒充八路军来打炮楼。八路军首长让杜丘不要轻举妄动，过几天会给杜丘新的指示。

杜丘说，扫荡熊耳山的日军正往回撤，佐藤也在回来的路上。

杨天赐决定去熊耳山找八路军。杨汉唐让杨天赐写成信，密封好由李栓牛送去。杨天赐说："这个事我必须亲自去。我死不了，再说我回来生了两个娃子一个闺女，木兰肚里又怀上了。爹，上一次，我听了你的，这一次，你也要听我的。"

杨汉唐舍不得让杨天赐去。可也真不好意思再阻拦杨天赐了。就在这时候，韩二叔来到杨家说："八路军来到杨汴塬了。"

韩二叔说："我早上起来拾粪，一个过路的走到我跟前说，这村是叫韩家营吗？我说，就是叫韩家营。他说，韩万成家在哪儿？我说，你是哪儿人？你找他弄啥？他说，老乡，这么说，你就是韩二叔了。我说，我不是，我是他邻居。他说，我是杨天赐在外边的朋友。他让我去找他有点事儿。我说，我就是韩万成。他们的头目就是小学校的小尤老师。小尤老师说，他们是八路军的武工队，他是队长。小尤队长说他感谢你家当年搭救他出大牢，也知道这些年你家对他老娘的关照。他说他们这次过来主要是秘密了解这边的情况，不打算公开活动，要将他娘接到他们在熊耳山那边的根据地。他们还有个女头目，尤队长说她是胡政委。那个胡政委从气势上看还管着尤队长。对了，她说她认识天赐，也认识李栓牛。她还说，她走了以后我才可以来你家说他们来到了杨汴塬。但千万不要跟外人说。她还问了好多——把焦国臣一家和焦家营那边也问得可仔细。他们在我家待了一整天，天黑透了以后才走。也不跟我说要去哪儿。他们走的时候要给我粮票。我说，这是杨家的粮票，我知道拿上这粮票到杨家能换粮食。可是你们头次到我家，我不要这粮票，就看在你们打陕州飞机场放回我家儿子这件事上，你们这一天饭就算我家管了。他们说，那不行。我们八路军有三大纪律、八项注意。我们现在是借用杨家的粮食，杨天赐当年从我们队伍跑回来时带走了我们的机关枪。杨家怕算账，主动给我们粮食我们也不要。他们收了我们的借条才收下他们的粮票。我觉着他们对咱还不是很相信。另外，他们说天赐回来时带走了他们的机关枪这事儿到底有没有？”

韩二叔说话时，杨天赐几次想打断韩二叔的话，但都被杨汉唐用眼神制止了。

杨汉唐说：“他韩二叔，这共产党八路军有能人啊。人家这是在为我一家开脱啊。将来日本人来找我们说事，我们对日本人说八路军为机关枪这个事来抓天赐，又逼着跟我们要粮食。至于说到人家还不相信咱，人家这一次就是来试探的。试探过后才会相信咱。”

杨天赐说：“那个胡政委还说了些啥？”

韩二叔想想说：“还说些啥一时想不起来了，不过，我听她那口气，好像你得罪过她。对了，她听说你回来后和秀女、木兰都生了娃子，脸色很不好看。骂了一句真不要脸，又骂了一句，真是个没良心的东西！骂过了又说她想起了一个河北那边的汉奸，说那个汉奸告密，日本人差点儿把天赐逮住。又说天赐那天若叫日本人逮住肯定没命了。又说，那天为了救天赐，死了六个八路军，还死了一个堡垒户高大娘。她说，天赐认识高大娘。对了，对了，他还让我问问天赐，回来这么长时间了，是不是早把高大娘一家忘得干干净净了。还有个姓吕的副队长叫熊能蛋——”

……

小尤老师当了武工队长，胡大兰竟然当了武工队的政委。胡大兰还在因为小荣生自己的气——韩二叔一席话让杨天赐想起了许多。杨天赐想立刻去找胡大兰，但只那么想一下就忍住了。

佐藤回到了杨家营，由杜丘陪着来到杨家看病。

佐藤瘦了一圈，眼睛红得可怕，佐藤说，他已经好几天白天晚上都睡不着觉。杨汉唐给佐藤望闻问切后说：“焦虑过度，肝火太旺，胃火也旺。这病三分药，七分自己调理。”

佐藤听了，也不接话，也不点头。呆坐着看杨天赐给他拾药。

杨汉唐说：“佐藤先生，你和杜丘太君先回去。汤药熬好，我让家里人给你送到炮楼。”

佐藤点点头，站起来和杜丘一起走了。

走到院里，佐藤对杜丘说：“你，等着，拿药。”

杜丘再进到杨家窑里时，杨天赐就跟杜丘说：八路军来到了杨汴塬。过两天就会跟杜丘联系。

杜丘继续说："佐藤的一个好朋友也战死了。那个好朋友是观音堂的守备队长。他带去的二十一个日本兵，只回来十三个。现在炮楼里一共只有二十五个日本兵，其中五个是同盟的人。"又说，"那个和你家有亲戚关系的焦国臣带着人马跟佐藤一起支援被包围的日军。焦国臣半路上带着队伍跑了。焦国臣带着人马跑到八路军的南边，打出了十五军游击支队的旗号。佐藤一回来，杨永贵向佐藤报告说，你家的地道里的人都没走。他可能也向田中松下报告了，但他没有向我报告。这个人和小野手下的两个日本兵暗中也说过这话。你跟他们说，要尽快除掉杨永贵这样的人。这样的中国人太坏了！"

七十四

佐藤、杜丘来杨家的第二天晚上，李栓牛来到杨家说，共产党八路军豫西支队武工队的胡队长、尤队长、吕副队长在他家，让他来叫杨天赐。又说尤队长就是尤黎明，胡政委就是他在熊耳山见到的那个母夜叉，吕副队长说他也认识杨天赐。

杨汉唐说："你过去见他们吧。沉住气，名单先不要给他们。"

杨天赐怀着十分复杂的心情来到李栓牛家的窑洞，看见胡大兰、尤黎明立在窑里，副队长熊能蛋坐在炕上。

杨天赐虽然在心里提醒自己要沉住气，可见了胡大兰、尤黎明还是有些激动。杨天赐一个箭步上前紧握住胡大兰的手说："你们可来找我了！"

胡大兰却没有相应的热情，胡大兰抽出手说："杨天赐，你，你——得了，今天我们不说别人。我们是奉——这个尤队长、吕队长你也认识吧？"

尤黎明、熊能蛋也和杨天赐握了手。

尤黎明还笑笑说，谢谢你给我老娘送面送盐。

熊能蛋板着脸抿着嘴唇一言不发，没有热情只有威严。

胡大兰说："我们是奉丁司令的命令来找你——"胡大兰好像压着多大的火气

说，“把你家地道里的日本人和国民党交给我们吧。”

熊能蛋嬉皮笑脸地说：“你这个人真捣蛋。在河北你钻我们堡垒户的地道，回到家你当国民党的堡垒户让国民党钻你家的地道，你还圈了日本人当挡箭牌，你这一招高。丁司令都让我们向你学习哩。”

几年不见，这个熊能蛋还是这个熊样！

杨天赐不理熊能蛋，看着胡大兰说：“这个事、这个事——”

杨天赐一时不知道说什么好。

胡大兰十分严肃地说：“杨天赐，你这个什么？你是不是不承认自己是八路军了？”

杨天赐说：“不是不是。”

胡大兰说：“你是不是参加国民党了？”

杨天赐吓了一跳，连忙说：“没有没有。我想见丁司令！”

熊能蛋说：“丁司令的爱人就在这里，难道你还不相信，难道你还要让丁司令直接给你下命令？丁司令给你下了命令，路上遇到敌人，胡政委把纸条烧了。我们一路上打过来牺牲三个同志呢！”

杨天赐说：“我就是想见见老连长，当初回来时我跟老连长说，回家养好伤，我一定回部队。回来后出了许多情况，我要向他汇报。”

胡大兰说：“来见你前，我们已经详细了解了你的情况。你掩护两个受伤的国军伤兵这没有错。你们在地道里扣押了日本人，这个做法比把敌人打死更管用。你家的粮票也管用。所以我们才找你。你赶紧把那地道里的国民党和日本人交给我们！”

熊能蛋说：“你赶紧交出来。难道你真想当国民党的堡垒户？河北的国民党想害我们，难道你忘了？”

杨天赐说：“我能不能问一下，你们打算怎么对待他们？”

胡大兰说：“情况是这样的，熊耳山那边观音堂据点的一部分治安军出来配合日本人扫荡时，打出国民游击纵队的旗号钻进了熊耳山南边的山区。他们不打日本人，专给我们捣乱，我们派人去和他们谈判，他们竟然把我们的人扣了。这伙人的头目叫焦国臣。他提出，如果我们能把藏在你家的国军团长和女看护交给他，他就把扣下的那个同志还给我们。听说这个国军团长的大哥是国民党的一个军长。我们的想法是，只给他国军的瞎眼团长，争取让女看护留在我们这边。”

杨天赐说："那三个日本人呢？"

胡大兰说："让小山参加我们武工队，向敌人喊话。现在敌人士气不振，在河北的日本兵听了日本同志的喊话，带着枪投奔我们。那两个日本人，押回河北换回我们几个被日本人逮去的同志。"

杨天赐说："胡政委，你的话就是丁司令的话，我执行。那三个日本人你们可以带走，但我估计国民党团长和那个女看护不会跟你们走。那个女护士已经怀上国民党团长的孩子，肚子都起来了。"

胡大兰说："不行，必须全部叫我们带走！"

熊能蛋说："杨排长，执行命令吧。想想为你挡子弹死去的小黑娃，想想牺牲的高大娘，想想——"

"熊能蛋——"胡大兰瞪熊能蛋一眼，想了想说："尤队长、吕副队长，我来时候老丁有交代，他说这个杨天赐年龄不大，但鬼心眼儿不少，让我尊重他的意见。我代表丁司令决定，同意按他的意见办。杨天赐，你带尤队长、吕副队长进去把日本人、国民党带出来吧。"

杨天赐说："胡政委，我得进去和国民党团长商量一下，里边除了他和女看护，还有一个他原来的护兵。他们三个人都有枪。他在地道里宣布成立了杨汴源地下抗日游击队，他任总司令。他不会跟你们走的。"

熊能蛋说："那就不用和他商量，我们进去把他绑出来就是了。"

胡大兰说："不可。丁司令派我来时有交代，说这个事要听这小子的。杨天赐，你进去商量吧，我们在这儿等你。"

杨天赐从地道回到家里先把和胡大兰、尤黎明见面的情况汇报给杨汉唐。

杨汉唐想想说："你去把他们的意思说给岳团长——你按他们的意思办，走一步，说一步。他们毕竟是代表丁司令来的。"

杨天赐说："我想跟他们一起去熊耳山。那个名单我不想交给他们。还有杜丘的事，我也不想跟他们说。我要去见丁司令和王政委。我跟他们说了这两件事，他们肯定相信我。"

杨汉唐说："我不同意。这个胡政委是奉命而来，她还是丁司令的爱人。你不相信她就是不相信丁司令。再说，这个尤队长我了解，他值得信任。这样吧，你先去见岳振鹏，先把这个胡政委的话说给他。后边这个事，我们都再考虑考虑。"

杨天赐把胡政委的意思说给了岳振鹏。

岳振鹏半天不吭声。

董诚说："焦国臣这种人不可靠，我们不能去他们那儿，万一他们再投降日本人——"

岳振鹏听了董诚的话点点头说："天赐兄弟，你请武工队胡政委进来，我要和她谈谈，只让她一个人进来。"

岳振鹏对进地道里的胡大兰说："第一，我给焦国臣写了信，让他把你们的人放了。他若不放你们的人，我跟你们去他那儿。董看护不能去你们那儿，你们有了伤员，可以送进来，由她给你们看。第二，小山可以跟你们走，另外两个日本人你们不能带走。这是我的意见，我是这里的最高长官。除非你们打死我，否则你们必须照这个意见办。小胡、小董，你们不要乱来。他们打死我，你们也不许向他们开枪。"

胡大兰看岳振鹏这态度，看看握枪在手的小胡和董诚，又看看杨天赐。

杨天赐低着头不说话。

刘富年说："胡政委，就先这么办吧。我也跟你们走。我是山西那边打入伪军的地下党。"

胡大兰不理刘富年，胡大兰对岳振鹏说："岳团长，那我们就照你的意见办。你的情况我们也了解了，你在人马寨和日本人打了硬仗，负了重伤，老丁和我很尊重你。我们走了，请你多多保重。"

岳振鹏说："你们把这个姓刘的也带走吧。"

小山掉着眼泪和岳振鹏、杨天赐、小胡一一拥抱。董诚主动拥抱了小山。董诚的肚子已隆起了，小山摸着董诚的肚子说，这个孩子管我叫舅舅。

刘富年的手伸过来，没有人跟他握。

胡大兰说："丁司令有交代，要让那两个顽固不化的日本人看到我们是冲进来制服了你们，才把他们带走的。你们得委屈一下。"

丁司令真中！这样一来，这两个日本人回到他们那边，他们也以为地道里的人都是被八路军搜出来的。

胡大兰让杨天赐、小胡把岳振鹏、董诚、刘富年都绑起来。她最后绑的杨天赐。胡大兰把杨天赐绑得很紧。

胡大兰说："把你绑得紧紧的，日本人才相信是我们制服了你们。"

七十五

武工队员将安倍介二和丰臣正人从被捆绑着的杨天赐、岳振鹏等的面前带出地道后，胡大兰让人给岳振鹏、董诚、小胡、杨天赐松了绑，却不肯给刘富年松绑。

胡大兰对刘富年说："仅凭你的一面之词，我们不能相信你。你跟我们到了根据地，我们有电台，那边证明你是自己同志了，我再把枪还给你。"

胡大兰做得对！这真是强将手下无弱兵。杨天赐接着又想，胡大兰现在是武工队政委还是丁司令的爱人，老爹说得对，不相信她就是不相信丁司令啊。那两件大事应该马上汇报给胡大兰。

杨天赐就把胡大兰叫到一边，把那两件大事跟胡大兰说了。

胡大兰接过名单一看，大眼一瞪说："这么重要的事为什么现在才告诉我？跟你说吧，我们已调查出了几个村子的秘密情报员。这个杜丘的事情，我们也知道了。这是个大事，我要向王政委汇报。你到底参加国民党没有？你家和日本人究竟是什么关系？在河北，有很多像你家这样的两面派地主。你比他们还多一面。不过，老丁总是替你辩护，为了你的事，还和王政委吵了一架。吵过了，王政委才同意派我们过来调查你。我们已经通过其他渠道和杜丘联系了。以后他不会再来找你。你也不要对任何人说起今天咱俩的谈话。我跟你说，你们老虎连队好些同志都在支队。小荣后来牺牲了，听说你回到家和两个媳妇轮着睡觉，还生了窝娃子，大家都恨死你了。"

杨天赐还想跟胡大兰说，是他让朱武京伪装八路军来攻打杨家营据点，一看胡大兰这个样，就不想说了。早知道胡大兰这个样子，就不跟她说这些，跟他们一起到熊耳山得了！

胡大兰提出拜访杨汉唐，说这是丁司令的意思。又说，丁司令要求她必须见到杨汉唐，当面表示感谢。

胡大兰见杨汉唐之前，杨天赐跟杨汉唐说他已经将名单和杜丘的事说给了胡大兰。

杨汉唐却说："好！好！这个事你做得对。你不要后悔，朱武京来打炮楼这事你说出来反而不好。"

胡大兰代表丁司令送给杨汉唐一盒人参说："这是我们从一个汉奸家缴获的。杨老先生，我们听说你跟南山陕州民众游击队司令朱武京有交情，我们想请杨老先生为我们写封信，请朱武京让我们通过他的地盘回到熊耳山。

杨汉唐说："信我写，管不管用不好说。他若让你们过，你们还要给他些东西。"又说，"这人参我收下了，我再送给你，你再送给朱司令。"

朱武京见了胡大兰，肯定要跟胡大兰说那些事。哼，到时候看你咋想？

杨天赐跟杨汉唐说："爹，让岳团长也给朱武京写封信吧。"

杨天赐生怕胡大兰不去见朱武京，杨天赐还想让胡大兰见识自己的厉害。

杨汉唐说："我这脑子真是不管用了。你想，那焦国臣都和岳团长拉关系，朱武京肯定也想和岳团长拉上关系。你让岳团长给朱武京也写封信，胡政委他们就彻底安全了。"

岳振鹏二话不说，就给朱武京写了信。岳振鹏在信上讲到他大哥的部队就在陕西，正在准备反攻河南；又说他们当初被国军特工队从杨家接出来，走到半道上遇到日本人又拐了回来，请朱武京一定替他、替杨家保密。

杨天赐把信交给胡大兰，又将小一布袋面豆交给胡大兰。

胡大兰说："他这信管用吗？"

"你拿上吧，一封信也不重。管用更好，不管用你好擦屁股。不过，你跟朱武京不要说，这两个日本人是从我们家地道里逮出来的。"

"这个国民党和你关系真不错。这两个国民党在你家地道里竟然——哼，这个女国民党肚里又怀上了小国民党。她不会和姓岳的分开的。"

"董诚不是国民党——"

"哼！她不是国民党，可她怀了国民党的娃子。她不会给我们当卫生员。"

胡大兰拿上两封信，和尤黎明、熊能蛋带着武工队员押着安倍介二、丰臣正人和二十头驮着粮食的马、驴、骡走了。跟他们一起走的还有韩二叔等一些赶牲口的杨汴塬乡亲。

七十六

胡大兰走时跟杨天赐说："我现在是正连级。你走后，老丁就当了营长，老郝就当了教导员，你回家的第二年老丁就当了团长，我们就结婚成亲，结婚后十个月我就生了一个娃子，现在河北一家堡垒户。你回来第三年，老丁就带老一团去延安保卫党中央、保卫毛主席了，我也去了。我也见到毛主席、朱总司令了，毛主席、朱总司令都握了我的手，还见了好多好多中央首长——"

"中央首长都握了你的大黑手——"

杨天赐听出来，胡大兰说这些话是为了气他，让他为自己当初回来而后悔。杨天赐心里不得劲儿，忍不住也气胡大兰。

杨天赐没有向胡大兰说起小荣。杨家人也没有让小荣知道八路军来这回事。他们都希望小荣在杨家再调养一些日子。

胡大兰一行走后，李栓牛跟杨天赐说："你进去和岳团长商量时，那个熊队副跟胡政委、尤队长一再说，要我带他们进去把他们都绑出来。我说地道里有许多机关，硬闯，再多人也进不去。胡政委、尤队长也都说要等你和岳团长商量以后再说。那个熊队副为此很生气，骂你骂得可难听哩——"

"他都骂我啥？"

"可难听，还是不说吧——"

"你说给我，我不生气，我们是战友，战场上他救过我的命，我也救过他的命。生死之交，才敢胡乱骂。"

"他骂你是没良心的羔子，说你让人家黄花大闺女都跟你那样了，你还不回去跟人家成亲，害得人家——"

"你不要说了——"

杨天赐一下跌坐到李栓牛的床沿上，双手抱头。

李栓牛小声说："你放心，这事我不会跟人说。你是结过婚出去当兵的，你在外边挨个女人这也不怪你。可是，这件事千万不能让木兰知道啊。我跟你说，木兰她跟我媳妇说你跟她一起时候总走神。木兰怀疑你在外边又有了女人、又有了娃子呢。木兰还跟我媳妇说，你若真在外边有了女人有了娃子，她把你剩下的那个蛋子也咬掉哩！哦，我又想起来一个事，那个熊队长还说起一个小黑娃，他说你把小黑娃抱在担架边挡子弹。让小黑娃被流弹打死了。”

“这个熊能蛋——栓牛兄弟，熊队副跟你说这话，你对谁也不要说啊！”

“可是，你家大伯问过，我跟大伯说了哩。”

“我爹听了咋说？”

“大伯听了什么也没有说。我说，这话我得跟天赐说说。大伯也没有吭声。”

……

杨汉唐对杨天赐说：“共产党八路军没有把你当成叛徒。有些事不能急。再等等，他们见过了朱武京、焦国臣，还会来找你的。”

杨天赐说：“嗯。还有个事，就是共产党八路军过来这个事千万别让小荣知道了。她听说丁司令、胡大兰过来了，肯定立马要跟他们走。她身体还弱，让她在咱家再待些日子。”

“你也听我说。你见小荣姑娘不要恁气愤，你心情平静些，就当她是负了伤、生了病。”

“爹，我知道了。”

一天晚上，杨天赐来到吴师母窑门外。杨天赐听见吴师母正跟小荣讲自己女儿、女婿，“她的女婿是她女儿的同学，每个星期六下午送她到我家胡同外，第二天下午再到胡同外接她。初中三年每个星期都是那样，高中三年每个星期也都是那样——街坊邻居都说他们般配，都说我有福。后来，他们一起考上了协和大学，他们星期六总是一起回家来，星期六的下午我在屋里做着针线活，盼着听见他们说话声、脚步声。正盼着呢，他们就说说笑笑一起回来了。女儿的笑声是轻轻的，他的声音也不高。女儿穿的皮鞋是他写文章卖报馆得的钱买的。女儿穿皮鞋，踩在胡同砖地上的声音是嗒、嗒、嗒，他穿布鞋，他的脚步声是扑、扑、扑。我听着他们的脚步声，心里就像喝了蜜。脚步声没有了的时候，我在屋里听见女儿说，让他叫娘。他不好意思叫，女儿说，你叫不叫，不叫你就走吧。他这才叫‘娘——’，我赶紧下床去开门。唉——一眨眼，都没有了，都没有了，就像一场梦。”

杨天赐对着门缝看到吴师母搂着小荣，小荣脸朝里依偎在吴师母怀里。吴师母抱着小荣轻轻地一晃一晃，就像抱着一个婴儿。杨天赐双手抱头在门口蹲了好一会儿才站起来往回走。

杨天赐没有注意到，孟秀女和韩木兰都在不远处注视着他。

七十七

过了几天，胡大兰带人又来到杨家营。

胡大兰跟杨天赐说："朱武京说，是你让他冒充八路军来攻打这儿的据点，这是真的吗？"

杨天赐点点头。

"那你咋不跟我说？"

"你打断我话，堵住我嘴，我咋说？我说了，你信吗？这种事，他说了，你才会信。"

"他说了，我也不信。你们家和他有交情，说不定你们以前就串通好了。我们了解的情况是，朱武京和焦国臣有仇，朱武京起兵抗日时，焦国臣配合日本人去打过他们。朱武京说，焦国臣抢走了他们的粮食，但跟他们打仗时是向天上打枪，所以他们上次也只是从焦家拿了粮食、衣服、钱财。"

"你不相信我的话，也不相信朱武京的话？"

"你们的话，有的，我相信，有的，我不相信。我就奇怪了，老丁怎么就那么相信你呢？"

"丁司令相信是我让朱武京伪装八路军来攻打日本人据点——"

"他一个人相信没用！不过，我现在也有点儿相信你了。我不是现在有点儿相信你了。我在会议上听了丁司令替你说的话就有点儿相信你了。跟你说吧，最后大家都相信你了。连王政委也说，根据现在这个情况，我们不能再怀疑杨天赐同志了。不能因为小荣的事情——你知道吗，后来王政委看上了小荣，小荣说等你回去，你媳妇若还在，她就跟王政委结婚——杨天赐，你什么东西，你，你——我不想跟你说话了，你快带我去见那个国民党团长，见了他，还要见你爹。"

一提起小荣，胡大兰就来了气，竖毛变色，和刚才判若两人，活像个母夜叉。

杨天赐低着头先带胡大兰进地道见岳振鹏。

胡大兰跟岳振鹏说："朱武京看了杨老先生和你的信，不仅很爽快地答应让我们通过他的地盘，还一路护送。有了他这个态度，我们以后从熊耳山到杨汴塬来往就方便了。焦国臣看了你的信，真把我们那个同志放了。小山参加了八路军，小山知道日本人的旗语，跟在丁司令身边。那两个日本人已被送到了黄河北边。小山说，跟着你学了不少知识。他还说有的人不同意他出去喊话。刘富年也佩服你，说有的人，哼，有的人——"

胡大兰向岳振鹏谈起杨天赐轻信刘富年那个事。杨天赐心想，哼，你说这些我才不在乎。幸亏小山和刘富年都不知道小荣的事情。这两个人若是知道了，肯定守不住秘密。

胡大兰看杨天赐的眼神还是恨恨的。杨天赐感到，如果他们两个在一起，胡大兰说不定会狠狠地抽他。自己挨抽也应该，但她没有资格抽自己。若是小荣能狠狠地抽自己一顿那该多好啊！杨天赐天天盼着小荣能狠狠地骂他抽他——哪怕咬他，他也愿意，可是小荣一见他就低下头躲闪到一边，就像看见了毒蛇。

胡大兰还跟岳振鹏说："丁司令和王政委对你在人马寨顽强抵抗日寇很敬佩，这是他们给你和夫人送的日本毛毯和日本奶粉。"

丁司令和王政委也给杨汉唐送了一条日本毛毯和一罐日本奶粉。

胡大兰从地道里来到杨家将毛毯和奶粉送给杨汉唐。

胡大兰跟杨汉唐说："支队主要首长要来杨汴塬会见杨汉唐老先生和岳团长，和他们商量共同抗日。"

杨天赐很想向胡大兰问问丁司令，看胡大兰那样子，实在张不开嘴。

小尤队长想和杨天赐说话，胡大兰看见了，马上叫尤队长过去商量事。

熊能蛋跟杨天赐说，当初把你小子腿锯了就好了。你的腿锯了，你就跟小荣在那儿成亲了。你小子知不知道——

杨天赐瞪一眼熊能蛋扭头就走。

胡大兰一行人走了以后，岳振鹏也故意往杨天赐伤口上撒盐。

岳振鹏说："小杨兄弟，你不要难过。国共合作打败了日本人，还会合作建设新中国。不过，听胡政委的话，他们已把你归到了我们国民党这边儿了。"

杨天赐说："我永远是共产党。丁司令相信我。"

一天夜里，那个名单中的三个人都被杀掉了，其中也有杨永贵。八路军的布告上说，杨永贵明着是维持会长，暗中是日本人的秘密情报员，杨家营因为杨永贵告密死了三个人。八路军武工队在每个被杀的秘密情报员村里都贴了布告，布告上把他们的罪行写得清清楚楚。布告上还写道，各村的秘密情报员，八路军武工队都知道。以前办的坏事既往不咎，以后谁再给日本人送情报祸害人，都没有好下场。

杨汉唐跟杨天赐说："这个胡政委看上去粗暴，这事儿办得倒细致。"

岳振鹏问杨天赐："你们共产党八路军怎么一到这儿，就知道谁是日本人的秘密情报员？"

杨天赐说："我也不知道。"

田中松下从陕州带来日本兵和治安军到杨汴塬要消灭八路军武工队。佐藤、魏功良也带着日本兵和治安军找八路军武工队，连个人影也不找不到。老百姓说，八路军跑了，都跑回熊耳山了。从陕州来的日本兵、治安军就又回陕州了。杨家营据点的日本兵和治安军也回到杨家营据点。

田中松下来到杨家。田中松下让跟来的日本兵立到院里，他一个人走进杨家窑洞。田中松下显得十分疲惫，坐下什么话也不想说。他不说，杨汉唐和杨天赐也不说。杨汉唐默默给田中松下望闻问切一番，给他调了药，杨天赐给拾了药。

田中松下把药装进皮包，给杨汉唐鞠一躬说："谢谢您，杨老先生，您，您一家可要保重啊！"

田中松下走后，杨汉唐说："他这话是啥意思？这个日本人好像啥都知道。"

杨天赐说："这个老鬼子在河北和共产党八路军打过交道。他知道共产党八路军在跟他藏猫猫，但他一点儿办法也没有。"

这天晚上，李栓牛又来到杨家，说八路军豫西支队的王政委带着一部分八路军过来了。王政委和尤队长都在他家。王政委请杨天赐过去。

李栓牛是杨天赐派去和共产党八路军见面的。现在看李栓牛和共产党八路军这个亲近劲儿，俨然他们已成了一家人，杨天赐反倒成了外人。

杨天赐把这意思说给他爹。

杨汉唐听了说："你别管这个。真神现身了，天赐，我跟你一起去见这个王政委。"

王政委见杨家父子一起过来，有点儿吃惊，但还是和他们进行了亲切友好的谈话。

杨汉唐提出和王政委单独讲几句话。

杨汉唐跟王政委谈了好半天才出来。

王政委把杨汉唐送到门外握着杨汉唐的手说："杨老先生，我代表丁司令，代表共产党八路军感谢您，感谢您一家！有你们这样的人民，我们一定能打败日本侵略者！"

杨汉唐跟杨天赐说："你跟王政委好好汇报，有共产党八路军，我们一定能打败日本人！"

王政委跟杨天赐说："一过河，丁司令就说要联系你的，因为这边地下党的同志反映你的一些情况——反映你什么就不跟你说了，因为现在看来那些反映都是捕风捉影。丁司令相信你是对的。你这个同志虽然脱离了组织，但你的心一时一刻也没有离开组织。你一个人，哦，还有你的父亲杨汉唐老先生，我们刚才谈得很好。你们为我们共产党八路军做的这些事情太重要了。我代表党感谢你。"

杨天赐情不自禁地紧握住王政委的双手流着眼泪说："王政委，谢谢你！谢谢丁司令！"

王政委说："天赐同志，冷静些。还有一个事情也要跟你说一下。就是胡大兰同志对你意见很大，她说你对不起我们冀中的堡垒户。你当年负伤后的情况我也了解了一些，她这样想也是情有可原。你对小荣说你一定回到队伍上，可你——"

"小荣现在在我家。"

"你说什么？"王政委猛地站起来。

"高小荣现在在我家——"

"小荣在你家？小荣怎么在这儿？"

"小荣被日本人——带到了这儿，她快死了，有人把她救出来，送到了我家——"

"哦——"

"……"

"哦——"

"……"

"哦——那就让小荣同志在你家调养一段时间，小荣是为掩护同志而落入敌手的。为了营救她，宋司令亲自指挥我们攻打敌人据点，打下据点救出了一些被捕的同志，小荣因为长得太漂亮前一天被一个日本军官带走了——不说这个了，这个事要保密。你一定要保证小荣同志的安全。这个事我先不告诉胡大兰同志和尤黎明同志。等小荣同志身体再好些，我派人接她到根据地。她在你家看到你那两个媳妇儿心里会很痛苦——”

“……”

“你和你两个媳妇儿的事情，现在就这么着，这么着对你也是个掩护，这个问题等革命胜利以后再解决。老郝现在在延安等着参加我们党的七大。老郝水平高，这个问题等革命胜利后让他来解决。”

七十八

岳振鹏和董诚一起来见王政委。

王政委看着董诚的大肚子说：“岳先生，啊——恭喜你们！感谢你们！”

岳振鹏跟王政委说：“王先生，我想单独跟说你几句话。你让别人走开，我给你写几行字。”

王政委说：“岳先生，我们八路军有纪律，现在我们这种情况，我们单独说话还不行。我这里只有我们的武工队长，他是经过考验的共产党员。你放心，他绝不会是你们派到我们这边的人。”

岳振鹏给王政委写了几行字。岳振鹏虽眼瞎了但字写得还不赖。王政委看了叫进来一个年轻的女八路，王政委将那张岳振鹏写了字的纸交给女八路说：“快，发延安。”

女八路出去以后，岳振鹏说：“王先生，等一会儿我们再谈，好吗？”

王政委点点头说：“好！”

过了一会儿，女八路进来交给王政委一张纸，王政委看了站起来一把握住岳振鹏的手说：“谢谢你，岳先生！”

岳振鹏说：“我现在可以单独和你说话吗？”

王政委说："当然可以。"

接下来，王政委就和岳振鹏两个人谈了好半天。

王政委和岳振鹏谈完了，又跟杨天赐谈。

王政委说："有一个事情要告诉你。岳振鹏向我们讲出他派往延安的两个特务，延安方面已将那两个特务抓起来了。我们的女电报员也认识岳振鹏的一个妹妹。岳振鹏这个人以前思想反动，但他有强烈的爱国心，他参加国民党不是为了升官发财，他以为跟着国民党能把中国建设成民主幸福的国家，现在他对国民党失望了，他说中国的希望在共产党身上。岳振鹏说，他是通过你真正了解了我们共产党，相信了我们共产党。岳振鹏向我提出要加入共产党，我接受了他的请求，说要回去和丁司令研究。我的想法是秘密接收他入党，让他潜伏在国民党内部，通过他影响他的大哥、二哥。所以，我跟胡大兰同志讲，岳振鹏这个国民党特务军官虽然以前有反共行为，但他是为抗日负的伤，仍然是我们争取合作的对象。杨天赐同志虽然受他影响参加了国民党，但他毕竟为我们送了粮票，他固然是害怕我们惩罚他才这么做，但我们也应该承他的人情。这个人就当他自动脱党吧。我的想法是，你这个同志独立工作能力很强，以后改做地下工作，不要再回队伍上了。具体怎么安排你，我和丁司令商量后再通知你。"

"王政委，我服从组织安排——没见你之前，我以为你不会相信我呢。"

"是你和你们一家用事实让我们相信了你。还有一个事情需要你和杨老先生帮忙——就是那个焦国臣，他说他以前是奉国民党河南省政府主席刘茂恩之命投靠日本人，为的是和日本人一起对付我们，但他实在受不了日本人的气就退了出来。他现在打的旗号是国军九十六军游击支队。九十六军隶属于胡宗南的三十二集团军，所以他才想接岳振鹏到他那儿。他说，他在你家地道里见过岳振鹏。"

"岳振鹏当时看出我像共产党，在我面前冒充共产党，我以为岳振鹏在我家地道里不敢以国民党的面目鼓励焦国臣反共，没想到他竟敢，而且他还说服焦国臣出来说他是共产党——"

"这个事，岳振鹏也向我讲了。你当时那样想也没有错。岳振鹏给焦国臣出主意以保存实力为第一，焦国臣现在就是照着岳振鹏的注意，打着九十六军的旗号，明着抗日，暗中跟日本人还有勾搭，他反共，但也不跟我们打硬仗、打死仗。我们过些日子让他占几个村子，丢给他几支破枪。让他到九十六军那儿领些军费和武器弹药。我们一反击，他就跑，跑的时候给我们留下一些好枪和子弹、手榴弹。他说，他爹焦治公是杨汴塬焦家营维持会长，他给他爹写了一封信，让他爹不要跟我们作对。我想请你把焦国臣的信送给他爹。”

“没有问题。我明天就去送。”

杨汉唐不让杨天赐去见焦治公。

杨汉唐说，我去跟焦治公说这个事更合适。

杨汉唐回来跟王政委说：“焦治公说了，只要你们不去他治下的那几个村活动。他就跟你们井水不犯河水。”

王政委说：“谢谢您，杨老先生！井水不犯河水也可以。”

杨汉唐说：“焦治公说，你们共产党八路军是给穷人办事的。将来肯定还要对我们下手。”

王政委说：“杨老先生，我们共产党将来肯定要实现共产主义，但那是很久以后的事情。咱们的老祖宗不是也说过‘四海之内皆兄弟’，不是也说过‘大道之行也’——”

杨汉唐接着说：“大道之行也，天下为公，选贤与能，讲信修睦，故人不独亲其亲，不独子其子，使老有所终，壮有所用……”

王政委说：“杨老先生，共产主义就是这个意思。”

杨汉唐说：“这么说来，你们这共产主义和孔孟也是一体的。孟子也说‘老吾老，以及人之老，幼吾幼以及人之幼’。”

王政委说：“就是这个意思。我们的目的不是让富人成为穷人，不是让大家都过穷日子，而是让穷人也成为富人，让各家都过上好日子。你在这一带做的善事我们都知道，如果全中国的富户都像您老人家这样，我们中国的事情就好办了。我们十分尊重您这样的富人，我们怎会对您下手呢？我们要惩处的，是那些为富不仁欺压穷苦人的恶霸地主。”

杨汉唐说：“王政委，你说的我相信。我相信你这个共产党。你们把我家天赐从一个孬小子教育成一个懂事的大男人，我一辈子感激你们。以后我们一家子跟定了你们共产党。有啥事你只管说啊！”

……

王政委和武工队一起到各村转了一圈回来悄悄对杨天赐说："杨天赐同志，你就像一个火种。你把你们一家都带上了革命的道路，又发展这么多堡垒户。你为党为革命立了大功。"

王政委当着胡大兰等人的面对杨天赐说："小杨老乡，谢谢你！也谢谢你们一家！我们共产党八路军不会忘记你和你们一家对我们的帮助。我们现在吃你家的粮食，革命成功后一定还给你家。"

胡大兰、熊能蛋两个人都不咋搭理杨天赐，只有尤队长还跟杨天赐客客气气说几句话。

王政委来杨家看望杨汉唐后，在地道里跟杨天赐说："你们这个地方不适合公开建立根据地。我和丁司令商量了，决定将杨汴塬作为我们的秘密根据地。武工队一些同志随我返回熊耳山根据地，留下少数精干同志组成便衣队，主要任务是清除各村敌人的秘密情报员，保护和发展我们的堡垒户。我们要给敌人造成一种假象，就是杨汴塬上的共产党武工队被他们赶走了。南边山里的朱武京已同意和我们合作抗日。这边变成我们的秘密根据地后，粮食、物资可以通过南山运到熊耳山，那边的伤员也可转移到这边养伤。我把这个想法也跟你父亲杨老先生讲了。老先生也很赞成。还说让我们把伤员安置到你家。"

王政委还和杨天赐说了一些绝密话。王政委说，那些话，他跟留下来的胡大兰、尤黎明也没有说。

熊能蛋也跟杨天赐谈了话。

熊能蛋比杨天赐大好几岁，也是河南人，老家在豫南那一带。熊能蛋是被抓壮丁抓到了国民党部队，后来又投的八路军。熊能蛋说，他在河北遇见一个老乡，那个老乡跟他说，他离家后，他娘带着他两个弟弟挎篮要饭。熊能蛋求杨天赐派人将他老娘接到杨天赐家。

杨天赐负伤时，熊能蛋在杨天赐手下当班长，对杨天赐领导他一直不服气。老虎连一百多号战友中，杨天赐最不喜欢他。如果当初不是他激恼黑长脸军医，黑长脸军医也不会非要把杨天赐腿截了；那天杨天赐若是打不过熊能蛋，熊能蛋就把杨天赐绑门板上让黑脸军医把杨天赐的伤腿锯掉了。熊能蛋经常说一些大瞎话，不仅杨天赐不喜欢他，许多同志也不喜欢他。不过，这家伙打仗鬼点子倒不少，不然他也当不上武工队的副队长。

杨天赐想想了说：“中呗。”

熊能蛋说：“到底中不中？”

杨天赐说：“咋不中？中，但这个事我得跟王政委说说。”

熊能蛋说：“那就算了。”

杨天赐说：“咋就算了？你家是县南县北县东县西？离县多少里，村名叫啥？王政委一同意，我就派人去那边打听，打听到了，把你娘连你两个兄弟也一起接过来。”

熊能蛋说：“你知道王政委不会同意你才这么说。你小子真没良心，当初不是我替你说话，你这狗腿都叫黑脸军医锯了。你这狗腿让锯球了，你还能回到家？你小子还不知道吧，小荣叫日本人逮走了。你这个狗日的，你发誓说一定回去，小荣天天盼着你，王政委也看上小荣了，求郝指导员跟小荣做工作。郝指导员就去跟小荣说了，可小荣说你发誓一定回队伍上，她一定要等你来。你个狗日的，小荣叫日本人抓走了。小荣长得像花一样，她落到日本人手里会是啥下场？我真想揍死你。你听着，支队里还有咱们老虎连十几个，人人都想揍死你，你就等着吧！”

熊能蛋龇牙咧嘴像恶狼。

狗日的你打我呀，狗日的你打我呀——熊能蛋，你个浑蛋为什么不打我？狗日的你打我我会好受呢！

杨天赐差点儿就要喊出来了，熊能蛋却是只动嘴不动手。

胡大兰过来一把拉过熊能蛋说：“你跟这种人有啥说的？他对革命作再大贡献，也是个王八蛋！”

看杨天赐咬牙低头，胡大兰又狠狠地说：“你看看，他又狗吃麦苗装绵羊，心里得意装难过。你给丁司令说，那个没良心的王八蛋天天过得像皇上。让他再别惦记人家了。”

王政委走过来说：“你们不要依依不舍了。胡大兰同志，你们记住，一定要给塬上的乡亲们做好思想工作，抗日斗争的方式是多种多样的。”

熊能蛋瞪一眼杨天赐跟着王政委走了。

王政委带着电台和一部分同志回熊耳山根据地了。王政委他们走的时候，又带走几十袋粮食和从陕州弄来的西药、电池等物资。

七十九

“你们这位王政委是个大能人。”杨汉唐对杨天赐说，“你们这是给日本人来个灯下黑。现在你们共产党八路军的势力还不大，咱这儿离陕州太近。在这儿拉开架式还打不过日本人。咱这边为熊耳山出粮，让他们在那儿吃饱了多打死几个日本人。那边的伤员也可以送到咱这边养着。这个，王政委也跟我说起小荣的事。他说要感谢我。难道他不知道你在这姑娘家养过伤吗？”

“他知道。爹，你早点儿休息吧。我也到地道里跟岳团长说说话，他现在真正成为我们的同志了。”

一提起小荣的事，杨天赐就难受得不行。

小荣不知道八路军已来到杨汴塬。八路军来了这个事，人们都瞒着小荣。

杨天赐在窑里，小荣总是躲在吴师母窑里不出来。杨天赐不在家时，小荣才跟着吴师母一起到各屋坐坐。

杨天赐为了让小荣出来活动，经常躲在地道里。可是，小荣如果见不到杨天赐，也会问吴师母：“他去哪儿了？”吴师母让杨天赐每天都到院里站站。小荣看见杨天赐立马转过脸，心里却是很踏实。

吴师母悄悄跟杨天赐说：“这是个好姑娘，她知道你的心。你在家，她心里才踏实。可你现在不要走近她。她天天晚上都会惊叫——姑娘太可怜了！”

……

胡大兰闯到杨天赐家把小荣带走了。

李栓牛对杨天赐说：“胡政委说她代表共产党命令我，说我不听她命令就是不听共产党，她真拿枪顶住我——她说她是那个姑娘的娘家人，我也看出来，她们真是亲人——”

秀女对杨天赐说：“你不要埋怨李栓牛，那个胡政委逼他带她进来的。她和小荣见了抱着就哭，后来小荣就跟着她走了。不是她叫小荣跟她走了，是小荣跟人家走的。小荣说她是娘家人。”

韩木兰说："那个母夜叉闯到吴师母窑里——我放下三孬赶过去时，她俩已抱着哭成一团了。吴师母也在哭，我也哭了。吴师母叫小荣把喝了一半的羊奶喝完，小荣也不喝，就催着那个母夜叉走了。她们走了以后，你娘，哦，是咱娘还到吴师母窑里埋怨吴师母放走了小荣。我跟你说，咱娘跟小荣说，她说咱家不嫌弃人家，让人家跟你也生个娃子——你咋啦？你咋啦？"

杨汉唐对杨天赐说："这个事，你没有错，你娘那样说也没有错。这个事只怨日本人。这个姑娘走了也好。你们以前好过，她在这儿心里也不好受。"

……

胡大兰把小荣送到熊耳山回来跟杨天赐说："这么重要的事你咋不早点儿跟我说？你真不是个东西！你不跟我说，也不向王政委汇报。你真不是个东西！"

胡大兰扬起手要打杨天赐手却停在半空。

胡大兰冷笑道："我不能打你。你现在是开明地主，我们的统战对象，我打你要犯纪律的。"

杨天赐这才意识到当年胡大兰那样骂他，其实是把他当成自己人！

"杨天赐，你听着，有人说小荣当了慰安妇，不同意让小荣参加八路军，丁司令把他痛骂一顿。王政委也批评了他。丁司令也骂了我，王政委也批评了我。我也骂了我自己不该把小荣当慰安妇这事说出来。丁司令、王政委把你们老虎连的老人叫到一起开了秘密会议。丁司令和王政委说，小荣负伤被敌人抓走后没有暴露身份，一直在我们打入敌人内部的一个当伪军大队长的同志家里当保姆。谁也不许再说小荣当过慰安妇。你也把这话跟你一家人，还有那个伪军大队长说说。以后都不能说小荣当过慰安妇。"

"小荣她现在——"

"穿上军装了，跟着王政委爱人学习打电报呢。她说，谢谢你们一家。她说你那个叫秀女的媳妇最好。还有吴师母，她说以后要认吴师母当干娘。哦，还有，老丁说了，你最近不要到那边看望小荣。"

丁司令、王政委，你们太好了！小荣，你以后就是我的亲妹妹。等你好一些，我再去那边看你。

王政委想把杨汴塬搞成我们的秘密根据地。但是人民群众的抗日热情已起来了。好些村的人民群众已不按时往据点里送东西。后来经过胡大兰、尤黎明、杨天赐、杨汉唐等人耐心细致的思想工作，绝大多数人民群众也都冷静下来。人们又按时往杨家营据点送这送那。

佐藤提拔杜丘当了小队长。杜丘后来没有再单独来过杨家，佐藤也很少来杨家。杨汉唐跟杨天赐知道，这是王政委为了保护他们作了安排。

看人们又往据点送东西，丰臣大雄又调杨家营据点的敌人去扫荡熊耳山根据地。这边敌人一走，武工队又公开出来活动，不让各村的老百姓往炮楼里送东西吃。魏功良带领治安军到村里催，一出据点到处都有人喊着“我们是八路军豫西支队武工队”。到处都有子弹向他们打来，因为治安军里也有刘富年发展的自己人，打向他们的子弹都从他们头顶啾啾飞过。魏功良见状带着治安军就跑回据点。

佐藤跟田中松下、丰臣大雄打电话说，八路军又钻到了杨汴塬。

去熊耳山扫荡的那部分敌人又回来了。从陕州又开来好些日本兵、治安军。大队敌人到各村找武工队，老百姓都说，前天武工队还在，听说皇军回来了，昨儿黑地都跑了。日本人原来的秘密情报员暗中也都投向胡大兰，往据点送的情报要么是假的，要么是马后炮。田中松下指挥大队日本兵东奔西跑，总是差一点儿追上八路军和武工队。后来，就再也没有八路军和武工队的消息了。秘密情报员报告，八路军武工队撤走了。

人们又往据点送些东西。从陕州来的日本兵、治安军又回去了。

看杨汴塬稳住了。丰臣大雄又调杨家营的日本兵、治安军和焦家营的日本兵（焦家营没有治安军只有焦治公领导的由村民组成的治安队）到别处镇压抗日、扫荡抗日的中国人。他们走后的第一天，八路军武工队不出来活动，第二天也不出来活动，到了第三天夜里，八路军武工队才出来。八路军先包围住焦家营噼噼啪啪打枪，把梯子架到焦治公替日本人守的炮楼上（人没往上爬）。留下来监督焦治公自卫队的两个日本人一个中弹死了，另一个对着电话跟陕州喊叫：“老八路到了杨汴塬，请派兵来支援——”

接着，八路军武工队半夜里又包围了杨家营据点。白天里，八路军武工队在村里开会宣传抗日，与那些往据点送粮食的维持会长作斗争，胡大兰用枪点着他们的脑袋说：“以后再给日本人送吃送喝就枪毙你！”

从杨汴塬调到别处的日本兵和治安军又回来了。从陕州又开来好些日本兵和治安军。大队敌人到各村找武工队，老百姓都说，前天武工队还在，听说皇军回来了，昨儿黑地都跑了。人们又往据点送些东西。从陕州来的日本兵、治安军又回去了。

丰臣大雄不敢再调杨汴塬两个据点的日本兵和治安军去扫荡根据地。他不调这边的敌人，胡大兰就不出来公开活动，暗中还让人们往据点里送只够据点的人吃的粮食。不仅送粮食，偶尔还送几只公鸡和一些猪肉和粉条。杜丘和八路军也一直保持着关系。杜丘传出话说：炮楼里的日本兵都不想出去打仗，更不愿出来打八路军。

……

杨汴塬明着还是日本占领区，暗中已成了共产党八路军的一块秘密根据地。粮食和其他物资从杨汴塬源源不断地运往熊耳山根据地。熊耳山那边的八路军伤员也悄悄转到杨汴塬一些人家的地道里养伤。

这种情形一直维持到日本投降前夕。

八十

日本人是 1944 年麦子快熟的时候占的陕州、三道塬，日本人来了不久，田中松下就吃上了杨汉唐给他开的药。吃到 1945 年麦子快熟的时候，田中松下的病就基本好了。

这天晚上，田中松下来到杨家。田中松下之前从来没有晚上来过杨家。田中松下由佐藤陪着还带了两个日本兵下到杨家地坑院。他让佐藤和两个日本兵都立在院里。田中松下一个人进到窑里。

田中松下从皮包里摸出两根金条拱手送到杨汉唐面前说：“我的病全好了。这是我的药钱，也不知道够不够。如果不够的话，我回国以后再给你寄。我现在只有这两根金条，还是向朋友借的。”

杨汉唐说：“这个钱，我不收。这一年来，我给你看病，你暗中也关照了我们一家。我也不憨，有些事情，还是能看得出来的。现在杨汴塬这局面，跟你也有关系。所以，这钱，我绝不能收。”

田中松下向杨汉唐深深鞠躬说道：“谢谢杨老先生的体谅。唉，为了维持你们这儿的局面，为了不在杨汴塬出现张汴塬那样的事，我真是煞费苦心啊。不过，也要感谢八路军只在这儿小打小闹。杨汉唐先生、杨天赐先生——”看着一声不吭的杨天赐，田中松下有点儿不好意思地说：“我家里一大家子人现在吃不饱，都在盼着我回家带些钱。这两根金条我就当是你们借给我的。我以后一定还给你们。”

杨天赐看着田中松下不吭声。

杨汉唐说：“田中松下，他不是不同意。这事他不能表态，这钱是我挣的，这个家我说了算。你听我说，你以前在别处咋样我不知道，从你在杨汴塬做的事来看，你这个日本人还是有些良心的。这钱，你拿回去贴补家用。能还就还，不能还，有你今天这句话，我们就当你还了。”

“我将来一定要还的。我回国以后还要做生意，不过，我们先要打败美国人。我跟你们说实话，美国人已打到我们家门口，眼看就要登上我们的国土了。陆部省从中国征调一部分与共产党军队有作战经验的军官回国组织民众准备和美国人打游击战。”

“这就是说，你们要用共产党八路军对付你们的办法对付美国人？”

“正是这个意思。杨老先生，我在冀中和共产党八路军打了三年半交道。从那时起，我就知道，我们的失败是早晚的。我知道你的儿子是共产党，杨永贵他早就跟我们说了。杨老先生，如果可能的话，我想向你的儿子杨天赐请教——”

“田中松下先生，美国是中国的盟国，中日是交战国。我们怎么会帮助你们对付美国人呢？”

“杨汉唐先生、杨天赐先生，美国人支持的是国民党，美国人是帮助国民党政府和我们作战。我们的败局已定。国民党接下来肯定会在美国的支持下消灭共产党——”

杨天赐说：“田中松下，你真是聪明人。可是，不管以后美国人和国民党会怎样对待我们共产党，我们中国共产党现在都不会协助你们去对付美国人。”

杨汉唐说：“田中松下先生，听我一句劝，你回国后也不要组织老百姓跟美国人打了。你们那弹丸小岛打不了游击战。战争是你们挑起的，败了就老老实实认输。以后好好过自己的日子，别再想着侵略别国了。”

“杨老先生，我以前是个商人，可我现在是个军人——不过，杨老先生，你说的在理。我回国就上书天皇请求停战。如果早两年停战，我的叔叔也不会死——”

杨汉唐说：“你的叔叔死了？”

“死了，叔叔的病来势凶猛，几个月以后就死了。陕州那位吕大夫跟我说，我的病他都没有把握看好。杨老先生，我若不是遇到你，我肯定也死了。这个仗确实不能再打下去了。我回到国内就上书内阁和天皇，恳请早点儿结束战争。”

杨天赐说：“你能这样最好！现在中国、美国、苏联都打你们。你们的德国老大哥也不中了。你们日本人就是把吃奶的劲儿都使上也挽救不了失败的下场！”

“杨老先生，我在中国做了许多坏事。你还给我看病救了我的命——我真的很内疚！”

田中松下掏出手绢捂到嘴上吭哧吭哧地哭了。

杨汉唐说：“你这个日本人身上还有些人性。你走吧。给你看病的事，我会替你保密的。”

田中松下说：“接替我当宪兵队长的是横路敬三。我已请他关照你们一家了。杨老先生，杨天赐先生，从你们身上，从你们一家人身上，从共产党八路军和你们根据地老百姓身上，我又看到了古代的中国人。杨天赐，你肯定是共产党，你跟你的同志说，就说一个日本人，一个日本宪兵队长说了，将来中国的天下，肯定是你们的。我对不起中国人。我走了。如果我还能活到战后，我一定会再来拜会你们。告辞了！”

田中松下向杨汉唐深深鞠躬，杨汉唐也向他鞠躬还礼。俩人礼毕后，田中松下又直勾勾看着杨汉唐小声说：“我还会回来的。战争快结束后，我会带着家人一起来向你表示感谢，向中国人道歉。”

田中松下说完就转身出门，头也不回地走了。

看着田中松下出了大门，杨天赐问杨汉唐：“爹，他说的是不是真心话？”

木兰先从中间窑里跑出来说：“日本人说的屁话不能信！”

接着吴师母、木兰娘、二兰都过来说田中松下的话不能信。大家一致认为，田中松下这时候回日本老家太便宜他了。

杨天赐也说：“这个日本人是笑面虎、老狐狸。他在冀中三年半，肯定也没少干坏事。他这时候回日本真是便宜他了！他刚才说的那些话不可信。”

杨天赐说这话时想起了许多事情，他想到小黑娃，接着就想到小荣——杨天赐也想到了那两个没有吃上生日鸡蛋的战友，杨天赐还想到了许多牺牲的战友和被日本人杀害的乡亲们。在队伍上成天打仗，不断看见有人负伤牺牲，杨天赐对生死都有些麻木了。回到家老婆孩子热炕头以后，杨天赐感到他对生死的态度变了。他想，当初自己负伤后，幸亏没有拿颗手榴弹和敌人拼了。又想，小黑娃如果跟着来到自己家那该多好，那些牺牲的战友如果都能活着回到家里跟爹娘、媳妇、娃子一起过日子多好。

杨天赐恨恨地说："日本人在我们这儿老实多了。他们肯定知道他们快完蛋了才不敢恁猖狂。"

杨汉唐说："嗯，听田中松下那话，就是这个意思。田中松下刚才讲的那些话不全是实话，但我觉得还是有些实话的。说到这些坏人，没有最坏，只有更坏。有些日本人比这个田中松下更坏！"

杨天赐说："比田中松下坏的日本人多了去了。不过，同一部分日本人他们在各个时候也不是一样坏。日本人从我们根据地撤退时候最坏，他们不仅烧光、杀光、抢光，他们还把杀死的人丢进水井里。他们越这样，根据地人民越恨他们，能扛枪的都要参加我们八路军。后来我们为了鼓励生产，实行精兵简政，动员了一些年龄大的同志回到村里搞生产当民兵。日本人在河北用那一套三光政策的结果开始让我们的根据地小了一点儿，可是我们很快就缓过劲儿，我们的根据地越来越大，那期间地道立了大功。这一次，咱们这边的地道也立了大功，连王政委都说，当初让我回来做对了。可是我还没有见过丁司令呢。我去了熊耳山根据地三次都没有见到他——"

杨汉唐说："我有些累了，你娘和秀女去金宝家看董诚了。你也到金宝家看看吧。董诚下边的血止住了，奶水也下来了。还有，这个啊，八路军便衣队这一次全部回去执行任务。我估计他们再来可能要大干一场。既然你们的首长要求你以后在这一片做地下工作，你就尽量少跟他们来往，你们共产党八路军也不是铁板一块。共产党八路军方面的事由我多出面。"

木兰说："爹爹说得对。我跟天赐一起去看看董看护。这俩国民党身子骨真是好，在地道里也能生出娃子——"

八十一

董诚前些天在地道里生了个男孩。生下男孩后，董诚住到了李栓牛家的窑洞，岳振鹏也跟她娘儿俩住在一起。

董诚怀孕的后几个月形势比较缓和，杨家人对董诚照顾得很好，鸡汤让董诚喝腻后，又让董诚喝鱼汤。鱼汤鲜美，再喝也不恶心。营养过剩，胎儿太大，董诚生的时候下边被剪了个口子，秀女剪的口子缝的口子，手术做得不错，但术后下边还是有点儿渗血，虽说出点儿血也正常，但大家还是盼着不出血好。

杨天赐进到李栓牛家岳振鹏、董诚住的窑洞时，焦兰亭、孟秀女正跟董诚说话。焦兰亭抱着孩子。岳振鹏坐在椅子上微笑着听女人们说话。

岳振鹏说："是天赐兄弟进来了，我们瞎子的耳朵最灵了。"

焦兰亭说："岳团长你是半路上瞎的眼，你以前啥都看见过。别人一说你这孩子的模样，你一想，就跟看见了娃娃一样。我跟你不同啊。天赐小时候，人家说天赐身上可白，眼睛又黑又亮，小脸小嘴总是红红的。可我一点儿也想不出那白、那亮、那黑、那红是啥样？我跟老天爷说，老天爷呀，我情愿减十年寿命，换一天明眼人，让我把我一家人看到心里。哦，小娃娃尿了，好大一泡尿。"

杨天赐心里本来就难受，听焦兰亭这么一说，杨天赐走过去拉住焦兰亭的手。杨天赐看着秀女给小娃娃换尿布。小娃娃的眼睛真像岳振鹏的那双大眼睛，真是又黑又亮。

杨天赐说："岳大哥，为了保住咱娃子的这双眼睛，我们一定要把日本人消灭掉。这些日本人不能让他们回去，要把他们都消灭在这儿。"

焦兰亭恶狠狠地说："你们把日本人拉到我跟前，让我用针扎瞎他们的狗眼，你们把他们的蛋都割了喂狗吃！"

董诚脸上显出害怕的神情。

焦兰亭继续说道："把他们千刀万剐也不解恨！叫娃们长大了也打到日本——"

董诚说："大娘，我吃好了，把孩子给我吧，该给他喂奶了。"

孟秀女说：“娘，咱们回去吧。狗孬、二孬都听你的。你出来这一会儿，他们怕是又在家翻天了。”

焦兰亭说：“董家闺女，我听说你个子不低，身体好有文化，你看岳长官以后在外边也做不成啥大事了，你们就安心在家生娃娃，一年一个，一年一个。岳长官这年龄，再生十个八个总中的。你们两家都是大户人家。形势不紧时候，让天赐送你们到西安，我们一家也要去西安，咱两家比赛着生娃娃，你家的娃们长大了是岳家军，我家的娃们长大了是杨家将，让他们带着大军打到日本，也去祸害日本人一回。有些人，以眼还眼，以牙还牙，他才心服。他心里服了咱，以后才不敢再来祸害咱。”

孟秀女笑着说：“娘，你这是说气话。咱们中国人要打祸害人的坏人，咱咋会去祸害别人？我爹说，咱们中国人从来不去祸害别人。”

杨天赐说：“娘，你回咱家吧。爹让我来和岳长官商量些事。”

……

焦兰亭和孟秀女走后，董诚先说：“杨大哥，你们杨家果然女人比男人更厉害，大娘比大伯厉害，木兰也比你厉害。”

岳振鹏说：“和大娘比，我真是个幸运儿。我什么都看过。现在看不见的东西，我一想就在脑里心里看到了。大娘太可怜、太不幸了。”

杨天赐心里一疼，小声跟岳振鹏说：“田中松下回日本了，他也说，中国的天下将是共产党的。”

岳振鹏小声说：“杨兄弟，谢谢你。不是你，我到现在也还活在黑暗中。人世间的事多么奇怪。我眼睛好的时候，其实我是瞎子。现在我眼睛坏了，但我自己却感到，我真正看到了光明。”

木兰说：“你们两个大男人在嘀咕啥？田中这个老鬼子要回日本了，真便宜他了。”

焦兰亭说：“日本笑面虎要回日本了？他给咱药钱没有？你爹跟他以前说的是，看好了给钱，看不好不给钱。上一次他来咱家，我看他那病就好了。你爹说叫他再吃三服药……”

八十二

田中松下走后，《东亚陕州报》上登出了田中松下致杨汉唐的感谢信。

汪老先生和宪兵队的新队长横路敬三、佐藤一起来到杨家送那张登有田中松下感谢信的报纸。

横路敬三对杨汉唐说："感谢你为皇军看病！现在，美国人正和我们谈判，战争很快就要结束了。希望我们继续友好合作。"

横路敬三的中国话说得和田中松下一样顺溜。杨汉唐心想，日本人为了占领我们中国可真没少用心思学习。又想，你们这套鬼话我耳朵都听出茧了。

杨汉唐说："好好好！你们快点谈啊。你们谈好了，天下就太平了。"

……

胡大兰来到李栓牛家，把杨天赐叫过去气汹汹地说："田中松下找你爹看病这个事儿，你怎么一直不汇报？"

杨天赐说："胡大政委，我怕向你汇报后，你更不相信我。"又说，"我家在日本人的炮楼下面，我们真不敢明着得罪日本人。再说，我爹一向认为，他面前只有病人。凡是病人找到他，不管这病人是啥人，都应该给他看病。为这事，我也和我爹吵过。"

"你不敢得罪日本人，你想拥护日本人，不让日本人祸害你一家，好叫你轮着和两个媳妇睡觉。只要日本人不祸害你们一家，你们一家就一直给日本人办事，日本人再祸害别人你们也不会起来和他们战斗。你帮助我们，也是怕我们跟你算账。你老实说，你们家是不是还给日本人办了别的好事？给日本人办好事，就是给中国人办坏事！"

"……"

"杨天赐，我不该向你发火，我向你道歉。你现在是地主，你有两个媳妇一大窝娃子。你和你爹这做法，我仔细想了，也可以理解。不过，你还要再想想，你们一家给日本人还办了啥事没有跟我们说？其实，你说了，我们也不会把你怎么样。你好好想想吧，我要带部队回熊耳山那边整顿学习。哼哼，杨天赐，你还不知道吧？

你现在这个样子对有些同志的影响很不好。看你守着爹娘，跟老婆孩子热炕头，那熊能蛋就也想把他爹娘接过来，他还跟这边一个寡妇黏黏糊糊。他跟一个同志说，咱们也从队伍上下来，回家找个女人成亲，在家里一边和媳妇生娃，一边打地道迎接队伍。平常就像杨天赐这样和老婆孩子热炕头，咱们共产党八路军来了，暗中还跟咱们共产党八路军一伙。”

……

岳振鹏的大哥通过朱武京给岳振鹏送来一封信。信封里还有一本《剿匪手册》。岳振鹏听董诚念了信和书，又让杨天赐和杨汉唐看了。

杨天赐看后说：“你们国民党真不是东西。还没有打败日本人就想着打我们共产党。”

杨汉唐看后仰脸长叹道：“老蒋啊老蒋，你怎么能这样呢？你领导人民抗日，也算一代英主，你怎么能这样呢？日本人眼看气数将尽，日本败了，退了。国民党、共产党能合到一起最好。若合不到一起，他们就应该学学古代的周公、召公，划界而治也好啊。这样打下去还要打到啥时候？汉朝亡了以后中国乱了三百多年才到隋唐，唐亡以后乱了几十年才到大宋。民国代清以后也乱三十多年了。中国人杀中国人，外国人杀中国人，一些中国人和外国人合伙杀另一些中国人，中华大地血流成河，多少百姓家破人亡，流离失所？国民党、共产党若是再打起来，还要打多久？还要死多少人？还要叫百姓遭多少难？老天爷啊，老百姓啥时候才能过上太平日子？再说啦，国共两党打下去，让日本人喘过气，日本人说不定还会再进攻我们中国的。我在天津那阵儿就听说日本人那一溜海岛不是刮台风就是闹地震，日本人心里一直惦记着咱中国这一片大好河山，必欲占之而后快。老话说，家有恶邻，难得安宁；又说，不怕贼偷，就怕贼惦记——日本人不会死心，永远不会死心的。”

岳振鹏说：“杨老先生，请你把这信和书都让他们交给王政委。现在全国人民的心思跟你一样，有人想打内战，全国人民反对，他也未必能打起来呢。”

杨天赐说：“你们——你看我又这样说，我开始干的也是国军呢——爹、岳团长，你们不要怕，国民党比日本人好打多了。我们能打败日本人，也一定能打败国民党——”

……

王政委、胡大兰、尤黎明、刘富年带着共产党八路军的人马又回到杨汴塬。

刘富年当了武工队的副队长。胡大兰说，熊能蛋留在那边当了县大队副队长。

王政委看了那信和书，就让女八路给延安发电报。

王政委从皮公文包里掏出一本小册子递给杨天赐说："天赐同志，这是毛主席在我们党的七大上的政治报告——《论联合政府》。毛主席想和蒋介石商量由国民党、共产党和其他党派联合成立政府，大家一起盖房、修路、建工厂、建设新中国。可是，岳振鹏大哥的信你也看了，日本人还没走，蒋介石就布置消灭我们。我让电台把岳振鹏大哥给他的信发往延安了。我估计着这个联合政府怕是弄不成。不过，国民党想消灭我们也是痴心妄想、白日做梦。你想想，红军时候，他们都消灭不了我们，我们现在比红军时候强大多了。你看着吧，他们消灭不了我们，最后还要被我们消灭。"

"我们一定能打败国民党。岳振鹏也总说将来天下是我们的。"

"是你让他感受到了我们的力量。他送给我们的这封信和这本小书很重要。这个人以后还能为我们作大贡献。"

"嗯。他说，他大哥、二哥比他以前更反动，怕是不好争取到我们这边。"

"有些事，不能着急。不过，那都是后话。我们这次过来的主要任务是搞粮食。麦子快熟了，我们带来了一些银圆，这些银圆是支队和分区的全部家当。这里的粮价比较便宜，我们要尽可能多地采购粮食。我们先花钱买，钱用完以后再向老百姓借些粮食。日本人征粮，我们买粮，我们要让老百姓真正感到我们共产党八路军是人民的子弟兵。"

"先把我家地道里的粮食弄走。我家还有钱也拿出来给你。"

"谢谢你，天赐同志。你们家的粮食和钱我们也要给你家打借条。如果你们家以后生活遇到困难，可以拿着我们的借条找我们的同志。我们的借条上有我和丁司令两个人的签名还有分区的大印。你们家这么一大家人呢。以后我们还不一定会转到哪里，我们还可能会牺牲呢。这是应该考虑到的。"

"王政委，我们家的粮食和钱不要借条——"

"不，我们一定要打借条——从这里搞到的粮食，一小部分供熊耳山根据地军民食用——熊耳山那一带净是坡地，十年九旱。那儿的老百姓一年才吃一回白馍。太行、太岳也严重缺粮，特别是缺白面。有些伤病员总是好不了，喝上十天白面汤、吃上十天大白馍伤就好了。哦，还有一个事。小荣同志让我给你捎几句话。小荣说，她不怨你，你也别因为自己没有回到队伍上而难过。她还让我代她，向你父亲和你的两位夫人表示感谢。她说，她以后过来要正式认你的父母亲当干爹干娘，认你当哥哥，认你的两位夫人当嫂子。这个事情上，你没有责任，你要放下思想包袱。关于你家里两个女人这个问题，这是历史遗留问题。老郝——从延安来为我们传达七大精神的就是郝向光同志，我们一起研究了你的情况，一直认为你适合做地下工作，也认为你的两个媳妇对你是很好的掩护。敌人知道我们共产党的规矩是一夫一妻，你这样，他们便不会相信你是共产党了。”

“我听从组织的安排。你跟小荣说，我以后就是她的亲哥哥，她以后就是我的亲妹妹。她——只要她愿意，我的儿子女儿随她挑。”

“我一定把你这话说给小荣。”

“郝指导员还在那边吗？”

“郝向光同志到嵩山皮司令那儿传达七大精神了。哦，还有一点，天赐同志，你的一些情况，我们跟胡大兰同志讲了。我们说，你已回到组织，绝对可信任。但对于其他同志，我们仍然说你是脱党分子，是可以团结的进步地主。”

王政委和杨天赐谈了话，又和杨汉唐、岳振鹏谈了话，还看了岳振鹏和董诚的儿子，听说岳振鹏大哥给小娃娃起名叫中兴。王政委说：“岳中兴，好，这个名字好，小娃娃长大后，接过我们的班好好干。你们岳家、杨家，还有我们的国家和民族都将中兴……”

王政委比郝指导员还能说。杨天赐心想，王政委当锄奸科长的时候，成天皱着眉头，鼓着嘴，不想这么能说啊，可见，人真是会变的，也可能他原本就会说，只是以前他那工作不需要多说。还是父亲说得对，人都是很复杂的，不要轻易说这个人就是这个样，那个人就是那个样。一个人可能有好多个样，有时候是这个样，有时候又是那个样。

王政委在这边停了几天就又回熊耳山那边了。王政委走的时候，把杨天赐家地道里的麦子都装上马、驴、骡子驮走了。

八十三

胡大兰一过来就想跟杨天赐谈话。杨天赐心想：哼，你现在知道我究竟是啥人了，你想跟我说话，我还不想跟你说呢！王政委在的时候，杨天赐故意躲着胡大兰，把胡大兰急得直向杨天赐瞪眼。

王政委一走，胡大兰就让李栓牛来叫杨天赐。

杨天赐说，有啥话？她说给你，你说给我，不就得了。

李栓牛说，胡政委说，是丁司令让她找你谈一件要紧事。

哼，要不是看在丁司令的面子上，我才不理你呢！

胡大兰一个人坐在李栓牛家地道里发呆。看见杨天赐跟着李栓牛过来，胡大兰向李栓牛摆摆手说："没有要紧情况，谁也不要进来——"

李栓牛一出去，胡大兰就气急败坏地说："杨天赐，你真不是个东西，你原来是白皮——你不是白皮，你是灰皮红心。你，你，你为什么不早点儿跟我说？"

杨天赐说："我是王八蛋，我跟你胡大政委说什么？"

"哼，我说你王八蛋亏你吗？当初是谁发誓说一定回到队伍上的？你说话不算话，你让小荣——"

"丁司令让你和我谈什么事？"

"丁司令问你为什么一直不要求回到队伍上？丁司令说你想做地下工作，其实是想在家和两个媳妇睡觉。"

"丁司令真这样问我了？丁司令真这样说我了？我可不信丁司令会说这样的话。哼，是你想这样问我！是你这样说我吧！"

"就算是吧——你跟我说实话，你还想回到队伍上不？"

杨天赐想说"不想"，又想到胡大兰会把他们的谈话告诉小荣，就说："想，怎么不想，可是我想有什么用？"

"你真想回到咱们队伍上？"

"真想。"

“真想就好办——”胡大兰长出一口气看着杨天赐很亲近地说：“你听我说，你自己向丁司令、王政委坚决要求回到队伍上。我再替你说说，他们肯定会批准你再回到队伍上的。”

杨天赐低下头一声不吭。

“我看出来了，你压根儿就不想再回到队伍上。你是什么东西！你一家都是什么东西！”胡大兰立马变脸：“你家的情况我现在都调查清楚了。你们家收留了小荣不假，可是你家收留小荣是为了让小荣给你当小老婆。你心里不想再回到我们队伍上，嘴上却说想，真想。你就是个王八蛋！你不要嫌我骂你，你不想叫我骂，也好办。你现在就去那边向王政委、老丁表决心，说要丢下你家里这俩媳妇儿跟队伍走，到了外边和小荣成亲。看看，一说到这儿，你就低下你的狗头，不敢了吧？不敢就是不肯，不肯就是猫哭耗子假慈悲，说你是猫，你还真流猫尿呢。你别给我来这一套！我也跟你说实话，小荣恨你，可她心里还爱着你。小荣跟我一样，都是死心眼儿，我们冀中的堡垒户都是死心眼儿，我们跟共产党八路军好，就永远好，不管到啥时候都不变心，枪口顶到脑门儿上不变心，战刀架到脖子上不变心，被扔到柴火垛上也不变心！我们堡垒户的女人跟男人好了也一样。我们跟有的人不一样，有的人他嘴上‘您您您、您您您’说得可美，可他狗日的是狼心狗肺。你瞪啥眼，你捏拳还想打我吗？我不动。你打死我，我也是这话。我把你家那俩媳妇儿也调查清楚了。一个是封建地主小姐一棍子打不出一个屁，另一个咋咋呼呼像个母夜叉。母夜叉说，你要跟八路走，她丢下两个娃子也跟着你当八路。就她那样我们八路军才不会要呢。她跟我说，你们六七岁的时候，你跟她就照着公狗母狗那样办坏事。杨天赐，你恁小一点点就跟小女娃办那种事，难怪日本人打你那东西！小黑娃的后娘让日本人扎死了，日本人是恶狼，可他后娘那个女人死了也不亏。你让日本人打掉蛋子，就跟那女人叫日本人扎死一样。小黑娃把消炎药都弄到你那地方，小黑娃又为你挡子弹死了。老丁他们原本是要让小黑娃认高大娘当干娘。小黑娃死了，你认了高大娘当干娘，认了小荣当干妹妹。高大娘、小荣为了你——呜呜呜——”

胡大兰说着，双手捂脸转过身头顶到墙上哭起来。

胡大兰只哭了几声就又猛地转过身说：“你小子听着，你若真心爱小荣，你就自己去那边根据地向王政委、老丁坚决要求归队。王政委不同意，我可以替你说话，王政委的爱人也愿意替你说话。老丁他表面不同意你归队，但心里肯定同意，只要王政委同意了，他也会同意的。你不要猫到家里做地下工作。你跟着队伍到外边，我跟小荣好好说说，其实也不用我说，只要你丢下家里那俩女人，你自己跟小荣说说——小荣对你多好，小荣遭了多大罪。我——我若是个男人，哼，将我换成你，我肯定要和小荣成亲，你想，自己原来两个女人都有了娃子。小荣太可怜了！杨天赐，我真是变不成男的，算我求你了——”胡大兰竟然给杨天赐跪下了。

“胡大姐——”

“你喊我什么？是你喊我吗？你喊我胡大姐了？”

“我没有喊你——胡大政委，你给我听着，高大娘牺牲，你也有责任，我让高大娘、小荣一起从地道里撤到三友家，你不听，你说敌人不是来找伤员，你说敌人是来捞一把的。你是驴看不见自己脸长说马脸长，你是马列主义手电筒不照自己光照别人。胡大政委，你给我听着，我知道高大娘、小荣对我的好。我知道，不用你说。我以后即便跟着队伍走，我以后即便和小荣成亲，那也不是因为你逼我，那是因为我自个儿想那样——”

“杨天赐，只要你和小荣成亲，我胡大兰以后啥屁也不放。我没有逼你，我也没有求你——天赐兄弟，你好好想想，你好好想想，你不娶小荣，你让谁娶小荣？我不说，我不求你，也不逼你——我以后啥屁也不放，我就看你能不能拉出一泡硬屎，尿出一股直尿！”

……

刘富年也跟杨天赐谈了话。

刘富年说：“我终于归队了。你的问题不好办。我替你说了不少好话。可是——小杨兄弟，我只能把话说到这里。请你理解我啊。”

杨天赐说：“你不和岳振鹏、董诚见见吗？董诚生下个娃子。”

刘富年：“见他们干甚？我跟你说，你就是吃他们的亏，我现在知道你以前确实是共产党员。你怎么能犯这样的大错呢？”

刘富年看着杨天赐直摇头。

八十四

麦子一成熟，胡大兰他们又打出共产党武工队的旗号和日本人干上了。

塬上人家的打麦场都在地坑院的窑脑顶。打麦场上有打通的竹竿直通下边地道的粮仓。晒干的麦子先流到下边各家的粮仓，半夜里，那些麦子又汇集到杨天赐家，通过杨天赐家通往东大沟下边的排水地道，运装到驴、马、骡背上，驮到熊耳山根据地，又转运到黄河北边的太岳根据地，从太岳又转到南太行。那边的八路军吃上了白面，这边的老百姓卖粮食给八路军也得了钱。

日本人让各村往炮楼里送麦子，武工队让各村给日本人送一些没有晒干的麦子，日本人嫌湿又让拉回来。老百姓晒干了再送的时候，半路上叫武工队抢走了。村里的维持会长带着被抢的老百姓到杨家营据点哭着向佐藤汇报，请日本人出来打武工队。

横路敬三从陕州带着日本兵和治安军来到杨家营据点，和杨家营据点的日本兵、治安军一起出来打武工队。日本兵、治安军一出据点，到处都有武工队对敌人打枪。敌人追到跟前却又不见个人影。在一次交火中，杜丘被打死了。

杜丘死在杨天赐家地坑院。杜丘被打中内脏，从嘴里大口大口吐血。杜丘被抬到杨家地坑院，对杨汉唐说了句:“你家的面豆真好吃。”就闭上眼睛没气了。

杨汉唐、杨天赐用温泉水给杜丘洗得干干净净，还用白面糊住杜丘肚子上的伤口。最后又用新白布将杜丘包裹起来。

杨汉唐和杨天赐给杜丘清理时，佐藤和日本兵都围着看。杨汉唐、杨天赐弄完后，佐藤和日本兵向杨汉唐、杨天赐鞠了一躬，四个日本兵把杜丘抬到炮楼前的柴火垛和另外两个日本兵一起烧了。

出一次据点死伤几个人弄回一点儿粮食实在划不来，这时八路军又在熊耳山那边打下了日本人的据点。有天晚上八路军奔袭到陕州南关，把南城关炮楼点着了。横路敬三急忙带着陕州的日本人和治安军回去了。

佐藤让杨家营据点的日本兵、治安军白天对着地里和大麦场干活的老百姓头上乱打枪。日本兵和治安军叫喊着说，再不往跑楼里送粮食就往人身上打，让你们干不成活，种不成庄稼。

晚上，武工队又让距据点近的老百姓往炮楼里送粮。为了减轻那几个村的负担，武工队说服距据点远的村庄也给离据点近的村庄送些粮食。据点里的日本人、治安军偶尔出来到离据点远的村里抢粮的时候，那些被抢的村庄在敌人前边打枪，离据点近的村庄在敌人后边打枪。但都不跟日本人硬顶着打。眼看日本人冲过来，大家就跑回村子下地坑院钻进地道。跑的时候，丢几支破枪让日本兵捡回去。有两回胡大兰还把两个从熊耳山带过来的汉奸打死了，死了的汉奸穿着八路军的衣服。佐藤带着日本兵捡了枪，又看见了被打死的八路军，转回据点向陕州报战果，受到表扬。

这时候，佐藤已和胡大兰达成默契：双方就这么耗着不打恶仗；你让我过得去，我也让你过得去。

老百姓往炮楼里送粮食时，武工队跟在老百姓后边放枪。

各村的老百姓被武工队的子弹追着将粮食送进据点，佐藤不仅给忠诚的良民们发了糖，还发了食盐。

佐藤将这些情况报告给横路敬三。

横路敬三说：“佐藤君，你这个办法不错。我要把这个办法介绍到其他据点。希望你部对杨汴塬的中国人继续恩威并举。只要你们能保证自己的粮食供应，守住据点就是尽到了职责。”

佐藤说：“这个很难。上次从前线撤回来的那部分皇军军纪太差，在杨汴塬惹是生非。现在杨汴塬的老百姓已经不相信我们了。”

横路敬三说：“他们也在李汴塬和张汴塬犯了军纪。朱武京的游击队在张汴塬活动也很厉害。那边一些村的老百姓一点儿粮食也不往据点里送，丰臣大雄司令正向师团部打报告，将县东几个据点撤了，集中兵力于三道塬。过几天，我们将在张汴塬扫荡抗日分子。”又说，“杨汴塬上焦家营等几个村庄往陕州也送了不少粮食。替我们征粮的焦治公从中贪污了一些。中国人就是这德行，让他贪污他就会给我们做事。你也给那边村里的维持会长们多开要粮的数字，让他们从中贪污。”

……

朱武京在张汴塬不让老百姓给日本人交粮食，让老百姓把粮食都交给他。有些老百姓听朱武京的话，有些不听。朱武京说不听他话的人就是汉奸。结果把原来不是汉奸的人也逼成了汉奸。

丰臣大雄将东边的几个据点撤了，将那几个据点的日本兵都集中到三道塬的三个据点。丰臣大雄又从陕州派了一辆铁甲车到张汴塬。朱武京有点儿顶不住了，他带着人马又逃进了南山。日本人还杀了一些听朱武京话的老百姓。

老百姓恨死了日本人，对朱武京也有很大意见。张汴塬的人们说，你看看杨汴塬的共产党八路军就不逼老百姓跟日本人硬干，杨汴塬的人把粮食卖给八路得了钱，送一点儿粮食给日本人，日本人出来，大家都装成武工队乱打枪，日本人在炮楼里饿不着也不想冒死出来。人家杨汴塬跟着共产党八路军真是占了大便宜呢。

张汴塬的两派人民都到杨汴塬请胡大兰、尤黎明、刘富年等到那边领导他们。被日本人祸害了的人们说，我们恨死日本人了，我们也不想听朱二蛋（指朱武京）的了。你们快过去领着我们跟日本人战斗吧！给日本人送了粮食的人说，我们在地里干活，人就在日本人的枪口下，我们不给他们送不中啊。我们不是汉奸。你们共产党八路军过去，我们愿意跟着你们和日本人战斗。

胡大兰等人都说，你们不是汉奸，你们要想让我过去领导你们跟日本人打，那就先打地道吧。你看看，你们三道塬，南面靠山，北面靠河，东西两面都是几十丈深的大沟。没有地道就没有办法和日本人斗争。你们的地坑院最适合打地道。有了地道就不怕日本人了。

张汴塬的人民看了杨汴塬一些人家的地道说，怪不得你们不怕日本人，你们挖的地道真高级呢！

胡大兰跟他们说：“地道挖好，我们也不跟他们硬打，我们消灭敌人是为了保护老百姓。为了得一些粮食，不顾老百姓死活的那种事，我们坚决不干。”

韩家营的韩二叔等已秘密参加了共产党，韩二叔被胡大兰派到张汴塬帮助那边的乡亲们打地道。借着打地道这件事，也把当地各家各户的乡亲们团结了起来。张汴塬上的人民群众纷纷表示，以后要一心跟着共产党八路军。

杨家营又要过日本兵。是从后方去往前线的。陕州日军宪兵队长横路敬三提前来到杨家营，对着铁皮大喇叭跟人们说，这一次他会带着宪兵队在村里站岗，绝不让皇军再犯军纪。还说，上次犯军纪的皇军有的被枪毙了，有的被判刑了。接着就让李栓牛给日本人准备一大锅有肉的菜。皇军路过那天送到据点里让皇军吃。

上次从前线回来的日本兵把杨家营人祸害得不轻，这一次横路敬三再说那话谁还相信。人们说，鬼子的鬼话不可信！许多人找到李栓牛说，兔孙们想吃肉，割他自己身上的吃。

李栓牛来到杨家和杨汉唐、杨天赐商量怎样应付过路的日本兵。杨汉唐说，把我家圈里的那头猪杀了。先让武工队和村里人好好吃一顿，剩下一点儿给日本人留着。他们不进各家，做了叫他们吃。他们到各家祸害人，就跟他们干！

日本兵经过杨家营那天，杨家营的人都进了地道，武工队的也分到了各家。胡大兰让尤黎明和刘富年去了别的人家，她自己进了杨天赐家的地道。人们下定决心，日本兵敢进地坑院，就跟他们打。

胡大兰是这次战斗的总指挥。胡大兰也很想打好这一仗。打了这一仗，杨汴塬就成了公开的根据地。在这种地下根据地做工作，胡大兰不习惯，一直感到很压抑。

这一次路过的日本兵真没有祸害老百姓。他们到杨家营就进了据点。

杨家营据点里的日本人和治安军不在一个伙上吃饭。日本人的伙食平常要比治安军的伙食好一些。那天，两个伙做一样的饭菜，都是大米小米混在一起的二米饭，都是猪肉粉条萝卜杂烩菜。李栓牛带着两个村民进据点帮厨、给日本人治安军盛饭菜。路过的日本兵和据点里的日本兵还有治安军都可着肚子吃。为了抢吃肉，日本兵和治安军还打了起来。

吃过饭，一些老头儿和娃娃兵被留在据点，据点里一些年轻力壮的日本兵被补充到开往前线的日军队伍。从据点里出来的日本兵已没了去年雄赳赳、气昂昂的精神头。人们都说，日本人真是快不行了。八路军真厉害，八路军一来，日本人就快不行了。日本人肯定是知道家家都有八路军武工队才不敢到各家来。

陕州地区这时候的形势是这样的：日本人的野战部队还在西边的灵宝、南边的卢氏与国军对峙，日本人已无力进攻，国军也不想进攻，多数时间无战事。陕州地区东部已成共产党八路军的根据地。南边山区东半部是焦国臣的地盘。南边山区西半部有朱武京的地盘。焦国臣的靠山是河南省长兼国军十五军长刘茂恩。朱武京的靠山是国军三十三集团军司令长官胡宗南。朱武京吹着说他去西安见了胡宗南。究竟见了还是没见不好确定，但他的委任状确实是三十三集团军发的，上边有胡宗南的大名。焦国臣和朱武京的任务都是抗日兼反共。但他们都没有和共产党闹翻脸。焦国臣更滑头，他从日本人这边反正出来后，暗地里和日本人还勾连着，他爹仍然当着日本人的维持会长。

八十五

1945 年麦收后，八路军把日本人在陕州东部几个据点——包括观音堂那样的大据点也打下来了。日本人将眼看守不住的几个小据点让给了焦国臣。焦国臣立在日本人留下的一些破枪、子弹、几把下级军官用的军刀跟前，让从大后方来的记者拍成照片，发在报纸上。过些日子那登着照片的报纸来了，焦国臣让手下贴到各村。焦国臣对人们说：“这是重庆的报纸，蒋委员长都知道我是抗日英雄！”

朱武京带着他的人马埋伏在一条山沟里，把让据点给焦国臣的日本人打死了十几个，还活捉了八个。朱武京对人们说：“日本人怕八路军攻下据点，才让给焦国臣。收麦子时，焦国臣派人化装成老百姓给日本人送了不少麦子。焦国臣不是抗日英雄，是暗中的汉奸。我要带着这些日本兵到西安去控告他们。”

胡大兰跟杨天赐说：“他们狗咬狗，很好！”又说，“他们这种靠着国民党的游击队，总是不敢离战线太远。我们跟他们不一样，我们是向着敌后进军。我们不和他们在这边争，我们向根据地东边南边猛烈发展，好几个县的大半部分现在也成了我们的地盘。丁司令说，河南人真勇敢，不怕国民党军队，也不怕日本人军队。敢下国民党军队的枪，敢下日本人的枪，我们刚过来时候，也敢下我们八路军的枪。我们刚过来时，你们河南人瞧不起我们。房东大伯黑地跟我和丁司令说：‘国民党蒋鼎文、胡宗南、汤恩伯三员大将几十万大军，好枪好炮都挡不住日本人，你们八路军人又少枪又不好，丁司令，你不要嫌我说话不好听，和国军相比，你们就是个小钉子。你们这些小钉子还能打过日本人？听说你们的头领是个猪精叫朱毛，身上长满了红毛，像猪八戒一样会变化，身体能大能小，大时候张开大嘴能把成百上千的人吸到肚里。白天吸到肚里，晚上拉到地里，一堆一堆的大粪里还有没有嚼碎的骨头渣哩。你们快让你们的红毛猪精来吧。’你猜丁司令咋跟他说的？”

“丁司令怎么说？我猜不到。”

“丁司令说，‘糨糊汤当然挡不住日本人（丁司令说国民党是糊墙、贴对联的糨糊汤），钉子就不一样了。那子弹其实也就是铁钉子。我是铁钉子，我们的战士都是铁钉子，我们要让日本人走路脚心踩到铁钉子，睡觉光脊梁睡到铁钉子。还要让铁钉子钻进他们心口和脑门儿。你看着我们是怎么打败日本人的。’刚过来那几个月，我们几乎天天跟日本人打仗。仗仗都是胜仗，那边的日本人、伪军，吓得在据点里不敢出来，黑地在炮楼上哭哭啼啼跟老百姓要吃的、要喝的。我们刚过来的时候，怎么动员也没人参加我们八路军。现在这个时候，不用我们动员，天天都有人来参加我们的队伍。现在我们的主力部队已由过河时的一千零五人，扩大到一万人，还有几万民兵。根据地人口一百多万。丁司令、王政委让小荣跟毛主席打报告说，河南人眼界高，见识多，不轻易信服人，可一旦信服了你，就铁了心跟你走。就跟我们河北的堡垒户一样。”

“那当然，河南别的地方咱不敢说，我们这边的人是宁可当强盗也不去要饭。我们这儿最瞧不起的就是软蛋和叛徒！我们这儿的人都有血性。你看朱武京、焦国臣那样的人就是当了伪军，也是说反就反。不过，焦国臣这家伙也太滑头了。我们这儿也有些不争气的坏家伙。”

“天赐兄弟，你们这地方的人也太爱面子了，有人带头做了一个事，其他人也一定要跟上。就拿带枪参军这个事来说吧。渑池县有个年轻人，参军时带了一支步枪，五十发子弹。从丁司令表扬那人以后，参军的人都一定要带枪。有些人家没有枪，就借人家的枪、买人家的枪。我在那边扩军时还遇到一个奇事哩。有一个小伙子参军没有枪，他竟然偷了丁司令警卫员的水连珠。天赐兄弟，丁司令半夜黑地跟我说起你和小荣的事就骂我。你说我当初咋恁昏头呢？那天在交通壕里，小荣都解开扣子了，你都抱住小荣了，你说我蹿出来干啥哩？我要不蹿出来，你们——天赐兄弟，真是对不起。小荣这个事上我真有责任，高大娘牺牲跟我也有关系——”

……

胡大兰不像以前那样见了杨天赐就猛怼。胡大兰变得对杨天赐很亲切。胡大兰时不时地来看杨家，说是来看杨汉唐，其实是来跟杨天赐说话。胡大兰一心要把杨天赐从家里再拉到队伍上，让杨天赐跟小荣结婚。

看到岳振鹏和董诚在地道里生了孩子，胡大兰后悔死了。胡大兰最后悔两年前杨天赐离开队伍时候办的那个事。如果自己不冒出来也许人家就把生米煮成熟饭了。

胡大兰每次见杨天赐，都要把小荣的点点滴滴告诉他。“我跟你说，小荣现在打电报可快了。老丁外出都带着小荣。皮司令那儿的军医也说，小荣以后怕是不会生孩子了。我真想快点儿打下你们这儿的炮楼，把那些糟蹋过小荣的日本人都砍死！”

胡大兰说这些话的时候，杨天赐一言不发地听。有时候听不完就转身走了。

八十六

一天晚上，杨家人已经睡下了，胡大兰让李栓牛领着从地道来到杨家，把杨天赐叫到地道里盘问熊能蛋上次返回熊耳山时候跟杨天赐说了些啥？杨天赐感觉到熊能蛋出了事。熊能蛋跑回老家了？熊能蛋叛变了？熊能蛋若是叛变，他在这边的许多堡垒户都住过——杨天赐一边汇报当时他和熊能蛋的对话，一边强压着自己不向胡大兰问熊能蛋。这个胡大兰，熊能蛋出了啥事，你应该先告诉我，再问我啊。

“就是这些，我们俩那天就说了这些话——”

“好吧，我相信你。我再问你一个问题。前些天是不是有个叫花妮的女人来你家借过钱？”

“有这回事，我听我爹说起过。她是个寡妇，种着我家三亩地。她男人死后，听说有人跟她拉套，名声不太好。她说她家要砌窑脸借了我爹三十块大洋。”

“你家大洋要不了啦。我到这边就去她家看了，她悄悄把地坑院卖了，带着俩小闺女跑了，肯定是跟着熊能蛋跑了。”

“她跑了，地坑院也卖了，还带着两个小闺女，她就是熊能蛋的相好吧？”

“你脑子转得不慢。我把事情都告诉你吧。熊能蛋跑了，带着钱跑了。他带人随王政委护送一批钱粮到新区，刚入新区就中了敌人的埋伏。丁司令带部队赶到时，王政委和一些同志已经牺牲了。幸存的战士说，战斗一打响，王政委就派两个战士保护熊能蛋背着钱袋子趴在一个大石头下不要动。王政委让一个战士背着一个袋子跟着他突围。丁司令带着部队赶到时，王政委和往回路突围的同志多数都牺牲了。跟着熊能蛋的两个同志中的一个背着半布袋钱回来报告说，突围时候，另一个同志牺牲了。突出去以后，熊能蛋下了他的枪，把布袋里的钱取出两捆给他，让他带上钱回老家。他自个儿就背上钱袋子跑了。杨天赐，熊能蛋这么干都是受了你的坏影响。”

“他这么干怎么是受了我的坏影响？我又没有干过这种事！熊能蛋他干这事儿

你别赖我。他成天跟着你，是你没有把他教育好。”

“你这张嘴没有白长。老丁说我说不过你。我还真是说不过你。我不跟你磨嘴皮子。我跟你说，伏击王政委的那股敌人还没有搞清楚是哪一部分的。他们穿的是治安军军装，但附近几个据点的治安军都没有出动。有人猜测可能是焦国臣干的。那一仗过后，焦国臣的人马撤到了国民党部队后边，说是接受整训准备配合国民党军队大反攻，真实目的怕是担心我们消灭他。王政委牺牲，钱又让熊能蛋背走不少，丁司令十分气恼，丁司令一面派人寻找熊能蛋，一面派人到敌方调查是谁伏击的我们。我们在这边也要想办法调查这个事。你家不是和焦国臣家有亲戚吗？焦国臣不是很听你家地道里那个国民党的话吗？你利用这种关系尽快弄清楚到底是不是焦国臣干的。焦国臣他和王政委见过面，王政委还请他吃一顿肉菜。若是他干的，一定向他讨还血债。若是他干的，连他的老窝也端了。焦治公民愤大着呢，不是为了和焦国臣的统战关系，我们早就把焦治公打了。”

胡大兰把跟杨天赐说的这个意思又跟岳振鹏、杨汉唐说了一遍，才带着她的队伍到别处活动。

王政委的牺牲让大家都很难过。

杨汉唐说：“王政委大能人啊。他说把杨汴塬搞成八路军的秘密根据地，把这儿变成八路军的秘密后方，我都没有想到啊。我估算着，去年秋天这边一小半的秋粮都运到了熊耳山那边，今年夏天一大半的麦子也运到了那边。平常不跟日本人打仗，还给他们送吃的，让他们也过得下去。这都是王政委的计谋啊。王政委这么年轻太可惜了。一定要查清凶手，为王政委报仇。这事若是焦国臣干的，那他以后啥伤天害理的事都能干出来了。那我也不能像以前那样对待他。我就把他当狼看待。他再来我家，我给他喝迷魂药，让八路军抓去审判他。种瓜得瓜，种豆得豆。不管是谁，办了坏事就得受惩罚——不过，我总觉得不像他干的。他爹他娘他媳妇娃子都还在杨汴塬——他现在这情况，他现在这心思，我都觉着他现在不会做出这种事。”

岳振鹏说：“焦国臣这时候做这个事对他没有一点儿好处。国军不会让他的部队一直在战线后边，国军养他们是为了让他们到战线这边一边弄些日本人的情况，一边给共产党八路军捣乱。他自己清楚他那些人马根本不是八路军的对手。”这时候他不敢对共产党八路军这么干。不过，这都是从常理常情来说的。非常之事也是有的。也有可能是焦国臣在国民党特务头子的逼迫下干的。我以前就逼着下级军官干过坏事。唉！”

岳振鹏低下头，心情沉重。

杨天赐说：“所以，他才带着人马钻到了战线后边。如果真是他干的，他在带着队伍回到这边之前，肯定要想怎么把这个事栽赃到别人头上。”

杨汉唐说：“先不要下定论。这么大的事，很快就会真相大白的。”

老人家的话总是比较准。这天，从熊耳山根据地回来的胡大兰特地到杨家通报说：“伏击王政委他们的是一支国民党特务部队，他们把焦国臣的部队缴械了。”

“什么特务部队？肯定是军统。如果焦国臣说出我在这里，他们也许会来找我。”岳振鹏说，“这些人什么事情都能干出来。那个熊能蛋跑不出他们的手心。”

“真让你说对了。我们县大队里混进了一个特务，那个特务跟熊能蛋说，美国支持蒋介石，苏联也给蒋介石订了友好条约不支持共产党也转而支持蒋介石了。那个特务怂恿他偷钱跑回家。他听了特务的话，叛变了革命。叛徒从来没有好下场。敌人后来又去追他，敌人原想活捉他的。他和敌人对打，让敌人打死了。打死他的那个敌人，还有伏击王政委的那股特务现在都是我们的俘虏。”

“胡政委，这又是怎么一回事？你们共产党八路军本事也太大了。”杨汉唐说，“天赐，你给胡政委倒杯蜂蜜水，让胡政委跟咱们好好说说。”

“我跟你们说啊，我们取得了大胜利，战线那边的国民党军队三十八军的一个整师好几千人带着大炮带着医疗队都起义参加了八路军。九十六军也有好多官兵带着武器跑到了我们熊耳山根据地参加了八路军。他们来的时候，把那些国民党军统特务部队缴械后也带了过来。你们知道为什么会出这么大的好事，这是因为蒋介石从重庆派来一个姓张的反动军长。反动军长带了一些特务部队，他要把三十八军、九十六军拆散编到其他部队里，还要逮捕部队里的共产党员。这两个军以前是杨虎城的部队，现在虽然受胡宗南领导，但里边有不少共产党员。我们过黄河以后，他们暗中供给我们不少枪支弹药。蒋介石肯定知道了这些事才派这个张军长来整编他们。哼，他们一整把部队整毛了。两个军大半的官兵都跑到了我们这边。那个反动军长也差点儿被逮过来。哼，蒋介石搬起石头砸了自己的脚。若不是丁司令、皮司令带领八路军在洛阳以东打了几仗拖住了日本人，日本人一进攻，国民党的战线就跨了。”

杨天赐说：“这真是个大胜利。那焦国臣呢？”

胡大兰说：“焦国臣占了大便宜。起义官兵把他救了出来，劝他一起起义。这个焦国臣可真是滑头，他说他心里愿意投八路，但他一大家在敌占区，他不敢。又说，他和丁司令是朋友，丁司令让他打着国民党的旗号暗中帮八路。人家也没勉强他。这家伙现在又跑到南边投靠了国民党河南省长兼十五军军长刘茂恩。估计过些天换个旗帜就又过来了。”

八十七

起义官兵一到根据地就成了八路军，大部队在熊耳山休整了半个月才过黄河。这期间，丁司令利用起义部队带来的大炮，打下根据地周边许多据点。根据地又扩大了好多。部队还有意到敌占区活动，有几次还来到陕州城关隔着陕州城打倒了黄河渡口的炮楼。大小据点里的日本人都吓得不敢露头。

丰臣大雄向上连连告急，敌人正调兵遣将来围攻八路军，八路军大部队又一下跑到河北连下日本据点。来这边的日本兵又赶紧掉头去那边救火。

胡大兰说：“我们八路军在华北开始了大反攻。冀中的炮楼一大半都让我们打下来了。”又说：“大炮太厉害了，有了大炮，炮楼就是棺材筒子。”

焦国臣又打着十五军抗日游击支队的旗号回到了战线这边。

胡大兰说：“焦国臣跟丁司令说，这国民党队伍里咋这么多共产党？国共两党还没有开打，国民党部队就成团成师的往共产党这边跑。这仗还怎么打啊？丁司令跟他说，你还不知道，刘茂恩表面反共，暗中也和我们有联系。刘茂恩也要求参加八路军，前几年我们从西安领的军饷也是刘茂恩一路护送到河北。我们怕刺激蒋介石，才没有接受他。他让你们投日本人和日本人一起对付我们，也不是他的本意。是老蒋让他做的，他是替老蒋背的黑锅。焦国臣说：‘岳长官是国民党，可他暗中也通着你们，他两个妹妹也在延安。这天下将来是谁的真不好说。我就这一点儿人马。我跟谁也不打恶仗、不打死仗。我要等着看。我还有一大家子老小，我不能让他们跟着我倒霉，我无论如何都要保全他们。’焦国臣求丁司令同意他国、共、日三方都维持。丁司令答应了他。丁司令说，只要他现在不死心蹋地反共，就尽量把他往我们这边拉。”

……

焦国臣由任宗兴领着来到杨家。

焦国臣跟杨汉唐说："姑父，我这么晚来是来求你明天去劝劝我爹。"

焦国臣的爹焦治公下个月要过六十大寿。办大寿那天还要娶两个小妾。

"我不是不孝顺，我爹娶我二娘的时候，我娘寻死觅活，我也没有反对。可是这一次，我说啥也不能同意。两个闺女都才十八。一个同意，一个闺女死活不同意。死活不同意的这个闺女是雷家营的，这个闺女的大哥是共产党，当年是我带人抓的，但进去后我没有打他。他家不送钱，是打手们把他打死的。这人的爹是个财迷，他要了我家十亩好地，两头牛，一头骡子，还要了一口柏木大棺材，就把他那闺女许给了我爹。我跟我爹说，这个女的跟共产党沾边，共产党不好惹，咱不能要。我爹不听我劝，非要娶。我求你去跟我爹说说，让他不要娶这个闺女。秀女也去。你们的话，我爹还是能听进去的。"

"国臣呀，你爹这个事我劝不住。秀女更不行，这事秀女爹活着去骂你爹一通也许还管用。但现在谁说，怕也挡不住你爹。"

焦兰亭说："你们不去，我去骂他一通。六十八的糟老头子一下娶两个十八的黄花大闺女，他这么办，不知道有多少青年后生想打死他。"

焦国臣说："姑姑，你去也中。我爷爷、我奶奶都不在了，你就是我爹的长辈，你骂他正好。"

杨汉唐说："国臣，不管你姑姑去骂你爹管用不管用，我支持她去骂，你跟你爹说，我在家也骂他了。"

"姑父，我今天来还要说个要紧事。王县长说，日本人快不行了。陕州光复后，他让我当陕州警备司令。可我又听刘军长身边的人说，蒋介石将豫西划归了胡宗南的战区。将来光复以后，这里由胡宗南的部队驻扎，地方官也由胡宗南说了算。岳长官大哥在胡宗南手下当军长。我想和岳长官见个面。"

那天晚上，焦国臣和岳振鹏谈完后，连夜回到了他的地盘。

岳振鹏跟杨天赐说："这个焦国臣真是个滑头。他说，我不干县长了。你跟大哥说说，把我收编成正规军。我先干国军，多带些兵马，以后你说投哪一方面，我就投哪一方面。"

第二天早上，杨汉唐让李栓牛套上自己出诊坐的厢式马车，拉上焦兰亭去了焦家营。

焦兰亭把焦国臣的老娘、焦国臣媳妇和两个娃子也一起带到了杨家。

焦兰亭说："国臣他爹疯了，二房那个狐狸精也疯了，都说那两个姑娘是太后命，要给他焦家生儿子当皇上。我说，皇上只能有一个，娶两个太后生两个皇上，不是让他们打仗吗？他嬉皮笑脸说中国这么大，到时候一分为二，来个东中国、西中国，他一个儿子坐北京，一个儿子坐西安。还说咱家跟共产党八路军走得近，将来共产党得了天下，要共产共妻。把秀女和木兰都分给穷人。呸，真是越老越不要脸。国臣他娘说，在家不想看他，说以后就住在咱家，我说中，你就住我家，让他赶紧去折腾，他折腾死了，你好回去给他收尸。你跟他在一起，只怕他连带你也活不长。二房还成天欺负国臣媳妇，我让国臣媳妇和俩娃子也跟来了。"

焦国臣的娘也说："国臣他爹以前也不要脸，可没有现今这么不要脸。他如今这么不要脸，是让那个狐狸精教的；他如今这么不要脸，是跟上日本人学的。他去陕州给日本人送粮食，日本人请他耍朝鲜女人，还请他耍日本的女学生。我骂他，狐狸精女人护着说，皇帝三宫六院七十二妃哩，男人一天不睡女人，女人一天不睡男人都是白活。男人越睡，女人越显年轻——"

杨汉唐说："这个事你不要往人家日本人身上推。你越往外人身上推，人家越笑话。你就在这儿住下。不是我这个当姑父的说话难听，他不会有好下场的。"

焦国臣的媳妇儿是个老实女人，只会低着头掉眼泪，没有一句话，两个娃子比狗孬、二孬大一点点，来到杨家就跟狗孬、二孬玩儿上了。

焦国臣的娘和媳妇儿、娃子就这样在杨家住下了。

八十八

焦治公死了。

焦治公和他的三姨太被打死后，又被吊在焦家营村中间关帝庙前的大槐树下点天灯。

人们不仅处死了焦治公和他的两房女人，还把焦国臣同父异母的两个弟弟及媳妇儿、娃子全杀了。

大槐树上贴着一张复仇布告，上边写的都是焦治公的罪行。其中说，焦治公威胁两女方家，如果不同意，就把那两个姑娘送给日本人。还有焦治公借给日本人送军粮一事，从中贪污的事实。还有十几年来，焦治公借着在黄河滩垒堤护塬，年年贪污乡亲们集上来的公粮、公款。还说到焦治公为霸占某个女人，将其丈夫、儿子秘密投进黄河冰窟窿的事。杂七杂八还有很多。布告下边的落款是雷火旺、马小春。

雷火旺是被焦治公丢进冰窟窿的那个男人的大儿子。马小春是那个死活不同意给焦治公当小老婆的姑娘的相好。

听说焦治公被处死、家产被抄，杨家一家人都不觉得难受，想到那些被杀的孩子们大家才感到难受。

焦国臣他娘呼天抢地，声声叫着焦国臣回来报仇。

木兰说，成千上万人办的事，你让你儿回来把人家都杀了？这事从根儿上说是怨你家啊。

杨汉唐也说："土地种粮吃饱饭，心田播善得平安。你不要嫌我说话难听，你家落到今天这下场，怨不得别人，要怨只怨治公他个人啊。"

焦国臣媳妇说："娘，幸亏姑姑接咱们来这儿，不然，咱一家都得死完了。我爹他们这下场，都得怨那个小婊子！"

老太太一听这话，也气愤地骂起"小婊子"。

杨汉唐："不要骂人家了，要骂你就骂治公吧。治公当年要把人家灭门，雷火旺如今也要把你家灭门。从今天起，你一家老小黑地白日都猫到里边窑里，万一他们哪天闯进来了，你们就赶紧钻地道。"

……

几天后，胡大兰来到杨家说："我们和雷火旺、马小春的人马一起攻打焦家营据点，事前说好要活捉焦治公的。可是当我们武工队冲进炮楼跟日本人对打时，他们的人已经冲进焦家大院，把焦家人都杀完了。他们还要放火烧房子滥杀无辜，被我们挡住了。我批评他几句，他竟然带着他的人马走了。说以后跟我们分道扬镳。"

胡大兰说这话的时候只有杨汉唐和杨天赐在场。

杨汉唐说："你们和他们一起打焦家营，就应该管住他们。他们这样一乱来，焦国臣肯定要报复。"

胡大兰说："他不一定报复吧？焦国臣跟他爹和那两房关系很不好。那两房的人都让杀绝了，焦家的土地、房屋以后就是他一个人的了。”

杨天赐一直没有吭声，这时候冷笑着说：“胡政委，照你的意思，你们这是替焦国臣办了好事？焦国臣应该感谢你们才是？”

胡大兰说：“本来就是嘛！”

杨天赐说：“那就不用向他解释了。你就等着他向你们表示感谢吧。”

杨汉唐说：“焦治公咎由自取，可他毕竟是焦国臣的亲爹。胡政委说的也有些道理，不过，我估计焦国臣肯定还要找你们报杀父之仇的。即便他内心感激你们，也还要闹一闹。不然，外人会说是他联合你们杀了他爹和二房、三房的人。”

胡大兰说：“这个我没有想到。我只想着焦治公毕竟是焦国臣的亲爹，把人家亲爹点了天灯，唉。焦国臣跟他爹关系再不好，人家也咽不下这口气。他肯定要回来报仇的。那雷火旺也扬言要来你家带走焦国臣老娘和媳妇娃子。我们今天赶过来，就是为了接走焦国臣的家人，不让雷火旺来找你们的麻烦。我们把焦国臣的家人送到焦国臣那儿，跟焦国臣解释一下。”

杨汉唐说：“这个事丁司令知道吗？”

胡大兰说：“我已派人回熊耳山向丁司令汇报了。”

杨汉唐说：“天赐，你咋看这个事？”

杨天赐说：“雷火旺这种人只为报私仇，没有一点儿政治觉悟。”

胡大兰说：“就是！就是！你们赶紧把焦国臣的老娘、媳妇儿和两个儿子交给我吧——”

杨汉唐说：“天赐，你说呢？”

杨天赐低下头说：“这个事我想找岳长官出来一起商量商量，焦国臣可能会听他的话。”

胡大兰说：“天赐兄弟、杨老先生，这个事先不要让地道里的国民党知道。前些时候，从大后方来了一批国民党特务到处向伪军头目封官许愿，说伪军反正到国民党方面，立马按国军对待，带一个排过来当排长，带一个连过来当连长。有些国民党比日本人更恨我们。你家地道里这个国民党，虽然和日本人打过硬仗，可现在日本人快不行了，他肯定也知道他们国民党接下来要和我们争天下。这时候他跟我们不是一条心的。我们不和他商量。杨老先生、天赐兄弟，你们把焦国臣他娘、他媳妇儿、他娃子交给我们。他们到了我们手里，他们安全，你家也安全。焦国臣也不敢对付我们——”

胡大兰正说得起劲儿，李栓牛来到杨家说，朱武京、雷火旺到他家，逼着他带他们来杨家。现在和武工队顶上牛了。

杨天赐说：“胡政委，现在必须得岳振鹏出马了。朱武京听他的。岳振鹏的媳妇娃子也在这里，他这时候也不敢对我们有二心。”

胡大兰只好同意。

杨天赐、杨汉唐、岳振鹏、胡大兰一起来到李栓牛家。

朱武京说：“杨老先生、岳长官，我和火旺结了金兰之交，我们现在是异姓兄弟。他的仇人就是我的仇人。我们今天来就是为了要走焦国臣的家人。你们放心，我们不杀他们。我们好生待他们，也成为我们的挡箭牌。杨老先生，朱武京说话算话。你们就把焦家的人交给我们吧。”

雷火旺冲着胡大兰说：“我原本是一心一意跟你们共产党八路军好的。可你们和地主汉奸搞啥统战。我们都是直肠子，咱好，就同仇共恨，你的亲人就是我的亲人，你的仇人就是我的仇人。咱不好，就分道扬镳，各走各的道。”

杨汉唐说：“朱司令、雷火旺，焦国臣的家人是我们家接来的。他们现在都在我家地道里。这事跟八路军没有关系。打开窗子说亮话，我们不会把他们交给你们。你们要想得到他们，除非你们把我一家打死。你们也把我一家打不死，我的俩儿媳妇现在也掂着枪在地道里。我们家的地道，日本人进不去，你们也进不去。你们听我一句话，你们派人给焦国臣说说，我也跟焦国臣说说，就说你们手下人杀红了眼。都是同个地方的人，冤冤相报何时了。唉，焦国臣他爹也该杀。焦家二房、三房还有那些家丁死了，焦国臣也未必有多大的报仇之心。这个事，往各处说好。好汉，焦治公杀了你父亲、你兄弟，你杀了他，又杀了他两房媳妇娃子孙子，你的仇也算报了。报仇也要有分寸，你看朱司令上年到焦家营就只要东西不伤性命。”

雷火旺嘴张张说不出话。

朱武京说：“火旺兄弟，杨老先生说得在理啊。你就是杀了焦国臣这俩儿子，他还娶媳妇再生儿子啊。这个事就按杨老先生说的办吧。”

胡大兰说：“对，就按杨老先生说的办。连媳妇娃子也要杀，跟日本鬼子有啥两样。”

雷火旺说：“胡政委，你说我是日本鬼子？”

岳振鹏说："你杀人家媳妇娃子，你和日本鬼子有啥两样？冤有头，债有主。焦国臣本人并没有杀你们的人。你们不能伤害他的亲人。焦国臣也还听我几分，我会求他不再找你们报仇。请你们也看在我的面子上，不要再逼杨老先生。你们走吧！"

朱武京对雷火旺说："杨老先生、胡政委、岳长官都这样说了，我们就走吧。焦国臣有啥了不起？他现在靠的是刘茂恩，大哥我靠的是胡宗南。我现在有电台，能给胡长官打电报，我们回到山上，我跟胡长官打电报给你也要个国军的官。焦国臣他是国军的官，你也是国军的官。他还敢咬你的球毛？"

雷火旺嘴巴张张说不出话，就跟着朱武京走了。

八十九

我方在焦国臣内部的内线向丁大奎报告说：胡大兰带武工队杀了焦国臣一家，焦国臣已经决定再投日本人打回杨汴塬报仇雪恨。丁大奎一听当即就派部队去堵截焦国臣，可还是晚了一步。焦国臣带着队伍向陕州开走了，走的时候还打死了村里的一个共产党员。老百姓说，焦国臣的部队都戴了白孝布，说要到雷家营杀个鸡犬不留。焦国臣还让老百姓给丁大奎带话说：雷火旺杀焦家人时，武工队副队长刘富年在场不仅没有制止，还开枪打死一个焦家的后生。胡大兰、尤黎明制止雷火旺没有烧焦家的房子。胡大兰还当场训斥雷火旺。焦国臣说，他到了杨汴塬，只要武工队交出刘富年，他跟武工队就不动刀枪。

焦国臣这话的意思是找武工队麻烦，但还不想和我们彻底闹翻，可他却又杀了我们的人。可见这家伙真是说一套，做一套。丁大奎早就想把焦国臣收拾了，考虑到他父亲在杨汴塬还有一定的势力，为了维持杨汴塬那块我们的秘密根据地才没有对焦国臣下手。丁大奎心想，现在杨汴塬那边既然已向焦治公动了手，那就一鼓作气把焦国臣的人马也收拾了。

胡大兰派去报信的人也赶到了熊耳山。

丁大奎听了汇报，和根据地几个领导研究后，就带着一个主力团开向杨汴塬。

丁大奎计划带部队秘密潜入杨汴塬，在焦国臣联合日本人到杨汴塬报复的时候，打他们一个冷不防，打了就走。

焦国臣带着队伍再投日本人是听了王县长的建议。王县长是信阳那边人，和共产党有大仇。这人坚决反共，对焦国臣反共不坚决很有意见。得到焦家营来人的报告后，王县长跟焦国臣说：“焦司令，杀父之仇，你可不能不报。你若不报，人家肯定会说你为了私吞家产暗中勾结共产党，土匪杀了你爹和你二娘、三娘两房的人。刘省长跟我们交代过，如果搞不过共产党，就再投日本人。咱们现在这边占这几个穷村没有一点儿油水，村里还有共产党，我们的一举一动八路军都知道。咱们上次撤走后，八路占咱们的村子，八路也不说还我们。我们现在趁机投日本人。日本人兵力不足，肯定还要让出据点给我们。那边离熊耳山这部分八路远，咱们也可放开扩大地盘拉队伍。”

王县长这话说到了焦国臣心里。焦国臣心一横就带着人马走了。走的时候，王县长背着焦国臣带人打死了村里的一个共产党员。

丰臣大雄正为执行上级刚刚下达的“收缩计划”犯愁，听说焦国臣带人来投，丰臣大雄心想，皇军看来败局已定，公开杀、烧、抢这种事还是由中国人打头阵。丰臣大雄命令沿途日军、治安军一路放行让焦国臣的队伍开往陕州。丰臣大雄和横路敬三带领陕州党政军商民各方头面人物在东城门迎接焦国臣入城。

佐藤接到丰臣大雄和横路敬三的命令，第二天拂晓率队配合焦国臣所率部队扫荡雷家营，由焦国臣所率部队对雷家营实行三光政策，日军在外围警戒。横路敬三向佐藤透露，日军为焦国臣准备了三卡车炸药，计划扫荡雷家营之后，转兵到杨家营，把杨家营的地坑院全炸了。然后，杨家营据点的日军、治安军随着他们撤到陕州，再放火烧了陕州城。之后，陕州的日军全部撤过黄河，以后隔河与中国军队对峙。

佐藤知道日军有个“收缩计划”，但并不知道具体内容。原来“收缩计划”就是这样收缩的！

佐藤正和反战同盟的二村商量通过杨家向武工队报信。横路敬三又打来电话说，日本天皇宣布投降了。接电话的日本兵不相信，对着电话一顿喊叫，让两个炮楼里的日本兵和治安军都知道了。

佐藤赶过去接过耳机时，那边已经没有声音了。佐藤再摇电话，接电话的是焦国臣。焦国臣说，丰臣大雄和横路敬三已带着陕州的日军出城了。他的国军十五军独立支队已接管陕州。焦国臣要求佐藤带着杨家营的日军和治安军到陕州向他投降，他保证将佐藤和日本人送到河北。

佐藤还没有听完焦国臣的电话，魏功良又从那边炮楼向他喊话，魏功良说他是国军二战区的先遣军，要求佐藤向他投降。

日本兵一听魏功良让受降，对着那边的炮楼就开了枪。日本人一开枪，治安军也开枪，两个炮楼里的日本人和治安军就噼噼啪啪对打起来。

治安军一边打枪一边叫喊着说："日本人投降了！我们反正了！日本人投降了！我们反正了！"

这么一闹腾，杨汴塬上人们也都知道日本人投降了。

戴着墨镜，身穿国军上校官服的岳振鹏和杨天赐出现在杨天赐家地坑院上边的大门外。

岳振鹏对着铁皮喇叭喊道："佐藤少佐，我是国军上校团长岳振鹏——"

炮楼上的枪声停了。

岳振鹏和杨天赐手拉手慢慢走向吊桥。

岳振鹏腰插短枪，挂着佩剑。杨天赐腰插两把二十响。他们身后是穿着长袍马褂满脸流汗的杨汉唐。杨汉唐后边是穿着军装的胡大兰、尤黎明和武工队员。

岳振鹏向佐藤喊道："佐藤少佐，我现在是杨汴塬地下抗日游击队司令，我命令你带领你的部下走出炮楼放下武器受降，我们保证你们的生命安全。"

在远处看热闹的老百姓一看不打枪了，都跑到前边。人群中有人喊："打死日本人！"

佐藤就喊道："岳长官，你们的人太少，乱民太多，我们出去，你们不能保证我们的安全。"

这时候治安军炮楼里一阵骚动，里边有人喊："胡政委、刘队长，我们控制了炮楼。我们现在反正参加八路军！"

原来是刘富年发展的几个地下党员和治安军控制了那个炮楼。

魏功良也对着外边喊道："杨老先生、岳长官、胡政委，我们帮助你们看管日本人！"

岳振鹏说："你们必须和日军官兵一样先放下武器！"

……

佐藤是个细发人，他先派二村出来跟岳振鹏、杨天赐、胡大兰商量具体的受降事宜。二村是反战同盟的自己人。二村说佐藤虽然不参加同盟，但也是反战分子。炮楼里的日本人都听佐藤的命令。

接下来的受降很顺利。被解除武装的日本兵被集中到两个炮楼之间的房子里。武工队员们上到两个炮楼上。武工队只有十几个人，治安军里的我们的人也不多。日本兵中也只有三个人是反战同盟的自己人。为了控制局面，韩二叔、任宗兴、李栓牛，还有一些胡大兰、杨天赐认为可靠的村民也上到两个炮楼上。

这边刚处置就绪。焦国臣的人马就从陕州赶来了。

九十

丁大奎亲自带一团八路军支援杨汴塬，半路上遇到去抢占陕州的朱武京。朱武京说，日本人投降了，胡宗南命令他们去陕州受降。丁大奎赶紧停下让小荣架起电台。丁大奎收到的命令是，胡宗南部正向豫西开进，你部立即收拢部队，带领豫西解放区党政军全部撤往太岳。丁大奎赶紧跟留守根据地的支队和分区领导联系，那边也接到了延安的电报。丁大奎决定继续带队伍奔向杨汴塬——熊能蛋可能已将杨汴塬的一些堡垒户报告给了国民党特务，要说服一些过于暴露的堡垒户撤退到黄河北边，对其他堡垒户也要作出妥善安排。

此时，杨汴塬的情形是这样的：

杨汉唐、焦兰亭、杨天赐、焦国臣的老娘、岳振鹏、任宗兴排成一溜立在两个炮楼中间。焦国臣的部队围着炮楼。焦国臣和王县长立在一门大炮后边，炮口对着炮楼。焦国臣的部队又被黑压压的武装老百姓包围着。焦国臣手里拿一个铁皮喇叭正叫唤着要报杀父之仇，说只要交出刘富年、雷火旺、马小春三人，他就撤兵。又说共产党八路军不该绑架他娘、他姑父、他姑姑做人质。

杨天赐将手中的铁皮喇叭举到焦国臣老娘的面前，焦国臣老娘喊道："国臣儿啊，没有人绑架我，也没有逼我。你爹他那下场不怨别人，只怨他自己。咱家死的那些媳妇儿、娃们，不是共产党八路军杀死的。是雷火旺、马小春那些人杀死的。雷火旺、马小春都不在这儿。国臣，你听着，我在这儿，你媳妇和两个娃子都在你姑奶奶家地道里，地道里还有八路军武工队。我的儿啊，你带着你的人马走吧，你不要听王县长的。王县长他让你来打炮楼没有安好心。”

杨汉唐接着喊道：“焦国臣，你拿大炮轰吧。我们都老了，天赐他也有后了，岳长官也有后了，你轰吧！可你也要想好，你轰死了我们，你当了县长还有滋味儿吗？你轰死了我们，你们能走出这杨汴塬吗？”

转在最外层黑压压的老百姓都一起喊：“焦国臣，你敢开炮，你们一个也跑不了！”

“轰——”

一发炮弹飞过炮楼。

紧接着焦国臣和大炮那地方响起几枪。焦国臣对着喇叭喊道：“是王县长开的炮，有兄弟把王县长打死了。杨汴塬的老少爷们儿，我看在我娘、我姑父、我姑姑和岳长官、天赐兄弟的分儿上，我不跟共产党八路军计较这个事了。姑父、姑姑，岳长官、天赐表弟、我老娘和媳妇娃子就拜托你们了。请外边的乡亲们让开一条道，让我带着我的兄弟们打回陕州。朱武京和雷火旺正攻打我们已经占领的陕州城。乡亲们，陕州城是我们从日本人手里夺回来的。我们是国军十五军的先遣支队，十五军正从南边开过来。愿意跟着我们到陕州吃火烧馍喝羊肉汤的，跟着一起去打朱武京和雷火旺啊！”

人们让出一条通道，焦国臣带着他的人马又向陕州开去了。

前一天，丰臣大雄和横路敬三刚把焦国臣迎进陕州城，收音机里就传来天皇的终战诏书。丰臣大雄奉命带陕州日军集中运城向国军投降。焦国臣跟丰臣大雄和横路敬三说，不要到运城去了，就向我们投降吧。两个日本人异鼻同声哼了一声，根本不理焦国臣，立马集合起陕州的日军逃过黄河，连陕州附近几个据点的日军也不管了。焦国臣打出十五军的旗号，收编了陕州城里的治安军，派出几路人去受降几个乡村据点的日军，他亲自带队到杨家营受降。看到佐藤已向岳振鹏和武工队投降，焦国臣心里窝火又不能发作，这才又想起报杀父之仇——焦治公被点天灯，焦国臣表面痛哭流涕捶胸顿足誓言报仇，其实他内心并不特别难过，也并不十分愤恨。焦国臣这时候也只是想来闹腾一下，卖共产党八路军和杨家、岳振鹏一个人情。王县长看出了焦国臣的心思，偷偷拉了大炮的开炮绳，气得焦国臣一枪打死了王县长。这时，陕州来人报告说朱武京和雷火旺的人马进了陕州城，焦国臣急忙带着他的人马杀回陕州。

丁大奎带着部队赶到杨家营时，正遇上马小春带着一些人从陕州城撤出来投奔到杨家营。

马小春说，朱武京派人叫雷家营的人马跟他一起打陕州，说打进陕州让雷火旺当国军营长，让他当连长。进了陕州，朱武京就派马小春到监狱里提共产党。朱武京说，家在三道塬和南山以外的共产党一律逮来，家在三道塬上和南山的共产党统统放了。马小春到监狱提了共产党就往杨家营跑。他们从城东南门悄悄出来的时候，焦国臣的人马又转回去从西南门打进了城里。现在焦国臣和朱武京的人马正在陕州打得欢呢。

熊能蛋在许多堡垒户家住过。丁大奎担心那些人家遭国民党报复，提出让大家随部队撤往河北。

杨汉唐说："丁司令，你放心吧。现在杨汴塬的人心很齐。谁敢对乡亲们下毒手，大家起来一起跟他们斗。"

岳振鹏也说："丁司令，杨汴塬的乡亲们掩护国军、掩护八路军都是为了抗日。焦国臣、朱武京还能听进我的一些话。我们的正规军过来，我也能做些工作。国民党这方面向来是军队管的地方，还有杨老先生在地方上的威望，你们赶紧撤走吧。你们走了，我跟上天赐兄弟也到那些人家看看，在他们那里吃顿饭，住上一晚。"

丁大奎说："老岳，你这主意不错。有你这个大国民党护着，那些小国民党就不敢祸害他们了。"

"砰砰砰——"

他们这边正说着，就听外边响起枪声。

部队已经集合，日本兵从据点平房出来过吊桥时，有人向日本兵开了枪。

向日本兵开枪的是小荣。

听说是小荣向日本人开的枪，杨天赐赶紧跑过去。

木兰抱着小荣。浑身颤抖着的小荣扬手一耳光打在杨天赐脸上。

杨天赐一愣。

木兰说："打死你不亏！你还不快滚到一边！"

这时候董诚也过来了。

董诚说，小荣没打中日本人。跟他们说是枪走火了。

董诚和木兰一起搀扶着小荣走了。

杨天赐脸上火辣辣的，还没有回过神。丁大奎和胡大兰一起走过来。

胡大兰说："杨天赐，你是个什么东西，我也真想抽你几耳光。"

丁大奎冲着胡大兰说："你也去看着小荣，就说我命令她守着电台不得离开半步！"

胡大兰瞪一眼杨天赐，鼻子里哼了一声，才转身走。

丁大奎拍着杨天赐的肩膀说："打你、骂你都不亏。谁让你小子说话不算话！"

自丁大奎率队伍过来快一年了，阴差阳错，杨天赐还是第一次见到丁大奎。军情紧急，丁大奎到杨家营后，杨天赐也还没有和丁大奎单独相处过。现在听丁大奎用这种口吻骂他，杨天赐心里一热，眼里也热乎乎的，杨天赐想扑过来抱住丁大奎痛哭一场。

丁大奎小声说："你小子立定，沉住气，让我再骂你几句对你以后有好处。"

丁大奎大声说："杨天赐，我救了你的命，你回来后又保护了两个国民党还参加国民党。我听说，这里的国民党一直在抓我们共产党，但我们不会因为这个原因而抓你。我们只抓和日本人勾结，当了汉奸的国民党。这个你听我说，这一年来，我们也吃了你家不少的粮食。我们的恩怨就此两清了。以后我当我的共产党，你当你的国民党。不过，你可要记住，不管在啥时候，对我们共产党，不要把事情做绝！这天下将来一定是我们共产党的。"

丁大奎跟杨天赐说这话的时候，许多人都在边上听着。杨天赐就像犯了错误的小学生一样，低着头一声不吭。

人们不知道，丁大奎和杨天赐后来又说了许多悄悄话。

丁大奎跟杨天赐说："我们奉命撤往河北，但我们将来肯定要打回来。支队党委决定任命你为陕州情报站站长。岳振鹏要保你当县长，你不要当县长，当个区长、保长就行了。你的第一要务就是保护好自己，我也会时不时派人过河来，所以第二就是要完成我交给你们的任务。"丁大奎眼挤着说，"怪不得你机智勇敢，原来你小子是杨家将之后啊，我跟你爹说了，你还可以和你的两个媳妇儿一起过日子。好好干，再弄出几个娃子，将来带着娃子们一起来找我。日本人败了，我们还要……"

"丁司令——"杨天赐竟然打断丁大奎的话。

丁大奎愣了一下，盯着杨天赐。杨天赐说："我要跟着咱们的部队走！"

“你说什么？”

丁大奎听杨天赐说这话又愣了一下。

“我要跟着咱们的部队走！”

丁大奎板起脸说：“杨天赐，你是不愿执行支队的命令吗？这个事王政委跟你说的时候，你不也同意了吗？”

杨天赐说：“我要跟着队伍走，我要和小荣结婚！”

丁大奎又一愣，丁大奎拍拍杨天赐的肩膀，两眼直盯着杨天赐说：“天赐啊，现在情况变了。你就是回到队伍上，组织也不会批准你和小荣结婚的。再说，我也问过小荣。小荣说，她这次来，还要认你爹当干爹，认你娘当干娘，认你当干哥哥，认你的两个媳妇当干嫂子。你不要听胡大兰瞎咋呼。”

“那小荣刚才为啥还打我耳光？这说明她还恨我。她跟你说的不是心里话。我要回到队伍上，我要跟在你身边、跟在小荣身边。等到组织批准我和小荣结婚的时候，我们就结婚！只有这样，她以后才不恨我。我不能让小荣一直恨我！”

丁大奎恨恨地说：“你这小子！你跟小荣结婚，你这俩媳妇咋弄？难道你小子想娶仨媳妇？”

“谁想娶仨媳妇了？我归队之前，要跟家里俩媳妇儿离婚。这个事，我跟家里说好了。我家里人也都同意了。”

丁大奎看着杨天赐：“你家里人也同意？都同意？”

杨天赐：“我跟我爹、我娘和我的两个媳妇都说了，他们都同意。她们都叫我跟队伍走，都叫我和小荣成亲。她们说，她们都有家，都有孩子啦。小荣在河北对我那么好，没有小荣那样对我，没有高大娘和小荣，我就是不死在日本人枪下，回来也是个太监一样的废人。我爹我娘也是这意思。”

……

这话是杨天赐跟丁大奎在地道里密谈的。

他们密谈的时候，小荣正跟杨汉唐、焦兰亭磕头认干爹、干娘。认了干爹、干娘，要认哥嫂的时候，木兰把小荣领到杨天赐和丁大奎跟前。孟秀女也跟她们一起来了。

木兰说：“杨天赐，我们跟小荣说了，我们同意你到队伍上跟小荣成亲。可是人家不同意，人家认了你爹你娘当干爹干娘，又要认你当干哥哥，认我们当干嫂嫂。你看这咋办？”

小荣跟杨天赐说："天赐哥，我向你道歉，我刚才犯了错误，我不该向日本人开枪，也不该打你的耳光。我刚才气蒙了。"

杨天赐说："都怨我伤好后没有回到队伍上。你打我，我不亏。我不想做地下工作，我要回到队伍上。"

"你不要这样。你的意思，刚才两个嫂嫂都给我说了。胡大姐跟你说的那些话有些不真。你不要觉得有啥对不住我的。你忘了咱们分手时我跟你咋说的？我说，只要你家里的媳妇还在，以后你就是我的哥哥，我就是你的妹妹。当时，你也是这么说的。你虽然说过伤好后要回队伍上，可是看你家这情况，回不去也情有可原。我一点儿也不怨你。我已跟干爹干娘磕头了。咱们以前的事情就到头了。以后，你就是我的哥哥，我就是你的妹妹。两位嫂嫂就是我的亲嫂嫂。干爹干娘就是我最亲的人。从此以后，这里就是我的娘家。以后我结婚，哥哥、嫂嫂可要给我一份好嫁妆！"

尾　声

弹指一挥间，七十多年过去了。

当年的许多人随着过去的岁月远去了。但是，还有许多人在出生、成长。

当年那个杨天赐同志早就成了杨老。年近百岁的杨老身体还算不错。杨老多数时候住在三门峡市陕州区的温泉疗养院。春秋时节也会回到杨汴塬上的地坑院看看，住上一两晚。杨家当年的那座地坑院，和杨汴塬上的众多地坑院一起，成了爱国主义教育基地和旅游景点。早些年，每年的清明节、国庆节等重要时间节点，还有人邀请杨老去讲讲。现在老人家讲不成了。老人就坐在那儿，听别人讲他。听到别人讲得不对，老人马上站起来说，你讲得不对。这时候，便也有人向游客介绍说杨老就是故事里的主人公。崇敬的目光投向杨老。老人的心里又欣慰又伤感。这种时候，杨老总是情不自禁想到小黑娃和高大娘。杨老跟小黑娃说过，让小黑娃来到他家吃几年饱饭再长长个子。杨老也跟高大娘说过，革命胜利后，要接高大娘来住住他家地坑院的窑洞。这些心愿永远也不能实现了。想着想着，杨老又想到木兰和木兰的父亲，还有憨子。每上一次杨汴塬，杨老回到家都要愣愣怔怔好几天。

杨老当年的两位夫人之一、明媒正娶的妻子孟秀女，前几年才去世。那个勇敢泼辣的韩木兰，新中国成立前夕就牺牲了。韩木兰是在护送前来取情报的胡大兰过黄河的时候牺牲的。她牺牲的时候，肚里还怀着孩子。那天半夜，韩木兰和胡大兰都陷进了河边淤泥里，韩木兰推出胡大兰，自己却让淤泥没了顶。

韩木兰牺牲之前又生了五孬杨承智、七孬杨承辉。秀女后来又生了六孬杨承勇、八孬杨承和、九孬杨承德、女儿杨佑梅。八孬杨承和、九孬杨承德、女儿杨佑梅，在很小的时候就给了丁大奎和高小荣。胡大兰牺牲后，丁大奎和高小荣结了婚。丁大奎和胡大兰唯一的儿子，在老乡家病死了。高小荣和丁大奎没有孩子。杨承和、杨承德、杨佑梅后来都姓丁，也不叫原来的名字。如今他们也白发苍苍，有了各自的第二代、第三代。

六孬杨承勇一家跟着杨老住在干休所。

过年的时候，兄妹十一个和他们的儿孙，聚到杨老跟前四世同堂大团圆。

每当合家团圆的时候，杨老都很激动。杨老激动的时候，就会说起许多当年的事情。

杨老家客厅有一张杨老和两个日本人的合影，杨老说："那个有胡子的是田中松下，那个没胡子的是小山一男。田中松下这家伙是个笑面虎，当面说好话，背地里没少干坏事。不过，比起那些更坏的日本人，他还不算太坏。战后，他能来到咱陕州，跪在张汴塬那眼血泪井跟前道歉，说明他还有一点儿良心。小山一男的母亲是中国人，当年他就不打中国人。有个日本人叫小野一郎，那家伙坏着哩！不过，他也得到了应得的惩罚。"

"我知道他受了啥惩罚，国民党小伤员把他小鸡鸡割了——"

"咱还说那个田中松下，当年这个日本人最狡猾阴险，他还想挑拨我和国军岳团长的关系，让我们识破了。这家伙战前就在天津做中药生意，回到日本后，他和他儿子做生意发了大财。他当年得了糖尿病，不是你太爷给他看病，他早就死了。你太爷治好了他的病，他活到九十八岁才死。他要给我一笔钱，我不要，他把钱给了政府，让政府建了博物馆。建成开馆那天，他讲了话。希望大家抽时间多到这里面看一看，看一看你们的先人们，想一想你们自己。他这话里有话啊。这个日本人他尊敬古代的中国人，瞧不起现在的中国人。他是二十多年前说的这话，那时候咱们国家穷。现在咱们国家富了——”

……

杨老近些年有点儿返老还童。杨老不仅讲当年怎么打日本人，也说起董诚在地道里怎么怀上岳振鹏的娃子、国民党小伤兵怎么挤小野一郎睾丸那些事。有时候杨老讲着讲着，还会讲到自己小时候的故事。

有一年过年，杨老正说着，电视上播出日本首相安倍向中国人民祝贺新年，欢迎中国人民到日本旅游观光的片段。杨老立马打住话头，严肃地对全家人说，安倍这家伙平常跟咱国家捣蛋，过年还想赚咱们钱。你们都不准去。又说，当年我若是把安倍他爹的蛋子挤了，就不会有他小子现在专跟咱们捣蛋了。晚辈们看杨老严肃认真得像个孩子，虽知安倍他爹不是当年地道里的那个安倍介二，却也都十分严肃认真地点头应和。

杨老今年讲这话，让大家又想起去年过年时的情形。

去年过年的时候，杨老说：“大孬、二孬，叫女人们出去。我要跟你们说个事。”女眷们不肯出去。其中有人说，爷爷，你说吧，大人们没有啥不能听的。不该女娃们听的，我们捂住她们的耳朵。女娃们蹦着说，我们不捂耳朵，我们要听太爷爷讲故事。杨老哈哈笑着说：“别捂了，我还没有老糊涂，有些事我不说恁细就是了。那个，我跟你们说啊，前些时候，你们姑奶奶她走了——”

大孬打断杨老的话头说：“爸，那个岳振鹏叔叔也去世了。董诚阿姨和他儿子下星期要从美国回来看你——”

杨老说：“董诚，我见她。那小子来了我不见他。他把钱投到日本建工厂，他忘恩负义，认敌为友，王八蛋！我不见他，不见他。我跟你们说啊，当年你们姑奶奶——”

二孬说：“爸——”

有人说：“大爷、二爷，你们这是咋回事？有些事你们知道了，可我们还不知道呢！”

大孬说：“熊孩子，过来，过来！”

二孬说：“过来，过来，熊孩子！”

杨老说：“熊孩子——哈哈哈，熊孩子长大做大事。爷爷小时候也是个熊孩子。太爷爷接着讲你们姑奶奶——我跟你们说啊，你们姑奶奶她其实不是你们的亲姑奶奶。你们姑奶奶她家是河北八路军的堡垒户。堡垒户，就是那些铁了心跟共产党八路军好、不管到啥时候都不变心的人家。人民跟人民也很不一样。日本人打进根据地后，实行杀光、抢光、烧光的三光政策，吓得一些原来对共产党八路军也不赖的人家不敢再给共产党八路军开门。堡垒户家的大门永远对共产党八路军敞开着。堡垒户宁可死全家也不会交出共产党八路军。共产党八路军的伤员进了这种人家就像进了堡垒。那年爷爷负了伤被送到高姑奶奶家。你姑奶奶高小荣才十六岁多一点，她对爷爷照顾得很好。后来就像你们现在说的爱上了我了。她娘高大娘也想让我做她的女婿。丁司令头一个媳妇儿也逼我跟她结婚。我心里想着你们的奶奶就是不同意。后来我和小荣就成了干哥哥干妹妹。我的伤一直好不了。丁司令就让我回家了。两年多以后再见到你姑奶奶时，她都快让日本人折磨死了。看到你姑奶奶的惨样我蒙了半天才回过神，我气极了，拿把剪刀跑进地道，扒下那俩日本人的裤子，我要——我咋说到这儿啦——不说了。”

杨老说扒下日本人裤子要弄啥，不用说都猜到了——当年，董诚、岳振鹏、刘富年三个人拉住杨老和小胡，那两个日本人才得以保全。从那以后，丰臣正人不再硬气，安倍介二也不再捣蛋。两个日本人都变得老老实实、服服帖帖，叫他们弄啥，他们就弄啥——连憨憨的小伤兵胡永和和最老实的女看护董诚都看出来：日本人是服硬不服软，服气暴力不服气道理。

这段很重要的，杨老今年咋没有讲？年龄不饶人，杨老可能忘了吧？

杨老忘了，杨老的儿孙们没有忘。将来，老人家儿孙的儿孙们也不会忘——因为这段确实太重要了。

（完）